W0292212

UNE CHANSON POUR ADA

Barbara Mutch

UNE CHANSON POUR ADA

Roman

Traduit de l'anglais
par Françoise du Sorbier

PRESSES DE LA CITÉ

Titre original : *The Housemaid's Daughter*
D'abord publié en langue anglaise
par HEADLINE PUBLISHING GROUP LIMITED

Le Code de la propriété intellectuelle n'autorisant, aux termes de l'article L. 122-5, 2e et 3e a), d'une part, que les « copies ou reproductions strictement réservées à l'usage privé du copiste et non destinées à une utilisation collective » et, d'autre part, que les analyses et les courtes citations dans un but d'exemple et d'illustration, « toute représentation ou reproduction intégrale ou partielle faite sans le consentement de l'auteur ou de ses ayants droit ou ayants cause est illicite » (art. L. 122-4).
Cette représentation ou reproduction, par quelque procédé que ce soit, constituerait donc une contrefaçon, sanctionnée par les articles L. 335-2 et suivants du Code de la propriété intellectuelle.

© 2012 Barbara Mutch Limited
The right of Barbara Mutch to be identified as the Author of the Work has been asserted by her in accordance with the Copyright, Design and Patents Act 1988.
© Presses de la Cité, 2013 pour la traduction française
ISBN 978-2-258-09863-3

Presses de la Cité | un département **place des éditeurs**

place des éditeurs

Pour L, W, H & C

Note de l'auteur

Ceci est une œuvre de fiction. Hormis les figures historiques reconnues, les noms et les personnages du roman sont le fruit de l'imagination de l'auteur. Toute ressemblance avec des personnes réelles, vivantes ou mortes, serait purement fortuite. Les lieux qu'ils habitent, en revanche, sont réels, même s'ils ont un peu divergé par rapport à leur site original. Quant au Karoo lui-même, il est éternel.

Prologue

Irlande, 1919

Aujourd'hui, je suis partie pour l'Afrique.

J'ai franchi la porte et descendu le chemin dallé. Les mouettes criaient au-dessus des falaises de Bannock, et Ada, ma sœur chérie, pleurait. Maman, vêtue de la robe marron qu'elle portait aux mariages et aux baptêmes, regardait ailleurs. Souviens-toi de ceci, me répétais-je en montant dans la petite carriole tirée par un poney.

Souviens-toi de ceci : les mouettes qui tournoient, le bruit sec des vagues sur les galets de la crique. Les mains de papa, rouges et gercées, Eamon, qui se dandine d'un pied sur l'autre, l'air qui sent la tourbe, la fumée et le lilas...

Souviens-toi de ceci, garde-le précieusement dans ta mémoire.

1

Je n'étais pas censée naître entre les murs de Cradock House. Ce n'était pas ma place.

Mais maman est restée dans le *kaia*[1], derrière la maison, à l'ombre maigre de l'acacia du jardin, à gémir doucement dans la chaleur de midi jusqu'à ce que Madame revienne de l'école avec les enfants et parte à sa recherche.

Il était déjà trop tard pour aller à l'hôpital.

Mr Edward était là, à travailler dans son bureau. Madame l'a envoyé chercher le médecin de famille à son cabinet de Church Street. C'était l'heure du déjeuner et le Dr Wilmott a dû interrompre son repas. Ma mère m'a raconté que Madame a chassé les enfants – Miss Rosemary et Mr Phil – du *kaia*, où il n'y avait qu'une pièce, et l'a aidée à monter à la maison. Là, elle lui a tenu la main et épongé le front avec son propre mouchoir, celui que ma mère avait repassé la veille.

Le médecin est arrivé. Le maître est retourné dans son bureau.

Je suis née. C'était en 1930.

Maman m'a prénommée Ada, comme la petite sœur de Madame, de l'autre côté de la mer, dans un endroit qui s'appelle l'Irlande.

Je crois qu'être née à Cradock House m'a rendue reconnaissante à vie, m'a donné le sentiment de faire partie de cette maison, à la différence de ma mère. Les escaliers

1. Cabane destinée aux domestiques, à l'extérieur de la maison. (*Toutes les notes sont de la traductrice.*)

étroits, les poignées de porte en cuivre connaissent mes mains et mes pieds, l'acacia maigre et l'abricotier me conservent dans leur sève, où je circule année après année. Et je possède quelque chose d'eux en retour. Aussi, quand Cradock House m'a été enlevée, ma vie a perdu son sens.

Cradock se situe dans le Karoo, la grande région semi-désertique d'Afrique du Sud où l'on arrive dès que l'on s'éloigne assez du collier de montagnes vertes aux versants abrupts qui bordent la côte, et que l'on s'enfonce vers l'intérieur. Le Karoo est une région pénible à traverser avant d'atteindre Johannesburg, où l'on peut creuser le sol pour trouver de l'or et devenir riche. Bien entendu, je ne savais rien de tout cela. Mon univers était une maison carrée en pierre blanche à un étage, au toit de zinc rouge, dans une petite ville entourée de collines rocheuses, de poussière brune, et où la pluie était rare. La seule eau dont je connaissais l'existence était celle qui dormait dans le lit du Groot Vis – la Grande Rivière à Poissons – et qui parfois avait assez d'énergie pour remplir un sillon à l'extérieur de la maison, d'où on pouvait la faire aller jusqu'au jardin pour que les plantes boivent. En bordure de la ville, là où le ciel rencontrait la terre, de coriaces buissons du Karoo, qui atteignent rarement la taille d'un enfant, se cramponnaient au sol sec. Au-dessus des buissons pointaient les troncs desséchés des aloès, surmontés par leurs plumets de fleurs orangées qui se détachaient comme des flammes sur les broussailles. Il y avait quelques arbres, des eucalyptus et des mimosas mousseux, mais seulement dans les jardins devant les maisons ou sur les berges du Groot Vis, où leurs racines pouvaient plonger à la recherche de l'eau.

Les rares fois où il pleuvait, les gouttes tambourinaient si fort sur le toit de métal que Miss Rosemary et le jeune maître, Mr Phil, n'en finissaient plus de hurler. Ma mère et moi, dans le *kaia* au fond du jardin, nous avions aussi un toit en métal, mais le nôtre était gris, protégé par l'acacia qui amortissait le bruit en sifflement ; je me mettais à la porte pour l'écouter et je regardais le veld de l'autre côté de la palissade. Quand l'attention de ma mère était ailleurs, j'avançais un pied nu que je posais dans les rigoles qui serpentaient sur le sol dur et je regardais l'eau s'accumuler à contrecœur autour de mes orteils et disparaître dans la terre.

Cradock House était dans Dundas Street, juste au-dessus du Groot Vis et au-dessous de la place du marché. A mi-parcours, Dundas Street devenait Bree Street. Je ne sais pas pourquoi une seule rue avait besoin de deux noms – maman disait qu'il fallait peut-être honorer les ancêtres de manière égale –, toujours est-il que c'était comme ça. Une fois que la rue à deux noms avait traversé Regent Street, elle s'essoufflait, arrivait dans une cité noire, un township[1], et disparaissait.

Cradock House avait une véranda en bois, un *stoep*, qui faisait presque le tour de la maison, garnie de chaises coquille. Elle s'arrêtait à la cuisine et reprenait après la buanderie, et c'était tant mieux, disait ma mère, sinon on aurait eu envie de rester assis là toute la journée au lieu de faire la lessive, la cuisine ou le repassage.

J'aurais bien voulu m'asseoir sur une de ces chaises, mais ma mère me le défendait. Elles étaient réservées à la famille, disait-elle.

« Mais je fais partie de la famille, moi aussi, répondais-je, pleine d'espoir, en caressant le grain du bois.

— Allez, ouste, ma fille », marmonnait maman.

Et elle me disait de continuer à frotter.

Maman et moi parlions en général en anglais, sauf quand elle était vraiment fâchée contre moi, ou quand elle me chantait la nuit : *Thula thu' thula bhabha*, Chut, chut, chut, petit bébé.

Pour les chaises, je n'en faisais pas une affaire. A l'étage, il y avait un poste d'observation secret bien meilleur que le *stoep*. Le matin, quand les enfants étaient à l'école et que j'étais occupée à épousseter au premier, je me glissais dans la chambre de Mr Phil, je grimpais sur son coffre à jouets et regardais par la fenêtre.

---

1. Quartier réservé à la population noire en Afrique du Sud, en périphérie des villes, et formant une sorte de ghetto plus ou moins misérable.

Et sous mes yeux, tout Cradock – tout le Karoo peut-être, me disais-je – se déployait au soleil jaune du matin comme une carte que le maître avait une fois dépliée pour Mr Phil dans le bureau sous la lumière jaune de la lampe. En plissant les yeux et en ignorant le châssis des fenêtres, je pouvais m'imaginer en train de voler au-dessus des larges rues de la ville, de dépasser le clocher de l'église réformée hollandaise, beaucoup plus haut que celui de Saint Peter, l'église que fréquentaient le maître et Madame ; de franchir le Groot Vis à l'eau brune peu profonde, bordé de mimosas dont les racines s'enfonçaient pour boire ; de traverser les tourbillons de poussière qui se tordaient dans le ciel au-dessus du veld rabougri avant de déboucher sur les collines rocheuses, les *koppies*, où s'entassaient des pierres polies qui luisaient au soleil matinal ; enfin, comme le désert se gonflait vers le ciel, de survoler les montagnes aux forêts denses. Je les apercevais à peine, ces montagnes, mais tout le monde en parlait, surtout quand il faisait froid et que le gel recouvrait le sol comme du sucre.

Chaque matin, quand je me tenais là, le cou tendu, il me semblait pendant quelques précieux instants que toute la ville, tout le Karoo m'appartenaient. De ce poste d'observation, de cette fenêtre, ils n'étaient à personne d'autre.

Et Cradock House m'appartenait aussi.

Peut-être Madame avait-elle le même sentiment à propos de cet endroit nommé Irlande, de l'autre côté de la mer, d'où elle était venue. Elle aussi, on la voyait regarder par les fenêtres, cherchant à distinguer quelque chose au-delà des eucalyptus, du Groot Vis et de la poussière brune qui planait au-dessus de la place du marché, car il y avait trop de charrettes à chevaux et pas assez de pluie.

Papa et maman ne sont pas mécontents de me voir partir en Afrique – en réalité, ils n'ont pas vraiment le choix. Mais ils ne l'admettront pas ouvertement. Et je ne dis rien. Ils loueront ma chambre, ce qui leur rapportera plus que je ne pourrais leur donner avec mon salaire. Eamon a besoin de chaussures. Le manteau d'Ada – mon vieux manteau vert – est usé. Il n'y a pas assez d'argent pour que je reste.

J'attends mon départ avec impatience. Je le redoute aussi. Car je sais qu'une fois là-bas je ne pourrai plus revenir. C'est un engagement à vie. Et à supposer que je garde le contact avec la famille et les amis par lettres, jamais je ne reverrai leurs visages aimés ni n'entendrai à nouveau leur rire irlandais. Voilà ce que cela signifie, émigrer.

Mrs Pumile, qui vivait dans le *kaia* d'à côté, était jalouse de nous, maman et moi. Elle disait que notre maîtresse nous traitait bien, à la différence de la sienne, qui surveillait le niveau du sucre dans la cuisine et l'obligeait à retourner ses poches si elle les croyait gonflées par des marchandises volées. « Eeeh », faisait Mrs Pumile en inspirant l'air avec un sifflement ; et elle retournait dans son *kaia* en se dandinant, le fichu de travers, les poches de tablier au vent, après avoir jeté les biscuits, ou ce qu'elle avait emprunté au fond de la poubelle de sa maîtresse. Celle-ci ne voulait plus des biscuits touchés par sa bonne. Je n'ai jamais su le nom de la maîtresse de Mrs Pumile. C'était juste Madame, comme on appelait la plupart des maîtresses.

Le nom de la nôtre – autre que Madame – était Cathleen. Mrs Cathleen Harrington née Moore, comme elle l'a noté un jour pour moi de sa grande écriture penchée ; mais elle ne m'a pas expliqué pourquoi elle avait tous ces noms. Madame était grande, gentille, avec des yeux verts et des cheveux bruns qu'elle tordait en chignon rond sur la nuque pendant la journée. Je l'ai vue un jour les cheveux lâchés : ils flottaient autour de sa tête comme une fumée. Elle portait son peignoir bleu pâle et, assise devant son secrétaire, elle écrivait dans son livre à elle. Je n'étais là que parce que maman m'avait dit d'aller chercher Madame pour la prévenir que le jeune maître avait vomi dans la salle de bains des enfants.

— Ada ! s'est exclamée Madame. Qu'est-ce qui se passe ?

Elle s'est levée aussitôt et sa chemise de nuit aux fleurs brodées sur l'ourlet est retombée jusqu'au sol.

— C'est juste Mr Phil qui est en train de rendre, ai-je répondu sans entrer. Maman vous demande.

Madame était une bonne mère, et pas juste pour Miss Rosemary ou Mr Phil – même si Miss Rose passait beaucoup de temps à la contredire. Mais aussi, Miss Rose n'était pas souvent d'accord avec qui que ce soit.

« Quelle chipie, soupirait la maîtresse en parlant au maître, utilisant un mot que je ne connaissais pas, mais dont je devinais le sens. Qu'est-ce qu'on va faire ? »

Madame était bonne avec moi : sur le *stoep,* elle me laissait m'asseoir sur le siège voisin malgré les sourcils froncés de ma mère, ou rester à côté d'elle quand elle jouait au piano. Avec Madame, j'avais l'impression que c'était ma chaise, après tout. Et que, moi aussi, j'étais sa petite fille.

Mr Edward, le maître, ne me donnait pas du tout l'impression que j'étais sa petite fille, ce qui était dommage, car je n'avais pas de père. Pendant longtemps, je ne me suis pas doutée qu'il fallait un père pour avoir un bébé. Et puis je croyais que seuls les enfants blancs avaient un père.

A dix-huit ans, maman avait quitté KwaZakhele, le township juste à l'extérieur de Port Elizabeth, pour venir travailler chez Mr Edward. Il venait d'acheter Cradock House et attendait Madame, qui devait arriver de l'autre côté de la mer. Il avait économisé pendant des années, a dit Madame, avant de pouvoir acheter cette maison pour elle quand il l'a épousée. Pourtant, il n'allait jamais dans le boudoir de Madame, et très rarement dans sa chambre. Je le savais : le lit, que je faisais chaque matin, conservait l'empreinte d'un seul corps. Ça m'étonnait. Je croyais que les gens mariés avaient toujours envie d'être ensemble, surtout après avoir économisé si longtemps pour Cradock House. Mais je n'ai pas demandé à maman pourquoi ça ne se passait pas ainsi. Il aurait été injuste de lui poser cette question alors qu'elle n'avait pas de mari. Pourtant, il n'était pas rare de ne pas avoir de mari. Il y avait beaucoup de femmes comme maman. Mrs Pumile, la voisine, par exemple, bien qu'elle ait beaucoup de visiteurs dans son *kaia.* Cela dit, les visiteurs n'étaient pas des maris, et on ne pouvait pas être sûr qu'ils continueraient à venir.

Quand je posais des questions à maman sur le début de sa vie, avant qu'elle ait pu avoir des maris, elle me répondait toujours qu'elle faisait partie des murs. Je ne sais pas si c'était vrai. Je ne crois pas qu'on ait pu acheter des gens avec les maisons, même à l'époque. Mais peut-être que si, et que c'était pour ça que la maîtresse d'à côté gardait Mrs Pumile, malgré tout le sucre qu'elle mangeait et tous les visiteurs qu'elle avait.

Mais c'est vrai que maman a travaillé toute sa vie à Cradock House et y est morte un jour où elle faisait l'argenterie à la table de la cuisine.

Je voulais moi aussi rester à Cradock House toute ma vie. Je ne voulais pas aller vivre dans cet endroit où Bree Street s'essoufflait, arrivait dans une cité noire et disparaissait. Je voulais vivre et mourir à Cradock House, où j'étais née. Où j'étais chez moi à cause de cette naissance, assurément ?

Je voulais mourir en frottant l'argenterie sous l'arbre corail du jardin, tandis que les souimangas vert émeraude voletaient dans les fleurs rouges et que les feuilles frémissantes laissaient voir le bleu vif du ciel.

2

D'ici au village de Bannock, en Irlande, il y a plus d'un hémisphère. Et pourtant, j'éprouve une curieuse sympathie pour les gens de la ville que j'ai rencontrés, bien que j'ignore tout de leur passé et eux tout du mien. Et je me répète que, où que l'on soit, le foyer et l'amour ne nous sont prêtés que de façon transitoire. Nous devons les entretenir pendant qu'ils sont nôtres, et chérir leur mémoire lorsqu'ils ont disparu.

Je vais donc accueillir cette nouvelle vie, ces gens nouveaux à bras ouverts.

Bientôt, j'espère, nous ne serons plus des étrangers les uns pour les autres.

Maman n'est jamais allée à l'école, et moi non plus. Ni Mrs Pumile. Il y avait une petite école dans la cité noire de Lococamp, à l'usage des ouvriers du chemin de fer, de l'autre côté du Groot Vis, mais les enfants de là-bas étaient toujours sales, selon ma mère, et ils jouaient à des jeux violents. Il y avait une école plus importante sur notre rive, au-delà de Bree Street : l'école Saint James, dirigée par le révérend Calata. Elle avait un terrain de sport et une chorale ; elle tournait le dos à la ville et regardait vers le veld. La discipline y était beaucoup plus stricte, disait maman, ce qui était une bonne chose pour une école, mais ça faisait loin pour que j'aille toute seule à pied dans une école aussi stricte.

Nous ne traversions pas souvent le Groot Vis, seulement le jeudi après-midi, la demi-journée de congé de maman, pour aller voir sa sœur aînée, ma tante.

« Qu'est-ce qu'il y a comme monde ! Ne t'éloigne pas de moi, ma fille », haletait maman, qui se rappelait peut-être sa jeunesse à KwaZakhele tandis que nous traversions le pont à grand-peine.

Tatie habitait une cabane en torchis sans porte et elle devait laver son linge à la rivière. Des vauriens venaient voler celui qui séchait sur les buissons de la berge pendant que tatie repartait chez elle chercher le ballot de linge sale suivant. Tatie était laveuse de son métier. En matière d'école, elle était d'accord avec maman pour se méfier de celle de Lococamp. Tatie disait que la vie là-bas était aussi dangereuse que sur les berges de la rivière.

Finalement, c'est le maître et Madame qui ont décidé pour moi.

Un jour où je sortais de la cuisine pour apporter le repassage à ma mère, j'ai entendu Madame dire :

— Edward, on ne peut pas éluder le problème, nous avons des devoirs. L'école du township est trop mal fréquentée. La mission Lovedale, peut-être ?

— Cela n'apportera que des ennuis plus tard, des espérances et Dieu sait quoi, a répondu Mr Edward en tournant une page de son journal. Mais renseigne-toi si tu y tiens. Tu me joues du Beethoven ce soir ?

Je ne sais pas quels « ennuis plus tard » redoutait le maître. En allant à l'école de la mission, j'aurais sans doute dû quitter Cradock House et ma mère. Or, elle avait besoin de moi pour l'aider, car en vieillissant elle rapetissait comme un oiseau, tandis que moi, je grandissais. Je trouvais qu'en matière de taille la vie était bizarre, mais c'était peut-être fait exprès : on naissait tout petit bébé et on grandissait jusqu'à l'âge adulte ; puis on se ratatinait jusqu'à ce qu'on meure, et qu'on soit assez minuscule pour que Dieu le Père vous rende aux ancêtres.

— Je vous remercie, Madame, a dit maman quand le sujet de l'école est revenu sur le tapis. Mais l'école de la mission est loin et il faudrait qu'Ada fasse le trajet seule.

Partir à l'école et partir pour l'Afrique, ça doit revenir au même, ai-je pensé, cachée derrière la porte pendant que le maître et Madame discutaient dans le salon un soir. Les deux signifiaient perdre votre famille et ne jamais la revoir. Je ne voulais pas faire comme Madame et perdre la mienne. J'ai regardé dans le salon par la fente au-dessus du gond. Le maître lisait le journal et Madame secouait la tête. La pierre ronde et verte qu'elle portait au cou a brillé dans la lumière de la lampe. Elle avait quitté la robe fluide à taille basse qu'elle portait le jour – les robes de jour de Madame, bien adaptées à la chaleur, étaient de la couleur de la crème au-dessus du lait –, et avait revêtu une robe ajustée vert pâle, assortie à sa broche.

— J'aimerais la mettre à l'école des enfants, ici en ville, mais le directeur ne veut pas en entendre parler, a-t-elle dit.

La pierre a lancé un autre éclair dans ma direction. Je ne comprenais pas le sens des mots, « ne pas vouloir entendre parler de certaines choses ». Ça n'avait pas l'air d'avoir le moindre rapport avec le fait d'être sourd.

— Pourquoi les gens font-ils autant de difficultés, Edward ?

— Pour une raison très simple, ma chérie, a répondu le maître en la regardant par-dessus son journal, sourcils froncés. Si tu en laisses entrer un, ils voudront tous entrer.

— Et alors, où est le mal ?

Il n'a pas répondu, mais a tourné une autre page. Sa tête brune, avec la raie sur le côté, a disparu derrière le journal. Je n'ai pas saisi le sens de ses paroles ni de celles de Madame. Mais je ne crois pas qu'elle était d'accord avec lui. Peut-être ne comprenait-elle pas ce qu'étaient les ennuis qu'il disait craindre plus tard si j'allais à l'école, ces ennuis que je ne comprenais pas non plus ? Je ne voulais pas causer le moindre ennui un jour au maître et à Madame. Si aller à l'école signifiait des ennuis, alors je ne devais pas y aller.

J'ai continué à observer : elle s'est levée, a regardé quelques instants par la fenêtre, puis s'est dirigée vers le piano. Quand il y avait un silence entre le maître et Madame, elle se mettait en général au piano. Parfois, elle commençait tout de suite à jouer, mais parfois elle restait assise, toute raide, à fixer les touches.

— Ada ! a sifflé ma mère en me tirant. Le *tokoloshe* vient chercher les vilaines filles qui écoutent aux portes !

J'ai couru jusqu'à notre chambre et me suis couchée, me couvrant les yeux pour ne pas voir le méchant *tokoloshe* se glisser sur le lit et me prendre pour m'emmener en enfer. Mais il n'est pas venu. Et Madame a joué du Beethoven. La sonate *Au clair de lune.* Elle n'était pas concentrée, cependant, je le savais. Je l'entendais dans ses doigts.

— La petite peut apprendre tout ce dont elle a besoin ici, Madame, a déclaré fermement maman le lendemain en cherchant dans le panier à couture de Madame un élastique pour les chaussettes de Mr Phil.

Ma mère m'avait fait la leçon quand elle était venue se coucher, plus tard, la veille au soir. Elle m'avait dit que je ne méritais pas la bonté de Madame si j'écoutais aux portes. Et qu'elle ne voulait pas que cette question d'école tracasse le maître et Madame.

Madame a planté l'aiguille dans la chaussette du jeune maître, qu'elle reprisait. Il y avait toujours beaucoup de raccommodage à faire pour Mr Phil. Il semblait qu'à peine sorti de la maison il trouait sa culotte ou perdait un bouton. Tous les garçons déchiraient leurs vêtements, me disait maman. Mais ça n'avait pas d'importance, car nous adorions tous Mr Phil, qui était aussi joyeux que Miss Rose était grincheuse.

— Nous verrons. Je n'ai pas dit mon dernier mot. Vous n'avez jamais pu aller à l'école, ma chère Miriam, mais Ada devrait en avoir la possibilité, elle.

Je n'y suis pourtant jamais allée.

Madame a commencé à m'apprendre à lire à la table de la salle à manger quand le maître était au travail et les enfants occupés. Je ne sais pas pourquoi elle ne me donnait pas de leçons quand le maître était là, mais c'était comme ça. Nous devions toujours ranger nos affaires très vite dès qu'approchaient les pas du maître dans l'allée. Ma mère et Mrs Pumile, de la maison d'à côté, applaudissaient en affirmant que j'avais beaucoup de chance d'avoir ce qu'elles appelaient une « éducation ».

J'ai commencé aussi à lire le livre que Madame laissait dans son boudoir, sur la table, à côté de sa brosse à cheveux en argent et de sa boîte à poudre que j'époussetais tous les jours. Personne d'autre ne voyait ce livre, ni le maître, ni Miss Rose, ni le jeune Mr Phil. Je le savais parce que la poudre ou la poussière se déposaient autour, et j'aurais bien vu si quelqu'un l'avait déplacé à part Madame ou moi-même. Je vérifiais tous les matins quand le soleil, entrant par la fenêtre, dirigeait sur sa coiffeuse un rayon jaune révélateur. Et je prenais bien soin de remettre le livre à la page qu'elle avait écrite, pour qu'elle ne remarque rien.

Il y avait souvent des phrases que je ne comprenais pas, mais je les retournais dans ma tête toute la journée pendant que j'étais en train d'épousseter ou d'astiquer, et parfois le sens qui se cachait dans les mots me sautait aux yeux longtemps après que je les avais lus. Les notes de musique, je l'ai découvert plus tard, étaient comme les mots, elles aussi : elles avaient un sens quand on les jouait seules, et un très différent quand elles étaient combinées.

Je ne pense pas que Madame savait que je lisais son livre, mais je me trompe peut-être. Est-ce pour cela que, bien des années plus tard, quand elle est partie à Johannesburg, elle l'a laissé dans sa chambre ? A-t-elle fait cela pour moi ? Après tout, sans Madame et les enfants, il n'y aurait plus à Cradock House que le vide et le silence. Que mes pas et ceux du maître dans l'escalier étroit.

Une fois que j'ai su l'alphabet, j'ai commencé à comprendre les mots sur les devantures des boutiques de la ville quand je déposais à la poste d'Adderley Street les lettres que Madame envoyait en Irlande. Chaque fois que j'allais en ville, je m'efforçais d'en déchiffrer de nouveaux, et je me plantais si longtemps devant les vitrines que souvent le commerçant sortait pour me chasser.

J'ai appris à remonter lentement Adderley Street, à traverser la large rue en terre battue avec ses charrettes à âne, ses chiens prêts à mordre, et ses beaux messieurs à cheval, puis à redescendre aussi lentement de l'autre côté de façon à ne rien rater. Si je traînais parfois en allant poster ses lettres,

Madame ne semblait pas le remarquer ; j'en profitais pour rentrer par les jardins du Karoo sur la place du marché, où il y avait des bancs de bois sur lesquels il m'était permis de m'asseoir. Je regardais les frondes des palmiers au-dessus de ma tête, ou les aloès écarlates dans leurs parterres carrés, et je répétais les mots que j'avais appris, tout en chauffant mes pieds nus au soleil. Après quoi je descendais Church Street – une rue comme Adderley, large elle aussi, car jadis il fallait que les charrettes à bœufs aient la place d'y faire demi-tour – et je regardais les dernières enseignes avant que les boutiques ne disparaissent aux abords du Groot Vis.

Les premiers mots que j'ai appris toute seule étaient « Pharmacie Austen », « Papeterie et Encres White et Boughton », « Cuthbert, Chaussures sur mesure », et « Chez Anstey, les femmes élégantes trouvent la qualité ». Devant chez Badger et Cie, il y avait souvent un étal de tissus disant « … le rouleau ». Je n'arrivais pas à déchiffrer ces mots manquants. Je les voyais dans beaucoup d'endroits, mais ils n'étaient pas faits de lettres que je reconnaissais, ils devaient donc venir d'une autre langue que je ne comprenais pas encore. Jamais je n'avais trouvé aucun de ces mots inconnus dans ce qu'écrivait Madame. Je mourais d'envie de lui demander ce qu'ils voulaient dire, mais je ne voulais pas passer pour une ingrate, vu tout ce qu'elle m'apprenait déjà à la table de la salle à manger, et sans le savoir, grâce au livre sur sa coiffeuse.

J'ai donc posé la question à Mr Phil et à Miss Rose.

— Je n'ai pas le temps de t'expliquer, a lancé Miss Rose par-dessus son épaule, en brossant ses cheveux blonds devant son miroir. Tu n'as pas d'argent, alors à quoi ça t'avancerait d'apprendre à compter ?

— Ah, mais ce sont des chiffres, Ada ! a dit Mr Phil en attrapant un crayon à l'extrémité mâchonnée et en dessinant certaines des formes étranges sur un bout de papier. C'est pour t'apprendre la quantité, le nombre de quelque chose que tu as. Je t'en montrerai d'autres quand j'aurai fini mon entraînement au cricket. Tiens, prends ça et entraîne-toi.

Il est resté un moment debout à côté de moi, en rectifiant ma façon de tenir le crayon.

— Parfait, tu continues.

Ensuite, il a filé, cognant son sac de cricket à la rampe pendant qu'il dévalait les marches.

— Moins de bruit, Philip, a crié le maître d'en bas.

Avant que les chiffres soient accessibles, il y a eu le livre de Madame dans son boudoir. Il était couvert de velours rouge sombre, avec un ruban de satin rouge noué autour de son milieu. Je caressais le velours et le satin et je me penchais pour poser ma joue dessus. Très souvent, Madame ne se donnait même pas la peine de faire le nœud et se contentait de passer le ruban autour du livre. Je n'avais jamais eu l'intention de le lire, j'ai seulement commencé le jour où elle l'a laissé ouvert et où j'ai été obligée de le déplacer pour essuyer la poussière. Ce n'était pas comme si j'avais volé quelque chose à Madame, comme Mrs Pumile. Ce n'était ni du sucre, ni des biscuits, ni des bijoux.

Au début, j'ai déchiffré chaque lettre, magnifiquement formée à l'encre noire, une suite de traits épais et fins, détachés les uns des autres, et formant un motif régulier, oblique.

Demainjem'embarquepourl'Afrique...

Puis, après des efforts persévérants, j'ai commencé à séparer les mots :

Demain je m'embarque…

Que voulait dire « embarquer » ?

Ensuite, les mots se sont combinés pour devenir des phrases. Puis les phrases ont commencé à me révéler ce que Madame disait dans le livre. Et parfois, ce qu'elle ne disait pas.

Cinq ans de fiançailles, Edward à Cradock, moi en Irlande. Le mariage est un acte de foi, dit le père O'Connell. Bien entendu, je l'aime toujours. Et tout le monde dit que nous sommes faits l'un pour l'autre.

Le livre est devenu une conversation secrète entre Madame et moi.

3

Tout un été de chaleur et de mouches a passé. Dans le jardin de Cradock House, les strelitzias orange et bleu – qu'on appelle aussi oiseaux de paradis – s'épanouissaient en énormes masses, et l'herbe de la pampa agitait ses têtes duveteuses qui vous faisaient tousser si vous vous approchiez d'elles. Des insectes invisibles crissaient toute la journée dans la haie de plumbagos et les *bokmakieries*[1] se répondaient d'un coin à l'autre du jardin. En ville, la nouvelle banque d'Adderley Street était terminée et tout le monde est venu voir : des dames en taille avec un corsage qui demandait beaucoup de rcpassage, des messieurs en costume avec une montre de gousset, comme celle du maître, des petites filles en robes à smocks et des petits garçons en culottes courtes, chaussettes hautes, coiffés de casquettes. Les gens comme maman et moi se sont mis à l'arrière de la foule pour regarder, même si au début Mr Phil m'a entraînée au premier rang. Mr Phil m'entraînait souvent avec lui.

— Regarde, Ada, c'est papa ! criait-il en sautillant et en montrant le maître sur une estrade avec de nombreux autres messieurs, sous un panneau disant « Banque », avec un autre mot que je ne reconnaissais pas. Il a l'air d'un grand monsieur, non ?

Et c'était vrai qu'il avait de l'allure avec son plus beau costume et la chemise que maman avait si soigneusement amidonnée la veille.

1. Passereau jaune à col noir, voisin de la pie-grièche.

— Ça fait quoi, une banque ? ai-je demandé en tirant la manche de Mr Phil pour attirer son attention.

Plusieurs enfants blancs à côté de nous se sont mis à ricaner.

— Quoi ?

Il tendait le cou pour mieux voir.

— Une banque.

J'ai mis la main en coquille près de son oreille pour que les autres n'entendent pas.

— A quoi ça sert ?

— C'est là qu'on met son argent, a-t-il répondu.

Puis il a crié : « Papa ! Papa ! » en agitant les bras et en sautant à plusieurs reprises pour attirer l'attention de son père. Les enfants à côté de nous l'ont dévisagé, et les petites filles se sont couvert la bouche pour se protéger de la poussière que soulevaient ses chaussures à chaque bond. Le maître a jeté un regard agacé de notre côté, puis s'est retourné vers un homme qui coupait aux ciseaux un ruban rouge barrant la porte de la banque. Sans doute Mr Phil n'aurait-il pas dû interrompre le maître, mais il réfléchissait rarement avant de faire quoi que ce soit – comme manger trop d'abricots sans se soucier d'avoir mal au ventre. A la différence de Miss Rose, qui pouvait rester muette pendant très longtemps quand elle voulait vraiment quelque chose : elle l'exprimait à grand renfort de soupirs et de haussements d'épaules jusqu'au moment où elle savait que le maître et Madame céderaient.

Rosemary n'est pas une enfant facile. J'ai peut-être été gâtée avec Phil, dont la bonne nature s'est révélée dès le berceau. A l'inverse, Rosemary trouve à redire au monde en général et à sa mère en particulier.

Son mauvais caractère devient encore plus évident face au comportement d'Ada, qui a le stoïcisme de Miriam combiné à une vivacité extrêmement séduisante. Peut-être est-ce ma faute ? Peut-être suis-je incapable d'être la mère qu'il faudrait ? Pourtant, j'ai fait beaucoup d'efforts, mais ils ont tous été repoussés. Rosemary est impossible à satisfaire.

Note à moi-même :

Essayer de trouver des livres de lecture simples pour Ada. Je suis décidée à lui faire faire des progrès en lecture, malgré les réticences d'Edward. La bibliothèque de l'école pourrait peut-être m'en fournir. Je pourrais dire que je donne des leçons particulières.

Je n'avais pas le droit de pénétrer dans la nouvelle banque, mais par les fenêtres on voyait de gros ventilateurs au plafond et des bureaux couleur marron, ainsi que des panneaux où je déchiffrais « Renseignements » et « Directeur », deux mots dont j'ignorais le sens. La cousine de Mrs Pumile avait le droit d'y entrer, parce que tous les matins elle cirait le parquet avec du Cobra, l'encaustique à boîte rouge. Elle apportait à Mrs Pumile le sucre laissé sur le chariot à thé. Les gens allaient à la banque pour y déposer leur argent afin qu'on en prenne soin. C'était ce qu'avait voulu dire Mr Phil. Mais maman affirmait que son argent était plus en sécurité dans une boîte à chaussures sous le lit, car là, elle pouvait le surveiller.

Cet été-là, il y a eu beaucoup de jours où, entre le ménage, le rangement et le lavage des vêtements de la famille, qui se salissaient à traîner dans la poussière, il ne me restait guère de temps pour lire. Je regardais le livre de Madame, sur la coiffeuse avec des yeux pleins de convoitise en passant le *lappie*[1] en cercles lents tout autour ; c'est alors que maman m'appelait pour me dire qu'il fallait aller décrocher le linge sec sur la corde.

Tout un hiver de vents froids a passé ; des vents qui soufflaient depuis les montagnes que j'avais du mal à distinguer, perchée sur le coffre à jouets de Mr Phil. Parfois, j'apercevais au loin un léger saupoudrage de blanc, comme le glaçage sur les petits fondants, mais comment être sûre que ce n'était pas ce que j'avais envie de voir ? J'ai toujours voulu voir plus loin que mes yeux ne le peuvent.

— Tu serais mieux sur le toit pour regarder le paysage, m'a lancé Mr Phil un jour où il m'avait surprise à me dévis-

1. Chiffon à poussière.

ser la tête par la fenêtre alors que j'aurais dû être en train de passer le chiffon.

— Pardon, Monsieur ! Je m'en vais, ai-je bafouillé en attrapant mon *lappie* au passage.

— Attends ! Attends, Ada ! a-t-il dit en me prenant le bras. Qu'est-ce que tu veux voir ?

J'ai tendu le doigt vers le veld brun.

— Les montagnes où il y a la neige. Vous avez déjà vu la neige ?

Jamais je n'aurais pu poser une question pareille à Miss Rose. Et je ne voulais pas ennuyer Madame.

— Une fois, a-t-il répondu avec un grand sourire.

Il a ôté son blazer d'écolier, qu'il a jeté par terre.

— On aurait dit de la ouate mouillée. On pouvait la rouler en boules et la jeter. Des boules de neige !

Il a mimé le geste, et ses cheveux lui sont tombés sur le front tandis qu'il balançait son bras. Mr Phil répondait toujours à mes questions. Jamais il ne se moquait de moi comme Miss Rose. Ensuite, il a grimpé lui aussi sur le coffre à jouets et m'a montré qu'il touchait le plafond des doigts, mimant encore un lancer de boule ; il m'a dit qu'il faisait ça souvent pour mesurer sa taille, et qu'un jour sa tête toucherait peut-être même le plafond.

Cet hiver-là, les vents froids qui venaient de la neige que connaissait Mr Phil transperçaient ma blouse et me paralysaient le visage quand je descendais Adderley Street pour poster les lettres que Madame expédiait en Irlande, de l'autre côté de la mer. Ces lettres contenaient-elles les mêmes pensées que le livre sur sa coiffeuse ? Ou y avait-il des choses qu'elle ne disait pas dans ses lettres, comme certaines qu'elle ne disait pas dans son livre ?

Je me dépêchais pour faire ma course, emmitouflée dans le vieux manteau noir de maman ; j'avais trop froid pour me mettre en quête de nouvelles enseignes de magasin ou pour lire les titres devant le kiosque à journaux. Quand je rentrais à Cradock House, maman et moi cuisinions : soupe au potiron, poulet rôti farci aux abricots de l'été précédent, et gâteaux de Savoie chauds que Mr Phil adorait.

« Encore, s'il te plaît, Miriam, disait-il à maman après une assiettée monstrueuse. Jamais je n'en ai mangé d'aussi bon. »

Ce n'est qu'après la fin de l'hiver que je me suis rendu compte d'un point commun important entre Madame et moi : nous avions toutes les deux en nous des phrases que nous ne prononcions jamais à voix haute. La différence, c'était qu'elle pouvait confier ses phrases à son livre, ou à ses lettres, tandis que j'étais obligée de toujours garder les miennes à l'intérieur de ma tête. Parce que, voyez-vous, si je savais lire, je ne savais pas écrire.

4

Miss Rose prenait des leçons de piano.

Pas à l'école de Rocklands, où je ne pouvais pas aller à cause des ennuis à venir, ni avec Madame, qui était elle-même professeur de piano, mais avec un autre professeur, une dame aux lunettes étroites qui venait une fois par semaine.

« Arrondis les doigts, Rosemary, commandait-elle. Encore, encore, encore ! »

Comme j'époussetais le piano tous les jours, je voyais ce que Miss Rose apprenait. Je voyais le livre avec ses images de touches blanches et noires, qui étaient appelées comme les lettres que Madame m'avait apprises, à ceci près que les lettres du piano[1] n'allaient pas jusqu'à la fin de l'alphabet. Je me demandais pourquoi.

Je savais donc où Miss Rose devait placer ses doigts pour produire une mélodie.

Parfois quand je passais le chiffon dans la pièce et qu'elle faisait une faute, je lui montrais où elle aurait dû poser les siens.

« Tu te crois maligne ! » disait Miss Rose en me tirant la langue et en rejetant ses longs cheveux blonds en arrière pour dégager sa figure.

Miss Rose savait qu'elle était très belle ; ce qui ne l'empêchait pas de passer des heures à se regarder dans le miroir de sa chambre pour s'en assurer, écarquillant les yeux et se tournant d'un côté, puis de l'autre. A la différence de ceux de Madame, qui étaient verts et doux, les yeux de Miss Rose

1. En anglais, les notes sont désignées par des lettres : A pour *la*, B pour *si*, etc.

étaient bleu sombre, comme l'ardoise d'un toit, ou le ciel du Karoo juste avant la nuit. Mrs Pumile n'aimait pas du tout Miss Rose, qui ne la saluait jamais quand elle la croisait dans la rue. Maman affirmait qu'en grandissant elle aurait « plus de plomb dans la cervelle ». Assurément, Miss Rose grandissait, et tellement vite qu'il lui fallait sans arrêt de nouveaux vêtements. Cela dit, je ne voyais pas comment le plomb dans la tête pouvait vous rendre plus polie.

Une chose était certaine : Miss Rose n'aimait pas la musique.

« Je déteste le piano ! sifflait-elle quand le professeur aux lunettes avait le dos tourné et parlait à voix basse à Madame devant la porte d'entrée à la fin de chaque leçon. "Arrondis, arrondis les doigts." La barbe ! »

Cela faisait de la peine à Madame, qui jouait depuis qu'elle était petite, de l'autre côté de la mer. Et d'ailleurs, l'une des premières acquisitions de Mr Edward en s'installant à Cradock House avant l'arrivée de Madame avait été un piano.

— Il a été fabriqué à Leipzig, Ada, dans un pays qui s'appelle l'Allemagne, m'a dit Madame la première fois qu'on m'a confié le soin de passer le chiffon. Regarde, a-t-elle poursuivi en me montrant les lettres en or. Voici la marque : Zimmermann. On n'en voit pas souvent, des mots avec un *z*, n'est-ce pas ?

— Seulement « zèbre », Madame. Comment il est arrivé ici ?

— Il a traversé la mer par bateau, ma petite fille, comme moi. C'était très gentil de la part de Mr Edward de me l'avoir acheté.

J'ai observé Madame lorsqu'elle a levé les yeux du piano pour regarder par la fenêtre en direction du Groot Vis.

Est-ce que j'aimerai encore Edward ?

Est-ce que je pourrai jouer pour lui avec autant de passion que je joue pour moi-même ? Le souhaitera-t-il ?

Tout ce que je connaissais, c'était Cradock et le Karoo, avec sa poussière, ses collines rocheuses et sa rivière paresseuse ; alors une mer, avec sa masse d'eau sans fin et les pays de l'autre côté de cette même mer, pensez donc ! Même l'endroit misérable où vivait tatie, de l'autre côté de la rivière, et la cité noire grouillante, à l'autre bout de Bree Street, où maman m'emmenait parfois voir des amis et où se trouvait la sévère école Saint James, m'étaient plus familiers.

Je n'arrivais pas à me représenter un bateau. Bien sûr, les gens qui habitaient ces endroits lointains étaient très malins et savaient fabriquer des objets que nous ne savions pas faire de notre côté de la mer, comme les pianos et les bateaux.

— Vous irez un jour de l'autre côté de la mer ? ai-je demandé à Mr Phil un jour où il faisait ses devoirs en haut, la porte fermée, pendant que Miss Rose se battait avec le piano en bas.

— Peut-être, a-t-il répondu, songeur. Toi, tu aimerais bien, hein ? Je sais que tu aimes les endroits nouveaux, c'est pour ça que tu grimpes sur mon coffre pour regarder dehors.

— Mais vous irez ?

— Sans doute, a dit Mr Phil, dont les yeux ont quitté son cahier pour s'arrêter sur la batte de cricket et la balle posées près de la porte pour qu'il puisse partir plus vite.

Son visage s'est éclairé.

— Je vais te dire : on ira ensemble un jour. En Irlande, voir ma tante Ada, celle dont tu portes le prénom !

Il s'est penché dangereusement en arrière sur sa chaise.

Je me suis mise à rire. Il était bête, Mr Phil ! Des choses comme ça n'étaient pas pour des filles comme moi. Il a ouvert grands les bras pour englober toute la chambre et le vaste Karoo de l'autre côté de la fenêtre, et la chaise a vacillé.

— Cela dit, qu'est-ce qui pourrait être mieux qu'ici ?

Madame s'exerçait une heure tous les jours, tôt le matin, avant l'école. Toute la maison se réveillait au son de sa musique, sauf le week-end, où le maître et elle se levaient tard. Elle jouait aussi le soir quand Mr Edward le lui demandait, ou quand il y avait des invités qui souhaitaient l'écouter. J'ai fini par deviner ce qu'elle jouerait selon les moments et les gens.

Le matin était consacré aux gammes et aux arpèges. Les gammes produisaient des sons fluides et amples qui montaient et descendaient sur le clavier comme le vent, tandis que les arpèges rebondissaient sur les touches comme la grêle sur le toit de métal. Mrs Pumile, la voisine, disait toujours que, de son *kaia*, elle entendait les gammes de Madame dévaler le jardin tous les matins pour entrer chez elle.

L'après-midi, quand les enfants avaient fini leurs devoirs et que Mr Phil ne tenait pas en place, Madame jouait des marches pour qu'il puisse aller au pas cadencé comme s'il était un vrai soldat. Ou pour Miss Rose, des morceaux au rythme endiablé qui vous donnaient envie de taper du pied en mesure, afin de l'encourager à s'exercer.

Et soir après soir, quand Miss Rose et Mr Phil étaient au lit, Madame jouait des mélodies plus douces, des airs qui se glissaient dans votre tête et vous revenaient le lendemain pendant que vous étiez occupée à laver ou à ôter la poussière. Je sortais à pas de loup de la chambre de maman – parce que maintenant nous habitions dans la grande maison – et j'écoutais dans le couloir menant au salon. Il y faisait noir et j'avais peur que le *tokoloshe* n'arrive.

Quand le maître et Madame avaient des invités, elle portait du satin vert sombre et jouait des airs joyeux, des valses par exemple. Parfois, les invités chantaient pour l'accompagner. Madame adorait les chansons de l'autre côté de la mer, où habitait sa famille, et elle les chantait toute seule ou accompagnait un invité qui avait une belle voix. Des chansons comme *Galway Bay,* ou *Take me home, Cathleen* – celle que le maître préférait. Sauf qu'il aimait mieux l'entendre la lui jouer quand il n'y avait pas d'invités. Le maître voulait Madame pour lui tout seul. Il ne voulait pas la partager. Mais elle était heureuse de se partager, et de partager sa musique.

C'est cela, l'avenir, ai-je lu un jour précipitamment en faisant le ménage.

Edward, un homme sur lequel ni mes yeux ni mes doigts ne se sont posés pendant cinq ans, et Cradock, une petite ville en bas de l'Afrique. C'est là que j'établirai mon foyer, que je fonderai une famille et découvrirai une musique nouvelle…

Qu'est-ce que c'était, cet « avenir » ? Les gens en parlaient et semblaient toujours inquiets. Est-ce qu'il fallait l'acheter ? Comme le piano, pour lequel le maître avait payé ? Ou était-ce une chose que Madame avait apportée d'Irlande ?

J'ai demandé un jour à Mr Phil, et il a dit que l'avenir, on y avait accès en grandissant, et que je ne devais pas encore m'en soucier. Miss Rose m'a dit que l'avenir était une chose que je n'aurais pas, à moins d'aller à l'école, et toc !

Pendant que Madame jouait, le maître restait debout, très droit, près du piano, souriait aux invités et tirait sa montre de son gilet quand il estimait qu'elle avait assez joué. Quand j'étais jeune, Cradock House n'était jamais silencieuse.

Un jour, Madame m'a surprise en train de reprendre Miss Rose au piano.

— Rosemary chérie, c'est beaucoup mieux, ça ! s'est-elle écriée joyeusement en entrant dans le salon, les mains pleines de farine, car elle préparait des scones.

Elle s'est arrêtée net en voyant les miennes sur les touches. Miss Rose a secoué ses cheveux blonds et tourné bruyamment les pages de son livre de musique.

— Pardon, Madame, je m'en vais, ai-je dit.

Je suis sortie en courant et suis allée dans la buanderie, où maman amidonnait les cols de Mr Edward. Miss Rose serait furieuse d'avoir été prise en faute devant Madame.

— Pourquoi tu cours comme ça, petite ? a demandé ma mère, croyant que j'avais fait une bêtise.

— Ada ? a dit Madame, qui arrivait en hâte et m'a trouvée derrière les jupes de ma mère.

Peut-être que Miss Rose s'était déjà plainte ? Madame s'est agenouillée et m'a regardée dans les yeux comme quand elle me faisait répéter mes lettres au début.

— Ada, veux-tu apprendre à jouer du piano ?

5

Aujourd'hui, j'ai trouvé Ada en train de reprendre Rosemary au piano. Ce n'est pas la première fois. Cela n'a pas plu à Rosemary, mais j'ai fait semblant de ne rien remarquer. Je me souviens de la première fois que j'ai invité Ada à s'asseoir à mon côté et à me regarder jouer. La petite était intimidée, mais elle a avancé un doigt pour toucher une note et s'est alors tournée vers moi avec un émerveillement tel que ma gorge s'est nouée.

J'ai commencé le piano pendant que cette chose nommée la Guerre s'installait.

A travers les paroles des chansons, j'ai appris des choses anglaises, comme les bois, les arbres de mai, et l'herbe qui était toujours verte et non brune comme la nôtre. Mon morceau favori était *Come to the Green Wood*. Et aussi *The Dance of Gnomes*. J'ai appris l'histoire d'après les vies des grands compositeurs que me racontait Madame, et la géographie d'après les voyages qu'ils faisaient en quête de mélodies nouvelles. Je ne m'étais pas doutée que le piano ne se bornait pas à un exercice pour les doigts. Je ne m'étais pas doutée qu'il pouvait me faire découvrir un monde plus vaste que celui de Cradock House. La première fois que mes doigts ont effleuré les touches d'ivoire, j'ai su que la musique m'élèverait le cœur, mais je ne m'attendais pas à ce qu'elle m'ouvre aussi l'esprit.

Le piano m'en a appris davantage sur les chiffres. Je me suis habituée à compter les temps dans une mesure, qui pouvait en avoir jusqu'à huit. Je voyais maintenant le rapport entre ces comptes-là et les nombres que je voyais sur les enseignes des boutiques en ville. Pendant un certain temps, j'ai été incapable de comprendre comment ils étaient liés au juste. Comment « quatre » temps dans une mesure pouvaient-ils signifier la même chose que « quatre » sur un rouleau de tissu en ville quand il n'y en avait qu'un seul ? J'en ai conclu que les nombres n'étaient pas fiables.

La guerre n'existait pas quand Madame et moi faisions de la musique.

J'étais assise à côté d'elle sur la banquette du piano, sa robe crème fluide touchait ma blouse bleue, ses mains étaient posées de chaque côté des miennes pour me guider. Alors, j'ai commencé à me représenter le monde comme elle, même si, la plupart du temps, je n'avais jamais vu les choses dont elle parlait.

— Un ruisseau, le cri des mouettes, le bruit des vagues qui s'incurvent et aspirent le sable font un motif qui se répète à l'infini, l'un à l'intérieur de l'autre. Comme les contrepoints qu'on trouve chez Bach…

Et elle égrenait une série de mélodies répétitives qui se tissaient les unes autour des autres tandis que ses mains ondulaient au-dessus des touches.

— Le ruisseau de l'autre côté de la mer, quel bruit faisait-il, lui tout seul ? ai-je demandé.

— Ah, si seulement tu pouvais l'entendre, Ada.

Elle avait un sourire attendri, comme si le bruit résonnait dans ses oreilles à ce moment même.

— Sur les falaises de Bannock et dans la crique, c'était Grieg…

Ses doigts dansaient sur les premiers accords du *Concerto pour piano*.

Je hochais la tête. Ses mains s'immobilisaient et elle regardait par la fenêtre en direction du Groot Vis, brun et paresseux sous la chaleur. Puis elle se retournait vers le clavier.

— *La* mineur tombant en *mi*, tu te souviens ?

Alors, je sentais la mélodie monter dans mes mains et je rejoignais Madame dans la cascade qui ruisselait du piano.

Une chose étrange s'est produite juste après le début de la guerre. Un jour, le soleil a disparu. Les *koppies* ont soudain viré du brun au violet, et les oiseaux du jardin ont cessé de chanter – même nos *bokmakieries*. Un homme appelé le général Smuts, dont j'avais entendu parler, un homme qui avait prévenu que les Fritz contrôlaient la route des mers, est venu en visite à Cradock pour regarder cette nuit pendant le jour. Une foule s'est assemblée devant la mairie sur la place du marché afin de l'écouter parler. Des banderoles rouge et bleue de bienvenue flottaient sur la façade des bâtiments, et il a été acclamé sur toute la longueur de Church Street pendant que le ciel s'assombrissait.

— C'est une éclipse, Ada, a dit Madame, qui sortait pour écouter le général. Il ne faut pas avoir peur.

Elle a dit que c'était la lune qui nous cachait le soleil, et que ça arrivait de temps en temps. Miss Rose a dit que tout le monde savait ce que c'était qu'une éclipse. Mr Phil était sorti défiler, je n'ai donc pas pu lui demander ce qu'il en pensait. Maman est allée s'étendre dans notre *kaia*, alors je suis montée sans bruit à l'étage pour me percher sur le coffre à jouets afin d'essayer de voir la place du marché, tandis que la lumière déclinait sur le lointain Karoo. Des applaudissements me sont parvenus par les fenêtres ouvertes. Peut-être que le général Smuts ferait appel à ses pouvoirs pour rappeler le soleil ? J'étais sûre que la guerre était la cause de l'éclipse, comme elle était celle des restrictions que nous connaissions à la cuisine. Sinon, pourquoi la lune aurait-elle recouvert le soleil après tout ce temps où, à ma connaissance, elle était restée dans le ciel sans faire d'histoires ?

Il y avait donc Cradock House au milieu du Karoo desséché, parfois sombre ; et maman, Madame, le maître et Miss Rose qui restaient ici pendant que Mr Phil partait à la guerre. Il y avait les sinistres ibis bruns qui tous les soirs battaient lourdement des ailes et lançaient leur cri de trompette, *haa-de-da*, en se détachant sur le ciel strié d'orange et de rose. Il y avait la voisine, Mrs Pumile, qui se plaignait du surcroît de travail que donnait la guerre.

Et maintenant, au lieu du chant épisodique de la pluie sur le toit du *kaia* protégé par l'acacia maigre, il y avait Mozart, Chopin et Beethoven tous les jours – tant de mélodies, plus que je ne serais jamais capable d'en jouer, attendaient, tapies dans le piano. Et le monde à l'extérieur de Cradock House était plus vaste que je ne l'avais jamais imaginé. Il y avait la guerre, bien sûr, mais aussi assez de musique pour vous la faire oublier.

Miriam et Ada commencent à faire partie de ma famille aussi.

Personne ne m'avait avertie. On m'avait plutôt parlé de la chaleur, des piqûres d'insectes, de l'agitation chez les indigènes. Il n'était pas question, ni de près ni de loin, que je puisse me lier avec ma bonne noire et sa fille.

Je soupçonne Edward de ne guère apprécier ma conduite. Mais il ne peut me reprocher de ne pas tout faire pour mes enfants. Phil et Rosemary ont toute mon attention et, en ce qui concerne Rosemary, je prends grand soin de l'encourager dans ses divers projets. Je suis certaine que nous trouverons quelque chose qui la captivera.

6

Dans les rues de Cradock, on a vu arriver des jeunes gens comme Mr Phil, en uniforme élégant avec casquette et insignes. Quand ils défilaient, leurs brodequins marquaient la cadence sur la terre brune, me faisant penser aux notes piquées que j'apprenais à jouer. Les hommes plus âgés, comme le maître, ne défilaient pas ; ils allaient à des réunions à la mairie, en face des jardins du Karoo, où je m'asseyais sous les palmiers, et ils parlaient pendant des heures d'un endroit appelé « là-bas dans le Nord ».

Un jour, Madame m'a donné un message pour le maître et je suis restée debout à l'arrière de la salle de réunion en attendant de pouvoir le lui remettre. Tous les hommes importants de Cradock – ou peut-être de l'ensemble du Karoo ? – étaient assis autour d'une table, à discuter très fort, à taper parfois du poing sur la table comme quand on pétrit du pain. Il y avait un homme avec une chaîne de montre en or, et beaucoup d'autres avec une barbe. Comme ils ne me regardaient pas, j'ai écouté ce qu'ils disaient. J'écoutais souvent ce que disaient les gens quand ils ne s'attendaient pas à ce que j'entende.

— Pourquoi nos fils auraient-ils à se battre et pas eux ? a dit un homme d'une voix forte.

— Jetez-les en prison. C'est un crime de haute trahison !

Je ne savais pas ce que c'était, la haute trahison. Mais cela devait être grave, parce que la prison, c'était pour ceux qui avaient tué quelqu'un, ou l'avaient blessé si grièvement qu'il fallait les enfermer à vie. Il y avait une prison à l'extrémité de Bree Street, et je crois que c'était l'une des raisons pour lesquelles maman n'avait pas voulu que j'aille à pied jusqu'à l'école sévère de Saint James, qui se trouvait au-delà. Et la prison, a dit maman un jour, ce n'était pas seulement pour les méchants. La prison pouvait vous attraper et refermer ses griffes sur vous si vous ne faisiez pas très attention.

— Qu'est-ce qu'il y a, Ada ?

Le maître s'était approché de moi. Il était en bras de chemise, et j'ai remarqué que son col godait. Il était difficile de trouver de l'amidon à cause de la guerre. J'ai tendu le message. Il l'a lu, a passé la main dans ses cheveux qui se clairsemaient et a chiffonné le papier dans son poing. Il y avait de petites gouttes de sueur sur son front.

— Dis à Madame que je rentre dès que possible, a-t-il déclaré sans me regarder.

Et il est vite retourné à la table où les hommes criaient. C'est là que nous avons appris que Mr Phil devait partir à la guerre.

Au début, il devait juste porter un uniforme et s'entraîner à marcher au pas, comme lorsqu'il était enfant et que Madame jouait du piano pour lui. Il rentrait à la maison chaque soir après des exercices dans le veld, dînait, puis repartait le matin pendant que les gammes de Madame inondaient la maison. J'étais très fière de lui et je repassais ses chemises kaki avec un soin redoublé. Parfois, il avait même le temps de faire une partie de cricket avec les autres jeunes gens qui apprenaient aussi à devenir soldats. Mais la poussière du champ de manœuvres où ils jouaient salissait sa tenue blanche de cricket et m'obligeait à frotter deux fois plus, ce qui le désolait toujours.

— Qu'est-ce que vous faites à la guerre ? C'est très dur ? lui ai-je demandé un jour où il était rentré de bonne heure.

Il s'était couché dans l'herbe et regardait le ciel à travers les feuilles de l'arbre corail pendant que j'accrochais le linge mouillé à la corde. Il s'est relevé sur un coude et m'a dévisagée. Mr Phil et moi parlions facilement depuis le jour où il m'avait appris les chiffres, et même depuis qu'il m'avait très largement dépassée en taille. Mr Phil était mon ami, le premier ami que j'avais jamais eu.

— Ce n'est pas dur, pas encore, dit-il après une hésitation, mais ça le deviendra quand je serai envoyé au combat.

J'ai réfléchi à sa remarque en accrochant une taie d'oreiller

— Vous aurez peur ?

Il a regardé la maison. Madame était allée prendre le thé avec des amis, ma mère était dans la buanderie et par la fenêtre ouverte de la chambre de Miss Rose venait de la musique de danse en sourdine.

— J'espère que non, je...

Il a tendu la main pour arracher une feuille et s'est mis à la déchirer en petits morceaux réguliers en suivant la ligne des nervures. Une grande mèche de cheveux blonds lui retombait sur le front.

— Je ne veux pas avoir peur. Mais si j'ai peur quand même ?

Un silence est tombé entre nous. Ses manches étaient relevées et je voyais ses muscles là où l'exercice les faisait saillir comme des câbles puissants sous la peau. Cher Mr Phil, toujours si enthousiaste, toujours à l'avant pour tous les sports, toujours prêt à jouer son rôle. J'étais sûre qu'il ferait aussi un grand soldat. J'ai abandonné le linge pour me mettre à genoux à côté de lui.

— Moi, je veux me battre contre ma peur du *tokoloshe*, ai-je dit. C'est comme ça que Dieu le Père m'apprend à être courageuse...

Ses mains ont cessé de déchiqueter la feuille et il m'a regardée fixement.

— Mais quand on fait la guerre, on tue, Ada. On tue, a-t-il répété d'une voix qui était presque un murmure. Il ne s'agit pas de fantômes ni de mauvais esprits ! Dieu veut-il que nous soyons courageux pour faire ça ?

Mr Phil avait des yeux très clairs, beaucoup plus clairs que le ciel, beaucoup plus clairs que ceux, bleu métallique, de Miss Rose. On pouvait regarder au fond presque comme si c'était de l'eau. Ils me scrutaient à présent, et je n'avais aucune réponse à leur donner.

Il a cueilli une autre feuille et s'est mis à la déchirer elle aussi.

Je me suis levée pour aller chercher une autre chemise dans le panier à linge. Le silence s'est étiré entre nous. Que pouvais-je dire pour le rassurer ? J'aurais dû l'aider comme il m'avait aidée autrefois. Mais je ne savais rien de la guerre ni de ses exigences. Puis une nouvelle réflexion m'est venue et j'ai essayé de la chasser, mais elle s'obstinait à revenir. Se pouvait-il que Mr Phil, malgré son énergie et son bon cœur, ne soit pas fait pour être soldat ?

Et qu'aurait répondu Madame à sa question s'il la lui avait posée ? Y avait-il dans le livre qu'elle gardait dans son boudoir une leçon à tirer sur la guerre et sur Dieu ?

— Je prierai pour vous, Monsieur. Madame et le maître en feront autant, ai-je dit en tenant contre ma poitrine la chemise mouillée dont je sentais le froid, et espérant que ma prière suffirait.

Il a relevé le visage vers moi et sa bouche a souri. Puis il a jeté les feuilles déchirées, s'est relevé d'un bond et a regagné la maison à grands pas.

Pendant que le jeune maître s'exerçait à la guerre, maman et moi, nous mettions des provisions de côté à la cuisine, Madame collectionnait des moules à gâteau vides et tricotait des chaussettes pour certains des jeunes gens qui risquaient de prendre froid dans les bateaux – d'étranges machines que je n'avais jamais vues, mais qui semblaient indispensables pour la guerre et le transport des pianos au-delà des mers. Sur la place de la ville, il y avait des rassemblements, où des gens importants venaient nous dire de « soutenir notre jeunesse et d'écraser l'ennemi ».

Pendant la guerre, certains des hommes en uniforme étaient des gens de couleur – une couleur plus claire que celle de maman ou la mienne –, des métis. Ils habitaient dans une partie du township où je n'étais jamais allée, au-dessus d'un gué du Groot Vis, où l'on pouvait traverser la rivière quand l'eau était basse. Les soldats métis étaient très fiers de leur tenue kaki et paradaient au bord de la place du marché en soulevant de petits nuages de poussière pour salir leurs brodequins neufs. Je les voyais faire quand ils s'arrêtaient en face de la mairie pour saluer. Puis ils repartaient, descendaient Church Street et traversaient le pont en direction de la gare pour partir à la guerre. Un beau garçon m'a lancé un clin d'œil en avançant au pas, et ma mère m'a tirée en arrière pour me faire quitter le premier rang de la foule.

— Quel culot ! Tout ça parce qu'il a un uniforme comme les Blancs, a-t-elle marmonné.

Toute la ville était là, à agiter de petits drapeaux.

Il n'y avait pas de soldats noirs de la même couleur que maman et moi ; ils étaient restés dans le township surpeuplé au-delà de Bree Street, ou ils travaillaient dans des fermes. Je ne sais pas pourquoi ils n'allaient pas à la guerre. J'ai posé la question à ma mère, mais elle m'a répondu que c'était parce qu'on ne le leur avait pas demandé, et que ça avait un rapport avec le fait qu'on ne tenait pas à leur confier un fusil.

Quelques hommes blancs qui ne voulaient pas se battre avaient été envoyés en prison – j'ai appris ça un soir où le maître se penchait sur le piano pendant que Madame terminait son morceau.

— Ils y pourriront, a-t-il dit d'une voix satisfaite.

Je me suis souvenue de la réunion à la mairie, des mots « haute trahison » qu'on avait criés, et de la peur qu'avait maman des prisons et de ce qu'elles pouvaient vous faire, même si vous n'aviez jamais blessé quelqu'un assez gravement pour y être envoyé.

Mais je ne pouvais pas comprendre que les hommes puissent pourrir. Seuls les fruits comme les abricots pourrissaient quand ils tombaient de l'arbre sur le sol. Pas les gens. Peut-être que ces hommes blancs ne voulaient pas se battre parce qu'ils avaient déjà peur, comme Mr Phil redoutait que ça ne lui arrive à lui ?

— Ils ne voient pas de raison de se battre pour l'Angleterre, a répondu Madame d'une voix triste.

Le maître lui a tapoté l'épaule. Il touchait Madame beaucoup plus souvent depuis le début de la guerre. Et Madame allait se mettre au piano beaucoup moins souvent qu'avant la guerre. Peut-être la guerre vous faisait-elle apprécier les choses et les gens plus qu'en temps de paix, où vous ne pensiez jamais en être un jour privé.

Je m'interrogeais sur les Noirs à qui l'on n'avait pas demandé de partir à la guerre. Si l'on pouvait trouver le moyen de leur confier des fusils, alors ils pourraient prendre la place des Blancs qui ne voulaient pas y partir. Et personne n'aurait à aller en prison. Je voulais en parler à Madame, mais maman m'a dit que c'était déplacé de ma part de poser des questions à Madame et au maître au sujet de choses pareilles.

Je ne comprenais pas non plus cette histoire de « camps » dans la guerre. D'autant que je me souvenais que Madame avait dit que notre piano venait d'Allemagne. Cela devait signifier que les gens si intelligents qui avaient fabriqué notre piano étaient maintenant nos ennemis. Il m'a semblé que c'était ce qu'il y avait de pire dans la guerre : des amis qui devenaient des ennemis aux aguets.

7

— Ada !

J'ai regardé autour de moi. Personne ne m'appelait jamais à tue-tête dans Church Street. Ce n'étaient que les Blancs qui criaient dans les rues de la ville, les Noirs réservaient leur voix pour les ruelles du township où vivait tatie. Comme s'ils habitaient sur des collines opposées, et non de part et d'autre d'un chemin de terre, disait tatie en reniflant avec mépris.

— Ada ! Qu'est-ce que tu fais là ?

C'était Mr Phil, en uniforme kaki. Il a traversé la rue gravillonnée, et évité une voiture à cheval qui arrivait au trot.

— Je vais poster la lettre de Madame, Monsieur.

Je lui ai montré l'enveloppe où s'étalaient les pleins et déliés élégants de Madame. Je l'avais gardée dans ma poche pour éviter qu'elle ne ramasse la poussière de la rue ou ne se tache à cause de la chaleur de ma main. C'était une lettre destinée à sa sœur Ada, celle dont je portais le prénom. J'aurais aimé pouvoir écrire à cette Ada et lui poser des questions sur la vie en Irlande, lui demander s'il y avait moins de poussière là-bas, et si le ruisseau jouait toujours du Grieg quand il tombait des falaises tout droit dans la mer.

— Je pars bientôt, a dit Mr Phil, campé dans l'attitude du soldat, pieds écartés, épaules droites.

J'ai levé la tête vers lui. Ses yeux clairs regardaient la route où le cheval et la voiture s'éloignaient dans un nuage brun. Seules ses mains bougeaient ; elles s'ouvraient et se fermaient contre son treillis.

— Où allez-vous, Monsieur ? Vous allez protéger le pays de Madame ? L'Irlande ?

Il a ri, mais ce n'était pas un rire heureux.

— Oh non, Ada, il n'y a pas de guerre en Irlande. Je serai envoyé là-bas dans le Nord, probablement. En Afrique du Nord. Allez, viens.

Il s'est mis à remonter la rue. Je ne savais pas si je devais le suivre. Il s'est retourné et m'a regardée. A Cradock House, je pouvais marcher à côté de Mr Phil et parler avec lui, mais ici, dans la rue, devant des Blancs, ce n'était pas pareil. Je ne sais pas au juste pourquoi ce n'était pas pareil ; à l'époque, la différence de peau n'était pas encore réglementée par des lois et il n'y avait pas d'écriteaux disant que les bancs ou l'accès étaient réservés aux Blancs, mais je savais déjà que c'était le cas. Même quand j'étais seule, les commerçants me chassaient si je restais plantée trop longtemps à lire leur enseigne. Church Street, avec sa rangée de faux poivriers et la flèche de son église hollandaise réformée, n'était pas pour des gens comme moi.

Déjà, quelqu'un l'avait remarqué.

Une dame vêtue d'un corsage rose à volants et d'une jupe plus foncée sortait de chez N. C. Rogers, le bazar, en s'éventant. J'ai vu son œil aller de Mr Phil à moi et vice versa.

— Tiens, a-t-elle dit en me tournant le dos, c'est Philip Harrington, le fils de Cathleen et d'Edward. Ce que tu es chic !

Mr Phil a détaché son regard de moi et s'est avancé pour lui serrer poliment la main.

— Je crois que vous autres jeunes gens, vous n'allez pas tarder à partir, non ? a-t-elle demandé en baissant la voix.

— Je n'en sais rien encore, Madame.

La voix du jeune maître était ferme, mais je sentais la peur tapie juste au-dessous de la surface. Je l'avais entendue dans sa voix dans le jardin de Cradock House, tout comme j'avais vu le soleil briller sur les bras qu'il avait musclés pour la guerre. J'ai détesté la dame qui sortait du bazar. Je l'ai détestée d'avoir rappelé à Mr Phil que non seulement lui, mais d'autres aussi découvriraient vite s'ils avaient trop peur pour faire la guerre.

J'ai attendu, juste derrière eux. Le regard de Mr Philip, clair comme de l'eau, a croisé le mien par-dessus l'épaule volantée de la dame. Des hommes sont sortis du bazar et se sont approchés à pas lourds d'un cheval attaché à côté, le nez plongé dans un sac d'avoine.

— Monsieur, ai-je lancé assez fort pour couvrir leur conversation à propos du cheval, il y a la lettre de Madame à poster.

La dame s'est retournée, les lèvres pincées, agacée par cette interruption.

— Merci, Ada, a dit Mr Phil en portant le doigt à sa casquette en guise de salut. Je vous prie de m'excuser. Je suis ravi de vous avoir rencontrée. Ada, a-t-il poursuivi en se tournant vers moi, il faut aussi qu'on vérifie si les colis de mon père sont arrivés.

Il a incliné la tête et commencé à remonter la rue d'un bon pas en direction de la place du marché. J'ai pris soin de ne pas regarder la dame aux volants et j'ai suivi Mr Phil à la hâte, tout en restant à une certaine distance. Lorsqu'il a été à la hauteur des jardins du Karoo, il s'est arrêté à l'ombre striée d'un faux poivrier et a attendu que je le rejoigne. De l'autre côté de la place, des charrettes rangées devant la mairie tremblaient dans la chaleur, comme si elles s'apprêtaient à prendre le départ toutes seules. Mr Phil s'est essuyé le front.

J'ai regardé autour de moi pour m'assurer que personne ne nous observait. Alors, j'ai tendu la main pour lui toucher le bras.

— Vous serez un bon soldat, Monsieur, j'en suis sûre, ai-je dit.

Certaines nuits, pendant les premiers temps de la guerre, pendant que Mr Phil s'entraînait dans le veld voisin, Madame et le maître se rapprochaient du poste de radio pour écouter un homme à la voix profonde qui s'appelait Mr Churchill. Mr Churchill, semble-t-il, était un homme plus important que le général Smuts. Parfois, Madame se mettait à pleurer quand il parlait, le maître jetait sa veste sur une chaise et marchait de long en large en se tordant les mains. Ses cheveux, plaqués d'habitude, étaient en désordre. La radio parlait de « bombes » qui provoquaient des incendies dans une ville nommée Londres, qui devait être proche de là où Madame était née en Irlande, car elle était extrêmement inquiète. On parlait aussi d'aéroplanes qui plongeaient pour envoyer du feu en mitraillant avec leurs fusils, et faisaient couler de grands bateaux – je ne parvenais toujours pas à les imaginer, ni les mers immenses sur lesquelles ils flottaient – jusqu'au fond des océans pour toujours. Alors, Miss Rose montait au pas de course au premier et s'enfermait dans sa chambre en criant qu'elle en avait marre de cette guerre et, d'ailleurs, pourquoi tout n'était-il pas comme avant ?

« Quand cela va-t-il finir ? chuchotait Madame. Il y a tant de pertes parmi nos jeunes. Ada ? »

Elle élevait la voix en me cherchant dans le couloir.

« Viens donc nous jouer quelque chose… »

Alors, je jouais des nocturnes paisibles ou un prélude comme celui de *La Goutte d'eau* de Chopin, dont les notes détachées tombaient dans le silence tendu et angoissé. Le maître se replongeait dans son journal, en lissant ses cheveux gris. Madame restait assise, pâle sous la lumière de la lampe, les mains crispées sur les genoux. Pour une fois, elle ne marquait pas la mesure.

Philip a reçu sa feuille de route.

Nous essayons de faire bonne figure.

Miriam prépare son gâteau de Savoie favori, fourré à la confiture, Ada joue des marches et Rosemary elle-même se secoue pour être agréable. Mais Edward et moi nous souvenons trop de la Grande Guerre pour nous laisser entraîner dans une euphorie quelconque.

Ada a repassé les treillis de Philip avec une minutie maniaque. Elle veut que tout soit parfait quand il partira.

Mr Churchill a envoyé le jeune maître « là-bas dans le Nord ». Il n'y a pas d'océan ni de grands navires là-bas, mais un désert plus vaste et plus sec encore que notre Karoo.

J'ai demandé à accompagner Mr Phil à la gare. Elle se trouvait de l'autre côté du Groot Vis, sur une côte, à une certaine distance de la petite cité noire de tatie. Maman a dit plus tard que c'était déplacé de ma part d'avoir sollicité une chose pareille, mais comme j'avais posé la question à Madame pendant que maman était occupée à la cuisine, elle n'a pu me le défendre.

— Mais bien sûr, Ada, a répondu Madame en jetant un rapide coup d'œil au maître caché derrière son journal en face d'elle, tu peux venir.

Jamais je n'avais vu une telle foule à la gare. Des jeunes gens étaient là, leur attirail sur l'épaule, à parler fort et à s'envoyer des bourrades avec leur bras libre. Un train les attendait, dont les compartiments rouge sombre étaient déjà poussiéreux avant que le voyage ait commencé. Dans un bruit d'explosion qui a ébranlé l'air, le train a commencé à cracher des nuages de vapeur blanche, ce qui a obligé les élégantes sur le quai à détourner le visage pour éviter les projections d'escarbilles. Un chef de train en uniforme et casquette bleus arpentait le quai, puis, à un signal que je n'avais pas vu, il s'est mis à jouer du sifflet pour faire monter tous les soldats dans le train à l'heure.

— Mon chéri, reviens vite ! a dit Madame en étreignant Mr Phil, qui la dépassait d'une bonne tête tant il avait grandi.

Elle s'est écartée de lui et a croisé les mains.

Il y avait des pères qui serraient leur fils dans leurs bras, mais le maître a tendu la main.

— Philip, fais bien attention à toi, mon fils. Rosemary, viens dire au revoir à ton frère !

Il s'est retourné vivement pour récupérer Miss Rose, occupée à faire les yeux doux à un jeune homme à côté d'eux.

Miss Rose s'est jetée au cou de Mr Phil avant de courir rejoindre ses amies d'école. Je suis restée un peu en retrait derrière le maître. J'étais la seule Noire venue avec une famille blanche. L'entrée de la gare était dans mon dos, je pouvais m'éclipser, personne ne le remarquerait. Je pourrais dire que j'étais rentrée aider ma mère à préparer le thé. Pourtant, c'était un réconfort de faire partie de cette foule, même si j'étais une étrangère au milieu de tous ces gens. On riait, on pleurait ; les enfants agitaient de petits drapeaux. Je me demandais ce qui, dans la guerre, pouvait bien faire rire et pleurer les gens en même temps. Peut-être que les larmes sont toujours derrière le rire, mais n'apparaissent que lorsqu'on dit au revoir.

Trois soldats avec leur clairon se sont alignés devant un wagon et se sont mis à jouer un air bref – Madame m'a dit plus tard que ça s'appelait une fanfare – qui a fait applaudir la foule.

— Ada ?

Mr Phil me regardait et je me suis approchée de lui.

— Vous allez me manquer, Monsieur. Bonne chance, ai-je dit en élevant la voix à cause du bruit.

Je lui ai tendu la main. Alors, Mr Philip a fait une chose bizarre. Il a ouvert les bras, s'est penché et m'a serrée contre lui. Pendant un moment, j'ai senti sa joue contre la mienne. Elle piquait là où il avait oublié de se raser. L'instant d'après, il s'était éloigné, assurait son sac à l'épaule et sautait sur les marches du wagon.

J'ai senti la main de Madame sur mon épaule, et j'ai glissé un regard vers le maître. Il avait l'œil fixé sur Mr Phil et les sourcils froncés.

— En voiture tout le monde ! a crié le chef de train avant un dernier coup de sifflet.

Les musiciens ont rangé leur clairon sous leur bras, saisi leur sac et sauté dans le train, qui s'est ébranlé dans un nuage de fumée. Tout autour de nous, les gens sur le quai criaient, appelaient leurs fils qui se penchaient aux fenêtres en chantant et en tapant sur les flancs du wagon en mesure : c'était une chanson que j'avais entendue à la radio à Cradock House. *We'll meet again, don't know where, don't know when*[1]...

1. « On se retrouvera, Dieu sait où, Dieu sait quand... » : la chanson la plus célèbre de la Seconde Guerre mondiale, par Ross Parker et Charlie Hughes (1939).

Les dames qui avaient détourné la tête pour se protéger de la fumée regardaient à nouveau les wagons, s'essuyaient les yeux avec des mouchoirs en dentelle et agitaient leurs mains gantées. Le train a sifflé, un bruit strident, plus haut perché que celui du sifflet du chef de train. A côté, un groupe d'enfants a poussé des cris aigus en se bouchant les oreilles. Des pigeons bleu foncé se sont envolés des poutres du toit de la gare.

Je me suis retournée pour regarder à nouveau le maître, pour voir s'il était triste de ne pas avoir serré son fils dans ses bras comme les autres pères, et j'ai vu qu'au lieu d'observer le train bondé qui emmenait Mr Phil où Mr Churchill l'envoyait il me dévisageait fixement.

Je n'ai pas de père.

Enfin, c'est peut-être inexact. Je n'ai jamais vu mon père. Il doit être quelque part, chez lui ou chez les ancêtres, mais je ne l'ai jamais connu. Maman ne parle pas de lui, et pour moi il n'a pas de visage. Madame et le maître ne le mentionnent pas non plus ; quant à Mr Phil et Miss Rose, ils ont leur propre père et n'ont pas l'air de trouver bizarre que je n'en aie pas un à leur montrer.

Ce jour-là, celui où Mr Phil est parti, m'a fait repenser à mon père. Madame était une seconde mère pour moi, mais le maître était trop occupé pour me remarquer et jouer un rôle paternel. Je ne m'attendais pas à ce qu'il me prête la moindre attention, et je n'en ai reçu aucune. Non que j'aie jamais eu l'impression qu'il m'était hostile. Il ne me remarquait pas, voilà tout.

Sauf aujourd'hui.

Le regard qu'il avait posé sur moi était chargé d'autant d'attention qu'il en témoignait à Miss Rose ou à Mr Phil. Mais ce n'était pas une attention bienveillante. Le maître me regardait sans sympathie particulière. Ce qu'exprimait son regard, c'était la consternation.

8

« Qui est mon père ? demandais-je souvent à maman après avoir compris qu'il fallait un père pour avoir un bébé.

— Un homme que j'ai connu jadis, répondait maman en se détournant de façon à cacher son visage.

— Tu l'as épousé ? Comme le maître a épousé Madame ?

— Il est parti avant ta naissance. »

Alors, je remontais la couverture et la regardais fixement. Je provoquais toujours ces conversations quand je me couchais le soir, une fois que Madame avait fini de jouer et qu'il n'y avait plus de bruit dans la maison, sauf les craquements du toit en métal qui refroidissait après la chaude journée. Maman faisait du crochet dans son fauteuil près de la fenêtre, les pieds dans ses pantoufles, les cheveux libérés de son *doek* habituel. Elle entourait ses épaules d'un châle bleu qu'elle avait confectionné, et je m'endormais en écoutant les bruits du toit, le hibou de l'arbre corail, et le va-et-vient du crochet de maman dans la laine.

— Le maître n'est jamais parti, lui, quand Mr Phil et Miss Rose sont nés. Pourquoi il est parti, mon père ? ai-je insisté la dernière fois que nous avons parlé du père que je n'ai jamais connu.

Il était rare que ma mère se mette vraiment en colère contre moi, surtout en fin de journée, quand elle était fatiguée, mais cette fois-ci a fait exception. Elle a repoussé son ouvrage et est venue se planter devant moi, comme si ce qu'elle avait à me dire n'était destiné qu'à mes seules oreilles et ne devait pas sortir de la pièce.

— *Tula !* a-t-elle sifflé. Je ne veux pas parler de ces choses-là. Tu as une grande chance de grandir ici, tu n'as pas besoin d'un père qui ne revient pas ! Remercie le Seigneur et dors !

Mais je n'arrivais pas à m'endormir. Je l'ai regardée ramasser son châle tombé par terre et se pencher à nouveau sur son crochet. Maman n'était pas femme à donner son cœur facilement. Elle était totalement dévouée à Madame, au maître et aux enfants, alors quel genre d'homme avait bien pu conquérir son amour ? Sûrement un homme bien, un homme gentil, qui avait promis de l'épouser. Je savais que maman jugeait sévèrement Mrs Pumile, avec ses nombreux visiteurs inconstants ; elle n'aurait donc pas fréquenté un homme qui n'était pas prêt à rester. Mais un homme qu'elle admirait, un homme sérieux, aurait pu gagner son cœur et être un bon père pour moi. J'aurais bien aimé connaître un tel père.

Pourtant, dans tout Cradock – dans tout le Karoo ? dans le monde entier ? –, il me semblait que très peu de familles noires vivaient sous un même toit. A la réflexion, je me suis dit que cela s'expliquait peut-être par le fait que les hommes et les femmes ne travaillaient pas au même endroit. Les hommes qui voulaient chercher de l'or avaient besoin de partir dans des endroits éloignés, comme Johannesburg, pendant que leurs femmes restaient à la maison et travaillaient pour des familles blanches, comme nous le faisions, maman et moi. Ou était-ce parce que les hommes noirs aiment avoir beaucoup de femmes et d'enfants pour être riches dans leurs vieux jours ? Et que rester avec une femme en particulier pouvait être considéré comme cruel envers les autres ?

Dans le cas de maman, il se pouvait aussi que mon père ne soit pas un homme qui travaillait au loin, ou qu'elle admirait, ou qui avait d'autres familles auxquelles il devait consacrer du temps, mais un homme qui l'avait trompée en lui faisant croire qu'il était quelqu'un de bien alors que ce n'était pas vrai. Un homme qui lui avait parlé mariage et s'était enfui avant de remplir sa promesse. Un homme qui n'avait sans doute jamais su qu'il avait une fille.

Je n'ai jamais plus parlé de mon père après cela. Ni des pères en général. Même quand je l'aurais bien voulu, comme le jour où Mr Phil est parti.

J'aurais voulu savoir ce qui mettait les pères en colère. J'aurais voulu savoir pourquoi le maître m'avait regardée comme il l'avait fait. Mais je n'ai jamais posé la question à maman, et elle n'a jamais su ce qui a commencé ce jour-là.

9

Quand j'ai eu quinze ans, j'ai appris que la guerre était finie et que la paix était revenue. On avait eu la paix avant cette guerre – je me souviens de l'avoir vu écrit sur certaines des affiches devant le kiosque à journaux quand j'allais poster les lettres de Madame pour l'Irlande. Mais elle n'avait pas duré longtemps. Avant qu'on ait eu le temps de s'y habituer, la guerre était arrivée.

— Est-ce qu'il y a toujours la paix quand il n'y a pas de guerre ? ai-je demandé à Miss Rose un jour où je pliais ses chemisiers propres.

Elle était en train de disposer sur son lit une collection d'écharpes, des morceaux d'étoffe fine, fluide, aux couleurs vives, beaucoup plus doux que ce que maman et moi lavions en bas dans la buanderie.

— Ne sois pas idiote, Ada, a-t-elle répliqué sèchement. Bien sûr qu'il y a la paix. Que veux-tu qu'il y ait d'autre ?

Elle s'est mise à manier les écharpes, à les présenter devant un pull ou une jupe, ou à se les nouer autour du cou tout en se regardant dans la glace.

— Mais on tue toujours des gens, ai-je poursuivi. J'ai entendu le maître le dire.

— On tue toujours ici ou là, je ne me tracasse pas pour autant, alors je ne vois pas pourquoi tu le ferais. Je crois que je préfère celle à pois bleus et blancs plutôt que l'unie, a-t-elle décidé en posant un cardigan bleu pâle devant elle.

— Mais je voudrais bien comprendre la différence entre la guerre et la paix, ai-je insisté.

Cela me semblait important. La guerre avait changé Cradock House ; elle nous avait privés de sucre, de moules à gâteau et de Mr Phil. Je voulais être préparée pour la fois suivante, pour l'ennemi aux aguets. Mais Miss Rose était trop absorbée dans son monde, et elle ne m'a même pas entendue.

Avant le retour de Mr Phil, ma mère et Madame se sont enfermées dans la cuisine pour parler. Moi, j'astiquais la table de la salle à manger et je tendais l'oreille pour entendre ce qu'elles disaient, mais la porte était trop épaisse. Miss Rose, qui était allée acheter une robe chez Anstey, le magasin de mode, est rentrée.

— Regarde, Ada !

Elle s'est mise à virevolter, ses cheveux blonds volaient devant sa figure. La robe était bleue comme le ciel à travers les feuilles de l'arbre corail, avec un col blanc aux broderies bleues. Jamais je n'en avais vu d'aussi jolie.

Je n'aurai pas besoin du manchon en fourrure, ni de mon seul beau chapeau en soie, pas à Cradock. Edward dit que les femmes portent des vêtements confortables. Et d'après maman, qui connaît l'étranger par son frère Tom, en poste en Inde, la chose qui compte le plus, c'est de protéger mon teint. Pourtant, ce que l'oncle Tom a écrit, c'est ceci : Ne jamais discuter avec les indigènes, c'est un signe de faiblesse !

Donc — et je le regrette, car j'adore la soie, même si elle est très vieille — je laisserai le chapeau et le manchon, et emporterai trois chapeaux à bride tout simples et une ombrelle de rechange.

Après tout, comme a dit maman — sur un ton un peu sec, j'ai trouvé —, l'Afrique du Sud, ce n'est pas l'Inde.

Je ne savais pas ce qu'était la soie, ni où se trouvait l'Inde. Mais la robe de Miss Rose était sûrement aussi belle que n'importe quel chapeau.

— Madame et maman sont en train de discuter dans la cuisine, lui ai-je dit pendant qu'elle tourbillonnait, faisant voler la jupe bleue, et elles ne sont pas en train de préparer le repas.

— Tu es bête, Ada ! Pourquoi ne pourraient-elles pas parler ? C'est l'une des robes que j'ai achetées pour Jo'burg. Dans le magasin, on m'a dit que toutes les filles vont porter ce genre de robe maintenant que la guerre est finie.

— Je crois qu'il était question de Mr Phil.

— Tu m'as repassé mes jupons ? S'il te plaît, Ada ! Je t'achèterai des bonbons fourrés à la menthe.

Elle s'est penchée en m'adressant son plus large sourire. Le maître est apparu brusquement, sortant de son bureau.

— Dis donc, Rosemary, Ada ne peut pas être derrière toi toute la journée. Il serait grand temps que tu fasses une partie de ton repassage.

— Méchant papa ! a répliqué Miss Rose en passant le bras sous celui de son père, elle te plaît, ma nouvelle robe ?

Le maître a souri à contrecœur et a joué avec la montre accrochée par une chaîne à son gilet. Il ne pouvait pas résister à Miss Rose. Peu de gens y arrivaient, et surtout pas les hommes.

— Quand est-ce qu'il revient, Mr Phil ? ai-je risqué.

Je ne m'adressais pas souvent au maître directement. Et il ne me regardait pas souvent directement, sauf le jour du départ de Mr Phil, à la gare. Il y avait toujours quelque chose de très dur dans le visage du maître – les sourcils grisonnants au-dessus des yeux clairs, sa façon d'être silencieux, les lèvres sévères qui ne s'adoucissaient que pour Madame ou Miss Rose, ou quand je jouais du piano et qu'il ne savait pas que je le voyais du coin de l'œil.

Il s'est détourné de Miss Rose, en train de s'admirer dans le miroir du vestibule que j'avais nettoyé le matin même, et a posé le regard sur moi. Son expression avait toujours la même dureté, mais il s'y mêlait quelque chose d'autre, quelque chose d'étrange que je n'avais encore jamais vu sur son visage. C'était, je m'en suis rendu compte brusquement, l'expression qu'avait eue Mr Phil dans le jardin avant la guerre, le jour où il s'était demandé s'il aurait le courage de se battre. Pourtant, quelle appréhension pouvait bien éprouver le maître au moment du retour de son fils bien-aimé ?

— Bientôt, Ada, a-t-il dit à mi-voix. Bientôt.

Et il m'a touché l'épaule. Le maître ne m'avait jamais touchée avant. Peut-être était-il distrait par Miss Rose.

Mr Phil est arrivé le lendemain. On l'a porté dans sa chambre au premier. Tout ce que j'ai vu de lui, c'était son visage au-dessus d'une couverture, et ce visage était différent de celui qu'il avait emmené à la guerre. Madame m'a dit que Mr Phil était très fatigué et avait besoin de beaucoup dormir. Ce que je pouvais comprendre. Après tout, Mr Churchill avait demandé à tous ses soldats de grandes actions et beaucoup de vaillance. Il y avait eu un service religieux à l'église Saint Peter pour tous les jeunes gens de Cradock qui n'étaient pas revenus. Madame et le maître y étaient allés et avaient dit des prières à Dieu pour Le remercier d'avoir épargné Mr Phil et de l'avoir ramené à la maison. La plupart des autres jeunes gens étaient morts et enterrés dans le désert, là-bas dans le Nord ou dans un autre pays appelé l'Italie, où Mendelssohn était allé pour trouver l'inspiration d'une nouvelle symphonie dans une région réputée presque aussi chaude que notre Karoo.

Une semaine a passé, et Mr Phil a continué à dormir.

— Comment se fait-il que certains des soldats survivants circulent en ville ? ai-je demandé un soir à maman dans notre chambre. Est-ce qu'ils ne se sont pas battus avec autant d'énergie que Mr Phil ?

Maman, occupée à crocheter, a levé les yeux. Elle faisait des couvre-théières et des chaussons de lit pour la paroisse, où ils en étaient toujours à court.

— Mr Phil est blessé, Ada, a-t-elle dit en posant son ouvrage.

— Alors, pourquoi est-ce que je ne peux pas aider à le soigner, maman ?

Ma mère a souri, c'était un sourire sans joie.

— Certaines des blessures de Mr Phil sont à l'intérieur, Ada.

— Sous les bandages ?

— Beaucoup plus profond. Ce sont des blessures qui ne saignent pas.

Je l'ai regardée fixement. Elle a repris son ouvrage. Dehors, dans l'arbre corail, le hibou a hululé. Je me suis demandé si Mr Phil entendait toujours les hiboux, ou si ses blessures profondes l'empêchaient aussi de percevoir les sons.

Miss Rosemary est partie à Johannesburg peu après le retour de Mr Phil. Je ne sais pas pourquoi elle est partie, à ceci près qu'elle en semblait ravie. Elle a déclaré que l'avenir serait meilleur à Jo'burg. Je me souvenais avoir lu quelque chose sur l'avenir dans le livre de Madame, au moment où elle s'apprêtait à quitter l'Irlande pour Cradock. A l'évidence, c'était quelque chose d'indispensable dans la vie des gens riches. J'aurais bien aimé trouver des gens qui avaient découvert ce que c'était, l'avenir, et leur demander ce que ça avait de si exceptionnel.

— Souhaitez-moi bonne chance ! a-t-elle crié par la vitre de la voiture qui l'emmenait à la gare.

Depuis la guerre, on voyait davantage de voitures à moteur et moins de voitures à cheval. Miss Rose semblait très heureuse en agitant son mouchoir de dentelle par la fenêtre. Elle portait sa robe bleue neuve de chez Anstey, et du rouge à lèvres acheté chez Austen, le pharmacien. Elle avait refusé que Madame et le maître l'accompagnent à la gare.

« On ne va pas en faire une affaire », avait-elle lancé gaiement.

Peut-être voulait-elle leur éviter de se rappeler le départ de son frère pour la guerre ? Mais je ne crois pas. Miss Rose n'avait pas ce genre d'égards. Je pense qu'elle était pressée de partir, tout simplement.

Le maître a regardé ses chaussures, que j'avais cirées le matin même, puis Miss Rose dans la voiture, et il a levé une main pour se protéger les yeux du soleil. Le vent a plaqué la robe de Madame sur ses jambes. En haut, dans sa chambre, Mr Phil dormait.

— Prends soin de toi, ma chérie ! Ecris-nous toutes les semaines !

Madame lui a envoyé des baisers et a cherché de la main la broche près de son cou.

« Cathleen Moore, à destination du vapeur Walmer Castle, Compagnie Union Castle, Southampton », lit-on sur l'étiquette de ma malle. Train au départ d'ici, bateau pour l'Angleterre, train à nouveau pour Southampton, puis embarquement sur le Walmer Castle. Moi qui ne suis jamais allée au-delà du village de Bannock.

— Eh bien, Ada, a dit Madame en se mouchant, quand nous avons refermé la grille du jardin et remonté l'allée, c'est toi la fille de la maison, maintenant.

— Alors, laissez-moi vous aider à soigner Mr Phil, comme une fille doit le faire, ai-je plaidé en regardant le dos droit du maître monter les marches du *stoep* et disparaître dans la maison.

Madame s'est arrêtée sur le chemin. Elle s'est penchée et a ôté une fleur morte sur un rosier. Après coup, quand j'ai répété à maman ce que j'avais dit, elle a été furieuse contre moi. Mais elle savait aussi bien que moi – et que Madame elle-même – que Miss Rose n'avait jamais été serviable, qu'elle n'avait jamais été le genre de fille dont Madame avait besoin.

— Tu pourras peut-être m'aider, Ada, a répondu Madame en se redressant.

Elle avait les yeux rouges, comme quand on a été face au vent un jour où il y a de la neige sur les montagnes. Je n'avais toujours pas vu cette fameuse neige. Elle était sur les hauteurs, à l'autre bout du Karoo, à deux heures de trajet.

C'était elle qui était responsable des gelées blanches et dures qui se formaient pendant la nuit et crissaient sous mes pieds nus au lever du jour, quand j'allais chercher le lait.

Et c'est comme ça que j'ai commencé à m'occuper de Mr Phil.

— Tu te souviens du soir où j'ai été malade, Ada ?

Mr Phil a tourné vers moi son visage maigre.

— Oui. Vous aviez mangé trop d'abricots sur l'arbre.

Il a eu un léger sourire et a changé de position dans son lit. Ses bras n'étaient plus bronzés et musclés comme dans mon souvenir, et de longs os affleuraient sous la peau comme une corde à linge sous un drap mouillé. Quand il allait jusqu'à la salle de bains, il marchait comme un vieillard. Quand il se penchait pour se recoucher, ses vertèbres saillaient sous sa veste de pyjama.

— Vous voulez vous asseoir dans le lit, Mr Phil ? Est-ce que j'ouvre les rideaux ? Il fait très beau, vous pourriez regarder les nuages…

— Non, non, la lumière me fait mal aux yeux, m'a-t-il dit en se laissant retomber sur l'oreiller.

— Ce vieil abricotier donne toujours des fruits, ai-je repris au bout d'un moment. Vous en avez vu, des abricotiers, pendant la guerre ?

Mr Phil m'a regardée avec ses yeux clairs comme le ciel le plus clair, comme ce jour dans le jardin où il avait dit qu'il aurait peut-être peur. Puis il s'est mis à pleurer. Ses épaules se sont voûtées sous la flanelle du pyjama que maman et moi devions laver chaque jour parce qu'il transpirait la nuit.

— Pardon, Monsieur, ai-je dit en m'efforçant de ne pas pleurer moi aussi. Pardon de vous avoir fait de la peine.

Il ne s'est pas détourné pour cacher ses larmes, comme quand il était petit et qu'il s'était fait mal en tombant. Là, il est resté couché dans son lit, le visage vers moi ; les larmes lui coulaient sur les joues, et ses épaules tressaillaient. On l'entendait à peine. Peut-être que les soldats apprennent à pleurer en silence à la guerre.

Je ne savais pas quoi faire, alors je lui ai pris la main, et il a posé son autre main sur la mienne.

— Joue-moi quelque chose, Ada, a-t-il murmuré. Quelque chose de gai.

J'ai donc commencé. Je laissais la porte ouverte et descendais. Je jouais un air joyeux et entraînant pour couvrir ses larmes. Une valse parfois, comme Madame avant la guerre, quand elle avait des invités à dîner. Ou bien une polonaise, où la main court allègrement sur tout le clavier. Alors, Madame entrait, et me remerciait du regard. Et le maître ouvrait la porte de son bureau et écoutait lui aussi.

J'en ai appris davantage sur « là-bas dans le Nord ». C'était là que Mr Churchill avait envoyé Mr Phil pendant la guerre. Je voulais savoir ce qu'il en était, je voulais me représenter le genre d'endroit qui avait pu blesser Mr Phil aussi profondément. Alors, peut-être que je comprendrais ce que c'était que la guerre.

Mais je voulais aussi en savoir plus parce que c'était pour moi un endroit inconnu. Avais-je tort ? Etait-ce mal d'avoir une telle curiosité pour les endroits inconnus, même s'ils avaient causé tant de souffrances ?

Tout ce que je connaissais, c'était Cradock. Tout ce que je voyais en me perchant sur le coffre à jouets de Mr Phil, c'était le Karoo. Quand mon regard se promenait sur le veld, je me demandais ce qu'il y avait derrière les *koppies* brunes et les montagnes lointaines, couvertes de la neige que j'imaginais. Les livres et la musique vous emmènent loin, mais jusqu'à un certain point seulement. Les mots tirés d'une expérience réelle vous emmènent plus loin. Ceux de Madame m'avaient emmenée en Irlande, près d'une rivière bleue qui tombait des falaises au son de Grieg…

Au début, je n'ai posé aucune question à Mr Phil. Je m'occupais de lui en silence ; je coupais ses cheveux blonds, autrefois brillants, rasais son visage maigre quand il était trop fatigué pour le faire, lui tenais la main quand il s'endormait, et attendais dans le fauteuil en face de lui pour qu'il ne soit pas seul à son réveil.

Et puis, il a commencé à me parler du désert. Alors, je l'ai découvert par sa bouche, ce désert en comparaison duquel notre Karoo, avec sa brousse ingrate, paraissait luxuriant. Le Sahara dont il parlait était un endroit où la vie avait renoncé à faire valoir ses droits. Rien, pas même un acacia maigre, ne trouvait la volonté de pousser. Des dunes de sable brun, où l'on ne trouvait aucune plante, aucun animal, recouvraient le sol et montaient plus haut que nos *koppies*. Mais elles compensaient leur absence d'habitants par leur mouvement propre. Elles bougeaient, m'a dit Mr Phil, le visage animé pour une fois. Des dunes entières bougeaient !

— Mais comment ? ai-je demandé, retenant mon souffle.

Je le regardais dans la pénombre de la chambre, où l'on n'ouvrait pas les rideaux puisque le soleil lui faisait mal aux yeux.

— A cause du vent, Ada, m'a-t-il répondu patiemment, aussi patiemment qu'il m'expliquait autrefois les mots au sens étrange ou les chiffres auxquels je ne connaissais encore rien. Le vent les étête, tu sais, ou il les pousse de côté. Il les déplace ou les déforme…

Il grimaçait un peu et je me suis demandé si les blessures internes le faisaient souffrir lorsqu'il parlait trop. Si la première fois qu'il manifestait de l'enthousiasme était pour lui l'occasion de souffrir davantage, ce serait dommage. Après les larmes provoquées par l'abricotier, j'avais pris soin de ne pas poser trop de questions. J'attendais plutôt qu'il me raconte les choses de lui-même pendant que nous étions ensemble, à la fin de l'après-midi, ou pendant qu'il buvait la tasse de thé que je lui apportais entre deux de mes tâches ménagères quotidiennes. Parfois, comme aujourd'hui, il parlait ; d'autres fois il gardait le silence pendant plusieurs jours d'affilée. En ce sens, je trouvais Mr Phil très changé. Disparus, le rire, l'ardeur, l'énergie qu'il avait plus jeune ; disparue aussi la peur qu'il avait pu avouer avant de partir. Ce qui restait était aussi vide et sec que le lieu qu'il décrivait.

Un jour où j'avais osé poser une autre question, il m'avait dit ceci sur le désert :

— Il a une beauté étrange, mais il est cruel, Ada.

Et il avait regardé avec un air surpris ses doigts qui s'agitaient nerveusement sur le couvre-lit, un peu comme s'il n'avait pas plus de contrôle sur leur mouvement que les sables du désert sur l'endroit où les poussait le vent.

— Qu'est-ce qu'il a de beau ?

Les dunes étaient-elles violettes au coucher du soleil ? Le ciel avait-il des couleurs plus vives que celui que je voyais chaque soir au-dessus de Cradock House ? Ou sa beauté venait-elle de la dureté du lieu, du pouvoir qu'avait le vent de fouetter le sable pour lui faire prendre de nouvelles formes ?

— Il n'y a pas d'ombre, a dit Mr Phil, aspiré de nouveau par la cruauté du lieu. Des mouches sur le visage, dans les cheveux, le sable qui te pique les yeux et te râpe la gorge jusqu'à ce qu'elle saigne.

Il a levé l'une de ses mains agitées et l'a posée contre son cou comme s'il était encore aux prises avec cette sécheresse.

— Une demi-tasse d'eau pour se raser. Pas moyen de se laver. La chaleur qui te dessèche et te raidit, puis le froid qui t'engourdit dès que le soleil se couche.

— D'où venait l'eau qu'on vous donnait, Monsieur ?

Dans un endroit pareil, il ne pouvait pas pleuvoir, il n'y avait pas la ressource d'un Groot Vis serpentant entre les montagnes de sable.

— Elle était transportée en camions, a-t-il dit, et pour une fois son sourire a monté jusqu'à ses yeux bleu clair. On la prenait dans une rivière, ou une oasis, à des kilomètres de là.

— Une oasis ?

— Une source au milieu du désert, a-t-il précisé en se relevant légèrement pour s'appuyer contre ses oreillers. L'eau se trouve très profond, et elle arrive jusqu'à la surface en bouillonnant.

— Vous avez vu ce genre d'endroit ?

— Oui, quand j'ai été blessé, a-t-il répondu avant de reposer sa tête et de lever un bras maigre pour le mettre en travers de son visage.

Une fois ses yeux ainsi couverts, il a repris :

— Il y avait des palmiers. Et de l'ombre.

— Des palmiers comme les nôtres ? Ceux des jardins du Karoo, place du marché ?

Je l'avais interrompu, tout émue à l'idée de pouvoir connaître quelque chose qu'on trouvait aussi très loin d'ici ; de m'être assise à l'ombre d'arbres qui poussaient à l'autre bout du monde ; d'avoir touché quelque chose qui faisait partie de la guerre.

— Oui, a-t-il répondu en retirant son bras. Exactement les mêmes.

Je l'ai regardé en ouvrant de grands yeux. J'avais déchiffré de la musique venant de l'autre côté du monde, je l'avais sentie vivre sous mes doigts. Et en bas, sur la place du marché, il y avait une ombre que j'avais partagée avec Mr Phil sans le savoir.

— Mais c'est le sable dont on se souvient le plus, a-t-il repris.

Et il s'est essuyé les doigts comme s'ils ne pourraient jamais en être débarrassés.

— C'est drôle, a-t-il murmuré. Dans le désert, c'est le sable qui coule…

La maison était silencieuse. Madame donnait des cours à l'école, maman se reposait en bas, le maître était à la mairie. J'avais fini d'éplucher les légumes et de préparer la pâte pour couvrir la tourte à la viande et aux rognons. Le repassage était fait. J'ai attendu un moment.

— Comment avez-vous été blessé, Monsieur ?

Il m'a regardée ; ses yeux bleus étaient devenus attentifs, comme quand je le rasais et sentais son regard sur mon visage.

— Je voudrais comprendre ce que c'est que la guerre.

Il a hésité, ses yeux sondaient les miens.

— Il n'y a rien à admirer dans la guerre, Ada.

— N'empêche. Je voudrais comprendre.

De la gare venait le son irrégulier des manœuvres de triage. Une ronde appuyée, grave, puis une suite de croches pressées. Cela m'a rappelé les foules qui riaient et pleuraient sur le quai, les joueurs de clairon et la chaleur de la brève étreinte de Mr Phil. Il se rappelait peut-être la même chose, car il m'a répondu par un sourire triste en hochant la tête. Peut-être avait-il deviné mon projet. Peut-être savait-il qu'il le concernait plus que moi. Peut-être qu'en évoquant à haute voix ses souvenirs il pourrait apprendre à oublier.

— Nous sommes tombés dans une embuscade, a-t-il commencé après un silence. Une embuscade, c'est quand l'ennemi vous prend par surprise.

— Qu'est-ce qui s'est passé, Monsieur ?

— Cesse de m'appeler « Monsieur »…

Il a changé de place dans le lit, agacé, et a regardé ses poignets maigres aux veines apparentes. J'ai attendu dans la pénombre en refoulant mes questions. Je savais que les hommes se battaient à la guerre, mais assurément pas comme ça ? Seuls les animaux s'attiraient dans des guets-apens. Les lions du veld se mettaient à l'affût pour attaquer les antilopes, car c'étaient leurs proies. La guerre forçait-elle les hommes à se mettre à l'affût, à se guetter comme du gibier ?

— Ils avaient des tanks, sur lesquels étaient montées des mitrailleuses, a-t-il poursuivi, débitant d'une voix saccadée les détails qui affluaient à sa mémoire. Nous avions des fusils. Eux, ils pouvaient se déplacer tandis que nous étions dans des tranchées, des trous dans le sol, Ada, d'un pied de profondeur, pas plus. Ils nous ont coincés, nous ne pouvions pas creuser davantage parce que, sous le sable, il y avait la roche…

Il s'est couvert les oreilles des mains.

C'est alors que j'ai compris que ce n'étaient pas seulement les images de la guerre qui revenaient aux soldats, mais le bruit et la sensation de la guerre également. Peut-être que ces rideaux fermés qui, croyais-je, étaient pour Mr Phil une sorte de rempart contre le monde extérieur lui étaient également nécessaires pour repousser le souvenir du sifflement des balles au-dessus de sa tête, pendant qu'il était tapi dans sa cachette inadéquate, et pour empêcher les saletés de s'incruster sous ses ongles pendant qu'il grattait désespérément le sol afin de creuser encore la tranchée…

— Il y avait aussi des obus, qui sifflaient avant de frapper, a-t-il murmuré sans retirer ses mains de ses oreilles, tandis que la bataille faisait rage dans son crâne.

J'étais obligée de me pencher pour saisir ce qu'il disait.

— On les entendait venir : un bruit aigu comme un violon qui hurle. Ils arrivaient plus vite qu'on ne pouvait fuir… et c'était l'explosion, le sable qui vole… et le sang…

Il s'est arrêté brusquement, a encerclé son torse maigre de ses bras et a commencé à les serrer très fort, comme s'il se demandait une fois de plus comment il pouvait se retrouver entier malgré la pluie de mort qui s'était abattue tout autour de lui. J'ai tendu une main pour lui toucher l'épaule. Sous le coton de son pyjama, j'ai senti l'arête des os.

— Je les vois toujours, Ada. Ben, Frank, mon sergent…

Il m'a attrapé la main et m'a regardée fixement avec des yeux fous, brûlants.

— Je prierai pour eux, Monsieur. Dieu le Père leur redonnera la vie, j'en suis sûre, ai-je dit en essayant d'empêcher ma main de trembler sous son étreinte convulsive.

Il m'a regardée avec ses yeux fixes, mais je ne suis pas sûre qu'il me voyait.

— Cette bataille, elle avait un nom, Monsieur ?

Je ne voulais pas qu'il s'arrête de parler. C'était trop tôt. Il avait besoin de parler encore, de laisser sortir les souvenirs empoisonnés. Je savais qu'on donnait des noms aux batailles. J'avais entendu parler de Waterloo et d'autres endroits en France, avec des noms compliqués, où beaucoup d'hommes étaient morts dans une guerre plus ancienne. Mais pendant cette guerre-là, la mort était venue dans la boue, pas dans le sable.

— Sidi Rezegh. Elle s'appelait Sidi Rezegh, a-t-il répondu d'une voix lasse, et ses mains sont retombées, molles, sur les couvertures.

J'aurais voulu lui demander quelque chose, mais je ne l'ai jamais fait. J'aurais voulu savoir si sa peur de la guerre avait disparu pendant qu'il se battait. Ou si elle était responsable de ce qui s'était passé. Si la peur – et pas juste l'ennemi – l'avait plaqué au sol et lui avait tiré une balle dans la poitrine, le laissant avec une blessure qui ne saignait plus, mais le tourmentait sans relâche. J'aurais voulu lui poser la question, mais je ne l'ai jamais fait.

Une saison a passé. Mr Philip n'a pas quitté sa chambre. La blessure intérieure et le souvenir du cruel Sahara ne lui laissaient pas de répit. Ses mains s'agitaient. La chaleur du désert le rejoignait la nuit pour le faire transpirer et crier de douleur. Puis, comme pour lui rappeler celui-ci alors qu'il s'en serait bien passé, le Karoo a connu une période de sécheresse, avec des vents abrasifs qui balayaient le veld, desséchaient la peau du bout de ses doigts jusqu'à ce qu'elle se craquelle et transportaient des grains de sable familiers qui lui attaquaient la gorge.

« Il ne me lâchera donc jamais ! » marmonnait-il avec un désespoir résigné quand je lui apportais des linges mouillés à mettre sur son front et de la citronnade fraîche préparée par ma mère pour calmer sa gorge.

Entre les collines, des fissures profondes sont apparues dans le sol. L'eau du réservoir de la ville s'est évaporée et a laissé une marque horizontale, comme la crasse sur une baignoire mal nettoyée. Le Groot Vis s'est réduit à un filet et tatie a eu bien du mal à assurer son travail. Dans les jardins de la ville, les chiens allaient se mettre langue pendante à l'ombre des eucalyptus. Notre abricotier produisait des fruits durs et ridés qui tombaient. L'eau était rationnée et maman et moi lavions le linge dans des seaux. Chaque jour, quand je faisais la lecture à Mr Phil dans la pénombre de sa chambre, le bruit des bétaillères arrivait de Church Street : les fermiers conduisaient leurs bêtes à l'abattoir, car même la brousse du Karoo était sèche. Des tourbillons de poussière entraient à Cradock House et tachaient les rideaux pendant mollement derrière les impostes que nous laissions ouvertes pour recueillir le moindre souffle de vent. Il a fallu que je décroche les rideaux un par un pour les laver dans très peu d'eau, puis que je les hisse sur la corde à linge dehors en priant le ciel que la poussière ne revienne pas. Le sillon creusé devant la maison pour apporter l'eau brune de la rivière jusqu'au jardin était sec. La seule humidité semblait être le mince filet d'eau du robinet de la buanderie sous lequel, après le ménage du matin, je mettais la tête pour sentir l'eau fraîche couler sur mes joues et dans mes cheveux.

La sécheresse a persisté jusqu'au jour où j'ai entendu le chant du *langasem* – le grillon qui annonce la pluie –, qu'on n'entend que lorsqu'il va pleuvoir. Le même jour, maman a montré à Madame que les *songololos*[1] savaient ce qui allait se passer, car ils rampaient vers l'intérieur et se roulaient bien proprement en rond sur le mur.

— Comment peuvent-ils savoir, Miriam ? a demandé Madame, qui en a sorti un avec précaution pour le remettre dans le jardin.

— Ils le savent, Madame. Et longtemps avant nous.

Et la pluie est venue. Maman et moi, sur le *stoep*, avons regardé le ciel virer au noir et se déchirer, cracher une grêle argentée sur le toit avec un bruit infernal, laminer les quelques arbustes ratatinés et recouvrir le sol dur d'un tapis de billes. J'ai sorti un pied pour tâter le froid sous mes orteils. Lorsque la grêle a cessé de tambouriner, la pluie a commencé à siffler une musique douce, à remplir les citernes, le réservoir de la ville et le Groot Vis. J'ai su alors que nous étions sauvés. Même Mr Phil s'est levé pour regarder dehors et admirer les feuilles de l'arbre corail, qui ployaient sous le déluge et se détachaient sur un ciel liquide. Je crois que la pluie a lavé son cœur et en a fait sortir un peu de désert.

Les nuits étaient difficiles à Cradock House. Pendant la journée, c'était le souvenir du sable, de la soif et de la mort sifflante qui tourmentait Mr Phil. La nuit, c'étaient ses compagnons de combat qui revenaient et l'appelaient au secours.

« Sergent ! Sergent ! hurlait-il en bouchonnant ses draps. Par ici ! »

Je guettais le premier cri, je montais l'escalier en courant et j'essuyais doucement la sueur sur son front avec un linge humide.

1. Sorte d'iule d'Afrique du Sud.

« On vous couvre, attention aux flancs ! Aux flancs !

— Chut, Monsieur, la guerre est finie », disais-je.

Ses mains décharnées griffaient les couvertures, sa tête se tournait d'un côté, puis de l'autre, le vacarme du champ de bataille faisait frémir ses paupières.

« Ben, tiens bon ! Je viens te chercher !

— Chut ! Monsieur, chut.

— Plus de munitions, plus de munitions, papa… Papa ? »

Parfois, la seule façon de le calmer était de le prendre dans mes bras et de lui chanter *Thula thu*, comme me le faisait maman autrefois. Alors, je sentais les cordes rigides de ses bras se détendre, et voyais la bataille terrible qui le torturait s'effacer de son visage.

Parfois, Madame arrivait avant moi et, ensemble, nous le tenions et le calmions. Madame avait les yeux pleins de larmes, ses cheveux lui tombaient sur le visage comme un nuage, ses mains tremblaient comme elles ne le faisaient jamais au piano.

« Quand cela finira-t-il, Ada ? En verrons-nous jamais le bout ? » me soufflait-elle.

C'était la même question qu'elle posait au maître pendant la guerre quand les bombes tombaient et que les bateaux sombraient.

Jamais le maître ne venait réconforter Mr Phil, même quand celui-ci criait son nom. Peut-être trouvait-il que c'était un travail de femmes. Mais il venait à la porte et regardait. Une fois, j'ai levé les yeux et l'y ai vu, en robe de chambre et chaussons ; il m'observait pendant que je tenais dans mes bras Mr Phil, dont la tête agitée s'appuyait contre mon épaule. Il m'a semblé que son expression n'exprimait pas de l'inquiétude pour son fils, ni même de la reconnaissance pour moi qui le soignais, mais plutôt qu'elle ressemblait à celle qu'il avait eue dans la gare bondée : alors que je sentais encore la chaleur de l'étreinte de Mr Phil, le visage du maître avait exprimé la consternation. Là, dans cette chambre obscure où c'était moi qui tenais mon jeune maître dans mes bras, la consternation s'est durcie et changée en réprobation. Quand il a compris que je l'avais vu, il s'est détourné.

— Ada, a murmuré Mr Phil, dont le regard a hésité et glissé de la porte vers mon visage, est-ce que tu es un ange ?

— Non, Monsieur, ai-je dit en me dégageant et en le calant contre ses oreillers tout en balayant d'une caresse ses cheveux de son front. Il faut vous reposer, maintenant.

A l'extérieur de Cradock House, la vie poursuivait son cours.

On a construit à la gare une nouvelle salle d'attente pour tous ceux qui auraient à revenir en ville après la fin de la sécheresse. Et le nombre de trains a augmenté au point qu'on aurait dit que, de l'aube jusqu'au soir, jamais le bruit des aiguillages et les sifflements ne s'arrêtaient. Avec les trains sont arrivés d'autres gens vivant de l'autre côté du Groot Vis ; ils venaient travailler au chemin de fer et sur la route qui irait un jour jusqu'à Johannesburg, où il y avait de l'or à extraire du sol, et la promesse de richesse que cela supposait. Tatie a fait des affaires à cause de tout le surcroît de lavage.

On a ensuite parlé de quelque chose qu'on appelait un « boom », à cause de tout l'argent que l'on pouvait tirer des épaisseurs de laine bouclée tondue sur les moutons. Mais le malaise régnait dans le township au-delà de Bree Street. Le boom n'avait ni pavé les routes ni tendu des fils électriques pour apporter l'électricité jusqu'aux minuscules bicoques, ni installé de tuyaux pour évacuer les eaux usées comme cela avait été fait dans le quartier blanc de Cradock.

Au milieu de ce boom, une épidémie de diphtérie s'est déclarée dans le Karoo. Elle frappait ses victimes sans discrimination aucune. La gorge des malades devenait blanche, ils ne pouvaient plus avaler et ils mouraient. Je craignais beaucoup que Mr Phil ne l'attrape, et je préférais qu'il reste dans sa chambre pendant que la diphtérie attaquait ceux qui circulaient dehors. Certains croyaient que la maladie était provoquée par la sécheresse, d'autres, par la pluie qui avait marqué la fin de celle-ci. La vie et la mort ne choisissaient pas leur camp de façon prévisible, disait ma mère. C'était la chance ou l'influence des ancêtres qui décidait si vous alliez survivre ou mourir, non le temps ou la fortune.

Jamais Cradock House ne mourrait, me disais-je en frottant la rampe à la térébenthine et en récurant le *stoep* à l'eau et au savon là où il s'était taché pendant la sécheresse. Ni la maladie ni la guerre ne pouvaient en secouer les murs épais ni changer sa place dans la terre brune du Karoo. Et pourtant – je m'arrêtais pour écouter – ses couloirs étaient plus silencieux maintenant que Miss Rose était partie et que Mr Phil restait couché en haut dans le noir. J'ai compris alors qu'une maison, c'est beaucoup plus qu'un toit et des fondations. Une maison a besoin de bruit et d'activité pour rester en vie. Je crois que seules Madame et moi en étions conscientes.

Je chantais donc en travaillant – *We'll meet again* – et Madame jouait une heure chaque matin pour faire démarrer la journée. Des gammes galopaient à travers la maison, un peu plus feutrées par égard pour Mr Phil. Et quand nous ne faisions pas notre musique nous-mêmes, Madame veillait à ce que la radio reste allumée.

On aurait dit que le maître ne remarquait pas le vide que nous nous efforcions de combler. Peut-être accueillait-il avec soulagement le silence du jour après les cris de la nuit. Il continuait comme d'habitude à lire les journaux dans son bureau. Depuis peu, il passait aussi du temps à regarder sa nouvelle voiture dans le garage construit en annexe sur le côté de Cradock House. La voiture était noire, avec de gros phares qui brillaient dans l'obscurité comme les yeux des animaux effrayés la nuit. Le maître se servait de sa voiture pour aller à des réunions à la mairie, et Madame restait souvent seule le soir, où les uniques bruits étaient les craquements du toit de métal. Quand le maître rentrait, il était souvent trop tard pour qu'elle joue pour lui comme autrefois. Mais cela ne semblait plus avoir d'importance.

Et il n'avait pas l'air d'éprouver le besoin de toucher Madame comme pendant la guerre. Ma mère disait que c'était parce qu'il avait beaucoup de soucis, notamment à cause de la santé de Mr Phil, et que se toucher n'était plus à l'ordre du jour.

Moi, je continuais à lire le livre de Madame sur sa coiffeuse.

Les lettres ont été le moyen de communication de nos fiançailles. En nous retrouvant au Cap le jour de notre mariage, pourrons-nous reprendre là où elles se sont arrêtées ?

Edward dit que j'écris bien. Et je sais que c'est vrai : je force un peu la note pour toutes les nouvelles de Bannock et ajoute une mesure de potins quand je parle des gens qu'il connaît. Mais est-ce une erreur de permettre aux nouvelles extérieures de revêtir pareille importance ? Et de privilégier le général au détriment du personnel ?

Si les mots – quels qu'ils soient – se tarissaient quand nous serons face à face ?

Trouverons-nous à nous dire des choses qui n'auront pas d'abord besoin d'être écrites ? Qui n'auront pas besoin d'être pensées au préalable pour être sans danger ?

Jour après jour, Mr Phil restait dans sa chambre au premier. Il y prenait même ses repas. Maman lui préparait ses gâteaux de Savoie favoris, mais il n'avait guère d'appétit. Le maître faisait une apparition chaque matin dans l'encadrement de la porte avant de se mettre au travail, et demandait à Mr Phil comment il se sentait, en ajustant sa chaîne de montre sur son gilet.

Après le ménage du matin, je troquais la blouse dans laquelle j'avais transpiré contre une propre et je montais faire la lecture à Mr Phil, parce que maintenant il n'y voyait plus assez clair. Sa vue avait été assez bonne pour qu'il aille à la guerre, mais elle ne l'était plus assez pour le servir en temps de paix. Je lisais les livres que Madame choisissait et que je ne comprenais pas vraiment. Mais Mr Phil écoutait, et il me prenait parfois la main comme il aimait à le faire, et la pressait contre sa joue maigre. Il m'expliquait ce que je ne comprenais pas comme il m'avait expliqué ce qu'il en était de la guerre et de l'endroit nommé Sidi Rezegh. Mais aucun des livres que nous lisions n'avait le moindre rapport avec la guerre, car Madame ne voulait pas la rappeler à son fils. Les livres aidaient Mr Phil. Ils l'emmenaient ailleurs, comme le piano le faisait pour moi.

— Il y a du Pip[1] en chacun d'entre nous, a-t-il murmuré un jour à propos d'un livre intitulé *Les Grandes Espérances*. Tu ne trouves pas, Ada ? Dickens nous pousse non seulement à nous inquiéter pour Pip, mais aussi à nous regarder nous-mêmes…

— Qu'est-ce que vous avez de Pip, Monsieur ?

Il a posé sur moi un regard surpris et n'a pas répondu tout de suite. Il m'a observée, assise sur ma chaise, le livre ouvert sur les genoux. C'était la fin de l'après-midi et, même avec les rideaux tirés, on voyait que les rais de soleil avaient perdu leur vivacité. Hormis nos voix, il n'y avait aucun bruit dans la maison.

— Comme si tu ne le savais pas déjà, Ada, a-t-il chuchoté en prononçant lentement les deux syllabes de mon nom.

Mais je ne le savais pas, et il a dû le voir dans mes yeux, car il s'est détourné et a fermé les siens, comme si mon ignorance était plus qu'il n'en pouvait supporter.

Mais ce moment de malaise a été le seul. En général, nous parlions facilement. Presque aussi facilement que lorsque nous étions enfants et qu'il m'avait appris les chiffres, expliqué ce que c'était qu'une banque et dit que j'aurais longtemps à attendre avant d'avoir un avenir. Madame affirmait que j'étais la seule à pouvoir faire oublier sa maladie à Mr Phil. Le maître ne me disait jamais rien, et évitait de croiser mon regard, mais je l'ai parfois surpris en train de parler à voix basse avec Madame et de secouer la tête ; et je sais qu'il était question du temps que je passais à soigner

1. Surnom de Philip Pirrip, héros des *Grandes Espérances* (1861). Elevé par sa sœur et son mari pour devenir forgeron comme ce dernier, Pip reçoit une fortune de la part d'un bienfaiteur inconnu, et se lance dans la vie, plein d'illusions qui se dissiperont l'une après l'autre. Il est éperdument amoureux d'une jeune fille dont il ne sait si elle partage ses sentiments.

Mr Phil. Je ne crois pas que Madame était d'accord avec ce qu'il disait, parce que je la voyais souvent s'éloigner. Je ne sais toujours pas ce que j'aurais pu faire d'autre. Peut-être que la réprobation du maître ne tenait pas seulement au fait que Mr Phil m'avait prise dans ses bras un jour devant toute une foule blanche ou que ces temps derniers je le serrais contre moi pour le réconforter ; peut-être avait-il du mal à supporter que Mr Phil me traite comme un membre de la famille, me touche la main et sourie parfois en entendant ce que je lui disais. Peut-être était-ce surtout cela qui déplaisait au maître.

Pendant tout le temps où Mr Phil fut malade, où Cradock House resta vide et où l'agitation régnait dans les townships, Miss Rose n'est pas revenue une seule fois de Jo'burg. Elle se contentait d'envoyer des cartes postales de grands bâtiments.

10

J'avais maintenant dix-sept ans. Mon univers tournait autour de Mr Phil. Je ne sortais presque plus, et c'était le jardinier qui allait à Adderley Street poster les lettres de Madame à destination de l'Irlande, comme je le faisais auparavant. Mais j'avais trouvé tous les mots dont je pourrais avoir besoin et j'avais certainement déchiffré tous les signes qui se trouvaient affichés dans les vitrines des magasins. Je savais aussi écrire les mots que je voyais. J'avais toujours eu plus de facilités pour écrire des mots et des phrases en anglais que des mots en xhosa, la langue de maman.

A Cradock, j'étais à présent une laissée-pour-compte. Les quelques jeunes filles que je connaissais, filles de domestiques comme ma mère ou Mrs Pumile et sa cousine, qui travaillait à la banque, s'étaient toutes trouvé quelqu'un et avaient des enfants. Elles étaient parties vivre dans les townships, ou habitaient avec leurs bébés dans des *kaias* comme maman et moi jadis, pendant que leur mari partait travailler loin de Cradock. Parfois, quand Mr Phil dormait, je montais sur son coffre et regardais la ville comme lorsque j'étais enfant. Je voyais certaines de ces filles descendre la rue avec un bébé sur le dos. Elles semblaient fatiguées mais fières. Il ne resterait plus de jeunes gens pour moi. Mrs Pumile secouait la tête et glissait à maman qu'il était temps que je me trouve quelqu'un parce que, pour l'instant, j'étais une jolie fille, mais je ne le serais peut-être plus dans quelques années. Avait-elle raison de dire que j'étais jolie ? Je n'en sais rien. Miss Rose, elle, était une jolie fille, avec ses cheveux blonds, ses yeux bleu ardoise, et sa voix qui provoquait les hommes.

J'avais des cheveux noirs et frisés et, si maman disait souvent d'un ton approbateur que j'avais un regard doux, je ne crois pas que cela suffise à faire d'une fille une beauté. En réponse à Mrs Pumile, maman disait que, tant que le jeune maître était couché et malade, ces histoires de jeunes gens et de beauté n'étaient pas à l'ordre du jour. Mais je n'étais pas découragée. J'étais fière de soigner Mr Phil. Ma vie était remplie d'amour : pour lui, pour Madame et le maître, pour maman et pour Cradock House, qui était assurément ma maison – Madame m'avait appelée la fille de la maison –, et pour le piano, qui, tout spécialement, faisait mon bonheur.

Le docteur est arrivé un jour dans sa nouvelle voiture noire pendant que j'étais assise au chevet de Mr Phil, qui dormait. Il prenait peur s'il ne me voyait pas là en se réveillant. La pièce était plongée dans l'obscurité, à l'exception d'un rai de lumière qui tombait sur le parquet à travers un jour entre les rideaux. Le Dr Wilmott a regardé le maître et Madame, puis moi, avant de tourner à nouveau les yeux vers eux.

— Vous pouvez parler devant Ada, docteur, a murmuré Madame en posant une main sur mon épaule. Ada est celle qui s'occupe le plus de Philip ici.

Le médecin avait un visage sévère, un peu comme celui du maître. Ma mère m'avait dit que c'était lui qui m'avait mise au monde à Cradock House.

— On ne peut pas s'attendre… a-t-il commencé en me jetant un regard réprobateur.

Peut-être avait-il oublié que moi aussi, je faisais partie de Cradock House.

— Ada maintient Philip en vie.

C'était la voix calme du maître qui s'était élevée derrière le médecin. Personne n'a rien ajouté. J'ai senti sur mon visage une chaleur encore inconnue.

— Très bien alors, a lancé le médecin.

Il a tendu la main pour saisir le poignet de Mr Phil et l'a tenu un moment près de sa montre.

Je me suis levée prestement du lit pour aller me mettre près de l'armoire. Le vent a fait bouger les rideaux, qui ont modifié la forme du rai de lumière sur le parquet. Le jeune maître a bougé lui aussi.

— Bonjour, Philip. Comment vous sentez-vous aujourd'hui ?

Mr Phil les a observés fixement. Puis il a tourné le cou avec effort et m'a regardée.

— Il serait temps que vous vous leviez, a dit le médecin d'une voix forte.

Il a déboutonné une partie de la veste de pyjama de Mr Phil et a posé sur sa poitrine un petit disque métallique relié à des tubes qu'il a placés dans ses oreilles.

— Inspirez profondément.

Mr Phil lui a obéi. On voyait sa cage thoracique maigre monter et descendre, et ses côtes saillir sous le tissu du pyjama. Personne n'a rien dit. Au dehors, un chien a aboyé et grogné, et ma mère lui a crié quelque chose de la cuisine.

— Vos poumons sont dégagés.

Il a ôté les tubes de ses oreilles et a appuyé les doigts sur une cicatrice rouge.

— La blessure est complètement cicatrisée.

Le médecin s'est assis sur le lit et a regardé ses mains.

— Je ne peux rien faire de plus pour vous, jeune homme. Physiquement, vous êtes rétabli. Pour ce qui est du reste...

Il s'est interrompu et a levé les yeux vers Madame et le maître.

— ... cela doit venir de vous.

Personne n'a fait de commentaire.

— Merci, docteur, a dit Madame dans le silence.

On a entendu un bourdonnement entre la fenêtre et les rideaux, puis la mouche s'est libérée et est tombée sur le sol. Le médecin a ouvert son sac pour ranger l'instrument avec les tubes. Le maître s'est détourné, les épaules basses. Madame a croisé les doigts derrière son dos si fort que ses jointures ont blanchi. Madame avait des mains très puissantes à cause du piano : elle était capable d'ouvrir les couvercles des pots de confitures les plus récalcitrants. Un nouveau courant d'air a fait voler les rideaux, apportant dans la chambre obscure des fragments du monde extérieur : le sifflement en *fa* dièse du train de midi qui quittait la gare, l'odeur du ragoût d'agneau de maman qui venait de la cuisine, les voix irritées de Mrs Pumile et de sa maîtresse dans la maison d'à côté. Mr Phil a poussé un cri.

— Vous ne savez pas !

Les couvertures ont glissé, révélant au bas du pantalon de pyjama ses jambes, maigres comme les branches de l'acacia auprès du *kaia*.

— Vous n'avez jamais vu ce que j'ai vu !

Il s'est couvert le visage de ses mains tremblantes, comme si celles-ci pouvaient empêcher les fusils, le sang et le sable du désert d'arriver jusqu'à lui. J'ai eu un mouvement pour m'approcher, mais le docteur m'a fait « non » de la tête avant de se retourner vers lui.

— Debout, jeune homme, a-t-il tonné. Trouvez un travail ! Gagnez votre vie ! Ça fera fuir les fantômes.

Il a jeté un coup d'œil vers le maître.

Choquée, j'ai laissé échapper un « Mais enfin… » en me tournant vers Madame, puis vers le maître, qui m'a regardée et a secoué la tête vigoureusement. Il n'y avait pas de fantômes dans les guerres ! Mr Phil lui-même me l'avait dit le jour où il avait parlé de sa peur, sous la corde à linge. Et en tout état de cause, comment les hommes pouvaient-ils se battre contre des fantômes ? Les fantômes étaient en général des ancêtres, ou peut-être des esprits mauvais comme le *tokoloshe*…

— Je vous raccompagne, docteur, a dit le maître précipitamment en jetant un regard furieux au corps secoué de sanglots de Mr Phil.

— Oh, Phil ! a gémi Madame.

Elle s'est agenouillée près du lit et a pris son fils dans ses bras. Les cheveux blonds de Mr Phil, où venaient d'apparaître des mèches grises, reposaient sur l'épaule de sa mère, comme le soir où il avait mangé trop d'abricots. Le chien a aboyé à nouveau et j'ai entendu les pas de ma mère qui allait voir.

— Mon chéri, apprends à oublier. Nous avons besoin que tu recouvres la santé ; tu es tout ce que nous avons à présent.

Le maître s'est immobilisé à la porte, a froncé les sourcils et m'a fait signe de quitter la pièce. J'ai emboîté le pas au médecin pour sortir. Mieux valait éviter d'encourir à nouveau le déplaisir du maître, ou de poser des questions sur les fantômes pour l'instant. Mr Phil avait besoin de pleurer. Et Madame de joindre ses larmes aux siennes. Peut-être auraient-ils eu tous les deux besoin que le maître soit là aussi. Mais les hommes adultes comme le maître ne pleurent pas. Ils se contentent de rester à la porte et d'observer. Maman m'a dit que les hommes ne supportent pas les larmes.

Et pourtant, malgré les larmes de Madame, l'impatience du maître et l'allusion troublante aux fantômes, j'étais emplie d'espoir. L'instrument du médecin avait révélé à Mr Phil qu'il était guéri, c'est pourquoi le médecin lui avait dit de se lever. J'étais sûre qu'il le ferait. Et ce jour-là, le monde en paix l'accueillerait à nouveau pendant que les souvenirs de la guerre et du cruel Sahara s'effaceraient. Ses camarades tombés au combat trouveraient leur place et le laisseraient sûrement dormir tranquille. Ensuite, il pourrait trouver un travail – peut-être dans le bureau du maître, à écrire des lettres ? Ou peut-être à la banque, où je n'étais toujours pas allée puisque maman conservait son argent sous son lit dans une boîte à chaussures.

Ce serait le début de sa guérison complète. J'en étais certaine. J'ai donc descendu l'escalier en courant et me suis précipitée dans la cuisine où j'ai serré ma mère dans mes bras devant le ragoût d'agneau, en lui disant que Mr Phil serait bientôt de nouveau sur pied. Puis j'ai joué un bref scherzo pour exprimer ma joie à l'idée de ce qui allait sûrement se passer.

Le lendemain de la visite du médecin, j'ai sorti des vêtements que Mr Philip portait avant la guerre et les ai posés sur la chaise. Ils étaient un peu grands pour lui, mais encore en très bon état car ils n'avaient pas été portés depuis très longtemps.

— Il fait un temps idéal, Monsieur, ai-je dit en ouvrant juste un peu les rideaux. Il n'y a pas assez de soleil pour vous blesser les yeux.

Alors, il s'est habillé et, d'un pas incertain, il a descendu l'escalier avec précaution en se tenant à la rampe, lui qui dévalait les marches quand il était adolescent. En le voyant debout dans la cuisine, chancelant, maman a joint les mains et Madame a souri, les larmes aux yeux.

Il a commencé par faire un tour du jardin à pas hésitants, comme s'il n'avait encore jamais rien vu de tel. Il a paru surpris du bruit des insectes dans la haie et des *bokmakieries* qui se répondaient d'un bout à l'autre du jardin. On aurait dit que le désert lui avait ôté tout souvenir des plantes en fleur et tout souvenir des sons, hormis celui du sifflement strident des balles.

— Est-ce que le jardin a toujours ressemblé à ça, Ada ? Il a toujours été aussi beau ? m'a-t-il demandé.

Sa main me touchait parfois le bras, pour garder son équilibre, et il courbait sa haute taille comme pour protéger sa blessure intérieure.

— Oui, Monsieur. Même pendant la sécheresse.

Il a souri et a tendu une main pour cueillir une feuille et en caresser le dessous duveteux.

— On pourrait aller jusqu'en ville, Monsieur. Il n'y a plus de poussière maintenant que les routes sont goudronnées, ai-je proposé, soucieuse de consolider ses progrès.

Il y avait beaucoup de monde dans Adderley Street le jour où Mr Philip a fait sa première sortie. S'il avait été surpris par le jardin, il l'a été encore davantage par la ville. Beaucoup de choses avaient changé depuis son départ pour la guerre. Il y avait à présent plus de voitures à moteur que de voitures à cheval et, tout en avançant lentement, elles klaxonnaient, emballaient leur moteur, qui pétaradait, faisant sursauter les passants.

— Ada ! a crié Mr Phil en se bouchant les oreilles. Non ! Non !

— Venez, Monsieur, on va aller dans un endroit plus calme. On peut regarder le Groot Vis depuis le pont, ai-je dit précipitamment en lui prenant le bras, parce que ses jambes ne semblaient plus guère en état de marcher.

Nous avons pris une petite rue pour aller vers le pont en métal et j'ai gardé le silence afin de ménager ses oreilles. J'ai compris qu'il réagissait aux bruits d'explosion venant des voitures, le son de la guerre. Mais s'il ne pouvait plus affronter le monde et ses bruits, comment en découvrirait-il jamais la beauté ? S'il gardait les rideaux fermés, comment verrait-il le Karoo miroiter dans la chaleur de midi ? Ou les aloès orange briller comme des chandelles sur fond de broussailles ?

Il a gardé son bras sous le mien quand nous avons poursuivi notre promenade, accordant nos pas. D'un jardin invisible, derrière une maison, montaient des cris d'enfants qui jouaient. Près de la porte, la clôture croulait sous les bougainvillées pourpres. J'ai cueilli une fleur et la lui ai donnée. Il en a examiné les fragiles pétales comme s'il s'agissait d'une pierre rare et précieuse, et m'a souri. Je me suis souvenue de la première fois que je l'avais rencontré en ville, quand il était en uniforme, et de la gêne que j'avais éprouvée à être vue à côté de lui, moi noire et lui blanc. Alors, j'étais restée en arrière et l'avais suivi, sentant à mon tour sur mon dos le regard réprobateur de la dame blanche à qui il avait parlé.

Aujourd'hui, je marchais à côté de lui et il me donnait le bras.

Peut-être étais-je stupide de croire que je pouvais faire ça, car personne d'autre ne marchait ainsi ouvertement, avec une telle audace. Les Blancs que nous avons croisés ont échangé des réflexions à voix basse, mais je m'en moquais. Le rétablissement de Mr Phil passait avant tout. Madame comprendrait. Certains des passants étaient des gens dont je savais qu'ils le reconnaîtraient et seraient à même d'apprécier ce que sa guérison avait de miraculeux. Malgré cela, ils n'ont pas dit un mot, à cause de moi, et sont passés en détournant le visage, comme le maître détournait le sien la nuit quand il me voyait réconforter son fils.

Mais moi, j'étais toute à ma joie. La joie de voir les progrès de Mr Phil, la joie qu'il ait pu vaincre les blessures qui ne saignaient pas, la joie de l'avoir aidé si peu que ce fût. Devant nous, la berge s'inclinait doucement vers la rivière où les mimosas allaient pomper l'eau et où des femmes comme ma tante lavaient le linge sur les rochers les plus éloignés. Des hirondelles descendaient en piqué là où l'eau était peu profonde et remontaient à contre-courant, stries bleu sombre sur l'eau brune.

— Je t'aime, Ada, a murmuré Mr Phil, appuyé à un tronc d'arbre.

Il a plongé ses yeux clairs dans les miens, ses mains maigres serrées l'une contre l'autre comme celles de Madame le jour où le docteur était venu nous dire qu'il était guéri.

— Je t'ai toujours aimée.

— Je sais, Monsieur, ai-je enchaîné, la voix brisée par la reconnaissance. Vous êtes ma famille.

Mais non, je ne savais pas. Et plus tard, quand j'ai compris ce qu'il avait voulu dire, il était déjà trop tard.

Pourrai-je un jour m'acquitter de ma dette envers Ada pour tout ce qu'elle a fait ?

C'est Edward qui a dit – avec une rare franchise – qu'Ada maintenait Philip en vie, et il a raison. Ada a insufflé tant de dévouement, de patience et d'affection dans notre Philip qu'il a commencé à croire qu'il peut recouvrer la santé.

Les familles, je le sais par expérience, ne sont pas statiques mais fluides. Elles évoluent, ce qui est normal. Les membres circulent, occupent le milieu de la scène ou sortent. Ada a trouvé sa place et nous en bénéficions tous. Mais le tour qu'ont pris les choses entre nos murs n'est pas normal à l'extérieur. Et je dois avouer que j'aime Ada comme la fille que je voudrais avoir en Rosemary.

11

Mr Phil est mort un lundi. Je n'étais pas avec lui. J'étais dans le jardin, en train d'accrocher le linge, de sentir contre mes bras le contact des manches mouillées et de respirer l'odeur du jasmin blanc venant de la pergola. J'entendais Mrs Pumile parler fort, dans le *kaia* de l'autre côté de la haie, avec une amie pendant que sa maîtresse était sortie.

A l'étage, Mr Phil dormait dans l'obscurité envahie par l'odeur des médicaments et de l'encaustique. Mais à présent, il y avait de l'espoir. Nous étions sortis plusieurs fois, et il commençait à prendre ses repas en bas plus souvent. Madame et le maître parlaient de l'emmener en vacances avec eux, peut-être pour aller voir Miss Rose.

Je me suis penchée pour prendre encore une chemise et des épingles. Il y a eu un choc sourd et un cri et, quand je me suis retournée, j'ai vu Madame jaillir de la cuisine et se jeter sur quelque chose d'informe au sol, Mr Phil. Ma mère s'est précipitée dehors, m'a prise par la main et entraînée jusqu'à notre chambre, puis elle m'a caressé le visage avant de repartir à toute vitesse. Mrs Pumile a hurlé de l'autre côté de la haie. J'ai entendu un bruit de pneus sur le gravier, les voix pressantes du docteur et du maître, et les sanglots étouffés et sans fin de ma maîtresse. Debout derrière les rideaux que maman avait tirés avant de sortir de notre chambre, j'ai attendu.

Il s'est écoulé un certain temps avant le retour de maman. Il faisait chaud avec les rideaux fermés ; je sentais la sueur mouiller mon cou et la douleur qui battait derrière mes yeux s'intensifier.

Il y avait des allées et venues de voitures, des bruits de voix et des chuchotements. Les *bokmakieries* criaient au bout du jardin, comme tous les jours. Je voulais regarder discrètement, comme je le faisais de la porte quand Madame et le maître étaient dans le salon ou que Madame jouait du piano. Mais ce n'était plus la même chose. Je n'osais pas désobéir dans un moment pareil, et je suis restée assise sur le lit pendant que mon cœur hurlait. Je me demandais pourquoi Mr Phil s'était mis à la fenêtre, pourquoi il s'était penché autant, pourquoi il ne m'avait pas appelée alors que j'étais au-dessous, dans le jardin, comment j'avais pu me tromper à ce point en croyant qu'il allait mieux…

Le lendemain, les yeux verts de Madame étaient encore plus rouges que lorsque Miss Rose était partie.

— Ada, m'a-t-elle dit, tu t'assiéras à côté de nous à l'église.

— Oui, Madame.

J'ai essayé d'empêcher ma voix de trembler, mais j'ai eu du mal. Ma mère n'allait pas bien depuis quelque temps et je n'avais pas envie de la laisser seule, mais Mr Phil allait rejoindre Dieu le Père et je devais soutenir Madame et le maître. D'autant plus que Miss Rose ne pouvait pas venir.

L'enterrement avait lieu à Saint Peter, l'église en pierre blanche de Bree Street, dont la cloche résonnait dans tout Cradock chaque dimanche matin. J'y étais déjà allée, bien entendu, mais jamais au premier rang. Je restais au fond pendant que les enfants étaient à l'école du dimanche, et j'écoutais l'orgue, ce qui est le principal agrément quand on va à l'église.

Madame m'a donné une jupe, un corsage et de belles chaussures à mettre pour la cérémonie, au lieu de mon uniforme. Sans doute était-ce parce que je devais me tenir aux côtés de la famille, ai-je pensé en tâtant l'étoffe de bonne qualité et en enfilant mes souliers neufs, des chaussures comme je n'en avais jamais eu. Voilà pourquoi Madame me fait cadeau de vêtements élégants. Comme Mr Phil, Madame estime que je fais partie de Cradock House et que je dois avoir l'air respectable quand le Seigneur prend mon jeune maître. Quand j'ai dit ça à maman, elle m'a répondu que je devais me souvenir que les chaises coquille sur le *stoep* étaient réservées au maître, à Madame et à leurs enfants, et que rien – pas même la mort de notre bien-aimé Mr Phil – ne pourrait changer cela.

Le jour de l'enterrement de Mr Phil, il faisait froid mais beau. Le ciel était d'un bleu plus sombre encore que celui des yeux de Miss Rosemary qui n'était pas là. Les collines dont le soleil matinal éclairait les sommets rocheux montaient la garde sur l'église. J'ai avancé jusqu'au premier rang derrière le maître et Madame, vêtue de mes habits neufs. Les gens ont murmuré. L'orgue jouait une mélodie douce de Brahms que Madame et moi avions choisie. J'ai été heureuse de m'asseoir, de façon à ne plus être exposée aux regards. Je ne sais comment faisaient le maître et Madame pour rester aussi immobiles une fois assis. Mon cœur me faisait si mal que j'aurais aimé m'enfuir, mais il fallait que je reste pour témoigner mon respect.

— Prions pour ton serviteur Philip… a dit le pasteur en joignant les mains sur sa chasuble blanche impeccable et en baissant la tête.

J'ai essayé de penser à autre chose, à la nièce de Mrs Pumile, par exemple, qui travaillait chez le pasteur et sa famille. C'était sûrement elle qui avait repassé cette chasuble. Mrs Pumile elle-même était debout au fond de l'église, coiffée de son chapeau du dimanche, et portant à la main un grand sac brillant. Mrs Pumile avait apprécié Mr Phil, parce qu'il était plus courtois que Miss Rose. Elle a dit qu'elle était désolée pour le maître et Madame, qu'ils n'avaient pas mérité que Mr Phil meure de cette façon-là. Je n'étais pas sûre de ce qu'elle voulait dire et j'ai demandé à ma mère, mais elle m'a répondu qu'il ne fallait pas critiquer les morts et que Dieu avait rappelé Mr Phil à lui de la façon qu'Il avait choisie.

— … qui a trouvé le repos aujourd'hui, après des années de souffrance.

Les gens derrière nous ont murmuré.

Je n'avais pas l'habitude d'être ainsi assise au premier rang à l'église, à côté du maître et de Madame. Certains de leurs amis n'avaient pas l'habitude, eux non plus, de m'y voir. Je sentais leurs yeux sur ma nuque. Ils avaient évité de me regarder quand j'allais avec lui en ville, mais, maintenant qu'il n'était plus là, leurs yeux étaient braqués sur moi. Ou sur la jupe et le corsage que je portais à la place de mon uniforme.

— Prions.

Madame a frissonné derrière le tulle noir qui lui descendait sur le nez. Elle portait une robe noire aussi, d'un tissu beaucoup plus épais que celui des jolies robes légères que je repassais tous les jours. Ses mains musclées étaient cachées par des gants noirs. Vêtu d'un complet noir avec une cravate noire, le maître restait assis sans bouger. Je ne sais pas s'il approuvait ma présence à côté d'eux. A mon avis, non, mais il avait accepté pour faire plaisir à Madame. J'espérais qu'il la toucherait, comme il le faisait pendant la guerre, mais il s'en est abstenu.

— Prions pour les membres de la famille, unis dans la douleur : Cathleen, Edward et Rosemary.

— Amen, a murmuré l'assistance.

Et moi ? Je pleurais à l'intérieur et enfonçais mes mains crispées dans le vieux manteau de deuil de maman, plié sur mes genoux. S'il vous plaît, priez aussi pour moi. J'aimais Mr Phil. C'était mon frère. J'ai vécu à Cradock House toute ma vie, je ne viens pas du township rebelle et instable au bout de cette rue. Est-ce que je ne fais pas partie de la famille à présent ? Madame a glissé sa main gantée sous mon bras et l'a serré. Elle savait que je pensais à ce que le pasteur n'avait pas dit.

Nous avons chanté *Abide with me*[1]. L'orgue a pleuré pendant ce morceau, les murs de pierre ont tremblé et se sont resserrés autour de moi, au premier rang. Madame était incapable de chanter, le maître aussi. J'ai essayé, mais je ne

1. « Reste avec moi » : cantique du XIXe siècle, traditionnellement chanté lors des services funèbres.

parvenais pas à trouver ma voix, et tout ce que j'ai pu faire, c'est écouter le cantique et imaginer l'âme de Mr Phil en train de flotter lentement mais sûrement vers Dieu le Père au rythme de la musique. Alors, les larmes me sont montées aux yeux et ont ruisselé sur mes joues. Impossible de les arrêter. Madame et le maître avaient été si courageux, si dignes, que j'avais honte de pleurer – mais je ne pouvais toujours pas m'arrêter. Je me suis efforcée de ne faire aucun bruit, comme mon jeune maître quand il pleurait, comme les soldats, qui apprennent à pleurer en silence pendant la guerre pour ne faire aucun bruit susceptible de dévoiler leur position à l'ennemi.

Madame m'a passé un bras autour des épaules. J'ai entendu des chuchotements derrière nous, car les gens devinaient que je pleurais et se demandaient entre eux comment cela se faisait qu'une domestique comme moi pleure aussi fort son jeune maître.

Ensuite, les fidèles sont venus serrer la main du maître et de Madame. Il y avait parmi eux des amis que Mr Phil avait rencontrés à la guerre, avec leur femme et leurs jeunes enfants ; ils ont serré très fort la main du maître, ont embrassé Madame et essuyé les larmes qui coulaient sur leur visage. Personne ne m'a adressé la parole. Je me suis essuyé la figure avec un mouchoir et suis restée debout parmi les pierres tombales avec Mrs Pumile ; j'ai vu des gens observer ma jupe et mon corsage neufs, puis se regarder, et j'ai compris que j'avais beau souhaiter faire partie de la famille, cet espoir ne pourrait jamais s'incarner qu'entre les murs de Cradock House.

Ensuite, j'ai couru à la maison car il y avait du travail. Il fallait que je fasse bouillir de l'eau et que j'active le fourneau afin de servir du thé et des scones tout frais avec la confiture d'abricots faite par Madame aux personnes qui étaient venues à l'église. Ma mère n'allait pas assez bien pour s'en occuper, aussi avais-je malaxé le beurre et la farine avant de partir à l'église ; il ne me restait plus qu'à ajouter les œufs pour faire la pâte. Le vent froid qui soufflait des montagnes m'a fait remonter les larmes aux yeux quand j'ai traversé Church Street au pas de course. Je savais déchiffrer certaines des enseignes et d'autres non. Mes chaussures neuves me faisaient mal, et je les ai enlevées pour finir le trajet pieds nus en courant.

Il a fallu un certain temps au maître et à Madame pour rentrer, à cause de toutes ces mains à serrer. Les scones étaient prêts, et séchaient sur une claie ; le dessus était juste croustillant comme Madame l'aimait. J'ai sorti les plus jolies tasses et soucoupes, et les serviettes en toile fine dans la salle à manger. J'avais mis des citrons du jardin, frais cueillis, prêts à être coupés en tranches, pour les invités qui ne prenaient pas de sucre. Mes mains savaient se débrouiller toutes seules, heureusement, car j'avais les yeux si pleins de larmes que je ne voyais rien.

La longue cérémonie des poignées de main m'a permis de monter dans la chambre au premier pendant que le thé infusait, et de rester au centre de la pièce, là où un mince rai de soleil entrait auparavant entre les rideaux et illuminait le sol, et de sentir Mr Phil une fois encore tout près de moi.

12

Je n'ai rien écrit depuis des jours.

Les lettres que j'envoie en Irlande semblent épuiser mes dernières forces. Le pasteur soutient que nous ne devons rien nous reprocher, mais je ne peux pas m'en empêcher.

L'absence de Rosemary est inexplicable.

Maintenant, je suis fils et fille. Pas pour le maître, qui ne me prête toujours guère attention, mais pour Madame, qui circule dans sa maison vide, la tête penchée comme si elle écoutait la musique de danse de Miss Rose ou les pas bruyants de Mr Phil descendant l'escalier. Je joue du piano pour elle tous les jours – seulement des morceaux gais. Pas le *Prélude de la goutte d'eau*, de Chopin, avec sa note unique qui me brise le cœur. Car, comme celui de Madame, mon cœur est anéanti. Mr Phil l'a vidé en mourant alors que je croyais qu'il allait vivre.

Si j'avais un jour été triste de ne plus sortir, de voir d'autres jeunes femmes de mon âge se marier et avoir des enfants, je ne souhaitais plus rien de tel à présent. Aucun projet, aucune activité ne semblait digne d'attention maintenant que Mr Phil était parti. Même maman a perdu l'envie de récurer et de repasser aussi énergiquement qu'avant, et le gâteau de Savoie à la confiture a disparu de nos menus.

« Je ne peux pas, ma petite fille, me disait-elle, penchant sa tête coiffée d'un *doek*, ses bras maigres appuyés sur la table de la cuisine. Paix à son âme, je ne peux pas. »

C'est le piano qui a sauvé Madame, et moi aussi.

Madame a continué à enseigner à l'école de Rocklands, bien que j'aie entendu le maître dire qu'elle n'en avait pas besoin.

— Mais il le faut, Edward, a-t-elle chuchoté un soir avec une détermination intense mais douce.

Ils étaient assis face à face ; les mains de Madame, posées sur ses genoux, s'agitaient comme celles de Mr Phil ; celles du maître étaient occupées par son journal. A présent, le soir, Madame portait du gris plutôt que du vert. A son cou, elle épinglait un insigne que Mr Phil avait porté sur le col de son uniforme.

— Enseigner, ça m'aide à tenir...

Elle appuyait une main contre son front, s'approchait du piano et effleurait les touches, mais elle retournait s'asseoir et reprenait le livre de la bibliothèque qu'elle ne semblait jamais arriver à finir.

Pour Madame, jouer du piano à l'école était une sorte de remède ; jouer à la maison, dans les couloirs et les pièces pleins des échos de Miss Rose et de Mr Phil, était beaucoup plus difficile. Elle me laissait donc largement le soin d'interpréter la musique qui s'échappait de Cradock House chaque jour et galopait jusqu'au *kaia* voisin de Mrs Pumile.

— Tu es une bonne fille, m'a dit Mrs Pumile quand je l'ai rencontrée dans la rue.

Car j'ai bientôt été obligée de reprendre mes anciennes tâches et d'aller poster les lettres et chercher les colis en ville pour épargner le dérangement à Madame.

— Et ce que tu es chic ! a-t-elle poursuivi avec un hochement de tête approbateur en désignant la jupe et le corsage que je portais maintenant à l'extérieur de Cradock House. Ta maîtresse a de la chance de t'avoir, après cette Miss Rose.

Mrs Pumile a reniflé et soulevé son sac en papier kraft jusqu'à ce qu'il touche son menton. Le sac était plein à ras bord du sucre qu'elle rapportait de la banque.

— Cette Miss Rose devrait avoir honte !

— Parce qu'elle ne revient pas chez elle ?

— Bien sûr, parce qu'elle ne revient pas.

Mrs Pumile a regardé autour de nous pour s'assurer que personne ne pouvait entendre et a sifflé :

— Elle fait la vie à Jo'burg. Elle fait la vie pendant que ton maître et ta maîtresse sont en deuil – c'est un *skande* !

Elle a craché le mot, le mot afrikaans pour « scandale », un mot dont je savais qu'il signifiait une chose très grave qui révolte le monde quand il l'apprend.

— Alors, tu dois jouer du piano, Ada, a-t-elle dit avec autorité. Joue pour ton maître, ta Madame et ta maman. Ça mettra de la vie dans cette maison !

J'ai donc joué. Chaque matin, c'étaient mes gammes plutôt que celles de Madame qui emplissaient la maison et dévalaient le jardin. Chaque soir, c'étaient mes scherzos endiablés qui rompaient le silence pendant que le maître lisait, que Madame feignait d'en faire autant, et que maman, assise dans son fauteuil près de la fenêtre, poursuivait son ouvrage au crochet. Si j'avais appris que les notes de musique pouvaient dire au cœur des choses différentes selon leur séquence et leur longueur, j'apprenais maintenant qu'elles pouvaient parler au corps en empruntant des voies que je n'avais pas comprises auparavant. En résonnant dans la maison silencieuse, mes morceaux ont fini par apaiser les mains que Madame posait sur ses genoux.

Un jour, le médecin qui avait affirmé que Mr Phil était guéri est venu voir Madame et le maître et il a vu que c'était moi qui jouais et non Madame. Elle a posé gentiment sa main sur mon bras alors que j'amorçais un mouvement pour me retirer.

— Ada est merveilleusement douée, a-t-elle dit. Plus douée que tous mes élèves de l'école.

Elle a jeté un coup d'œil au maître tout en parlant, et je me suis souvenue qu'il n'avait pas été partisan que j'y aille à cause des ennuis qui pourraient survenir plus tard.

Avant de sortir de la pièce, j'ai entendu le médecin demander :

— Comment vous remettez-vous, l'un et l'autre ?

Je n'ai pas attendu leurs réponses. Je savais que, de toute façon, Madame ne dirait pas la vérité. Même si elle portait à nouveau ses robes crème qui évoquaient le retour à une vie normale, elle garderait la vérité pour elle et ne la montrerait pas, n'en parlerait pas et ne l'écrirait ni dans son livre ni dans les lettres que je postais à nouveau. La vérité habitait dans ce qu'elle ne pourrait jamais dire, dans les paroles d'amour et de deuil qu'elle porterait à jamais à l'intérieur d'elle-même.

Et moi ?

Ma mère était moins vaillante à présent, et elle se déchargeait de plus en plus de ses tâches sur moi. Entre les mélodies au piano qu'il fallait jouer pour emplir Cradock House, les voyages en ville pour faire les courses et poster les lettres, mes journées étaient remplies de l'aube jusqu'au soir. Mieux valait que je sois occupée ainsi, car je me suis vite aperçue – comme Mr Phil aurait pu me le dire – que les morts ne partent jamais complètement. Où que j'aille, il était avec moi. Il me chuchotait des mots à l'oreille, m'observait de ses yeux clairs quand j'époussetais et encaustiquais. Il me semblait aussi parfois le voir dans le jardin sous l'arbre corail aux fleurs rouges, mince et pâle, en uniforme de soldat.

« Viens, semblait-il dire en me tendant la main, allons nous promener. Nous allons descendre jusqu'au Groot Vis... »

Si je n'avais rien eu à faire, je n'aurais pu échapper aux larmes qui venaient quand j'entendais sa voix dans mon oreille et que je sentais ses yeux clairs sur moi. Mais mon travail s'interposait et je n'avais pas le temps de pleurer. Au lieu de cela, je m'efforçais de garder en moi le meilleur de Mr Phil – le garçon qui galopait bruyamment dans toute la maison, le soldat mince qui m'avait prise dans ses bras devant des foules blanches à la gare. Quand je ne comprenais plus rien au monde, je me répétais ce qu'il m'avait appris sur les chiffres, le Sahara, les banques, le cricket, et la nature de la guerre. Et aussi sur ce qui n'avait pas besoin d'explication, comme la bonté et l'honnêteté, où le jugement des autres n'entrait pas en ligne de compte.

Et je remerciais Dieu de m'avoir accordé le privilège de le connaître, même si j'avais le cœur déchiré. Car il y avait une chose que je ne comprenais pas et qui me tracasse encore aujourd'hui, une chose que peut-être seul un pasteur peut expliquer.

Pourquoi Dieu le Père a-t-Il agi comme Il l'a fait ?

Pourquoi a-t-Il choisi de prendre Mr Phil si tôt ? Pourquoi Dieu a-t-Il pris Mr Phil alors qu'il avait une si longue vie devant lui ?

13

Il est arrivé des ennuis à Miss Rose à Johannesburg. Est-ce pour cela qu'elle n'est pas venue à l'enterrement de son frère ?

Quel genre d'ennuis, je n'en sais rien, mais en tout cas il y en a eu. Ma mère a dit qu'ils avaient peut-être un rapport avec un jeune homme, mais il n'y a pas eu de bébé, alors que c'est ce qui arrive en général quand les filles ont des ennuis. Ça m'a rappelé les ennuis à venir que craignait le maître si j'allais à l'école. J'ai passé un certain temps à me demander s'il y avait un lien possible entre les ennuis de Miss Rose et mes ennuis possibles. Peut-être avaient-ils un rapport avec le fait d'être loin de chez soi ? L'école de la mission, où je serais allée, et Johannesburg, où était partie Miss Rose, étaient l'une et l'autre loin de Cradock House. J'ai commencé à comprendre que c'était peut-être la solitude de l'éloignement qui risquait de pousser Miss Rose – et moi aussi peut-être – à vouloir le réconfort d'un enfant, même s'il était honteux d'en avoir un sans mari. Mrs Pumile, la voisine, a dit que l'absence de bébé ne signifiait pas qu'il n'y en avait jamais eu. Dans des villes comme Johannesburg, où il y avait des richesses dans le sol et toutes sortes de médecins au-dessus, les filles trouvaient à coup sûr le moyen de se débarrasser d'un bébé non désiré. Maman n'a pas voulu me laisser écouter Mrs Pumile davantage, et elle m'a tirée pour que je m'éloigne de la haie pendant que Mrs Pumile parlait de l'autre côté. Dans son township sur l'autre rive du Groot Vis, tatie s'est bornée à secouer la tête en frottant son linge sur la berge, et a dit que Miss Rose était une mauvaise fille qui faisait la honte de sa famille, surtout depuis la mort de Mr Phil, paix à son âme.

Après les premiers coups de téléphone alarmés, et des conciliabules à voix basse – Madame parlait en tremblant et le maître en fronçant les sourcils, les lèvres pincées –, ils ont dit très peu de choses au sujet de Miss Rose. On aurait cru qu'elle n'était plus leur fille ; et que Dieu avait pris sa vie comme Il avait pris celle de Mr Phil. Je savais que c'était dur pour Madame. Elle passait beaucoup de temps à écrire à sa sœur en Irlande, et je l'ai surprise une fois en train de pleurer sur son livre dans son boudoir.

— Qu'est-ce que je peux faire, Madame ? C'est Miss Rose ? ai-je demandé en tendant une main vers elle, mais sans la toucher.

Madame s'est redressée sur sa chaise et a cherché son mouchoir bordé de dentelle.

— Elle est tellement opiniâtre, a-t-elle dit en luttant contre ses larmes. J'ai pourtant fait tout ce que je pouvais.

J'ai cherché le mot opiniâtre dans le dictionnaire que Madame m'avait acheté ; il disait « entêtée ». J'ai trouvé que c'était une façon très juste de décrire Miss Rose. Elle n'en faisait qu'à sa tête et ne tenait aucun compte de ce que pensaient les autres.

En matière de conversation, c'était très dommage que le maître et Madame ne parlent jamais de Mr Phil pour oublier les ennuis que leur apportait Miss Rose. A la différence de moi, ils ne semblaient éprouver aucun réconfort à l'évoquer. Je pensais à son rire, aux boutons qu'il perdait, à ses yeux bleu clair et à la façon dont il m'avait appris les chiffres. Je me souvenais de l'avoir trouvé très beau en uniforme avant qu'il parte pour la guerre. Ces pensées sont devenues pour moi un rempart contre l'envie de pleurer. Mais peut-être que, lorsqu'il s'agissait de votre enfant, ces souvenirs devenaient une torture et non un réconfort. Un accident survenu à vos enfants était peut-être un cauchemar si affreux que le seul remède était d'oublier non seulement les mauvais moments mais les bons aussi ? C'est ce qui semblait assurément se passer pour le maître et Madame. Peut-être parlaient-ils quand ils se retrouvaient dans l'intimité, mais le soir il n'y avait plus rien entre eux de ce qu'il y avait eu dans le passé, seulement les mains de Madame qui remontaient de temps en temps jusqu'à la broche militaire de Mr Phil accrochée à sa robe.

Je savais cela car mon cœur était meurtri par le silence, et je regardais par la fente de la porte. Madame travaillait à sa couture, bien qu'il y eût fort peu de choses à faire à présent, ou elle écrivait des lettres à destination de l'Irlande, que je posterais en ville, ou elle regardait un livre emprunté à la bibliothèque. Le maître était assis derrière le *Midland News*. La lumière de la lampe éclairait leurs têtes baissées. Il arrivait à Madame de jouer au piano pendant que j'étais en train de préparer le dîner, si le maître le demandait expressément, mais ses doigts manquaient d'enthousiasme. Et quand elle s'exerçait, ses gammes fouettaient les touches comme si elle punissait ses mains de ne pas avoir maintenu Mr Phil en vie et Miss Rose à l'abri des ennuis.

A la saison suivante, Miss Rose est venue faire un court séjour. C'était la première fois qu'elle rentrait depuis le jour où elle était partie avec sa robe bleue achetée chez Anstey, le magasin de mode, et son rouge à lèvres de chez Austen le pharmacien. Elle était toujours aussi belle, peut-être même plus maintenant qu'elle était devenue adulte. Mais il n'y avait aucun signe de bébé, ni avec elle ni en elle d'après son aspect physique. Elle est arrivée par le train, vêtue d'une robe jaune serrée à la taille, avec une jupe ample qui s'évasait autour de ses jambes. Personne à Cradock n'en avait jamais vu de semblable – pas plus que les autres qu'elle portait – et elle était suivie par les regards partout où elle allait.

— Ça ne se froisse pas ? a demandé Madame en tâtant les plis du tissu souple.

— Ada la repassera pour moi ! a répliqué Miss Rose en me jetant un coup d'œil malicieux comme j'apportais le thé sur le *stoep* pour la famille. Tu repasses toujours, Ada, non ?

— Bien sûr, Miss Rose. C'est moi qui fais tout le repassage.

La vie à Johannesburg n'avait pas du tout changé Miss Rose.

— Pas sur le lit, dans l'armoire, Ada ! a-t-elle lancé sèchement, comme avant, quand j'ai apporté une pile de linge propre dans sa chambre.

Elle a détourné les yeux du miroir de la coiffeuse devant laquelle elle se poudrait, m'a regardée des pieds à la tête, remarquant la robe bleu marine que Madame m'encourageait à porter au lieu de mon uniforme, et a dit :

— Tu as grandi, dis donc. Tu n'es pas mal, pour une Noire.

J'ai aperçu ma figure dans le miroir : ronde, lisse, pas laide – mais les mots de Miss Rose, à la différence de ceux de Mrs Pumile, n'avaient aucun sous-entendu flatteur. A l'évidence, elle trouvait que j'aurais toujours dû porter un tablier. Une tenue plus élégante signifiait à coup sûr que Madame me considérait non comme une domestique, mais comme faisant partie de la famille.

Bientôt, plusieurs jeunes fermiers et un conseiller municipal de la ville, plus âgé, ont commencé à fréquenter la maison. Miss Rose sortait danser ou se laissait conduire en voiture par ses soupirants dans les fermes voisines. Je me suis souvent demandé ce qu'elle allait y faire, parce qu'elle n'avait jamais témoigné le moindre intérêt pour les animaux ou le veld. Ma mère et Mrs Pumile n'approuvaient pas sa conduite.

« Aucune honte pour les ennuis qu'elle a eus à Jo'burg. Et toujours aussi malpolie, disait Mrs Pumile en reniflant avec mépris de l'autre côté de la haie.

— Elle sort tous les soirs, elle n'a pas de temps à consacrer au maître et à Madame », ajoutait ma mère en secouant la tête.

Et c'était vrai. Miss Rose passait fort peu de temps avec ses parents. On aurait cru qu'elle avait oublié qu'elle restait leur seul enfant. Oublié qu'elle avait le devoir de se conduire en fille, d'être la fille dans une maison qui avait perdu un fils.

Mais Madame avait bon espoir, je le voyais bien. Elle s'était remise à parler au maître le soir.

« Elle pourrait prendre un nouveau départ, disait-elle. Elle a seulement besoin de quelqu'un qui la stabilise.

— Jamais Rosemary ne s'installera ici, marmonnait le maître, contrarié, en faisant claquer son journal. Plus maintenant qu'elle a vu les lumières de la ville. »

Cependant, Madame refusait de se laisser décourager ; elle se levait vivement et allait nous jouer une valse de Strauss ou une polka entraînante, tout en guettant le bruit qui annoncerait le retour de Miss Rose avec son dernier soupirant et l'espoir d'un mariage convenable.

Mais il n'y a pas eu de mariage. Ma mère a dit qu'il était trop tard pour Miss Rose, parce que tous les jeunes gens s'étaient fait mettre le grappin dessus juste après la guerre. D'après Mrs Pumile, Miss Rose avait bien reçu des propositions – elle n'a pas voulu dire comment elle l'avait appris, mais c'était peut-être par sa cousine qui travaillait à la banque et avait accès aux provisions de sucre ; elle avait aussi de très bonnes oreilles. Toujours est-il que Miss Rose avait refusé toutes ces offres, espérant avoir des perspectives plus intéressantes avec le conseiller municipal. Mais en fait, celui-ci fréquentait déjà une veuve bien connue qui avait hérité une grande ferme dans la région du Tarkastad.

Le maître et Madame n'ont rien dit, mais, quand le veld s'est couvert de gelée blanche le matin, ils ont remis Miss Rose dans le train. Elle était vêtue d'une de ses robes virevoltantes, de la couleur des fleurs de l'arbre corail, et ils lui ont une fois de plus dit au revoir.

— J'irai te voir bientôt ! a lancé Madame en retenant son chapeau.

Un nuage de fumée entourait la locomotive et Miss Rose agitait la main par la fenêtre du compartiment.

— Chic ! a-t-elle crié, et sa tête a disparu à l'intérieur du wagon avant que le train soit sorti de la gare.

14

Maman est morte en faisant l'argenterie. Le médecin a dit qu'elle avait le cœur faible et qu'elle n'aurait pas vécu plus longtemps, même si on avait diagnostiqué cette faiblesse cardiaque au dispensaire. Madame a été bouleversée à l'idée que maman était peut-être morte parce qu'elle travaillait trop, mais le maître a dit qu'elle ne devait pas réagir ainsi, parce que je m'étais déjà chargée de la plupart des tâches de ma mère. Ce qui n'a pas empêché Madame de continuer à pleurer dans son mouchoir. J'ai compris qu'elle était bouleversée d'avoir perdu quelqu'un qu'elle connaissait depuis son arrivée d'Irlande. Maman ne s'en était peut-être pas rendu compte, mais elle était la plus vieille amie de Madame.

J'ai tourné la page sur le séjour décevant de Rosemary.

Mais maintenant, Miriam est partie...

Je n'ai jamais pu me résoudre à écrire à propos de Phil et j'en suis toujours incapable. Il arrive parfois que, lorsque Ada joue merveilleusement, l'émotion me submerge et j'ai besoin de prétexter une visite en ville ou quelque chose d'urgent à faire à l'autre bout du jardin.

Miriam savait cela, et beaucoup d'autres choses. Elle ne disait rien, mais elle était toujours là quand je rentrais, fidèle, pleine de bon sens, discrète. Ces mots-là pour décrire une vie consacrée aux autres peuvent sembler si dérisoires, si insuffisants. Ce qu'elle m'a laissé de mieux, c'est peut-être tout simplement Ada.

Le médecin était celui qui m'avait mise au monde et avait soigné Mr Phil, mais il a été plus gentil cette fois-ci, et m'a mis la main sur l'épaule. Le maître en a fait autant. Le médecin s'est penché sur le corps menu de ma mère, a effleuré son visage de ses doigts et lui a fermé les yeux. Il a rabattu sur son visage un drap blanc que Madame lui avait donné. Maman était partie. J'espère qu'au ciel il y a un endroit où maman verra Mr Phil et pourra marcher à côté de lui comme je le faisais souvent jadis.

Madame m'a prise dans ses bras et serrée contre elle. Elle avait les joues mouillées et sentait les fleurs ; pas les fleurs à odeur forte dont j'avais l'habitude dans le jardin de Cradock House, mais peut-être celles, plus discrètes, qu'elle avait connues de l'autre côté de la mer, celles qui poussaient dans les chansons qu'enfant je jouais au piano. Lilas, primevère…

Madame n'est pas venue à l'enterrement de maman et cela a peut-être mieux valu, parce que KwaZakhele n'est pas un endroit pour une dame comme elle. De toute façon, le maître a refusé.

En écoutant dans le couloir devant la fente de la porte, je l'ai entendu dire ceci :

— Je t'interdis d'y aller, Cathleen. C'est dangereux. Et souviens-toi que ces gens-là ont leurs propres croyances à un moment pareil.

— Mais Ada ne sait rien de tout cela, est intervenue Madame, parlant bas. Elle a assimilé nos valeurs, nos croyances, comprends-tu ?

Elle a marqué un temps de silence.

— Avons-nous eu tort de l'encourager dans cette voie ? a-t-elle ajouté.

J'ai regardé par l'interstice des gonds. Etait-ce encore l'une de ces fois où je ne comprenais pas ce que disait Madame ? Comme celle où elle avait dit que l'école n'avait rien voulu entendre ? Mr Phil m'avait expliqué par la suite que c'était une façon de parler pour dire qu'on n'autoriserait jamais une chose donnée. A l'époque, je me suis abstenue de lui répondre que c'était mon éducation dans la même école que lui et que Miss Rose qui ne serait jamais autorisée.

J'ai continué à regarder. Madame s'est assise sur la chaise à côté du maître. Elle allait rarement s'asseoir à côté de lui ; en règle générale, elle s'installait en face. Les peignes en écaille de ses cheveux reflétaient la lumière. Elle était toujours en gris à cause de Mr Phil, et peut-être aussi maintenant de maman. Je ne peux pas marquer mon deuil avec les habits que je porte à l'intérieur ; tout ce que j'ai, c'est le manteau noir de maman.

— Je me fais du souci pour elle, Edward. Comment va-t-elle se débrouiller ? a poursuivi Madame en se tordant les mains comme elle l'avait fait à propos de Mr Phil.

— Il y aura d'autres parents, a dit Mr Edward en reprenant son journal. C'est toujours comme ça que ça se passe. D'autant plus que c'est nous qui payons l'enterrement.

Maman ne voulait pas être enterrée à Cradock. Elle voulait reposer avec ses ancêtres. J'ai donc mis son manteau noir, j'ai pris mon laissez-passer, l'ai épinglé dans ma poche intérieure et j'ai fait le voyage en train, puis en carriole pour accompagner son cercueil à KwaZakhele. Madame m'a mis dans les mains un bouquet de roses roses du jardin pour la tombe de maman.

Le jour n'était pas encore levé quand j'ai pris le train à Cradock avec le cercueil de maman à côté de moi dans le wagon de queue. Il y avait sur les rails une écharpe de brume qui se mélangeait à la vapeur de la locomotive, si bien que le train a avancé dans un nuage jusqu'à ce que le soleil dissipe tout cela. C'était mon premier voyage en train. J'ai regardé par la fenêtre en regrettant que maman ne puisse pas sortir de son cercueil et voir le veld se déployer devant nous en vagues blondes. A mi-parcours, il a fallu que je change de train. Deux vieux qui allaient dans la même direction m'ont vue me débattre avec le cercueil et m'ont aidée à le sortir du premier train pour l'installer dans le deuxième.

Personne ne m'a accompagnée – tatie n'a pas pu se payer le billet, mais elle a promis de prier à l'église en plein air sur la colline – et à KwaZakhele je n'ai vu aucun parent ayant entendu parler de maman, bien que ce soit le maître qui ait payé l'enterrement. Je n'étais jamais venue. C'était beaucoup plus grand que l'endroit où habitait tatie, ou que le township au bout de Bree Street. Des milliers de personnes y vivaient, dans des rangées de maisons minuscules ou dans des cahutes agglutinées les unes aux autres sans aucun terrain entre elles. Bien qu'il pleuve davantage à KwaZakhele qu'à Cradock, il n'y avait pas d'arbres, mais la fumée des braseros stagnait au-dessus des maisons toute la journée.

Après avoir cherché longtemps dans les étroites rues en terre – je n'étais pas rassurée, avec tous ces inconnus qui criaient, tous ces chiens qui aboyaient et ces centaines de cahutes dont je ne voyais pas la fin, et je me faisais du souci à propos de maman qui attendait dans son cercueil là-bas à la gare – j'ai trouvé l'église où elle allait enfant.

J'ai vu une porte sur le côté avec un écriteau sur lequel était écrit : Sacristie, frappez avant d'entrer.

— Excusez-moi, mon père, ai-je dit en m'appuyant au chambranle, car j'étais fatiguée. Ma mère est morte et elle souhaite être enterrée dans votre cimetière avec ses ancêtres.

Le pasteur a levé les yeux de son bureau et m'a regardée, debout devant lui, vêtue du manteau noir de maman.

— D'où êtes-vous ?

— Je suis venue de Cradock aujourd'hui par le train, mon père, avec le cercueil de ma mère.

Le pasteur a commencé par dire qu'il avait trop à faire pour s'occuper de moi, qu'il ne connaissait pas de parents vivants portant le même nom que moi parmi les fidèles de son église. Quand j'ai dit que je pouvais le payer avec la somme que le maître m'avait donnée, il a accepté d'enterrer maman. Il fallait que je sois économe avec cet argent, car il devait couvrir les frais du cercueil, des billets de train, du trajet en carriole à âne depuis la gare jusqu'à l'église, puis de l'église au cimetière. Jamais je ne pourrais rembourser le maître qui avait eu la bonté de me donner cette somme, mais je pouvais au moins lui montrer que j'étais reconnaissante en lui rapportant ce qui resterait.

Le pasteur a enfilé une aube fripée – pourquoi n'avait-il personne pour la lui repasser ? – et s'est assis à côté du conducteur de la carriole. Je me suis accroupie à l'arrière, cramponnée au cercueil pour l'empêcher de glisser et de tomber. Le trajet pour le cimetière a été long. J'étais désolée pour maman, qui était secouée sur ces routes cahoteuses. Je serrais les roses de Madame et regardais par-dessus les têtes du pasteur et du conducteur. La mer était quelque part, aussi bleue que le ciel, et je mourais d'envie de la voir, avec des bateaux dessus, comme dans mes lectures, des bateaux qui avaient transporté notre piano jusqu'à Cradock House ; mais dans cette région, la terre était plate et le township s'étendait au-delà de l'horizon. Or, personne ne peut voir plus loin que l'horizon.

A la différence du cimetière où reposait Mr Phil, il n'y avait pas d'herbe dans celui-ci ; le vent soulevait la poussière du sol et me l'envoyait dans la figure. Mais je crois que Dieu le Père n'a pas plus mauvaise opinion de ses enfants parce qu'ils ont un enterrement de pauvre et personne pour le suivre. Cela ne signifie pas qu'ils valent moins que ceux qui sont enterrés dans une cathédrale avec une assistance considérable et un orgue qui fait trembler les murs. Maman a servi les autres toute sa vie. Dieu serait content d'elle, j'en étais persuadée.

Il ne pouvait y avoir un service funèbre comparable à celui de Mr Phil, bien entendu, mais le pasteur et moi avons chanté *Abide with me*, devant la fosse qui avait été creusée pour accueillir le cercueil, et où j'ai placé les roses de Madame, si délicates et si belles, à même la terre. Le vent qui nous piquait le visage emportait sûrement nos voix vers le ciel où Dieu – et Mr Phil, je l'espère – écoutait. J'ai donné au pasteur un peu d'argent en plus, et il a dit qu'il mettrait un écriteau avec le nom de maman pour que je puisse reconnaître l'emplacement si je revenais. Malgré cela, avant de partir, j'ai essayé de graver dans ma mémoire l'endroit où se trouvait sa tombe entre les centaines de monticules. Elle était dans la perspective d'une lointaine cahute avec un toit en fer-blanc, comme notre *kaia* de Cradock, à ceci près qu'il n'y avait pas d'acacia maigre à côté, mais une plante grimpante chevelue qui poussait sur un bout de palissade. A l'opposé se dressait un lampadaire d'une hauteur telle que je n'en avais jamais vu de semblable, et qui répandait une lumière orange, bien qu'il fasse encore jour. La tombe de maman se trouvait au point de rencontre des deux lignes. Derrière moi, dans la rue pleine d'ornières longeant le cimetière, des enfants tapaient allègrement dans un ballon, et leurs voix montaient dans l'air avec l'âme de maman.

Lorsque je suis retournée à la gare, le dernier train de la journée était déjà parti. J'ai donc passé la nuit assise sur un banc, serrant l'argent qui me restait, sourde aux cris des ivrognes qui vociféraient dans l'obscurité au-delà du quai faiblement éclairé, et j'ai vu apparaître le premier train dans l'aube grise. Il s'est mis à pleuvoir. D'autres passagers ont surgi de la brousse derrière la ligne de chemin de fer. Un nuage bas voilait le vaste township, le dérobant aux regards. Je suis montée dans le train, tout ankylosée, et suis rentrée.

15

Madame me manque, et je lis son livre tous les jours. Je me demande pourquoi elle l'a laissé sur sa coiffeuse sachant qu'elle serait absente un certain temps. Ça ne lui ressemble pas d'être si étourdie, surtout à propos d'un objet qui lui tient tant à cœur. Sur quoi écrira-t-elle à Johannesburg ?

A bord, les passagers sont charmants. En particulier, un certain capitaine Saunders, qui retourne aux Indes rejoindre son régiment. Mrs Wetherspoon, mon chaperon, est sous le charme. Et lui aussi – sous le mien !

C'est étrange d'avoir passé cinq ans en Irlande à attendre la fin de mes fiançailles et, juste au moment où je suis autorisée à aller en Afrique pour épouser Edward, de me trouver courtisée par un autre soupirant. C'est flatteur, bien sûr, mais je ne l'encourage en rien. Et soit dit à son honneur, il est irréprochable.

Afin de combler le silence de Cradock House, je joue du piano tous les soirs après avoir fini la vaisselle. Madame l'aurait souhaité. Je n'allume pas les lumières – je n'ai pas besoin de voir mes doigts –, je me glisse simplement dans le renfoncement où se trouve le piano, et je commence. Au début, le coucher du soleil éclaire encore la pièce, un violet soyeux, et non les bandes jaune vif de la chambre de Mr Phil. Puis cette lueur elle-même disparaît et je joue dans l'obscurité. Je joue pour moi-même, pour maman, et je joue pour Mr Phil qui ne quitte jamais mon cœur.

Parfois, le maître est dans son bureau, en train d'écrire à Madame en visite chez Miss Rose qui a des ennuis à Johannesburg, et il ouvre la porte pour m'écouter. D'autres fois, il est dans le salon, derrière son journal. Je remarque qu'il ne tourne jamais les pages pendant que je joue. Et souvent, la lampe à côté de son fauteuil n'est pas allumée. Peut-être aime-t-il l'obscurité lui aussi. Je sais qu'il voulait toujours que Madame joue du Chopin ; alors, je joue du Chopin. J'espère que ça le console en l'absence de Madame. Ensuite, je joue du Debussy, des mélodies insaisissables qui vous trottent ensuite dans la tête pendant des jours.

En général, il dit « Merci, Ada » quand j'ai fini, même si parfois il semble avoir du mal à trouver sa voix et doit tousser avant de commencer sa phrase.

Alors, je réponds : « Bonne nuit, maître » quand je rabats le couvercle du piano. Pendant quelque temps, ce sont les seules paroles échangées.

Et je sais que je joue pour lui aussi, pour la solitude qui nous habite l'un et l'autre.

Quand j'y repense maintenant, après toutes ces années, je sais que c'était la conséquence de la solitude. Pas le genre de solitude désespérée de Mr Phil – où les camarades tombés au combat ne vous laissent aucun répit –, mais plutôt une ombre qui pose sur vous son poids sournois. Madame avait l'expérience de la solitude et des difficultés qu'elle peut provoquer, et c'est peut-être pour ça qu'elle a décidé d'aller à Johannesburg afin d'être avec Miss Rose, son unique enfant vivant. Pour chasser la solitude de Miss Rose et ainsi lui éviter d'autres ennuis ? Mais chassez la solitude par la porte, elle revient par la fenêtre. Et les ennuis qu'on enlève à une personne cherchent assurément à se loger chez une autre.

J'ai préparé des côtelettes d'agneau, des pommes de terre et des petits pois et les ai servis au maître, seul à l'extrémité de la table de la salle à manger. J'ai pris mon dîner à la cuisine. Puis j'ai lavé et essuyé la vaisselle et suspendu les torchons dehors, sur la corde à linge. C'était l'un de ces soirs où une étrange lumière chaude éclaire le Karoo, où les collines de pierre passent du brun au rose et conservent leur éclat plus longtemps que l'on ne le croirait possible, avant de virer au bleu marine. Je me suis demandé si maman voyait cette étrange lumière de là où elle était avec Dieu le Père.

Je suis retournée vers la maison et me suis arrêtée un instant, revoyant Mr Phil couché sur l'herbe qui ployait maintenant sous mes pieds. Au soleil, il avait la peau dorée et des yeux bleus comme un ciel nocturne très clair. Si je l'appelais, il répondrait sûrement...

Je suis rentrée. J'ai ôté mon tablier, l'ai accroché derrière la porte de la cuisine. Le maître était dans son fauteuil habituel du salon. Je me suis glissée devant le piano et j'ai commencé avec la sonate *Au clair de lune*. La lumière rose qui entrait par la fenêtre éclairait l'instrument et suivait mes mains sur les touches. Puis j'ai joué la *Pathétique*. Le maître n'a pas tourné les pages de son journal. J'y étais habituée à présent. Lentement, la lueur du crépuscule a décliné et j'ai interprété le dernier nocturne de Chopin dans l'obscurité. Le maître est resté assis dans l'obscurité lui aussi, son journal sur les genoux.

— Bonne nuit, maître.

— Merci, Ada. Bonne nuit.

J'ai fait ma toilette, enfilé la chemise de nuit que Madame m'avait achetée chez Badger, et j'ai prié à côté du lit pour l'âme de Mr Phil et celle de maman.

« Cher Seigneur,

Faites que maman se repose maintenant et que Mr Phil trouve la paix après cette guerre. »

C'est pendant que je lisais le verset du jour dans la bible que j'ai entendu les pas du maître ; ils ne se dirigeaient pas vers la chambre à l'étage, mais vers la cuisine. Peut-être voulait-il boire quelque chose ? Du thé ? J'ai glissé les pieds dans mes pantoufles, prête à aller le servir, mais les pas ont continué après la cuisine, dans le couloir, et se sont arrêtés devant la porte de la chambre que je partageais depuis que j'avais six ans avec maman.

J'ai attendu.

Les pas n'ont pas continué. Il devait être malade. Il devait être ennuyé de me réveiller. Devais-je prendre les devants ?

Un coup léger a été frappé à la porte.

Je me suis précipitée pour ouvrir.

— Vous avez besoin de moi, Monsieur ?

Le courant d'air soudain a fait voler les rideaux.

— Ada, a dit le maître.

Il ne posait pas souvent les yeux sur moi, mais là, il me regardait. J'ai remarqué comme il avait l'air fatigué depuis la mort de Mr Phil, comme ses cheveux s'étaient clairsemés et avaient grisonné, comme ses yeux avaient pâli. Il était toujours en complet et jouait nerveusement avec la chaîne d'or de son gilet.

— Ada ? a-t-il répété.

Il a regardé la chambre derrière moi comme s'il ne l'avait jamais vue. Il a tendu la main qui ne tortillait pas la chaîne et l'a posée sur mon épaule.

— Qu'est-ce que je peux faire pour vous, Monsieur ? Vous voulez du thé ?

Il n'a pas paru m'entendre et sa main est restée sur mon épaule. J'en sentais la chaleur. Je sentais ses doigts se crisper à travers l'étoffe de ma chemise de nuit. C'était différent de la façon dont Mr Phil me touchait.

J'ai reculé d'un pas. Sa main est retombée.

Nous nous sommes regardés fixement, le maître et moi.

Il y avait eu un jeune homme, autrefois, à Adderley Street, quand je portais les lettres de Madame à la poste, qui m'avait regardée ainsi. Qui m'avait regardée comme si on pouvait vraiment me trouver jolie. Il avait dit qu'il s'appelait Jacob Mfengu et m'avait demandé mon nom. Il était bien habillé, poli. Il travaillait chez le boucher de Cradock et il me voyait souvent passer dans la rue. Il m'avait dit qu'il aimerait sortir avec moi si mon père l'autorisait. Je lui avais répondu que je n'avais pas de père, mais qu'il pouvait s'adresser à ma mère. Il avait hoché la tête avec empressement et dit qu'il le ferait, et nous nous étions serré la main ; son contact m'avait fait battre le sang, comme celui de la main du maître sur mon épaule en ce moment. J'avais attendu, pleine d'espoir, mais il n'était jamais venu et, quand j'avais eu le courage d'entrer chez le boucher pour demander de ses nouvelles, son patron m'avait appris qu'il était parti du jour au lendemain pour retourner dans sa famille au Transkei.

Le maître est entré dans la pièce et a refermé la porte derrière lui. Et il s'est approché de moi, debout devant le lit, et cette fois il a posé ses deux mains sur mes épaules. Mon sang a battu plus vite.

Je me suis mise à trembler. Il a dû le sentir, parce qu'il a dit :

— Je ne te ferai pas de mal, Ada.

Il a tendu une main et a dénoué le haut de ma chemise de nuit. Je n'ai pas songé à protester. Après tout, qui étais-je pour repousser le maître, qui avait pris soin de ma mère et de moi ? Comment pouvais-je repousser quelqu'un qui m'avait donné un toit, nourrie et fait le cadeau de la musique ? Qui avait payé l'enterrement de ma mère ?

Comment dire que j'attendais un jeune homme qui m'avait un jour serré la main dans Adderley Street, mais n'était jamais revenu ?

Comment pouvais-je dire que c'était le visage de Madame que je voyais quand je le regardais ? Je me suis penchée pour attraper le bas de ma chemise de nuit, je l'ai passée par-dessus ma tête et je suis restée devant lui, nue.

Le colonel déclare qu'il est amoureux de moi et qu'il veut m'épouser. « Restez à bord, Cath, demande-t-il, venez en Inde avec moi. Nous nous marierons dès notre arrivée à terre. »

Je le pourrais si je le voulais. Car il est charmant, plein d'égards, ce n'est pas un don juan, et il connaît mon cœur d'adulte mieux qu'Edward. J'avoue que je suis plus qu'un peu éprise...

Mais comment faire une chose pareille ?

Comment abandonner Edward, qui travaille si diligemment pour m'offrir une maison – et même un piano ?

Le maître est venu à moi trois fois. Nous n'avons jamais échangé une parole. Ses pas dans le couloir, tournant après la cuisine, étaient le seul signal que j'ai eu.

Chaque soir avant ce moment-là, je jouais du piano comme d'habitude. Je m'étais demandé si je devais arrêter, mais je me suis dit qu'il trouverait ça bizarre. Il m'a semblé que l'obscurité chassait la lumière du crépuscule trop vite alors, et qu'elle apportait avec elle une tristesse terrible qui envahissait mes doigts, rendant mon jeu forcé, et me plongeait dans l'incertitude quant à son éventuelle visite du soir.

« Bonsoir, maître.

— Merci, Ada. »

Quand j'entendais ses pas, j'ôtais ma chemise de nuit et je m'étendais sur le lit que je partageais autrefois avec maman. Il frappait à la porte, entrait et éteignait la lumière aussitôt. Il venait à côté du lit et restait debout un moment, puis il tendait une main et me touchait.

Le lendemain, je lavais les draps, je balayais et lui préparais son petit déjeuner et son dîner comme s'il n'y avait rien de changé. Il travaillait, mangeait, lisait le journal et écrivait à Madame – Oh, Madame, pardonnez-moi, mon Dieu, pardonnez-moi – partie à Johannesburg chez Miss Rose qui avait des ennuis.

16

Autrefois, je me demandais comment c'était, fréquenter les garçons ; ceux qui attiraient mon regard dans la rue quand j'allais à la poste ou quand je marchais à côté de ma mère pour aller voir ma tante les jeudis après-midi où elle était libre. Ils ne manquaient pas d'audace, ces garçons, surtout quand ils revenaient de l'initiation – l'*abakwetha* – revêtus de leurs nouveaux habits et qu'ils circulaient en ville en quête d'une épouse.

« Ne le regarde pas ! m'avait avertie ma mère le jour où j'avais posé mes yeux d'adolescente sur un garçon particulièrement séduisant en pantalon kaki bien repassé au coin de Market Street. Il trouvera bien qui tu es s'il en a envie. »

Mais ça ne se produisait jamais. Et quand Mr Phil est revenu de la guerre, ma vie s'est limitée à Cradock House, de toute façon, et les jeunes gens qui auraient pu souhaiter me fréquenter ont regardé ailleurs. Sauf Jacob Mfengu, chez le boucher. Lui, il n'était pas audacieux mais respectueux. J'avais espéré que ce serait ma chance. Mais je n'ai plus jamais entendu parler de lui, même si le souvenir de sa main chaude est resté sur ma peau pendant bien des saisons.

Et puis ma mère est tombée malade et il a fallu que je la soigne et que je me charge de ses tâches ménagères. Il a fallu mettre de côté la perspective de fréquenter un jeune homme, et même celle de me marier.

« Tu n'as pas besoin de tout faire toi-même, Ada, m'a dit un jour Madame en me voyant penchée sur la planche à repasser. Je peux demander à Mrs Pumile, de la maison d'à côté, de t'aider.

— C'est inutile, Madame, ai-je répondu en me redressant, sachant que Mrs Pumile aurait volé Madame dès le premier jour. J'ai presque fini. »

Quand Mr Phil est mort, j'avais encore maman. Mais quand elle est morte, je n'avais plus que Madame et le maître. Et quand Madame est allée voir Miss Rose à Johannesburg, je n'ai plus eu que le maître. Et après, il ne m'est plus resté que la honte. Elle n'a pas fait son apparition tout de suite, mais elle a grandi en moi et a commencé à faire grossir mon corps. Et elle m'a suivie chaque jour jusqu'à la fin de ma vie.

Demain, je débarque.

Demain, j'épouse Edward dans la cathédrale, sur les pentes de la montagne de la Table.

Ma robe de mariée est repassée et étalée, toute prête ; il y a un ourlet double à la jupe brodée pour qu'elle ne se déchire pas sur les pavés inégaux des rues du port. Mon voile court, cadeau de l'école du village, est posé sur le dos de la chaise. Mrs Wetherspoon m'a promis un bouquet de roses roses fraîchement cueillies, bien que nous ne sachions pas si c'est la saison des roses au Cap. Le révérend Wetherspoon me conduira à l'autel en queue-de-pie et col d'ecclésiastique.

Nous nous levons tous à l'aube pour voir la montagne apparaître à l'horizon. Quand je l'apercevrai, je saurai qu'aucun retour en arrière n'est possible.

J'ai refusé la demande de Charles Saunders et il comprend que je dois faire mon devoir.

Mais je me demanderai toujours quelle vie j'aurais pu avoir.

Ce que cela aurait pu être d'épouser un homme qui provoquait chez moi un éveil tel que je n'en ai jamais connu...

Au début, bien sûr, je n'ai pas compris ce qui m'arrivait. Ma tenue de travail a commencé à me serrer, mon corps est devenu très sensible. Le cycle naturel dont ma mère m'avait parlé s'est arrêté. A Johannesburg, les ennuis de Miss Rose n'étaient toujours pas vraiment terminés, disait le maître. Il fronçait les sourcils, pinçait les lèvres et se détournait pour aller dans son bureau.

Madame est donc restée là-bas.

Madame, qui aurait pu me dire ce qui se passait dans mon corps, mais qui n'aurait jamais eu à le faire si elle était restée à Cradock. Madame, que j'avais trahie. Madame, dont je ne pourrais jamais espérer – ni mériter – le pardon.

Je ne pouvais pas aller voir le docteur Wilmott, qui m'avait mise au monde, avait soigné Mr Phil et fermé les yeux de ma mère. Il serait obligé de dire la vérité au maître et à Madame. Alors, pendant l'un de mes jeudis libres, j'ai mis mon laissez-passer dans ma poche et j'ai franchi le pont de fer au-dessus du Groot Vis pour aller voir ma tante dans le petit township à côté du Lococamp.

— C'est mon corps, ai-je dit quand j'ai été assise avec elle dans l'unique pièce de sa cahute.

Ma tante était âgée à ce moment-là, plus âgée que ne l'aurait été ma mère, et elle avait déjà vu des filles dans mon état. Elle s'est penchée et a posé la main sur mon ventre.

— Qui c'est qui t'a fait ça ? Il faut que tu l'épouses ! T'as pas de famille, alors, il aura pas de dot à payer, a-t-elle dit en ôtant du réchaud la casserole d'eau chaude pour le thé.

Quand j'ai répondu qu'il n'y avait aucun garçon en particulier, elle s'est donné une tape sur la tête, sur son *doek*, puis elle m'a giflée, car j'avais été avec plus d'un garçon et j'étais une dévergondée. Elle m'a dit que je ne valais pas mieux que Miss Rose qui avait des ennuis à Johannesburg. J'ai pris les gifles et gardé le silence. Elle m'a parlé d'un homme qui s'occupait de bébés puis elle m'a poussée hors de sa cabane et m'a laissée errer dans les ruelles poussiéreuses à la recherche de l'homme en question. Il commençait à faire nuit, les rues n'étaient pas éclairées, des bandes de garçons rôdaient et des chiens me suivaient. La fumée des braseros stagnait au-dessus des cahutes et rendait le ciel gris bien avant qu'il ne s'assombrisse au-dessus de Cradock

House. L'endroit m'a rappelé KwaZakhele, où j'avais enterré maman. Alors, j'ai prié tout en marchant, prié pour apaiser ma peur de la nuit et des gens brutaux qui me bousculaient. Et j'ai prié maman de me dire quoi faire. Mais maman ne m'a pas répondu, et Dieu lui-même a été silencieux, car j'avais péché avec mon maître et, pour cela, il n'y avait pas de pardon.

Le médecin, quand je l'ai trouvé, s'est montré gentil. Il portait une blouse blanche tachée, mais aussi un tube avec un disque en métal comme celui dont le médecin s'était servi pour examiner Mr Phil. Alors, je lui ai fait confiance. Les gens venus le consulter dans sa minuscule maison de deux pièces attendaient leur tour. Tous étaient assis sur le sol à l'intérieur, et il y en avait même dehors, sur la terre nue. Des jeunes, blessés, qui saignaient, des mères qui berçaient des enfants en pleurs, et des vieux avec des toux horribles.

Quand le médecin a fini de s'occuper de tous les patients qui saignaient, pleuraient et toussaient, il était tard, il était fatigué, mais il a été gentil malgré tout. Il m'a dit que j'allais avoir un bébé. Et il a ajouté que je devais prévenir le père du bébé parce que j'étais une jeune femme en bonne santé qui donnerait beaucoup d'autres bébés au beau jeune homme qui l'avait fait.

— Ce n'est pas un beau jeune homme, monsieur.

— Un homme plus âgé fera tout aussi bien l'affaire, m'a-t-il dit avec un sourire las et rassurant. Il aura plus d'argent pour entretenir ses enfants.

— C'est mon maître.

Il s'est assis sur un banc contre le mur qui s'écaillait. Ses épaules se sont affaissées et je me suis demandé pourquoi.

— Alors, vous allez avoir besoin de mon aide.

— Pour aider le bébé à venir au monde ?

Il a secoué la tête qu'il avait appuyée contre le mur.

— Oh, ma petite fille ! Vous ne devriez pas l'avoir, ce bébé.

— Mais pourquoi, monsieur ?

Qu'est-ce qu'il y avait ? Etait-il un *sangoma* – un sorcier ? Voyait-il des choses que je ne pouvais pas voir ?

— Cet enfant aura le malheur de naître avec une peau claire, plus claire que la vôtre et que la mienne, a-t-il dit en désignant son bras noir, mais pas aussi claire que celle de votre maître.

— Ce sera un métis ? me suis-je écriée.

Je connaissais les métis. Ils étaient à mi-chemin entre les gens de la race du maître et de Madame et les Noirs. Ils n'étaient ni blancs ni noirs. Ce n'est que pendant la guerre, quand ils sont devenus soldats et ont combattu aux côtés des soldats blancs, que les gens avaient été fiers d'eux. Mais aujourd'hui, ils n'appartenaient à aucune communauté. J'ignorais tout de l'hérédité. Je ne savais pas que c'était cela, l'origine des métis : que le noir pouvait se diluer et le blanc se foncer, et que le résultat, c'était un garçon qui n'appartenait ni à une race ni à l'autre. Pourquoi pensais-je que ce serait un garçon ? Un garçon pour le maître à la place de Mr Phil ? Comme si l'on pouvait remplacer un premier-né...

Et cet enfant serait métis. Il n'appartiendrait pas au maître, ni à moi. Il faudrait que je lui dise que son père était parti juste avant sa naissance, comme mon père. Peut-être cela nous rapprocherait-il, cet enfant à peau claire et moi ?

Mais alors que mon père à moi avait disparu pour ne plus revenir, le père de cet enfant était juste de l'autre côté du pont sur le Groot Vis, à quelques centaines de mètres de terre poussiéreuse. Je devrais veiller à ce que mon enfant ne le sache jamais. Je devrais veiller à ce que, comme moi, il ne trouve jamais son père.

17

Il y a dans ma vie beaucoup de choses que je n'ai pas comprises sur le moment, mais dont le sens m'est apparu beaucoup plus tard. Par exemple, ces lieux et ces gens qui ne voulaient rien entendre à certains sujets, mais n'étaient pas sourds. Par exemple, un avenir qu'on ne pouvait acheter, mais qui semblait toujours, comme la mer, juste au-delà de l'horizon ; ou la guerre, qui provoquait une pénurie de nourriture et de moules à gâteau, qui faisait couler les bateaux et empêchait des hommes jeunes de guérir de blessures invisibles à l'œil nu. Ou encore l'amour de Mr Phil, dont je n'ai pris conscience que lorsqu'il a été trop tard.

En grandissant, j'ai appris que parfois ces choses-là pouvaient s'expliquer par les différents sens que prenaient les mots. A d'autres moments, les choses que je ne comprenais pas étaient également nouvelles pour le reste du monde. Une nouveauté de ce genre a surgi dans les années 1950 : la peur sournoise de la différence de peau, chuchotée au début, et de plus en plus réelle à mesure que grandissait en moi l'enfant qui serait métis.

— L'apartheid !

Mrs Pumile a craché le mot qui décrivait la chose comme elle recrachait le thé pas assez sucré.

C'était un mot nouveau pour moi. Je ne l'avais jamais vu sur les devantures des magasins ni sur les écriteaux devant le kiosque à journaux qui, toutes ces années auparavant, avait affiché « C'est la guerre ! ». Mais si le mot était nouveau, je savais à quoi il s'appliquait : à ce qui m'avait troublée quand je marchais avec mon jeune maître en ville, à ce qui faisait que les Blancs se détournaient de moi, à ce qui contrariait mon maître quand il constatait que son fils était attaché à une domestique. C'était le mot unique faisant la somme de toutes ces peurs.

— Ça va nous forcer à déménager de l'autre côté du Groot Vis, me sifflait à travers la haie Mrs Pumile, ou dans le township après la prison de Bree Street, avec tous les *skollies*[1] et les ivrognes. Tu peux remercier le Seigneur, Ada, que ta mère n'ait pas vu ça.

— Mais qu'est-ce qu'on peut faire ? ai-je demandé en regardant la maison derrière moi, où le maître travaillait dans son bureau pendant que Madame était toujours avec Miss Rose à Johannesburg.

— Je vais retourner dans ma famille à Umtata, a dit Mrs Pumile avec un sourire satisfait. Il y a un homme qui m'épousera si je retourne là-bas. Mais toi, a-t-elle poursuivi en jetant un regard curieux à travers la haie, tu ferais bien de te dépêcher de trouver un mari. Tu es encore assez jolie. Il n'y aura pas de place pour les filles qui n'auront pas d'homme pour les protéger.

Elle s'est retournée pour crier par-dessus son épaule en réponse à un appel lancé de la porte de la cuisine.

— J'arrive, M'dame ! J'étais en train d'arracher les légumes.

Cela faisait quinze jours que j'étais allée voir le médecin dans sa maison de deux pièces de l'autre côté du Groot Vis. Après m'avoir parlé de l'hérédité, il m'avait dit qu'il était trop tard pour me débarrasser du bébé, même si je l'avais souhaité. Il m'avait dit aussi que je n'avais pas à le payer, parce qu'il recevait de l'argent de la mission pour faire son travail. Cette même mission qui faisait l'école aux élèves noirs dont j'aurais pu faire partie autrefois. Sur le chemin du retour, il faisait très sombre et je marchais vite en prenant soin de rester dans la lumière des braseros sur lesquels

1. Voyous.

les gens faisaient la cuisine. Dans l'ombre, des hommes me hélaient, des chiens affamés venaient me renifler les jambes, les étoiles étaient cachées derrière un voile de fumée et je redoutais de lever les yeux. Est-ce que Mr Phil me jugeait tandis que j'avançais ainsi, talonnée par la peur ? Est-ce qu'il comprenait que j'avais agi par obéissance, ou estimait-il que je l'avais trahi en faisant ce que j'avais fait avec son père ? Comme j'avais trahi ma maîtresse bien-aimée…

Je me suis glissée dans Cradock House par la grille de derrière et la porte de la cuisine, dont je n'avais pas fermé le loquet. Le maître avait un dîner de travail à la mairie et je n'avais pas eu à lui préparer son repas. Le garage était vide ; j'ai entendu sa voiture plus tard dans la soirée, alors que j'étais couchée, les mains crispées sur mon ventre où pesait le fardeau de l'enfant que je désirais si fort aimer, mais qui, je le craignais, ne m'aimerait pas. Ni quand il verrait la différence de peau, ni quand il constaterait qu'il était non seulement inférieur aux Blancs, mais aussi – et c'était cela qui était épouvantable – aux Noirs. Qu'allions-nous devenir, cet enfant qui n'avait sa place nulle part et moi ?

— Ada, a dit le maître tandis que je lui servais ses œufs brouillés pour le petit déjeuner, la maîtresse rentre la semaine prochaine.

Debout à côté de la table, j'ai senti le sang me monter au visage, brûlant, et l'enfant frémir comme un papillon au-dedans de moi.

— Miss Rosemary va mieux et Madame n'a plus besoin de rester là-bas. Elle se réjouit de rentrer. Nous devons veiller à ce que la maison soit absolument impeccable pour son retour.

Il a levé brièvement les yeux vers moi, puis les a baissés sur ses œufs qui refroidissaient dans l'assiette devant lui. Sur ses genoux, ses mains se sont refermées, puis immobilisées.

— Je veux que Madame voie que rien n'a changé depuis son départ.

Il a marqué une pause, a levé les mains et en a tendu une pour prendre la serviette de toile que je lave et repasse chaque jour.

— Tu as bien compris, Ada ? a-t-il poursuivi en s'adressant à un point en face de son assiette sur la table.

— Oui, Monsieur, j'ai compris. Tout sera exactement comme avant, au goût de Madame.

Edward m'a lui aussi apporté des roses. J'ai mélangé son bouquet à celui de Mrs Wetherspoon. Je trouve Edward changé et, assurément, il me trouve changée moi aussi. Plus sérieux, la bouche plus mince, mais toujours aussi courtois. Trop courtois, et ma crainte que nous ne trouvions rien à nous dire a resurgi, mais, Dieu merci, je n'ai pas à vérifier cela d'emblée. Entre les amis des Wetherspoon et des voisins irlandais qui ont reçu Edward dans le passé, il y a eu assez de joyeux bavardages pour couvrir la réticence entre nous.

J'écris ceci dans le train qui nous emmène vers Cradock et notre vie commune. Les roses posées à côté de mon manteau dans le filet à bagages au-dessus exhalent encore leur parfum. Edward est parti réserver une table au wagon-restaurant pour le dîner, et cela me donne l'occasion de noter ces quelques phrases.

Chers maman et papa, chers Ada et Eamon, quelles seraient vos réactions ici ?

Que dirait papa en voyant cette terre riche et le nombre d'ouvriers noirs qui la travaillent ? Que dirait maman des élégantes en robes de couleur claire – sûrement aussi chics qu'en Inde ? Et Ada et Eamon ? Ils auraient le souffle coupé, comme moi, devant la grande montagne et le nuage qui la recouvre en permanence ! « Emmène-moi avec toi, Cath, avait supplié Ada avant mon départ. Je ne te dérangerai pas du tout ! » Mais voilà Edward qui revient...

18

Je prends conscience de tout ce que je fais pour la dernière fois.

Je lave ces chemises pour la dernière fois. Je vais chercher le pain chez le boulanger pour la dernière fois. Je marche dans Church Street vêtue de mon uniforme bleu. Je regarde chez le boucher en quête d'un signe de Jacob Mfengu, mais il n'est pas derrière les quartiers de viande qui se balancent ; il n'est jamais là.

Cradock House resplendit. Il y a des vases remplis des roses roses favorites de Madame sur le rebord de la cheminée et dans la niche à côté du piano, où elle en respire le parfum en jouant. Les boutons de porte en cuivre ont été astiqués, le *stoep*, fraîchement nettoyé. Les carreaux ont été faits, ainsi que les lits, comme si Miss Rose et Mr Phil allaient venir aussi. Mais ce n'est que Madame qui arrive demain par le train de la mi-journée.

J'ai préparé du poulet froid et une salade de pommes de terre pour son déjeuner avec le maître. Pour le dîner, il y aura un ragoût d'agneau sur le feu et, dans le garde-manger, une tarte aux pommes pour le dessert. Je sortirai même le beau service pour le thé de l'après-midi, et laisserai le gâteau de Savoie au citron sous une cloche de verre sur la table de la salle à manger. J'ai placé le livre de Madame sur sa coiffeuse, à côté du verre contenant un rameau de mimosa qu'elle a apporté d'Irlande. Pour la dernière fois, j'ai lu un passage de ce livre.

Nous sommes arrivés à Cradock ce matin. J'avoue que le voyage depuis Le Cap a été éprouvant. Si peu d'intimité. Tant d'heures à voir la terre cuite par le soleil et le ciel.

Edward s'est montré attentif et prévenant avec moi, ce que, normalement, j'aurais apprécié ; mais la galanterie du colonel Saunders était si présente dans ma mémoire que j'ai trouvé la réserve d'Edward un peu décevante. Enfin, il n'y a pas de place pour des regrets. Je suis heureuse d'avoir un avenir tout tracé.

J'ai maintenant vu notre maison, une demeure solide équipée d'un mobilier simple mais robuste. Une jeune femme timide appelée Miriam est chargée de l'entretenir. Edward a bien choisi. J'espère que Miriam et moi nous entendrons bien, car nous devons avoir à peu près le même âge. Mais Edward me dit d'éviter toute familiarité.

J'espère que nous n'attendrons pas trop longtemps pour avoir des enfants, car l'Irlande me manque cruellement. Quand nous sommes à table, j'avoue que je regarde par la fenêtre et imagine que c'est le ruisseau de l'autre côté de la falaise de Bannock que j'entends, et non l'eau brune et terne de la rivière qu'on appelle le Groot Vis.

Je lave ma blouse bleue et la plie ; j'en fais autant pour ce que j'appelle « mes vêtements de Blanche », ceux que Madame m'a donnés : la blouse et la jupe élégantes qui ont servi pour l'enterrement de Mr Phil, et la robe bleu marine que je portais à la place de l'uniforme. Je laisse le tout soigneusement empilé sur le lit pour la nouvelle bonne dont Madame aura besoin. J'emporte ma serviette et mon gant de toilette, ainsi que la chemise de nuit que Madame m'a achetée, et je les mets dans la valise en carton bouilli de ma mère.

Je prends la boîte à chaussures de maman sous le lit. Je n'y ai mis qu'une petite somme chaque mois parce que le maître et Madame envoient l'essentiel de mes gages à la banque d'Adderley Street. Madame m'a expliqué que je pourrais retirer cet argent quand je voudrais. Elle m'a montré un livret émis par la banque, prouvant combien d'argent je possède. Il y en a plus que je ne le pensais. Madame m'a dit que la banque ajoute un supplément pour remercier ses clients de lui prêter de l'argent au départ. Cela m'a semblé bizarre qu'on me donne de l'argent sans que j'aie à travailler pour l'avoir. Bien entendu, je n'ai pas ce livret avec moi. Il est rangé avec les papiers de la famille dans le bureau du maître. Ce qui signifie que je n'ai pas non plus l'argent. Il faudra que je me débrouille avec la petite somme que maman a conservée sur ses gages dans la boîte à chaussures, et avec les pièces que Madame me donne chaque mois pour mes dépenses personnelles.

Je mets aussi mon justificatif d'identité – mon laissez-passer – dans la valise. Je n'ai aucun autre document, ni aucune référence prouvant que j'ai travaillé à Cradock House, pas un mot de recommandation disant que j'ai bien fait mon travail, rien à montrer à un nouvel employeur pour les années d'époussetage, d'astiquage et de lavage. Pour la dernière fois, je joue du piano : des sonates douces, celle en *do* majeur de Mozart, celle au *Clair de lune* de Beethoven. Je prends la partition du *Prélude de la goutte d'eau* et la glisse au fond de ma valise, où elle ne se froissera pas. Je ne pense pas que Madame m'en voudra.

— Ada ?

— Oui, Monsieur ?

C'est le jour du retour de Madame. Le maître est dans le bureau, debout derrière sa table de travail. Je reste à la porte. Il ne me regarde pas et je cherche des yeux le livret de la banque parmi les papiers, mais il n'y est pas. Je l'ai cherché sur le bureau du maître ces derniers jours, mais en pure perte. J'ai fait bien attention de replacer les papiers exactement tels que je les ai trouvés, pour qu'il ne voie pas que j'y ai touché, comme je le faisais pour le livre de Madame, que je remettais là où elle écrivait, de façon à ce qu'elle ne remarque rien.

— Je pars chercher Madame. Le train aura peut-être de l'avance.

— Bien, Monsieur. Le déjeuner sera prêt pour Madame et vous quand vous rentrerez.

— Merci, Ada.

Il porte le complet sombre que Madame aime bien. Il évite toujours de me regarder et détourne sa tête grise pour prendre les clés de la voiture, dont les phares ressemblent aux yeux d'animaux nocturnes.

Dès qu'il est parti, je vérifie une dernière fois la table de la salle à manger pour m'assurer que le déjeuner est préparé au goût de Madame. Puis je passe le vieux manteau noir de maman par-dessus mon uniforme et noue un *doek* bleu sur mes cheveux. Je monte à l'étage et vais une dernière fois dans la chambre de Mr Phil. Je touche le lit où il était couché et je me tiens à côté des rideaux qui étaient toujours tirés pour empêcher la guerre d'entrer, et je sens le soleil me chauffer le dos à travers la vitre. Je redescends et ferme la porte de ma chambre où j'ai attendu pendant qu'il mourait dehors. Puis je prends ma valise et sors par la porte de la cuisine, prenant bien soin de fermer le loquet, et je quitte la maison par la grille de derrière. J'entends Mrs Pumile qui parle toute seule dans le *kaia* d'à côté. Je ne veux pas qu'elle me voie. Ni elle ni personne. Il faut faire vite. Je resterai du côté de Dundas Street où il y a le plus d'arbres et je garderai la tête baissée tout le long du chemin, sans regarder les enseignes des magasins sur lesquelles je m'entraînais jadis à lire. Certains des commerçants se souviennent de moi, mais j'espère qu'ils ne me reconnaîtront pas vêtue du manteau de ma mère et une valise à la main. Je suis maintenant comme une de ces filles que j'apercevais du coffre de Mr Phil, ces filles qui allaient dans la rue à pas pressés, à ceci près que je n'ai pas de bébé sur le dos. Pourrai-je jamais revenir dans cette rue avec un bébé sur le dos ? Les gens verront que la couleur de l'enfant est différente de la mienne, et ils comprendront ma honte. Mais sauront-ils que je ne suis pas une mauvaise fille ? Comprendront-ils que l'enfant est le fruit de mon obéissance envers le maître dans sa solitude ?

Madame le saura-t-elle jamais ? Et Mr Phil ?

Ce que j'ai fait, comment cela peut-il être à la fois bien et mal ?

Il y a beaucoup de monde dans Church Street, des voitures qui klaxonnent, des chiens qui sautent sur les talons de leur maître, des charrettes à âne qui font des embardées avec leur chargement de bois. Mr Phil aurait détesté ce vacarme. Là-bas, après le toit rouge de la maison du magistrat, dans Achter Street, se dresse l'arbre sous lequel il m'a dit qu'il m'aimait, près du Groot Vis.

C'est là que ma fuite devient risquée. Le pont métallique mène non seulement au petit township où habite ma tante, mais aussi à la gare. A tout moment, le maître et Madame pourraient me voir en passant dans leur voiture noire aux yeux d'animaux de nuit. Mais j'ai l'oreille aux aguets depuis tout à l'heure et n'ai pas entendu siffler le train jusqu'à présent. Il me reste encore du temps pour traverser et tourner à gauche, quitter la route et me diriger vers le petit ensemble de cahutes où vit tatie.

Il y a beaucoup de gens qui vont comme moi vers le pont. Leurs pieds nus font un bruit doux au contact du macadam. Ils se parlent à mi-voix, ils ont des amis dans la multitude. Moi, je n'en ai pas ; il faudra que je m'accommode de cette nouvelle solitude et que je veille à ce qu'elle ne soit pas source d'autres ennuis. Certains marchent en portant une valise comme moi, d'autres ont leurs affaires enveloppées dans une couverture colorée en équilibre sur leur tête, d'autres encore ont leur bébé sur le dos. Je change ma valise de main, je tourne la tête pour ne pas voir les voitures qui passent et je me hâte de traverser le pont et la rivière brune, de m'éloigner de Cradock House, qui était à moi jadis. De m'éloigner de l'acacia sous lequel j'ai failli naître, des meubles que j'ai frottés toute ma vie, des gens – certains en vie, d'autres retournés auprès des ancêtres – qui faisaient de cette maison la mienne à moi aussi.

19

Ada n'est pas là. Mais elle a laissé le déjeuner sur la table. Il doit bien y avoir une raison à cette absence. Peut-être Mrs Pumile est-elle au courant ? Je le lui demanderai dès que j'aurai défait mes valises.

Edward est content de me voir.

— Pourquoi tu t'imagines que tu peux venir ici ? Tu vois bien que je n'ai pas de place ! m'a lancé ma tante, furieuse.

Debout dans l'embrasure de sa porte, elle avait croisé les bras sur sa large poitrine et me laissait dehors dans la rue poussiéreuse.

Elle a posé les yeux sur mon ventre gonflé, puis les a ramenés sur mon visage.

— Et pas d'argent pour une bouche supplémentaire.

Elle a tourné le dos et est rentrée dans sa cahute.

— Je ne resterai pas longtemps, ai-je dit en m'appuyant au mur de guingois.

J'étais fatiguée par le trajet et la tension du départ. L'enfant semblait prendre un volume considérable à l'intérieur de moi. Tatie s'est accroupie sur une étroite natte rayée qui couvrait une partie du sol en terre.

— Ensuite, je trouverai un autre endroit où aller.

— Avec quoi ? Tu as de l'argent ? a demandé tatie dans la pièce obscure.

Tatie était une maligne. Elle savait qu'on ne pouvait trouver à se loger sans argent. Et elle savait que j'en avais à la banque.

— Si tu veux rester ici, il faudra me payer, a-t-elle ajouté en désignant la natte sur laquelle elle s'était assise.

Mes yeux ont commencé à mieux distinguer l'intérieur de la cahute. Je n'y avais jamais prêté grande attention lorsque je venais avec ma mère. Après tout, je vivais dans le confort sous le toit de Cradock House. Je n'avais jamais pensé à la cabane de tatie, avec ses latrines extérieures, comme à un logis possible. Et tatie avait raison, elle n'avait pas de place. Son étroit matelas éventré et recouvert d'une couverture déteinte était posé sur des briques, contre le mur. A côté, un réchaud à paraffine rouillé et une cuvette en émail écaillé avec un morceau de savon vert ramolli. Par terre, un seau et une calebasse à remplir avec l'eau du robinet public au bout de la rue. La blouse de tatie et une serviette pendaient à deux clous plantés dans les murs en torchis. Des filets à provisions empilés à même le sol contenaient le linge à laver. La seule partie dégagée du sol était celle qui était occupée par la natte centrale, et cet espace n'avait même pas la longueur de mon corps. Jamais je n'avais dormi par terre ; le méchant *tokoloshe* n'aurait pas de mal à nous trouver, mon enfant et moi.

La cahute de tatie n'était pas un endroit où élever un enfant, mais comment trouver un autre toit, compte tenu du genre de bébé que j'allais mettre au monde ? Personne ne veut aider une fille qui a fauté avec un Blanc et non avec un homme de sa race. J'ai tourné la tête, car je l'ai entendu à ce moment-là, le sifflement en *fa* dièse annonçant le retour de Madame.

— Je t'aiderai à laver, ai-je dit d'une voix qui se voulait enjouée. Je m'y connais en lavage. Et je sais faire la cuisine.

Tatie m'a dévisagée d'un œil soupçonneux. Elle a reniflé et regardé en direction du Groot Vis.

— Pourquoi est-ce que tu ne cherches pas du travail de l'autre côté de la rivière ? a-t-elle demandé. Certaines familles les recherchent, les filles comme toi, qui ont travaillé comme bonnes. Cette maîtresse dont tu dis tant de bien, elle te donnera des références…

Elle s'est tue et m'a regardée fixement.

— … à moins que tu l'aies volée ? a-t-elle poursuivi. Seigneur, pourvu que ta mère l'ait jamais su !

Dans la rue derrière, il y a eu un cri, puis d'autres. Un homme poursuivait une femme et lui frappait l'arrière des jambes avec un bâton. Une petite foule de badauds s'était rassemblée.

— Personne ne va l'aider ? ai-je crié.

Les badauds se sont retournés pour me regarder, puis se sont remis à observer la scène. Tatie, qui n'était même pas allée jusqu'à sa porte, s'affairait à allumer son réchaud.

Moi aussi, je me suis détournée. Je lui ai dit que je n'avais rien volé à Madame, mais que je ne voulais plus être bonne à tout faire. Je lui ai dit que j'étais fatiguée de ces grandes maisons où il fallait frotter les meubles et faire des gâteaux pour recevoir des gens pour le thé. Je lui ai dit que je voulais élever mon enfant au milieu de gens comme moi. Comme elle. Et je lui ai dit d'autres choses qui n'étaient pas encore vraies, mais le deviendraient bien assez tôt. Je lui ai dit que cette nouvelle peur de la différence de peau rendait difficile la vie de l'autre côté de la rivière à présent.

Tatie a haussé les épaules, regardé son réchaud et soulevé une bouilloire cabossée qu'elle a mise dessus. Elle a fait du thé et m'a donné un quignon de pain rassis en me disant que je pouvais rester dormir par terre quelque temps, mais qu'il fallait que je la paie pour l'espace occupé. Quand j'ai avoué que mon argent était caché à la banque par le maître et Madame dans mon propre intérêt, elle a secoué la tête. Mais en voyant ma mine consternée, elle a accepté que j'aille travailler avec elle tous les jours au bord du Groot Vis en guise de paiement de mon loyer, parce que j'avais de l'expérience pour laver le linge, et je me débrouillerais mieux que certaines des autres filles qu'elle avait essayées. Et lorsque le bébé serait né, je pourrais le mettre sur mon dos et continuer à laver. Quant à tous mes autres besoins, ils devraient être couverts par l'argent qui se cachait à la banque. L'argent était inutile si l'on ne pouvait rien acheter avec lui. L'argent qui dormait dans une banque ne servait à rien.

Il faudrait que je réussisse à savoir comment le récupérer.

Il y a deux sortes de solitude. La solitude à l'extérieur, et la solitude à l'intérieur. Je ne suis plus solitaire à l'extérieur. Il n'y a pas la place pour ça. Avec deux personnes, la cabane de ma tante est pleine, et l'enfant qui grandit dans mon ventre prend sur l'espace restant entre tatie et moi. Et puis, il y a le lavage. Les bons jours de lessive, la cahute déborde. Il y a le linge sale, le linge propre et mouillé, le linge propre et sec, il y a le linge sale qu'il faut laver aujourd'hui et le linge sale qui peut attendre le lendemain.

Je ne suis pas seule non plus quand je m'éloigne de la cabane de tatie, parce qu'elle est entourée d'autres cabanes et que les gens grouillent tout autour. J'essaie d'apprendre le nom de ceux qui circulent régulièrement, afin de ne pas avoir l'impression de commettre des indiscrétions en observant la vie d'inconnus. De la place que j'occupe sur le sol de tatie, je ne peux pas faire autrement que de les entendre crier dans la nuit, je ne peux m'empêcher de me réveiller en sursaut quand leurs enfants pleurent. J'entends les disputes entre mari et femme, j'identifie leurs voix dans la rue et je suis au courant de leurs désaccords avant de reconnaître leur visage ou leur nom. J'ai la toux de vieillards dans les oreilles, comme quand j'attendais chez le médecin ; j'entends même des ronflements dans une cahute voisine. A Cradock House, la seule personne que j'entendais était Mrs Pumile, et elle vivait de l'autre côté d'une haie épaisse au bout du jardin voisin. Mais ici, bien plus près que le *kaia* de Mrs Pumile, il y a Poppie dans la cabane d'à côté avec ses petits-enfants, Fulesi et Matthew, ceux qui pleurent la nuit. Poppie, elle, ne fait pas de bruit ; elle me salue gentiment et manifeste plus d'intérêt que tatie pour le bébé. Quant aux nouveaux noms que j'apprends, il y a Sophie, Beauty, Pushi, Lindiwe et d'autres femmes aussi qui se font de la concurrence pour laver sur les rives du Groot Vis. Certaines habitent du même côté de la rivière que tatie, mais la plupart habitent sur l'autre rive du Groot Vis, dans le township qui s'étale et avale l'extrémité de Bree Street. Elles lavent sur leur berge ou viennent sur la nôtre en traversant par le gué, au-dessous de Cross Street, car les rochers sont plus commodes pour frotter et le courant convient mieux aux besoins des laveuses.

Il n'y a pas non plus de temps pour se sentir seul. La journée commence au lever du soleil, comme à Cradock House, à ceci près qu'ici, dans le township, il n'y a pas de lait à aller chercher à la grille. On s'habille dans l'obscurité de la cabane – tatie ne dépense pas de chandelle inutilement le matin, et on prend un petit déjeuner de thé noir avec parfois du pain ou un reste de porridge. Je trouve ces matins durs : dormir à même le sol me fait mal au dos et l'enfant aimerait dormir davantage. Mais il n'y a pas de temps à perdre. Avant même que les premiers rayons du soleil fassent sortir les *koppies* de l'ombre, nous sommes en route, notre charge de linge en équilibre sur la tête ou dans nos bras, et nous avançons dans la foule matinale et renfrognée. Tatie est sourde à tout et à tous tant elle est pressée de s'assurer la meilleure place pour laver.

Je croyais tout savoir sur la lessive, mais je m'aperçois que laver en plein air dans la rivière est très différent du lavage dont j'avais l'habitude dans la buanderie de Cradock House. Pour commencer, il n'y a pas de repassage. Mais les clientes de tatie veulent que leur linge et leurs draps soient lisses. Ce qui signifie que nous devons faire très attention à la façon dont nous les étendons sur les buissons de la rive. Ce ne sont pas les arbustes du jardin de Madame, avec leurs fleurs aux couleurs vives – ils seraient trop souples pour supporter le poids du linge mouillé. Non, ceux-ci sont de coriaces buissons du Karoo, comme ceux qu'on voit aux abords de la ville, où le veld se déploie jusqu'à l'horizon. Ici, sur la rive, ils peuvent plonger leurs racines profondément pour aspirer l'eau du Groot Vis, si bien qu'ils poussent un peu plus haut, ce qui convient bien aux besoins du métier de tatie.

— J'ai beaucoup de clientes parce que avec moi le linge a l'air repassé sans repassage. Regarde ! murmure-t-elle avec satisfaction pendant que les autres femmes étendent leur lavage ça et là avec moins de soin.

Et elle joint le geste à la parole, secoue une taie d'oreiller au vent, puis la laisse adroitement tomber sur un buisson, tire le tissu mouillé et le lisse comme si elle glaçait un gâteau.

— Après, tu le ramasses avant qu'il soit sec précise-t-elle, agitant un doigt pour s'assurer que j'écoute, et tu le plies. Alors, il séchera dans les plis, comme ça.

Elle lisse la taie d'oreiller et la met sur une pile.

— En plus, si tu le vas le chercher avant qu'il soit sec, les *skollies* voleront d'abord la taie d'oreiller de quelqu'un d'autre.

Sous son œil sévère, j'apprends à tirer et lisser le linge et à choisir les meilleurs buissons pour le faire sécher. Le linge blanc va sur les buissons aux plus petites feuilles pour éviter les taches ; le linge foncé va sur ce qui reste. Le vent souffle d'une manière particulière sur la rive, et je dois m'assurer que chaque article est bien fixé à son buisson à l'aide de rameaux crochus ou d'épines faisant fonction d'épingles. J'apprends à chasser les chèvres, qui aiment brouter les buissons et le linge étendu dessus.

J'apprends à guetter les gens qui ne sont pas des familiers sur la rive, et peuvent être là pour voler, non pour laver. Car si le linge d'une cliente est perdu, tatie perd non seulement la cliente, mais les nombreuses pièces qu'elle – ou moi, si je suis responsable – doit payer pour compenser la perte. Tandis que je monte la garde auprès du linge qui sèche, je me rends compte que ce n'est pas seulement l'argent qui est en cause : tatie est aussi fière de ses taies d'oreiller défroissées que je l'étais des robes crème impeccablement repassées de Madame, des plis compliqués de Miss Rose ou de la tenue de cricket blanche aux plis soigneusement marqués de Mr Phil. Je comprends cette fierté. Grâce à elle, je pardonne, un peu, la brusquerie avec laquelle me traite tatie. J'apprends encore une chose, mais celle-là, ce n'est pas grâce à elle : j'apprends à trouver ma juste place au milieu des autres femmes, même si cela signifie accepter un rocher moins avantageux, et je commence moi aussi à porter un *doek*. Comme maman. Je deviens l'une d'entre elles. Les passants ne risquent guère de me reconnaître à présent.

Je me dis que je grandis. Je me dis qu'on peut bannir la solitude si on s'entraîne à ne penser qu'à laver, si on s'exerce à reconnaître les voisins, et à distinguer les sons qui font partie du fond de la vie dans une cité noire. Jamais je ne me serais attendue à découvrir de la musique dans le bruit, mais si l'on cherche bien, il y en a. Cris, chansons, bêlements de chèvres, bruits de ferraille, battements de tambour à l'occasion... Sans le faire exprès, chaque bruit trouve sa place et l'ensemble forme un contrepoint changeant, vibrant. Je le baptise le « Bach du Township ». A la fin de la journée, je m'assois le dos au mur en torchis de la cabane, je laisse pendre mes bras, mes épaules, et pose mes mains douloureuses sur mon ventre où l'enfant donne des coups de pied et se retourne. Je cesse de penser au lavage et je ferme les yeux pour ne plus voir les gens passer. Vous êtes là, Mr Phil ? Vous me voyez, Monsieur, dans cet espace où l'on s'entasse ? Vous m'avez pardonné ?

— Du pain ?

Un marchand ambulant crie en traînant les pieds dans la poussière. Il sort du sac qu'il porte sur le dos une miche enveloppée dans du papier d'emballage.

— Une ou deux tranches ?

J'aimerais refermer les yeux, mais c'est mon devoir d'acheter une tranche pour tatie et moi en la payant avec l'argent qui diminue dans la boîte à chaussures de maman.

— D'où viens-tu ? demande-t-il en s'accroupissant à côté de moi.

Son haleine sent le tabac et l'alcool. Je n'ai pas envie de lui dire la vérité et réponds :

— Pourquoi veux-tu le savoir ?

Jamais il ne doit venir aux oreilles du maître et de Madame que je suis ici, si près de Cradock House. Si près que les funestes ibis bruns au vol lourd qui passent chaque après-midi au-dessus de nos têtes pourraient emporter le son de ma voix – si je parle trop fort – et le laisser tomber sur Cradock House chemin faisant.

— Tu ne ressembles pas aux filles de par ici, dit le marchand en regardant ma blouse encore chic. Cet uniforme a coûté de l'argent blanc.

Je me hâte de répondre :

— Je suis de KwaZakhele. C'est là que je travaillais. C'est de là que vient ma famille. Mais je suis venue habiter chez ma tante.

Il hoche la tête, distrait par l'arrivée de Poppie qui rentre chez elle avec ses petits-enfants. Il crie d'une voix éraillée : « Du pain ? » en se relevant avec difficulté. Je remarque qu'il m'a fait payer ma tranche plus cher qu'à Poppie.

Les heures de jour ne laissent donc ni temps ni place pour que la solitude se fasse sentir. Ce sont plutôt les nuits que je dois redouter. C'est pendant la nuit que la solitude peut attaquer. Mais Dieu le Père est peut-être miséricordieux. Les larmes, les querelles et la toux des voisins me dérangent de moins en moins. Je commence à m'endormir vite au lieu de tourner mon cœur vers Cradock House. Vers maman, Mr Phil et Madame, qui me manquent tant – oh, Madame, pardonnez-moi –, et vers la maison qui, je l'espère, n'a pas oublié mes mains qui l'ont entretenue, vers le piano qui, je l'espère, se souvient de mes doigts.

Je suis allée dans le jardin ce matin avec l'envie incontrôlable de crier le nom d'Ada vers le ciel du Karoo, vers les collines, vers là où elle se trouve.

J'avoue que je suis folle d'inquiétude.

Cradock House est son foyer, le seul qu'elle ait jamais eu.

Ne sommes-nous pas sa famille ?

Où peut-elle bien être ?

20

L'enfant à l'intérieur de moi grandit. Je n'entre plus dans mon uniforme et tatie me prête une blouse que je pourrai mettre jusqu'à ce que l'enfant soit né. Je refuse de me laisser aller à penser à ce qui se passera alors, à quoi ou à qui il ressemblera. Tatie ne me pose plus de questions sur le père de cet enfant, et je lui en suis reconnaissante. J'ai au moins quelques mois pour me préparer aux questions qui seront posées quand elle et les autres femmes que j'ai rencontrées sur la rive verront la peau claire du nouveau-né – et se détourneront de moi, j'en suis certaine. Pour l'instant, je suis comme n'importe quelle fille qui s'est fait faire un enfant par un garçon qui l'a quittée. Comme ma mère. Comme Miss Rose ?

Il y a une certaine honte à cette situation, mais pour la plupart des gens c'est une honte banale. Les filles tombent amoureuses. Les garçons les quittent. Un enfant est une bénédiction, que le garçon reste ou pas. Pour moi, il n'en sera pas ainsi.

Il y a des familles métissées dans le voisinage, mais elles ne se mélangent pas aux autres. Je les regarde bien et je vois que toute la famille est de la même couleur. Personne, ni les enfants ni les parents, n'a une teinte plus claire ou nettement plus foncée. C'est étrange qu'au moment où le nouveau mot *apartheid* force les Blancs et les Noirs à rester à l'écart les uns des autres je porte un enfant dont la couleur est entre les deux, comme l'eau brune du Groot Vis.

Je retourne voir le docteur un jour où il n'y a pas trop de travail à faire. Par terre, un petit enfant pleure à cause d'une coupure au genou ; je m'accroupis à côté de lui et je le console pour essayer de l'empêcher de salir davantage sa plaie avant que le docteur puisse la nettoyer et la recoudre. Cela me rappelle Mr Phil quand il était jeune, ses boutons arrachés et ses genoux si souvent écorchés.

— Vous savez soigner les gens ? demande le médecin quand c'est mon tour.

— Un peu. Je me suis occupée d'un mourant.

C'est la première fois que je m'avoue que le jeune maître était en fait en train de mourir pendant tout le temps où je l'ai soigné. Que la blessure qui ne saigne pas est bien plus dangereuse que celle du petit garçon. Que ce sont toujours les blessures intérieures qui ne guérissent pas et qu'elles minent la chair saine jusqu'à ce qu'il n'en reste plus rien. Si je l'avais su, je me demande ce que j'aurais pu faire. Y a-t-il moyen de guérir les blessures intérieures ? Y a-t-il des médecins qui savent faire cela ?

— C'était le fils de mon maître, dis-je.

Le médecin, qui palpe mon ventre, me jette un rapide coup d'œil interrogateur.

— Il est parti à la guerre, et quand il est revenu, les blessures à l'extérieur ont guéri, mais celles à l'intérieur l'ont empêché de se rétablir.

Je me rends compte alors que mes joues sont mouillées de larmes, et le docteur m'aide à me redresser. Les femmes qui attendent leur tour, assises sur le sol, se parlent à voix basse. L'une d'elles fait doucement une remarque dans une langue que je ne comprends pas, et les autres hochent la tête et se balancent, épaule contre épaule.

A travers mes larmes, je dis :

— J'ai fait ce que j'ai pu. Je l'ai fait rire, je lui ai lu des livres, j'ai joué du piano, je l'ai aimé comme je pouvais, mais ça n'a pas suffi.

Les larmes tombent sur la blouse de rechange de tatie comme elles étaient tombées sur les beaux vêtements que Madame m'avait donnés pour l'enterrement. Je prends une grande inspiration et l'enfant se calme dans mon ventre.

— Qu'est-ce qui provoque une maladie pareille ? Est-ce que, pendant la guerre, ce sont les fantômes qui causent des blessures que personne ne voit ?

Les mots sortent de moi comme une brusque découverte. Pourquoi n'y ai-je pas pensé plus tôt ? Les fantômes provoquent des blessures invisibles ? Si les soldats luttaient contre des fantômes pendant la guerre, alors peut-être que les blessures qu'ils recevaient étaient invisibles elles aussi ! Et pourtant, Mr Philip m'avait dit que la guerre n'avait rien à voir avec les fantômes. Mais peut-être se trompait-il, comme moi je m'étais trompée en croyant qu'il allait mieux. Même le Dr Wilmott semblait penser que les fantômes de la guerre poursuivaient Mr Phil et que seul le travail pourrait les chasser.

Je sursaute quand le médecin me pose la main sur l'épaule.

— Il ne faut pas penser à des choses pareilles en ce moment, ma petite fille. Il faut vous ménager pour le bébé. L'amour l'aidera plus à pousser que la tristesse.

— Mais est-ce qu'il y a des médecins pour ces blessures silencieuses ?

Le docteur hoche la tête.

— Je crois. Mais il faut une formation spéciale pour guérir un soldat comme votre jeune maître. Bon, eh bien, essayez de boire du lait pour fortifier les os du bébé et les vôtres. Revenez me voir quand vous sentirez l'enfant peser sur votre bas-ventre.

Il sourit.

— Vous aurez un beau bébé…

Je croise son regard et je comprends qu'il dit cela pour être gentil. Il sait ce que je devrai affronter quand l'enfant sera né. Et il sait que ce bébé est comme une blessure intérieure, lui aussi.

— *Uhambe kakuhle*, portez-vous bien. Personne suivante, s'il vous plaît.

— Vous jouez du piano ?

L'une des femmes me tire par l'épaule quand je m'assois sur le sol devant la maison du médecin pour me reposer avant de repartir chez tatie. Cette conversation sur les fantômes et les blessures silencieuses m'a perturbée. Je sors de mes pensées pour lever les yeux vers elle. Elle aussi, elle cherche à être gentille. Elle a quitté sa place dans la queue pour venir me parler.

— Oui.

C'est une vieille femme. Elle porte une robe bleue délavée et très raccommodée. Je regarde ses mains : elles sont déformées et ses articulations gonflées. Avec des doigts pareils, elle ne doit pas pouvoir jouer. Je suis trop préoccupée pour parler musique en ce moment.

— Il y a un piano à l'école, dit-elle.

Elle se retourne pour indiquer la direction d'un doigt noueux, mais elle se trompe. L'école, le seul grand bâtiment du township, est de l'autre côté.

— Mais il n'y a personne pour en jouer, ajoute-t-elle.

Mon cœur fait un bond et oublie ses soucis en entendant ces mots. Le visage de Madame surgit devant moi. Un piano ! L'enfant donne un grand coup de pied et j'en ai le souffle coupé.

— Allez-y, insiste la vieille femme, et sa main descend de mon épaule pour me secouer le bras. Allez-y et jouez.

— Vous jouez du piano ?

— Autrefois, quand j'étais jeune, dit-elle avec un sourire qui n'est ni joyeux ni triste, et découvre des chicots noircis.

Elle se penche à nouveau vers moi. Je me rends compte qu'elle ne me regarde pas en face.

— Si vous avez un don, alors, il faut en faire profiter les autres, poursuit-elle, ses yeux laiteux dirigés vers l'endroit où, pense-t-elle, se trouve mon visage.

— J'irai, dis-je, ébranlée par sa cécité et mon propre égoïsme. Je trouverai le moyen d'y aller et de jouer pour les enfants.

Une femme plus jeune s'approche et prend la vieille par la main pour la reconduire à l'intérieur. Avant qu'elles ne franchissent la porte, la vieille femme se retourne.

— Dites-moi ce que vous jouez.

— Chopin. Le *Prélude de la goutte d'eau.*

Elle ferme ses yeux vides et lève une main quelques instants au-dessus d'un clavier imaginaire, puis elle tâte le sol de ses chaussons pour sentir le seuil et entre en traînant les pieds.

Je me lève pour repartir.

La nuit tombe – tatie m'a laissée partir seulement une fois ma part de lavage quotidienne terminée – et l'obscurité transforme le township en lieu dangereux. Il offre un abri aux voleurs qui se cachent pendant la journée. Il faut que je choisisse un trajet qui m'évite de passer devant le bar clandestin, le *shebeen*, d'où les hommes sortent en titubant, les yeux injectés, rendus fous par l'alcool. Ils n'auront aucun égard pour mon état. Parfois, la police fait une descente et chasse tout le monde à coups de matraque. Les agents renversent les tonneaux de bière et le liquide brun coule dans la rue. Le lendemain, les femmes qui tiennent le *shebeen* recommencent à brasser la bière parce que c'est leur seule façon de gagner leur vie, comme le lavage l'est pour tatie.

Je descends la ruelle à pas rapides. Je sens l'odeur de la farine de maïs qui cuit à feu doux, une odeur doucereuse qui ne m'a jamais gênée auparavant, mais qui, depuis que je suis enceinte, me donne la nausée. Je détourne le nez des foyers sur lesquels les gens font la cuisine, et j'essaie de penser à autre chose qu'aux voleurs, aux fantômes et à Mr Phil, que j'aimais, mais que je n'ai pu guérir. Je lève les yeux au-dessus des cahutes qui m'entourent et je vois le pont en fer qui enjambe le Groot Vis. Au-delà, le ciel est dégagé, avec des stries orange au-dessus de Dundas Street et de Cradock House.

Je voudrais signaler à la police la disparition d'Ada, mais Edward y est hostile. Il dit qu'il ne faut pas se précipiter.

Il ne comprend pas.

Il ne comprend pas ce que j'ai perdu.

Ce n'est pas seulement ma famille qui me manque. Mes doigts sont en manque de piano et mon cœur en manque de musique. Mes yeux sont en manque de mots et ma tête en manque de lecture. Tout ce que j'ai, c'est la partition du *Prélude de la goutte d'eau*, mais elle ne contient que des mots musicaux pour dire aux mains comment jouer la mélodie. Malgré cela, je l'effleure tous les jours pour sentir sous mes doigts le contact du papier, rangé au fond de ma valise en carton.

Pourtant, si j'avais un livre, j'aurais du mal à trouver le temps de lire, parce que toute la journée nous lavons, et le soir je suis trop fatiguée ; en plus, il me faudrait acheter des bougies supplémentaires pour voir les pages, car il fait sombre dans la cabane de tatie. Mais comme je ne veux pas perdre l'habitude de la lecture, je demande au vendeur de pain de ramasser tous les journaux jetés qu'il voit pendant son trajet en ville. Ce qu'il fait et, chaque jour, je mets une page pliée sous une pierre au bord de la rivière. Chaque fois que j'ai un moment libre, je remonte m'asseoir à l'ombre d'un mimosa, je cale la page au-dessus de mon ventre gonflé par l'enfant et je lis toutes les phrases. Parfois, dans un journal, il y a des mots nouveaux qui me donnent du fil à retordre, et je n'ai personne pour m'aider. Tatie ne parle pas bien, et la plupart des femmes avec lesquelles je travaille ne savent pas lire.

Mes lectures m'apprennent beaucoup de choses sur ce qui se passe de l'autre côté du Groot Vis. C'est étrange, parce que je prends conscience que j'en sais bien plus long sur la ville à présent que lorsque j'habitais en plein centre. J'apprends qu'on va élire le maire de la ville – l'homme qui portait une chaîne d'or et que j'avais vu à cette réunion à la mairie avant la guerre –, et je me demande si le maître assiste encore aux réunions et laisse Madame seule le soir. J'apprends que le révérend Calata, qui dirige l'école du township au-delà de Bree Street, supplie la mairie de continuer à distribuer de la soupe une fois par jour aux gens qui ont faim dans les townships, et que la mairie a refusé. J'apprends qu'il y a de nouvelles réglementations qui vous interdisent d'aller dans certains lieux si vous avez une peau noire comme la mienne. On ne précise pas la réglementation concernant les métis, à la peau de la même couleur que celle de mon futur enfant.

— Qu'est-ce qu'il raconte, ton journal ? demande toujours l'une des femmes, Lindiwe, quand elle me voit lire.

Lindiwe est petite et ronde, mais très robuste. Parfois, elle m'aide à soulever les grosses charges de linge pour me les mettre sur le dos.

— Aujourd'hui, ils parlent du prix de la laine.

Je montre la phrase que je suis en train de lire :

— S'il est très élevé, ils appellent ça un *boom*.

Lindiwe est jeune, comme moi, mais elle a passé toute sa vie dans le township au-delà de Bree Street. Elle n'est jamais allée à l'école, mais je crois qu'elle est intelligente, parce qu'elle a beau vivre seule, elle sait beaucoup de choses sur les gens et ce qui les fait se conduire de telle ou telle façon. Lindiwe s'arrange toujours pour découvrir ce que les autres pensent d'un problème au moment où il la préoccupe. En cela, elle est le contraire de Miss Rose.

— Tu pourrais m'apprendre à lire comme toi, Ada ?

Lindiwe économise pour acheter un fer et une planche à repasser en vue de créer une affaire où elle pourra proposer du linge parfaitement repassé. Elle me le confie à l'oreille un jour, et je promets de ne rien dire, car Lindiwe pourrait faire à tatie une concurrence fatale.

— J'ai besoin de savoir lire, Ada. Je te paierai pour les cours quand je serai riche !

Elle rit et frotte ensemble son pouce et son index pour indiquer des sommes d'argent inépuisables.

— Je vais être si lente à apprendre que tu deviendras une femme riche !

Nous commençons donc.

Comme Madame m'a appris l'alphabet, je l'apprendrai à Lindiwe.

« DemainjemembarquepourlAfrique. »

Nous essayons de faire une lettre par jour.

Petit à petit, elle reconnaît les lettres, puis les mots qu'elles forment, comme moi autrefois. Puis nous commençons à faire des phrases avec les mots. Je lui montre que les mots peuvent avoir des sens différents, même s'ils ont le même aspect. Et comment ce sens change à nouveau quand ils sont assemblés en groupes.

Comme moi, Lindiwe découvre un monde dont elle soupçonnait l'existence, mais auquel elle n'avait pas eu accès jusqu'alors.

Cela m'attriste de me rendre compte de tout ce que je dois à Madame, et de savoir que jamais je ne pourrai le lui dire.

21

Je n'arrive toujours pas à comprendre pourquoi Ada est partie.

Edward dit qu'il n'en a aucune idée, qu'elle a travaillé d'arrache-pied pour préparer la maison, puis qu'elle a tout bonnement disparu. Il dit : « Voilà pourquoi on ne peut jamais leur faire confiance : on les éduque, on les paie bien, on s'occupe d'eux, et un jour ils s'en vont sans un mot. »

Je n'en suis pas si sûre. Je pense qu'il a dû se passer quelque chose. J'ai le sentiment de connaître Ada aussi bien que sa propre mère, peut-être mieux même, car Ada a surpassé Miriam à certains égards. Et pourtant, à d'autres, Ada n'a pas l'expérience de sa mère. C'est à peine si elle connaît le monde extérieur. Je me fais du souci pour elle. Qu'est-ce qui a pu la pousser à partir ? Est-elle malade ? Comment puis-je la retrouver ? Je dois essayer, tout de même. Je ne suis pas contente de la nouvelle bonne. Je crois que je vais faire venir Mrs Pumile pour le repassage et m'occuper du reste moi-même. Après tout, il n'y a qu'Edward et moi. Et je vais me mettre en quête d'Ada...

— Ada ! Ada !

Je sursaute. C'est tatie qui m'appelle, plus loin sur la rive où elle bavarde avec une amie.

— Va me chercher le paquet suivant !

Je tords le drap que je suis en train de rincer et me relève – l'enfant rend ce mouvement difficile, il n'aime pas être dérangé pendant qu'il se repose – afin de trouver un buisson pour l'étaler. Puis je retourne prendre le dernier ballot dans la cabane de tatie. Des graviers rendent la berge glissante, et la pente est raide là où les pieds des laveuses ont frayé un chemin entre rochers et buissons. Le soleil encore haut dans le ciel tape sur ma tête ; cela signifie qu'il reste encore le temps de faire une lessive aujourd'hui, et que le linge sera prêt à être plié d'ici le soir. J'ai commencé à mesurer la journée en nombre de paquets à laver.

Mais tatie est correcte avec moi. Elle trouve parfois un peu de lait à me donner pour aider à fortifier le bébé, comme le docteur l'a conseillé. Et elle m'emmène avec elle à l'église sur la colline à l'extérieur du township. Les fidèles m'accueillent avec bienveillance, car je suis une parente de tatie. Certains sont des voisins dont je connais le nom. Ils ne posent pas de questions sur le bébé et l'absence de mari. Mais tatie, elle, est toujours contrariée par cette absence. Je crois que c'est pour ça qu'elle m'emmène avec elle. Elle prie pour que je sois sauvée, malgré mon mari disparu dans la nature.

En dépit de tout, j'aime bien aller là-bas. Pas pour être sauvée – car je crois déjà en Dieu –, mais pour l'espace, l'absence de gens qui vous bousculent, de chiens qui vous reniflent, de braseros qui fument et de l'odeur de la farine de maïs en train de cuire. Et puis, c'est une partie du Karoo que j'ai en fait toujours connue, même si je ne la voyais que de loin. Mes pieds foulent la terre dure et assoiffée que j'observais, perchée sur le coffre à jouets de Mr Phil, et qui s'étendait jusqu'aux montagnes où il y a de la neige en hiver. C'est la fin de l'été, et tout autour de moi la terre est revêtue de vagues d'herbe fragile dont chaque brin se termine par un pinceau doré. De là où nous nous tenons, je vois le sommet de la colline et je regarde le soleil se promener sur les pierres brunes qu'il illumine. Au pied, je remarque un unique acacia qui me rappelle l'arbre maigre dont les branches s'étendent au-dessus du *kaia* à Cradock House. Où que j'aille, j'ai l'impression de voir des choses qui me rappellent Cradock House et ceux que j'y ai aimés.

Le pasteur porte une aube – mieux repassée que celle du pasteur de KwaZakhele. Il est debout sur un gros rocher rond et nous dit que Dieu le Père veut que nous soyons courageux et miséricordieux envers les autres même s'ils ne le sont pas avec nous. Il parle de la différence de peau et de l'*apartheid* que Mrs Pumile a été la première à évoquer devant moi. Il dit que nous sommes mis à l'épreuve du feu et qu'un jour viendra où nous serons libres de prendre notre place à côté de tous les autres hommes libres du monde. Plusieurs fidèles, des hommes, crient des mots que l'assemblée reprend en chœur et répète à pleine voix. Cette église est plus animée que celle de Madame et du maître.

— C'est une guerre, lance le pasteur d'une voix forte à la fin de son sermon. Une guerre de libération !

— Amen, rugit l'assistance.

Il faudra que je trouve un dictionnaire pour chercher le sens de ce mot. Je l'ai déjà entendu, mais je ne crois pas qu'il signifie la même chose que la paix. J'ai déjà eu des difficultés avec le sens de paix, comme lorsque j'ai demandé à Miss Rose pourquoi on se battait encore en temps de paix. Peut-être qu'il y a les mêmes pièges dans le mot « libération » ?

Je regarde les gens qui m'entourent. A ma grande surprise, ils sourient et applaudissent. Quelque chose m'étreint au creux de l'estomac, et cela ne vient pas du bébé. Tout de même, ils ne souhaitent pas une guerre comme celle dont je me souviens ? Une guerre avec des bombes et des fusillades telles que le maître se tordait les mains et Madame pleurait ? Une guerre de fantômes qui emportent les jeunes gens et les blessent, comme Mr Phil. On ne faisait pas assez confiance aux Noirs pour leur donner un fusil et les laisser se battre pendant cette guerre-là. Ils n'en ont pas payé le prix. Ils n'en ont pas connu la souffrance. Sinon, ils ne seraient pas ici à sourire et à applaudir. Mais si une telle guerre survient, je dois y être prête. Je me fais cette réflexion en sentant le bébé se retourner en moi, et je frotte mon ventre pour qu'il se calme. Je dois être prête pour l'ennemi aux aguets.

Les gens psalmodient en tapant dans leurs mains, et tatie se balance en cadence contre moi, ferme les yeux et lève les bras. Les femmes en robe bleu et blanc lancent leurs cantiques très modulés plus haut que la colline, vers l'horizon. Je sens le même tremblement que celui qui me saisissait autrefois quand j'entendais l'orgue dans l'église du maître et de Madame. Pour l'instant, il n'y a pas de guerre ni d'ennemis aux aguets. Le soleil est chaud, nos voix font vibrer l'air, car moi aussi je me suis mise à chanter, cela nous transporte, l'enfant et moi, et nous donne des ailes.

Il pleut. La première pluie depuis des mois. Le Groot Vis revit. L'eau brune court, charriant des arbres, des animaux, des gens aussi, peut-être, qu'il a emportés sur son passage. Les rochers où nous lavons sont cachés par des vagues écumeuses. Le gué est fermé. Des enfants sautillent et jettent du parapet des bâtons qu'ils regardent disparaître, emportés par les flots, et ils crient en sentant le pont trembler sous la force du courant. Le ciel déverse des torrents de pluie, les rues du township deviennent elles aussi des rivières, qui emportent leur propre charge de détritus, et viennent lécher l'entrée de la cabane de tatie. Il n'y aura pas de lavage aujourd'hui. Je protège ma tête avec une serviette et dis à tatie que je vais voir Lindiwe.

Les rues sont presque vides, mais à côté de chaque hutte sont posés en hauteur des seaux, des boîtes en métal et des calebasses normalement utilisés pour transporter l'eau ou contenir la bière ou le lait aigre. Sont sortis tous les récipients susceptibles de recueillir l'eau de pluie afin d'éviter un voyage au robinet commun. Tatie sort les siens pendant la nuit.

L'école est silencieuse. Je suis soulagée. Je traverse en hâte la cour de récréation vide. Mes pieds font un bruit de succion dans la terre dure qui s'est transformée en boue. Personne ne sort pour me renvoyer. Je frappe à la porte, mais il n'y a pas de réponse. Je frappe à nouveau, puis pousse la porte, qui s'ouvre ; j'entre, secoue ma serviette et m'essuie les pieds sur le sol en lino. C'est la première fois que je pénètre dans une école. Face à moi, un long couloir, percé de portes de chaque côté. Il fait sombre, mais je distingue des images scotchées au mur ; il y a aussi des dessins grossiers gribouillés sur les murs et parfois sur les images elles-mêmes.

Chaque porte a une petite fenêtre à hauteur des yeux. Je regarde à l'intérieur, toutes les classes sont vides. A l'extrémité du couloir, il y a une porte pleine. Je vais y frapper.

— Oui, répond une voix à l'intérieur.

J'ouvre.

— L'école est fermée, revenez demain, dit un homme noir, assis à un bureau encombré.

Il lève les yeux, sourcils froncés. Il a environ l'âge du maître, mais ses cheveux forment une auréole crépue et il porte une chemise sans couleur à force d'être lavée. Les pointes du col rebiquent.

— Pardon de vous déranger, monsieur, mais je ne suis pas une élève, dis-je, les doigts crispés sur ma serviette.

Il attend. Je prends une grande inspiration et lutte pour me souvenir des phrases que j'ai préparées. Je crois que le bébé me vole une partie de ma mémoire, parce qu'elle n'est plus aussi bonne qu'avant.

— Je joue du piano. Je connais la musique. Je cherche du travail, monsieur.

Il m'examine des pieds à la tête, et son regard s'arrête sur mon ventre gonflé avant de revenir jusqu'à mon visage.

— J'ai rencontré une aveugle qui m'a dit que vous aviez un piano, mais personne pour en jouer, et personne pour apprendre la musique aux enfants...

Mes mots sortent précipitamment, et ce ne sont pas ceux que j'avais préparés.

— Où avez-vous appris ? demande l'homme.

— C'est ma maîtresse qui m'a appris. Je peux jouer pour vous, monsieur, vous verrez que je dis la vérité.

Il a un léger sourire.

— Où avez-vous enseigné ?

— Nulle part encore.

Il hausse les sourcils, se lève et passe de l'autre côté du bureau. Il est grand, plus grand que Madame, le maître ou Mr Phil.

— Vous allez devoir faire vos preuves.

— Conduisez-moi à votre piano. Vous jugerez vous-même.

Mon cœur cogne et cet homme doit sûrement remarquer les veines qui battent dans mon cou et sur mes tempes. Il doit aussi se dire que je ne manque pas de toupet. Mais c'est ma chance. Ma chance de gagner ma vie en faisant quelque chose que j'aime. Ma chance de me libérer. De m'affranchir de ma nostalgie de Cradock House et de ses habitants, peut-être même de la pauvreté dans laquelle je vis avec tatie. J'ai eu une chance autrefois – une chance différente – avec Jacob Mfengu, l'apprenti boucher, mais elle n'a pas abouti. Cette fois-ci, je ne dois pas la gâcher, ma chance.

— On va voir ça, dit-il en sortant le premier.

Il avance dans le couloir à grandes enjambées.

Il franchit une porte qui donne sur un autre couloir, puis une porte encore, et soudain nous nous trouvons dans une grande salle, pas aussi grande que celle de la mairie, place du marché, mais quand même plus grande que toutes les autres pièces que j'ai vues de ce côté-ci de la rivière. En haut des murs, il y a une rangée de fenêtres et, à une extrémité, une petite estrade. Il fait sombre. Il fait également chaud, à cause des fenêtres fermées, et l'odeur est celle de ces endroits qui ont besoin d'être aérés. A mesure que mes yeux s'habituent à l'obscurité, je distingue des rideaux rouges pendus à une tringle de chaque côté de l'estrade. Là où il manque des anneaux, le bas des rideaux traîne par terre, et l'ourlet est défait par endroits.

— Voici, dit-il en désignant un piano droit marron poussé contre le mur de côté.

Je m'approche, et pour une fois l'enfant se tient tranquille en moi. J'ouvre le couvercle. Mes mains se couvrent de poussière ; je les retire et les essuie sur ma serviette. Je me remémore le beau Zimmermann de Madame avec ses touches d'ivoire crémeux, son bois au lustre satiné. J'enfonce une touche. Elle a un contact spongieux et donne un son légèrement au-dessous de la note. Je tire le tabouret et m'assois. Il branle sur ses pieds inégaux.

Je me dis que ce vieil instrument désaccordé recèle toujours de la musique – comme tous les pianos – et, si on joue avec amour, il donnera la musique recherchée. Le fait qu'il n'ait pas été entretenu n'a pas d'importance. Joue pour maman. Joue pour l'enfant. Joue pour Madame. Joue pour Mr Phil. Joue pour obtenir un travail.

Alors, je lève les mains. La mélodie surgit dans ma tête. Mes doigts se posent sur le clavier, trouvent les notes d'ouverture. Je ne m'étais pas trompée : le son est faux et métallique, les pédales ne s'enfoncent pas correctement, certaines touches ne produisent aucun son. Mais j'encourage le piano et j'interprète tout le morceau. Dans le silence chaud et poussiéreux de l'école vide, c'est le plus beau *Prélude de la goutte d'eau* que j'aie jamais joué.

— Comment vous appelez-vous ? demande-t-il quand les derniers accords se sont tus.

— Mary Hanembe.

Un nom que j'ai inventé. Personne ne fera le lien entre une jeune femme nommée Mary Hanembe, qui joue du piano et a un enfant métis, et Ada qui habitait auparavant à Cradock House. Mais je n'ai pas de laissez-passer sous cette identité. Le mien, rangé au fond de la valise à côté de la partition du *Prélude de la goutte d'eau*, est au nom d'Ada Mabuse. J'espère seulement qu'on ne me le demandera pas.

— Que ferez-vous, Mary Hanembe, pour le premier cours ? Quand il y aura du bruit, des cris et que les enfants chahuteront ?

— Je jouerai une marche, monsieur, ou une polka, et je les laisserai chanter et danser. Et quand ils seront fatigués, je leur parlerai de l'homme qui a composé cette musique, et de ce qu'il y a d'extraordinaire à ce sujet.

— Nous n'avons pas un gros budget pour un professeur de musique.

— Je prendrai ce que vous pourrez me donner, monsieur.

Il regarde mon ventre, où l'enfant s'arrondit sous la blouse de tatie. Et l'affaire est conclue.

Il me dit que je pourrai commencer la semaine suivante, et me donne un chiffre un peu inférieur à ce que je gagnais chez Madame et le maître, mais qui suffira pour payer à tatie mon rectangle de terre battue. Et il me restera encore un peu d'argent. Tatie ne sera pas contente de perdre mes services de laveuse, mais son mécontentement sera compensé par le loyer que je lui donnerai. Et d'ici la naissance, elle se sera habituée à cet arrangement. Peut-être l'argent l'aidera-t-il à ne pas remarquer la couleur de l'enfant, peut-être qu'elle me laissera rester.

— D'où êtes-vous ? demande l'homme pendant que nous reprenons le couloir et passons devant les reproductions sur lesquelles on a gribouillé. Votre anglais est bon, ce sera un atout pour les enfants.

Je me hâte de répondre :

— De KwaZakhele, mais ma famille est ici, à Cradock.

Il hoche la tête, sans m'interroger davantage. Il se doute peut-être que la maîtresse qui m'a appris à jouer au piano m'a aussi appris à bien parler anglais. Il ne me demande pas pourquoi je ne travaille plus pour elle. Il ne me pose pas de questions sur l'enfant à venir. J'ai préparé des réponses, mais il ne les pose pas. Pas plus qu'il ne me demande de références. Une domestique comme moi sans références, cela ne veut dire qu'une chose : qu'on ne peut pas me faire confiance, que j'ai menti à ma maîtresse ou l'ai volée, et que j'ai été renvoyée pour mauvaise conduite. Je n'ai pas d'explication convaincante pour mon absence de références. Il faudrait que je mente. Que je dise, par exemple, que ma maîtresse est tombée malade et est partie avant d'avoir eu le temps de me faire un certificat.

— Je m'appelle Shepherd Dumise, dit-il au lieu de me poser d'autres questions. Je suis le directeur. Vous avez eu de la chance de me trouver, mes collègues n'auraient peut-être pas été intéressés.

Il sourit. Son visage est plus aimable depuis que j'ai joué au piano.

— C'est quoi, ce morceau, Mary ?

— Le *Prélude de la goutte d'eau*, de Chopin.

Nous sommes arrivés à la porte d'entrée. Une bande de lino rebique à un coin, et Mr Dumise appuie dessus avec sa chaussure. Il me dit de venir tôt le jour où je commencerai, afin d'être prête à jouer une marche quand les enfants arriveront pour ce qu'il appelle l'assemblée du matin. Il ajoute que je serai le premier professeur de musique de l'école.

— Merci, Mr Dumise. Je serai là de bonne heure lundi.

Je sors dans la cour ; il pleut toujours. Le Groot Vis se déchaîne toujours. Je voudrais pouvoir sauter de joie, mais l'enfant est trop lourd, et le directeur me regarde encore. Je vais donc marcher sous l'averse ; cela nous calmera, l'enfant et moi, et la pluie chantera comme autrefois sur le toit du *kaia*, sous l'acacia.

Avec une jubilation secrète, je m'adresse au ciel sur lequel filent des nuages gonflés, et chuchote :

— Qu'est-ce que vous dites de ça, Mr Phil ? Vous n'êtes pas fier de moi ?

22

— Tu crois que tu peux aller et venir comme tu veux ! glapit tatie, dont la voix couvre le grondement furieux du Groot Vis. Tu n'as qu'à trouver à te loger ailleurs !

Elle me tourne le dos et disparaît dans la pénombre de la cabane. Les petits-enfants de Poppie sont debout à leur porte, le pouce à la bouche, la morve au nez, à écouter la rivière et à me regarder jusqu'à ce que Poppie les tire pour les faire rentrer.

— Mais je te paierai, dis-je de l'entrée, en essuyant mon visage mouillé de pluie. Je te paierai un bon prix pour mon loyer. Et je laverai pour toi quand je ne serai pas à l'école.

Assise sur son lit, tatie lève les yeux vers moi. Le sol est encombré de paquets de linge sale. Je la vois réfléchir.

— Combien ? demande-t-elle.

J'avance une somme qui me laissera un peu d'argent sur ma paye. J'ai demandé à Lindiwe son avis sur ce que peut coûter un espace au sol.

— Ce n'est pas assez, dit tatie en se détournant à nouveau.

— Je paierais plus cher si j'avais un lit.

Tatie grommelle et tend le bras vers sa bouilloire pour faire du thé.

— Un lit ! Où crois-tu que je peux trouver un lit ?

J'attends dehors.

Un couple passe à côté de moi et creuse un sillon dans l'eau sale qui leur monte aux chevilles et tourbillonne au milieu de la rue. Des détritus – papiers, boîtes de conserve, ordures – forment une croûte au bord du flot. Le couple me regarde et se demande pourquoi le bébé et moi sommes debout sous la pluie devant une cabane alors que nous pourrions nous abriter à l'intérieur.

Je ne dis rien. Je me souviens de Mr Phil m'expliquant qu'une discussion à propos de l'argent s'appelle une « négociation ». Il avait dit que, dans une négociation, il y a un temps pour la discussion et un temps pour le silence.

— Tu pourrais peut-être rester jusqu'à l'arrivée du bébé, marmonne tatie au bout d'un moment. Si je fais ça, c'est bien pour ta mère.

— J'ai l'occasion de devenir professeur, tatie. Tu n'es pas contente pour moi ? Maman le serait, elle, dis-je en essayant d'empêcher ma voix de trembler.

Le grondement de la rivière atteint un nouveau crescendo. Je me souviens de Madame et moi jouant l'ouverture du *Concerto pour piano* de Grieg. Elle disait, je m'en souviens, qu'il ressemblait au bruit de la cascade de la rivière sur les falaises près de chez elle en Irlande. Mais le bruit du Groot Vis n'est pas du Grieg. C'est du Beethoven, majestueux et lourd, un peu effrayant aussi.

Tatie renifle et farfouille pour trouver sa boîte de thé.

— Entre te mettre à l'abri.

Je n'ai plus de robe à ma taille, et les chaussures que je portais à Cradock House sont tout éraflées à force de marcher sur des routes en terre et sur les rives du Groot Vis. Je n'ai pas de cirage pour les faire briller.

Mais je dois me débrouiller avec ce que j'ai. Je vais laver la blouse bleue de tatie et bien l'étirer pour qu'elle ait l'air repassée, je me coifferai avec soin et je verrai si je peux emprunter du cirage à Poppie ou à Lindiwe en attendant d'avoir de quoi en acheter moi-même. Et peut-être que les enfants et les professeurs seront contents de ma musique et ne remarqueront pas que je suis mal habillée et mal chaussée.

Ada a laissé ses vêtements repassés et soigneusement pliés sur son lit.

La maison était impeccable. Elle avait préparé un déjeuner complet pour Edward et moi, et avait même laissé un ragoût sur la cuisinière pour notre repas du soir.

Son départ a été parfaitement calculé de façon à nous gêner – à me gêner – aussi peu que possible.

Mais pourquoi n'a-t-elle pas dit au revoir ? Ni même laissé un message personnel pour moi ? Sur ma coiffeuse, ici, à côté de mon journal ?

Quel événement a pu se produire qui l'a bouleversée au point qu'elle n'a pas voulu dire au revoir, mais a laissé la maison en ordre parfait ?

C'est ce que je n'arrive pas à comprendre.

Pendant que tatie dort, je résiste au sommeil le soir et je révise avec mes doigts la marche que je jouerai le premier jour à l'école. Ce sera peut-être une marche militaire, ou la *Polonaise militaire* ! Je me remémore leur mélodie, et mes doigts se mettent en mouvement. Je me demande si le bébé sent mes doigts sur son corps, s'il arrive à assembler les notes que je joue pour en faire un air dans sa tête ?

Je suis impatiente. Je m'endors avec la musique et la course lourde du Groot Vis dans les oreilles.

23

Le jour où j'ai commencé à enseigner, quelque chose a changé.

Il faisait froid. La rivière n'était plus un torrent furieux sous le pont ; elle était couverte d'une brume qui s'enroulait autour des eucalyptus et se dissolvait dans le bleu dur du ciel à mesure qu'elle montait vers lui. Nos voisins étaient debout depuis l'aube pour chercher l'eau à la pompe commune puisque la pluie avait cessé. Les réchauds à paraffine étaient allumés, on donnait aux enfants qui pleuraient leur petit déjeuner de bouillie. La journée commençait comme toutes les autres, et pourtant elle était différente. Tatie était partie avec le premier paquet de linge. Elle ne m'avait rien dit en quittant la cahute. Elle ne m'avait pas parlé depuis quelque temps. A mon avis, cela faisait encore partie de la négociation et je ne devais pas faiblir.

J'ai marché jusqu'à l'école, vêtue de ma blouse soigneusement lissée ; j'avais essayé de nettoyer mes chaussures avec un chiffon mouillé de salive. C'est pendant que je me frayais un chemin dans la foule que j'ai eu cette sensation de nouveauté, comme la première fois où l'enfant m'avait touchée à l'intérieur, un contact léger comme celui d'une aile de papillon. Je me suis arrêtée un instant dans cette marée humaine et j'ai regardé autour de moi avec des yeux neufs ; rien n'était très différent de ce à quoi j'étais habituée : les rues empestaient toujours à cause des ordures entassées, les visages de la foule étaient creusés et tendus, l'odeur de la farine de maïs me tournait le cœur, les latrines débordaient. Et pourtant… Y avait-il une brèche dans cette crasse et cette tension ? Un chemin permettant de dépasser le sentiment de deuil qui m'oppressait depuis que j'avais quitté Cradock House ? Cette impression naissante, ce nouveau métier, était-ce cela l'avenir que m'avait prédit Mr Phil pour quand je deviendrais adulte ?

Je me suis remise en route. Le « Bach du Township » a enflé. Au-dessous, la rivière coulait tranquillement. Miss Rose avait déclaré que je n'aurais jamais d'avenir tant que je n'irais pas à l'école, et toc ! D'autre Blancs disaient qu'il fallait de l'argent pour en avoir un. Mais peut-être que mon avenir à moi était différent. Peut-être que les Blancs se trompaient quand ils insistaient sur le lien entre l'argent et l'avenir.

— Miss Hanembe ! Miss Hanembe ! Mary !

Je me suis retournée aussitôt. Il fallait que je veille à me rappeler ma nouvelle identité. Le bruit et l'agitation des élèves me donnaient le tournis et me déconcentraient. J'aurais voulu aller m'asseoir dans un endroit tranquille, mais le directeur était debout dans le couloir, un peu plus loin, impatient, et il m'attendait. Il portait les mêmes vêtements que lors de notre dernière rencontre. Son col de chemise avait toujours besoin d'un bon coup de fer.

— Oui, bonjour, Mr Dumise.

Je me suis approchée de lui en jouant des coudes pour me dégager d'une nuée d'enfants tous plus dépenaillés les uns que les autres. J'aurais pu éviter de me faire du souci pour ma blouse et mes chaussures éraflées ; j'étais tout à fait à ma place parmi les élèves.

— Nous allons commencer dans la grande salle, dit-il très vite. Entrez et commencez à jouer. Liphi !

Il a tapé sur l'épaule d'un garçon aux pieds nus qui bavardait dans un groupe à côté de nous.

— Conduis Miss Hanembe, lui a-t-il ordonné.

Le garçon s'est détaché de ses copains, m'a regardée, a remarqué mon ventre, tendu un pouce en direction du couloir et s'est mis en route. Je l'ai suivi. Et c'est ainsi qu'a commencé mon avenir d'enseignante.

La salle était déjà remplie de plus de garçons et de filles que je n'en avais jamais vu en un seul endroit. J'ai hésité, mais le jeune Liphi a disparu et, comme personne ne me prêtait attention, je me suis frayé un chemin vers le piano, j'ai ouvert le couvercle et me suis assise sur le tabouret branlant. Il y avait des professeurs qui parlaient entre eux à côté des rideaux affaissés, mais ils ne m'ont pas prêté attention non plus. Les fenêtres en hauteur étaient ouvertes, l'odeur de renfermé avait disparu et le courant d'air frais arrivant jusqu'à mon cou m'a ragaillardie. J'ai posé la main sur mon ventre quelques instants pour empêcher l'enfant de me donner des coups de pied, j'ai pensé à Madame, à ses mains de chaque côté des miennes pour m'encourager, et j'ai commencé à jouer.

Une marche militaire.

Le piano faisait toujours un bruit de casserole, mais j'avais repéré les touches cassées, et elles ne m'ont pas gênée ; j'ai compensé leur absence en utilisant plus souvent la pédale forte. Curieusement, dès que j'ai commencé, un grand silence est descendu sur la salle et les notes ont rebondi sur les murs et au-dessus de la tête des professeurs sur l'estrade. J'ai levé les yeux rapidement, craignant qu'ils n'aiment pas ce qu'ils entendaient. Mais je ne me suis pas arrêtée et j'ai joué la marche trois fois d'affilée. A la troisième, j'ai senti le sol, et non plus seulement le tabouret, trembler au rythme des centaines de pieds qui tapaient en cadence. Lorsque le dernier accord s'est tu, les élèves se sont mis à applaudir, ainsi que les professeurs. J'ai senti le sang me monter au visage, et j'ai su que tout irait bien.

Le directeur a levé la main pour mettre fin aux applaudissements ; il a annoncé que j'étais le nouveau professeur de musique ; là-dessus, ils ont recommencé à applaudir et à siffler, et le directeur s'est joint à eux. Il a aussi donné plusieurs informations sur ce qui allait se passer ce jour-là à l'école – j'ai appris plus tard que c'était à cela que servait une assemblée – et il a envoyé les élèves suivre leur premier cours. Il a de nouveau posé les yeux sur moi et a incliné la tête. Alors, je me suis remise à jouer, une polonaise de Chopin, cette fois. Les jeunes sont sortis de la salle en bavardant et en dansant. Les professeurs sont descendus de l'estrade pour me regarder jouer. Quand j'ai terminé, ils se sont avancés.

— Quelle surprise ! a dit une femme en robe bleue à manches longues.

Lorsqu'elle a tendu la main pour serrer la mienne, sa manche a remonté, découvrant un bras mince. Elle s'est présentée sous le nom de Mildred.

— Bravo ! Vous jouez du swing ? a demandé un autre professeur, un homme cette fois, qui avait des lunettes à verres épais et une veste trouée aux coudes.

Personne n'a paru remarquer ma blouse défraîchie et distendue par l'enfant ni mes chaussures éculées ; ils m'ont souhaité bonne chance et ont dit que, pour beaucoup d'élèves, c'était la première fois qu'ils entendaient un piano.

J'aimerais pouvoir dire qu'ensuite tout est allé comme sur des roulettes, que les applaudissements et les sifflets de la salle signifiaient que j'aurais un bel avenir et que mon bébé et moi trouverions là un endroit où je pourrais travailler, être acceptée par mes collègues et éviter les ennuis. Mais un jour, un problème a surgi : celui du lieu de naissance.

— Il faudra bientôt apporter la preuve que tous les professeurs ont le droit de vivre et de travailler à Cradock, nous a expliqué le directeur d'une voix lasse.

— Mais pourquoi ? On est bien obligés d'aller là où il y a du travail. Ce n'est pas un crime ! a lancé un homme nerveux, du nom de Silas, qui était directeur adjoint et enseignait l'histoire.

Plusieurs professeurs, assis sur de petits bancs, ont applaudi. Nous étions sur l'estrade dans la grande salle ce jour-là et faisions cercle autour du directeur. Derrière nous, les rideaux affaissés sentaient le moisi. Le bruit d'un sport brutal dans la cour de récréation parvenait jusqu'à nous.

— A Johannesburg, on nous invite à brûler nos laissez-passer ! a sifflé l'amateur de swing.

Ses lunettes reflétaient la lumière de l'unique ampoule suspendue au-dessus de nos têtes. Certains professeurs, les plus anciens, ont échangé des regards inquiets et quelques mots. Le niveau sonore a monté et couvert les cris de l'extérieur.

— Ce serait du délire, a lancé Mr Dumise du milieu de l'estrade d'une voix forte afin de couvrir le vacarme croissant. Si nous faisons profil bas, ils nous oublieront. A l'école Saint James, le révérend Calata en est persuadé. En revanche, si nous créons des complications, a-t-il dit en jetant un regard d'avertissement au directeur adjoint, nous attirerons l'attention.

— A mon avis, il faut ignorer ces règlements stupides, a répliqué une jeune femme nommée Dina, qui portait chaque jour un turban d'une couleur différente.

Le cercle s'est divisé en petits groupes, dont chacun arrivait à une conclusion différente. J'ai compris que c'était un débat, et je me suis dit qu'un débat était différent d'une négociation, mais que, dans un cas comme dans l'autre, on cherchait à être du côté gagnant.

J'ai gardé le silence. Mes collègues avaient sans doute des papiers pour prouver leurs antécédents familiaux et professionnels. Mais quand viendrait l'heure de montrer ces justificatifs, que devait attendre des autorités une fille comme moi, sans famille, sans qualification, sans références et sans laissez-passer au nom de Mary Hanembe ? C'était déjà étonnant que Mr Dumise n'ait pas demandé à voir ce dernier. Je frôlais le risque d'être découverte. Et pourtant, pourquoi cette affaire de peau devait-elle être soumise à une réglementation ? Qu'aurait pensé Mr Phil de cette alliance entre la peau et la loi ?

Mes élèves ne me laissaient pas le temps de réfléchir sur ces derniers développements. Après l'enthousiasme de la première assemblée, ils se sont révélés aussi durs que maman et Mrs Pumile l'avaient prédit. Beaucoup d'entre eux vivaient dans la rue, sans parents, et étaient toujours affamés. Ce qui les rendait agressifs, comme les hommes qui se battaient devant le *shebeen* pour une femme ou pour la propriété d'une chèvre. Dans la rue, les disputes ne se réglaient jamais qu'à coups de poing ou au couteau. C'était pareil à l'école. J'ai appris à m'aplatir contre le mur pour nous mettre à l'abri des éclats de violence, mon enfant et moi. Il y avait une colère que je n'avais jamais ressentie avant. Et un air chargé de fièvre que je n'avais jamais respiré avant.

Mr Dumise disait que ces mauvais comportements s'expliquaient par le nombre d'enfants des rues, bien plus nombreux sur cette rive que dans la sévère école du révérend Calata, dans la cité noire au-delà de Bree Street. Que les criminels qui venaient se cacher sur notre rive pour échapper à la justice donnaient le mauvais exemple. C'était vrai que notre cité noire n'était pas aussi bien organisée que la leur. Et nous n'avions pas de chef comme le révérend Calata, un homme respecté de tous, même du maire blanc. Je me disais que c'était peut-être la proximité de la prison qui poussait les enfants de Saint James à se conduire mieux.

Pour ce qui était de l'enseignement, j'avais plus de chance que mes collègues, car ma matière apportait un répit au milieu de l'agitation. La musique calmait mes élèves et leur donnait des ailes. Elle les aidait à oublier quelques instants tout ce qui rendait leur vie si discordante. Tout comme la musique m'avait ouvert un monde à l'extérieur de Cradock House, elle permettait à ces jeunes de quitter leur township et de voler vers un nouveau lieu d'où la faim et le sang étaient absents. Chaque jour, ils se précipitaient dans la grande salle, impatients d'échapper à leur vie – et aux matières plus ardues utilisant des chiffres et des mots –, et réclamaient toujours plus de musique syncopée et de jazz. Pendant les premières semaines, j'ai joué tous les morceaux entraînants que je connaissais.

« Jouez-nous encore du swing du township, Miss H ! criaient-ils, ignorant tout ce que j'essayais de leur enseigner sur la musique que j'allais jouer. Encore du swing ! »

Ils oubliaient leur faim et leurs querelles, se débarrassaient de leur veste miteuse pour danser, et ils trépignaient en mesure. Ils s'épuisaient autant que j'épuisais mes doigts et l'enfant à l'intérieur de moi. C'était fantastique. Je me disais que si je leur donnais satisfaction maintenant, ils seraient plus disposés à écouter ce que j'avais envie de leur apprendre ensuite, sachant que je jouerais de nouveau pour eux. C'était une forme de négociation, je suppose, mais sans argent. Je crois que Mr Phil aurait approuvé. Mais le tintamarre qu'ils faisaient devait être une épreuve pour ceux qui enseignaient dans les salles voisines.

— Tu es plus fatiguée de faire la classe que moi de laver, m'a dit tatie sèchement, sortant de son silence après les premiers jours où je m'étendais sur mon bout de sol au milieu de l'après-midi, sitôt rentrée dans la cahute.

— C'est vrai, ai-je répondu, sentant mes paupières se fermer et le sommeil approcher.

— Il faut que tu penses au bébé, a marmonné tatie.

Je me suis efforcée d'étouffer un sourire. C'était la première fois que tatie prenait le parti de l'enfant contre moi. Seigneur, ai-je pensé, attendons qu'elle voie la couleur du bébé dont elle prend la défense !

Là-dessus, je me suis endormie.

Ada se souvient-elle de nous ?

Je pense à elle chaque jour en écrivant dans ce journal.

L'avons-nous fait fuir en la négligeant sans nous en rendre compte ?

Ou sa mère lui manquait-elle au point qu'elle a souhaité retourner parmi ses semblables ? C'est le point de vue de Rosemary, à Johannesburg, mais je ne pense pas que ce soit l'explication.

Est-elle allée à KwaZakhele ? J'ai interrogé les bonnes de mes amies, mais aucune ne sait où elle se trouve. Même Mrs Pumile n'en a aucune idée, mais, à l'en croire, Ada avait mauvaise mine la dernière fois qu'elle l'a vue. L'absence d'Ada a profité à Mrs Pumile : elle gagne une somme rondelette en repassant pour nous.

Edward dit qu'après tout ce que nous avons fait pour Miriam et Ada nous ne devons pas reprendre celle-ci à notre service, même si elle revient. Il n'en démord pas. Et d'après lui, je dois aussi cesser d'essayer de la retrouver.

C'est à l'école que j'ai rencontré pour la première fois des hommes et femmes noirs instruits. Au début, j'étais timide, même si Lindiwe soutenait que je n'avais aucune raison de l'être. Mais comme je le lui ai dit, ils étaient allés à l'école et moi, non. Ils savaient s'y prendre avec des enfants dans une classe, ils étaient formés pour ça, moi, non. Ils risquaient de se demander pourquoi le directeur, Mr Dumise, avait décidé de consacrer une partie du maigre budget de l'établissement à me payer plutôt qu'à acheter des livres pour des matières plus sérieuses.

— Peu importe, a dit Lindiwe sans hésitation en chargeant sur ses épaules son dernier tas de linge lavé. Aucun d'entre eux n'est capable de jouer comme toi.

Si Lindiwe avait été Miss Rose, elle aurait ajouté : et toc !

Mais les professeurs ne se sont pas plaints, ils ne m'ont pas regardée d'un œil soupçonneux. Ils m'ont acceptée sans prêter aucune attention à mes vêtements râpés, et n'ont manifesté aucun mépris pour mon absence d'instruction et de formation. Ils ont semblé prêts à considérer ma façon de jouer du piano comme un équivalent satisfaisant. Et ils ne se sont pas plaints non plus – du moins pas à moi – que mon arrivée avait encore fait grimper le niveau du bruit dans l'école. J'ai eu un peu plus de mal avec leur curiosité, cependant. Ils s'interrogeaient sur mes origines, sur la façon dont j'avais appris à si bien jouer et – cette question, ils ne me l'ont pas posée, mais je l'ai vue dans leurs yeux – sur l'existence d'un père pour le bébé que je portais.

— Où avez-vous appris à jouer comme ça ? a demandé le professeur de mathématiques.

C'était un jeune homme discret et sérieux, qui s'appelait Sipho Mhlase ; il n'avait pas pris part à la discussion sur le droit de travailler à Cradock.

— Qui vous a enseigné le piano, ma petite fille ?

Cette question venait de Veronica, une dame d'un certain âge au visage taillé à coups de serpe, comme celui de tatie. Elle avait secoué la tête quand l'amateur de swing avait parlé de brûler les laissez-passer. Veronica faisait la classe aux plus jeunes enfants, à qui elle apprenait à lire quand elle n'était pas occupée à appeler par la fenêtre ses poules et ses poulets qui circulaient dans la cour arrière de l'école. Les mêmes voyous qui volaient le linge sur les buissons au bord de la rivière auraient pu voler les maigres volailles de Veronica si elle avait relâché sa vigilance.

— D'où viens-tu ?

La jolie jeune femme, Dina, a abordé le sujet de ma grossesse sous l'angle géographique. Elle s'est appuyée sur le piano un jour alors que je finissais ma marche matinale, et a regardé mon ventre qui gonflait la blouse de tatie.

J'ai hésité. Elle a regardé à nouveau mon gros ventre.

— Tu n'es pas obligée de répondre, Mary. Mais les gens se posent des questions…

Parmi les enseignants, Dina était la plus proche de moi par l'âge. Elle portait un turban d'une couleur différente de celle de la veille ; les garçons la suivaient du regard comme les hommes suivaient Miss Rose du leur. Mais elle n'était pas égoïste comme Miss Rose, et elle me proposait parfois de partager son déjeuner de pain et de confiture.

— Je viens de KwaZakhele, ai-je répondu précipitamment en refermant le couvercle du piano et me levant avec effort du tabouret branlant. J'ai travaillé à Port Elizabeth, et c'est ma maîtresse qui m'a appris à jouer.

Il y a eu une mesure de silence chez Dina, comme une pause musicale.

— Tu n'as pas à appeler les gens « maître » et « maîtresse », a-t-elle dit d'une voix très différente. Ce n'est pas parce qu'elle t'a appris qu'elle t'est supérieure.

Elle s'est agenouillée et a scruté mon visage. Je voyais les plis ingénieux sur le dessus de son turban bleu. Elle a poursuivi :

— Nous prenons ce que les Blancs nous apprennent et l'utilisons pour avancer. Mais sans nous aplatir devant eux.

Elle m'a regardée avec intensité. « Sans nous aplatir ! » Je me suis souvenue de Mrs Pumile en train de prononcer le mot *apartheid* avec la même force, de l'autre côté de la haie, à Cradock House.

— Un jour, Mary, a-t-elle dit en glissant son bras sous le mien tandis que nous quittions la grande salle, nous appellerons les Blancs par leur prénom. Oui ! a-t-elle insisté, hochant la tête en me voyant sidérée, tout comme ils nous appellent par notre prénom, eux. Et il n'y aura pas de honte à ça.

— Jamais je ne pourrai appeler Madame, Cathleen ! ai-je murmuré pour moi-même.

— Cathleen ? Ah, eh bien voilà...

Le turban de Dina s'est incliné.

L'enfant m'a donné encore un coup de pied. J'ai senti que la tête me tournait. Et j'ai glissé sur le sol, à genoux. Personne ne devait découvrir la vérité ! Personne ne devait chercher une maîtresse qui jouait du piano et s'appelait Cathleen ! Pourvu que les ibis bruns n'entendent pas Dina répéter la chose et n'aillent pas la rapporter à Cradock House... J'ai essayé de me relever, mais les murs se sont mis à se resserrer autour de moi comme à l'église, le jour où Mr Phil était allé rejoindre Dieu le Père, où l'orgue avait pleuré et où le maître et Madame ne s'étaient pas touchés pour se réconforter.

— Ça va aller, a chuchoté Dina en s'accroupissant auprès de moi et en me passant un bras autour des épaules.

— Miss Hanembe ? Dina ?

Le visage inquiet de Mr Dumise est apparu dans mon champ de vision.

— Excusez-moi, monsieur, ai-je dit en prenant une grande inspiration. Ça ne se reproduira pas.

— Raccompagnez Mary chez elle, a suggéré Mr Dumise à Dina à voix basse. Qu'elle se repose, elle reviendra quand elle se sentira mieux.

Il a tourné les talons et est retourné dans son bureau.

J'ai attendu qu'il ait refermé sa porte.

— Je peux très bien rentrer toute seule.

Je ne voulais pas que Dina voie la misère dans laquelle je vivais, ni qu'elle en apprenne plus que je n'en avais déjà révélé. Et si tatie était là et m'appelait Ada ?

Mais Dina a secoué sa tête enturbannée, m'a pris la main avec fermeté et m'a fait traverser la cour de récréation pour me mener à l'extérieur de l'école. On entendait toujours le Groot Vis, encore gonflé par l'inondation, rouler des eaux abondantes, mais sans violence.

— Tu as été très gentille, ai-je dit à Dina quand nous sommes arrivées dans la rue de tatie. Je vais continuer toute seule, maintenant.

Dina ne m'a pas écoutée et m'a accompagnée jusqu'à la porte ouverte de la cabane de tatie.

— Je n'ai pas de lait pour t'offrir du thé, ai-je dit en m'accroupissant sur ma natte et en lui proposant de s'asseoir sur le lit étroit de ma tante.

Elle est restée sur le seuil. Ses yeux s'adaptaient lentement à l'obscurité, comme les miens lorsque je venais rendre visite à tatie avec maman.

— Ce n'est pas le lit de ton mari ?

— Je n'ai pas de mari.

Elle m'a regardée, puis a posé les yeux sur le réchaud à paraffine rouillé, les crochets où étaient pendues ma serviette et celle de tatie, les piles de linge, la bouilloire cabossée.

— Je vais voir si je peux t'apporter de la confiture. Il faut prendre des forces pour le bébé.

24

— Tatie ! ai-je haleté. Réveille-toi, tatie, le bébé arrive !

J'ai crié plus fort quand la douleur a surgi violemment dans mon ventre et s'est enroulée autour de mon dos.

Je souffrais depuis un certain temps déjà, allongée, pensant que cela finirait par s'arranger, mais à présent j'étais en proie à une douleur implacable, et j'ai senti la poche des eaux se rompre, m'inondant. Il faisait noir. C'est à peine si j'ai distingué tatie qui passait sa blouse à tâtons et cherchait la chandelle près de son lit. Elle a craqué une allumette, et j'ai vu son visage apparaître, comme s'il flottait.

— Je vais chercher le docteur, a-t-elle dit d'une voix rauque en m'enjambant. Garde ça sur la figure.

Elle a tiré un torchon d'une pile de linge mouillé et me l'a appliqué sur le front.

Couchée sur le côté, je l'ai vue sortir de la cabane d'un pas mal assuré. Par l'ouverture de la porte, je voyais la forme des bicoques voisines et, au-dessus, le pointillé des étoiles. Je me souvenais avoir vu les étoiles à Cradock House, quand j'allais étendre les torchons après le dîner. D'habitude, dans le township, on ne voit pas les étoiles à cause de la fumée des braseros ; il devait donc être très tard dans la nuit, ou très tôt le matin. Une autre contraction douloureuse m'a saisie et je me suis tordue sur le sol. Les étoiles sont devenues floues.

— Chut, chut, a chuchoté une voix.

Une main a caressé le linge sur mon front, comme je le faisais pour le jeune maître. Mais ce n'était pas Mr Phil. Cela n'avait jamais plu au maître que je m'occupe ainsi de son fils…

— Poppie ?

— Oui, ma petite fille. Le médecin arrive bientôt.

— J'ai agi pour le mieux, Poppie.

— Chut, ma petite fille, tiens-moi la main.

— C'était mon devoir.

J'ai revu en esprit la solitude sur le visage du maître, le son de la sonate *Au clair de lune* au coucher du soleil, et la lumière mauve qui suivait mes doigts sur le clavier…

— Est-ce qu'on me pardonnera, Poppie ?

— Chh, chhh, tourne-toi sur le côté.

— Il ne faut pas que Madame vienne.

J'ai essayé de m'asseoir et Poppie m'en a empêchée en appuyant sur mes épaules.

— Est-ce que Madame est là ?

J'ai regardé par la porte, m'attendant à la voir arriver d'une minute à l'autre, vêtue d'une de ses robes crème, parfaitement repassée.

La porte s'est obscurcie, mais ce n'était pas Madame. C'était le médecin qui avait été bienveillant. Il s'est agenouillé, m'a fait mettre sur le dos et a palpé mon ventre.

— Faites bouillir de l'eau, a-t-il dit à tatie.

Elle avait reparu elle aussi. Poppie et elle se sont affairées auprès du réchaud à paraffine.

— Donnez-moi un drap propre.

Tatie a hésité, puis elle en a tiré un d'une pile de linge. Le médecin m'a fait rouler lentement sur le côté, a glissé une partie du drap sous moi, puis m'a fait rouler de l'autre côté pour l'étaler complètement au-dessous de moi.

Les contractions avaient momentanément cessé, et j'ai distingué les visages ridés de tatie et de Poppie à la lueur de la bougie. Poppie m'a vue la regarder ; elle m'a repris la main et s'est mise à chanter, comme les femmes au bord de la rivière. J'ai essayé de me concentrer sur la mélodie qu'elle chantait, sur la clé – *ré* mineur peut-être –, sur la longueur des notes, sur les pauses.

Mais la douleur n'a pas tardé à revenir et je me suis prise à crier et à me tordre à nouveau sur le sol.

— Est-ce qu'on me pardonnera ? ai-je soufflé. Est-ce que Dieu comprend ? ai-je demandé au médecin en agrippant son bras.

— Ne pensez qu'à l'enfant, a-t-il ordonné.

Il a détaché ma main et l'a posée dans celle de Poppie en se détournant pour échapper à son regard interrogateur et s'occuper des linges et de l'eau chaude. La chandelle fumait, plongeant la cabane dans l'ombre. Tatie en a cherché une autre à tâtons dans la boîte en fer sous son lit.

J'ai gémi : « Madame ! », quand une sensation étrange a commencé à envahir mon bas-ventre. J'ai senti la pression descendre, l'enfant qui voulait naître. Le docteur a écarté mes jambes et fait un signe de tête à tatie et à Poppie.

— Le bébé arrive.

Tatie s'est glissée tant bien que mal derrière moi et m'a soulevé les épaules pour les caler contre elle. Poppie me tenait la main en murmurant sa chanson. Le docteur s'est agenouillé entre mes jambes. J'ai senti la douleur s'intensifier et me transpercer. Je n'ai pu m'empêcher de crier pour qu'elle cesse. Les gammes de Madame ont volé comme le vent de Cradock House jusqu'au township et j'ai vu les phares de la voiture du maître scruter l'intérieur de la cahute, tels des yeux d'animaux nocturnes.

— Allez-vous-en ! ai-je crié.

Tatie a sifflé quelque chose par-dessus mon épaule. Le docteur prononçait des paroles que je n'entendais pas et Poppie est allée chercher un autre linge dans la pile propre. Tatie n'allait pas être contente qu'on mette du désordre dans son travail.

— On y est presque, a déclaré le docteur.

Poppie m'a épongé le front.

La douleur et la pression me coupaient le souffle, j'avais l'impression que mon corps était en feu et j'ai cru que j'allais me déchirer quand soudain le docteur a bougé les mains, j'ai senti quelque chose jaillir et il a ramassé un petit paquet rouge entre mes jambes.

— Une belle petite fille, a-t-il dit avec un rapide sourire.

Il m'a présenté l'enfant, puis l'a l'enveloppée dans l'un des linges propres de tatie. La douleur quittait mon corps, le grondement des gammes de Madame a diminué et les animaux de nuit ont disparu du seuil. Il a posé ma fille dans mes bras et j'ai baissé les yeux vers elle. Sa tête minuscule était pâle en effet, comme le docteur m'en avait avertie, et ses yeux avaient la couleur laiteuse du ciel en début de soirée. Elle a poussé un cri vigoureux. J'ai passé un doigt sur son nez et sa bouche, et j'ai senti ses petites lèvres chercher à téter. Le docteur a eu un hochement de tête encourageant et s'est relevé. Tatie et Poppie sont restées sur place, bouche bée, à regarder le nouveau-né en silence.

C'est seulement la présence du médecin et celle de Poppie qui ont lié la langue de tatie la nuit où est né l'enfant. Elle est restée assise, le dos rond, au bord de son lit étroit pendant que le docteur finissait de ranger ses affaires. Debout près de la porte, Poppie regardait tour à tour le médecin, tatie et moi.

— Donnez-lui souvent le sein, a dit le médecin en me posant doucement la main sur l'épaule, ça ne tardera pas à faire monter le lait.

— Merci, ai-je répondu, au bord des larmes. Merci de m'avoir aidée.

Il a hoché la tête, a pris sa sacoche et s'est penché pour passer la porte. Tatie s'est levée et l'a suivi dehors. Je les ai entendus parler à mi-voix. J'ai regardé Poppie. Elle m'a adressé un sourire embarrassé. Ses yeux ont glissé vers lc bébé dans mes bras.

— Est-ce qu'on me pardonnera, Poppie ?

Elle a hésité. Dehors, le médecin et tatie parlaient toujours.

— Il n'y a que le Seigneur qui pardonne, ma petite fille. C'est à Lui qu'il faut le demander.

Le bébé emmailloté a bougé dans son linge et je l'ai soulevé pour l'approcher du sein. La petite bouche s'est mise à téter, la joue veloutée, pâle comme du thé, s'est nichée contre ma poitrine. J'ai prié pour qu'elle parvienne à m'aimer, en dépit de la peau claire que je lui avais donnée.

Tatie est revenue et a commencé à ranger avec des gestes brusques les linges dont s'était servi le médecin, me tournant résolument le dos. Poppie a murmuré un au revoir et est partie sans bruit.

— Qui a fait ça ?

Tatie s'est retournée vers moi en brandissant les linges souillés de sang sous mon nez, comme s'ils étaient à blâmer pour cette naissance, pour cet enfant qui n'avait sa place nulle part. Il commençait à faire jour et je voyais mieux son visage maintenant. Ses yeux lançaient des éclairs, ses mains, qui tenaient les linges, tremblaient de rage.

— Ça n'a plus d'importance, ai-je dit, en essayant d'affermir ma voix, sachant que c'était la première de nombreuses batailles à venir. On ne peut plus changer la peau du bébé.

— Tu n'as donc aucune honte ? a-t-elle sifflé, comme elle l'avait fait quand je criais pendant l'accouchement.

Peut-être soupçonnait-elle déjà quelque chose alors.

— Pendant des mois, j'ai eu honte. Ça peut difficilement être pire.

Elle a grogné et rassemblé rageusement les derniers linges.

— Tu ne sais pas à quel point ça peut le devenir. Dieu merci, Miriam n'a pas vécu assez pour voir ça.

Elle a courbé le dos et chargé le ballot de linge sur ses épaules, puis est sortie.

Je suis restée seule une heure ou plus, tandis que le township s'éveillait lentement autour de moi. Il était difficile de tenir le compte du temps qui passait et j'ai pleuré un peu, car j'étais seule et n'avais personne avec qui partager la naissance de l'enfant, à la différence de ma mère, qui avait eu Madame auprès d'elle quand j'étais née. Allongée avec l'enfant dans mes bras, je me suis souvenue de nombreux moments de mon enfance. Des épisodes qui avaient un sens et d'autres sans queue ni tête. Mr Phil m'entraînant pour que je sois à côté de lui lors de l'inauguration de la nouvelle banque ; Miss Rose partant pour Johannesburg alors qu'elle aurait dû rester à la maison ; Madame m'apprenant les lettres de l'alphabet ; maman en train de faire du crochet dans son fauteuil, la tête penchée, détournant les yeux quand je lui posais des questions au sujet de mon père...

Qu'aurais-tu fait, maman, si le maître était venu te trouver pendant que Madame était partie ? S'il s'était planté devant toi, avec ses yeux bleu délavé, emplis de tristesse à cause de la perte de Mr Phil, et de solitude à cause de l'absence de Madame ? S'il avait tendu la main pour te toucher l'épaule en promettant de ne pas te faire de mal ?

L'aurais-tu renvoyé ?

Maman comprenait les questions de devoir et de fidélité. Mais en l'occurrence, le devoir envers le maître et la fidélité à Madame ne pouvaient être du même côté. Obéir à l'un, c'était trahir l'autre. Maman aurait eu à faire un choix, comme moi. Qu'aurait-elle choisi ? Et si elle avait décidé de tourner le dos, aurait-elle perdu son travail ? Sa maison ?

L'enfant né de mon choix dormait au creux de mes bras en reniflant et sa bouche minuscule faisait la moue. Au bout d'un moment, j'ai eu soif et je me suis traînée sur ma natte jusqu'au réchaud. Il restait de l'eau dans la bouilloire, froide maintenant. Je l'ai finie. Il fallait que j'aille en chercher au robinet public pour remplacer celle que tatie avait donnée au médecin pendant l'accouchement. Ensuite, il fallait que j'apprenne à transporter l'enfant dans une couverture nouée sur mon dos afin de retourner à l'école pour affronter le directeur, Dina, Sipho, Veronica et mes élèves ; et plus tard, sans doute, Lindiwe et les autres femmes qui lavaient au bord de la rivière. Je lèverais la tête et enterrerais ma honte comme j'apprends à enterrer les jours passés à Cradock House et ma dette envers Madame de peur qu'elle ne soit mal comprise. Et il me reste à espérer que Mr Dumise aura été assez satisfait de mon travail pour me garder.

J'ai posé le bébé et tendu la main pour prendre ma blouse. J'avais des courbatures, comme si on avait tiré mes muscles dans des sens auxquels ils n'étaient pas habitués. Ah, si j'avais pu avoir l'eau chaude de Cradock House pour me laver et la faire couler sur mon visage et mes cheveux comme c'était mon habitude après le ménage du matin.

Ensuite je me changeais et je montais faire la lecture à Mr Phil en m'imaginant qu'il se rétablissait…

Si je rapportais un plein seau d'eau, il en resterait assez après une toilette simple pour boire et faire la cuisine. Mais il fallait que je me dépêche d'aller en chercher au cas où tatie reviendrait et me mettrait à la porte avant que j'aie eu le temps de me laver. J'ai passé ma blouse et enveloppé le bébé dans un linge supplémentaire – pas moyen de cacher son visage pâle et lumineux au-dessous de ses langes –, j'ai trouvé mes chaussures au cuir fendillé, et ai saisi le seau. J'avais le corps endolori là où le bébé était passé.

Il était encore tôt pour ce premier matin avec ma fille. La lune brillait toujours dans un ciel gris strié par les premières colonnes de fumée. Des silhouettes indistinctes circulaient dans les rues. Une frange orangée marquait le lever du jour à l'horizon. J'ai marché le long de la route, tenant mon bébé sur mon bras gauche et le seau dans ma main droite. Une petite fille, pas un garçon.

Je l'appellerais Dawn[1].

J'ai presque perdu l'espoir de retrouver Ada maintenant.

Voilà six mois qu'elle n'a pas donné signe de vie.

Les gens – Edward entre autres – disent qu'il est ridicule de se sentir responsable d'une domestique, surtout une qui a disparu. Mais c'est ce que j'éprouve depuis que je l'ai prise des bras de Miriam lorsqu'elle est née.

Après bien des difficultés et bien des courriers, j'ai localisé l'église de KwaZakhele où ma chère Miriam est enterrée. Le pasteur m'a répondu. Il se souvenait d'Ada, mais a assuré qu'il n'avait plus eu de nouvelles depuis l'enterrement. Il a ajouté qu'il avait mis un petit écriteau sur la tombe de Miriam.

Malgré l'interdiction d'Edward, je voudrais aller au cimetière. Ce serait en quelque sorte une marque de respect et d'amour envers Ada, qui a été comme une fille pour moi. Je trouverai un moyen.

1. « Aube », en anglais.

25

Qu'a-t-il vu, Mr Phil, tandis que je descendais la rue en terre battue dans la pénombre du matin ? Qu'a-t-il pensé de ma faute ? Et de l'enfant pâle que je tenais contre ma poitrine ? Se serait-il détourné de moi ? Et de son père ? Voilà une question à laquelle il n'aurait jamais eu à répondre. Car si Mr Phil avait vécu, le maître ne serait pas venu me trouver le soir, même si Madame était partie à Johannesburg. C'était son absence ajoutée à celle de Madame qui avait provoqué les pas dans le couloir, les coups frappés à ma porte, et la honte qui m'accompagnerait à jamais. Et pourtant, si Mr Phil avait vécu…

Et puis, il y avait cette affaire de couleur de peau. Quand j'y repense aujourd'hui, et que je me revois toute jeune sur la route portant un nouveau-né et un seau, je comprends que j'ignorais tout de la hiérarchie des couleurs. Elle m'affectait assez peu à l'intérieur de Cradock House. Ce n'était qu'en dehors de ses murs que le monde se divisait si strictement entre Noirs et Blancs, avec les métis occupant une place imprécise entre les deux. Et pourtant, je croyais pouvoir me débrouiller, même dans le monde régi par l'apartheid, ce nouveau mot craché par Mrs Pumile derrière la haie. Ce n'est qu'en vivant de l'autre côté de la rivière que j'ai compris que je m'étais trompée. Qu'il y avait quelque chose de plus profond, quelque chose qui allait bien au-delà de la distinction superficielle entre Noirs, Blancs ou métis, au-delà de mon enfant et de moi-même. Quelque chose qu'aucun mot du dictionnaire ne pouvait nommer : le mélange des sangs à l'intérieur d'une même famille.

Cette chose-là avait une vie autonome. Elle atteignait ceux que nous connaissions et provoquait des querelles. Elle séparait les anciens amis, coupait les familles en deux, transformait les inconnus en ennemis. Elle continuerait son œuvre mauvaise chez d'autres, malgré tout le mal que je pourrais me donner pour calmer le jeu. Elle avait un pouvoir terrible, cette différence de peau entre mère et enfant.

C'est devenu pour moi une guerre, en quelque sorte. Peut-être pas le genre de guerre qui avait coûté la vie à Mr Phil, peut-être pas non plus celle dont avait parlé le pasteur de l'église sur la colline, mais une guerre secrète qui contaminait ceux qui nous entouraient. Une guerre où il n'y avait pas de vainqueur. Rien ne m'avait préparée à cette situation. Mais pour l'instant, tout en marchant sur le chemin de terre raboteux qui menait au robinet public, je n'ai pas pu m'empêcher d'adresser cette question à Dieu le Père : quelle est Votre position sur cette affaire de couleur de peau ? Croyez-Vous que ce que j'ai fait avec le maître était un péché parce que nos peaux ne s'accordaient pas, ou parce que j'ai trahi Madame ?

— Ada ! Ada !

J'ai levé les yeux. Il faisait jour à présent, et l'odeur de la farine de maïs en train de cuire flottait dans l'air frais du matin. Elle me dérangeait moins qu'au début de ma grossesse. Le robinet était juste un peu plus loin, au bout de la rue, mais j'avais les jambes si raides que, comme Mr Phil autrefois, j'avais du mal à marcher.

— Ada !

La main vigoureuse de Lindiwe a saisi le bras qui tenait le seau et m'a arrêtée. Elle a jeté un paquet de linge sur une de ses épaules.

— Le bébé ! a-t-elle soufflé, surprise, tendant le cou pour le voir.

J'ai hoché la tête, j'ai soulevé Dawn pour la lui montrer et j'ai guetté son expression. Le visage de Lindiwe – ses yeux perçants et sagaces, son front, plissé ou lisse – révélait toujours exactement ce qu'elle pensait. Quand nous apprenions des mots nouveaux, il me disait si elle comprenait ou si je n'avais pas assez bien expliqué. Le visage de Lindiwe a été mon premier guide pour savoir ce qui faisait un bon professeur.

Elle était venue se planter à côté de moi, jambes écartées pour garder l'équilibre sous sa lourde charge, et a dévoré des yeux chaque trait du minuscule bébé au creux de mon bras. Tout en attendant sa réaction avec impatience, je la redoutais. Autour de nous, le township s'éveillait et les premiers cris de la journée retentissaient, car aucun moment ne passait sans bagarre ni perte. Les femmes nous bousculaient pour faire la queue au robinet et, au loin, on entendait le sifflement en *fa* dièse d'un train quittant la gare.

— Oh, Ada ! a soufflé Lindiwe.

Ses traits se sont crispés en un masque d'effroi et j'ai vu qu'elle luttait pour ne pas s'écarter et continuer son chemin.

— Ada, pourquoi ? a-t-elle repris en scrutant mon visage.

J'ai regardé autour de moi. Un homme poussait ses chèvres devant lui, des laveuses se dirigeaient vers le Groot Vis – notre rencontre empêchait Lindiwe de s'installer sur un des bons rochers pour frotter – et un groupe de garçons s'agglutinaient autour d'un feu faiblissant. A Cradock House, Madame devait être en train d'aller chercher le lait à la grille.

— J'ai fait mon devoir, ai-je répondu.

— Qui a pu exiger ça de toi ?

Le ton de Lindiwe est devenu brusquement très dur.

— Je ne peux pas le dire.

Elle a baissé les yeux vers Dawn qui dormait paisiblement : ses lèvres remuaient avec ses premiers rêves et sa peau avait la couleur du Groot Vis.

— Qu'est-ce que tu vas faire ? a-t-elle murmuré.

— Rester ici et enseigner.

Lindiwe a retenu sa respiration, et j'ai vu qu'elle était en train de passer en revue mentalement les obstacles.

— Ta tante n'était pas au courant ?

— Non. J'irai loger ailleurs s'il le faut.

Elle a secoué la tête, et ce n'est que lorsqu'elle a détaché sa main que je me suis rendu compte que depuis tout à l'heure elle me serrait le bras.

— Bonne chance, Ada, a-t-elle dit enfin.

Il y avait de la douceur dans sa voix, que le bruit de la marée humaine grandissante autour de nous couvrait. Elle a fait passer son chargement sur l'autre épaule, et s'est apprêtée à partir.

— Tu es toujours mon amie ? ai-je demandé.

Lindiwe a détourné le regard, comme si son attention était sollicitée ailleurs, de l'autre côté de la route. Elle me rappelait Madame, qui regardait par la fenêtre, cherchant l'Irlande des yeux lorsqu'elle n'était pas d'accord avec le maître. Un jeune garçon aux pieds nus a filé devant nous, bousculant mon seau au passage.

— Attention ! ai-je crié en resserrant mon bras autour de Dawn.

— Je me doutais que quelque chose ne tournait pas rond, parce que tu ne parlais jamais d'un garçon… a murmuré Lindiwe.

— Mais tu es toujours mon amie ? ai-je insisté.

— Je suis toujours ton amie.

Elle a tourné les talons pour se hâter de rejoindre la rivière et, au bout d'un moment mes larmes ont brouillé sa silhouette trapue.

J'ai fait la queue pour arriver au robinet, tenant le visage de Dawn contre moi pour qu'on ne voie pas sa peau lors de cette première sortie, et j'ai rempli mon seau. Personne n'a fait attention. Plusieurs femmes avaient de tout petits bébés sur le dos. En rentrant chez tatie, je m'exercerais à nouer une couverture pour transporter mon enfant. Puis je rassemblerais mes quelques affaires au cas où l'argent que je donnais à ma tante en échange d'un lit à même la terre battue ne suffirait pas pour qu'elle ferme les yeux sur la couleur de mon enfant. Peut-être le médecin connaîtrait-il une personne bienveillante, qui comprendrait que j'avais agi par devoir et non par rancœur ou par vice ?

Après avoir passé une blouse propre et mis Dawn dans une couverture pour la porter sur mon dos, je devais aller à l'école. Il ne fallait pas que je manque, même une journée. Et si Mr Dumise m'annonçait que je n'étais plus la bienvenue comme professeur ? Si mes tentatives pour prouver ma valeur avaient échoué, si mon talent au piano ne suffisait pas pour couvrir la différence de couleur entre mon enfant et moi ? Bien sûr, j'étais un mauvais exemple pour mes élèves. Comment pourrais-je blâmer quiconque de réagir ainsi ?

J'ai soulevé le seau pesant et j'ai pris le chemin du retour. Le trajet a été une épreuve. Le seau était plus lourd que Dawn et tirait mon bras droit vers le sol. J'ai été obligée de m'arrêter à mi-chemin pour changer de main. Hélas, j'ai renversé un peu d'eau en route.

26

J'ai rassemblé mon courage et j'ai frappé à la porte du directeur, comme la première fois que j'étais entrée dans l'école. Mr Dumise travaillait de longues heures. Il serait là.

— Entrez.

Il avait un dossier ouvert devant lui et a levé les yeux. Il n'était pas seul. En face de lui était assis le sous-directeur, Silas, en train de faire de grands gestes

— Mary !

A la vue de la couverture nouée autour de ma taille, ils se sont levés précipitamment.

— Ça doit être un garçon ! s'est exclamé Silas, enthousiaste. Seul un garçon pouvait survivre à une musique aussi bruyante !

— Non, monsieur. C'est une fille. Je l'ai appelée Dawn.

Silas a applaudi, puis m'a saisi les mains et me les a secouées avec ardeur. Le directeur a fait le tour de son bureau avec un large sourire. C'étaient les premières félicitations sincères que j'avais reçues depuis celles du gentil médecin.

— Quel joli nom ! a-t-il dit. Ça suffit, Silas ! Mary, il faut que vous alliez vous reposer chez vous à présent.

Il était bon, Mr Dumise. J'avais appris que sa femme était morte quelques années auparavant. C'était sans doute pour ça que ses chemises étaient si mal repassées. Silas est venu derrière moi, curieux, pour regarder Dawn dans sa couverture.

— Les élèves attendront bien un jour ou deux que vous ayez repris des forces, a poursuivi Mr Dumise, souriant toujours.

J'ai entendu un hoquet derrière mon dos et j'ai senti les yeux de Silas sur mon cou, puis sur mon visage. Il m'a saisi le bras.

— Mary ! Comment avez-vous pu faire ça ? Trahir votre race !

Il allait crier autre chose, mais il a jeté un coup d'œil au directeur, a ôté brutalement sa main comme s'il venait de se brûler et est sorti en trombe de la pièce, laissant la porte claquer derrière lui. Mr Dumise a regardé celle-ci, perplexe, puis a reposé les yeux sur moi. Je vais devoir m'endurcir le cœur, ai-je pensé. C'est ça, l'ennemi à l'affût. C'est ça, ma guerre à moi.

— Il faut que je vous dise quelque chose à propos du bébé, monsieur.

Mr Dumise n'avait pas encore regardé Dawn. Il n'avait pas encore vu son visage et compris que sa peau avait le pouvoir de diviser.

Il a hésité, puis a déclaré :

— Ce n'est pas nécessaire, Mary.

Peut-être soupçonnait-il seulement que je n'avais pas de mari. Peut-être que Dina le lui avait dit après sa visite à la cabane de tatie. Si seulement ! J'aurais bien voulu hocher la tête et en rester là. J'aurais bien voulu être une de ces filles que leur petit ami a abandonnées avec un bébé et sans espoir de mariage. Comme maman. Comme Miss Rose ?

— Il ne s'agit pas de l'absence de mari, monsieur. Mais de couleur de peau.

Il m'a regardée fixement quelques instants, perplexe devant ma réaction ainsi que celle de Silas, puis il est passé derrière moi à contrecœur pour regarder la petite tête de Dawn qui sortait de la couverture. Je suis restée immobile, regardant droit devant moi. Je ne voulais pas voir son visage ni assister une fois de plus à l'apparition du dégoût sur ses traits.

Les papiers étaient entassés en piles bien nettes sur son bureau, comme sur celui du maître à Cradock House quand j'avais cherché mon livret de banque. Les emplois du temps étaient collés au mur derrière sa chaise et une veste marron au col élimé était suspendue à un crochet de laiton terni. De l'autre côté de la fenêtre, les poulets de Veronica marchaient d'un pas raide et picoraient dans la cour de derrière. Le directeur est repassé derrière son bureau et s'est assis. Il a croisé les mains et a regardé ses papiers. J'ai senti Dawn remuer et bouger la tête. Entre ma fille qui reniflait dans mon dos et la tête penchée de Mr Dumise devant moi, mon espoir d'un avenir était en suspens.

— Je sais que c'est un péché, monsieur, et je prie Dieu pour qu'Il me pardonne un jour. Mais s'il vous plaît, je vous demande…

Les mots ont jailli de moi comme le jour où j'avais demandé à venir enseigner.

Il a levé les yeux.

Mais au lieu du courroux que je redoutais – comme chez Silas et tatie – je n'ai vu que de la pitié. Je m'étais préparée à la colère, je m'étais armée contre elle, je me tenais bien droite, malgré la soif de repos qui tenaillait mon esprit et mon corps. La sympathie du directeur a commencé à m'affaiblir, à me donner envie de m'effondrer sur le sol, en quête d'un peu de compréhension, et de bras réconfortants. La nécessité de survivre avait entièrement occupé, voire consumé, les heures depuis la naissance de Dawn.

— Il est inutile de supplier, Mary, a-t-il dit à mi-voix. S'il ne tenait qu'à moi, vous n'auriez pas de souci à vous faire pour votre travail. Mais les professeurs doivent donner l'exemple. Il y aura des collègues qui voudront que vous partiez.

Il a vu que j'étais près de me trouver mal et a quitté son bureau pour me faire asseoir sur une chaise contre le mur. J'y suis restée, penchée en avant pour protéger le précieux petit paquet dans mon dos, et j'ai attendu que les battements de mon cœur se calment, comme j'attendais ces derniers temps que cessent les coups de pied de Dawn.

— Y a-t-il autre chose que vous vouliez me dire ? a-t-il demandé d'une voix douce.

J'ai levé les yeux, surprise. Et quoi encore ? Voulait-il savoir qui était le père ? Je n'osais en parler à personne, au cas où l'information reviendrait à Cradock House et aux oreilles de Madame.

Il s'est appuyé contre le bureau.

— Ce que je veux dire, c'est... Y aura-t-il...

Il a froncé les sourcils et a cherché le mot juste

— ... des difficultés ? De la part du père ?

— Oh, non, monsieur ! ai-je répliqué, soulagée d'avoir une réponse satisfaisante à la question. Le père n'en saura jamais rien.

Il m'a regardée d'un air perplexe, et j'ai deviné qu'il se demandait dans quelles conditions ce bébé avait été conçu, si j'étais tombée amoureuse au mépris de la « frontière des couleurs », ou si j'avais été prise de force.

Je me suis mise debout non sans mal. Malgré toute sa sympathie, Mr Dumise ne pouvait me garantir mon emploi. Ce serait à mes collègues de décider, selon la façon dont ils jugeraient une Noire ayant fauté avec un Blanc, quelles que soient les circonstances. Je devais retourner dans ma classe. Et ne leur donner aucune prise pour me renvoyer. L'enfant dans mon dos est innocente, mais malgré cela elle mettra au défi son entourage de nous accepter ou de nous rejeter toutes les deux, et le divisera par son choix même.

— Je vais aller prendre ma classe maintenant, monsieur.

J'ai joint les mains et senti les cals qui s'étaient formés à force de laver en plein air. Mon cœur devait lui aussi se faire une carapace.

— Vous sentez-vous assez forte ?

— Oui, monsieur, je vous remercie.

Je l'ai observé, avec son visage soucieux et sa chemise élimée par de trop nombreux lavages. Après une hésitation, j'ai ajouté :

— Vous croyez que ça ira avec les autres professeurs ?

Il a secoué la tête et déplacé quelques papiers sur son bureau.

— Je ne sais pas, Mary. C'est une bataille que vous aurez à livrer, vous.

Je me demande si Ada joue toujours du piano.

Je me souviens de son Chopin – *La Goutte d'eau* – et de son Debussy. Là où je pouvais communiquer de la gaieté, Ada avait du brio. Là où je cherchais à atteindre une douce mélancolie, Ada vous brisait le cœur.

Je vais aller à KwaZakhele.

A force de manœuvres discrètes, j'ai convaincu la femme du pasteur de rendre une visite pastorale à nos sœurs, fidèles d'une église à l'extérieur de Port Elizabeth. Nous autres femmes, nous serons escortées par le pasteur et son conseil paroissial. Cette visite a pour but de tisser des liens et de trouver les moyens de porter secours aux nombreuses femmes pauvres de cet endroit ainsi qu'à leurs enfants.

Après une entrevue privée avec le pasteur, Edward a consenti de mauvaise grâce à mon voyage. Je ne pense pas que celui-ci me permettra d'avoir d'autres informations sur Ada, mais je verrai la tombe de Miriam et je prierai pour la santé physique et morale d'Ada.

Car je suis persuadée qu'elle est en vie.

Et quand je reviendrai, j'ai l'intention d'élargir mes recherches.

27

— Allez, ouste ! Prends tes affaires et file !

Quand je suis rentrée à la cabane, tatie a agité les bras pour me chasser. Son fichu était de travers, sa blouse froissée après une journée penchée sur la rive. Elle avait mis ma valise sur le seuil et roulé la natte sur laquelle je dormais depuis mon arrivée au township. Dans la pénombre de la cahute voisine, Poppie observait la scène sans intervenir.

— Je vais partir, ai-je dit. Mais d'abord je dois nourrir Dawn.

Je me suis penchée et l'ai détachée de mon dos, les mains tremblantes. Elle pleurait, les yeux plissés, la bouche grande ouverte comme pour protester contre les mots hostiles de ma tante. J'ai écarté ma blouse et ai soulevé l'enfant jusqu'à ma poitrine. Les paupières ont frémi, la petite bouche s'est pincée et refermée sur mon mamelon. J'ai senti la pression de ses gencives et la réaction de mon corps. Je ne suis pas sûre qu'elle ait bu grand-chose, entre la colère de tatie et mon propre énervement, mais le médecin m'avait recommandé de la mettre souvent au sein pour faire monter le lait.

— Qui est le père de cette enfant ?

Les poings sur les hanches, tatie se dressait au-dessus de moi. Je n'ai pas répondu. Si je disais que Dawn avait été conçue parce que j'avais obéi, elle en tirerait sûrement la conclusion que mon maître était le père. Il n'y avait pas d'autre homme blanc à qui j'avais l'obligation d'obéir. Tatie avait le nez creux sur ces questions-là.

— Si on t'a forcée, il faut le dire. Pour une fille violée, on est plus indulgent.

Je suis restée muette. Le bruit que faisait Dawn en tétant emplissait l'air entre tatie et moi, comme elle avait rempli l'espace entre nous quand elle était dans mon ventre.

— Je ne veux plus te voir là quand je rentrerai ! a finalement hurlé tatie en soulevant une pile de linge sec qu'elle a calé contre sa hanche pour le livrer à sa propriétaire.

Dawn s'assoupissait, ses lèvres n'étaient plus accrochées à mon sein. Je l'ai soulevée et lui ai tapoté le dos, puis je l'ai enveloppée à nouveau dans la couverture et mise sur mon dos. Une fois qu'elle a été bien attachée, je me suis agenouillée, j'ai ouvert ma valise pour vérifier que l'argent qui me restait et mon laissez-passer étaient toujours au fond. Mes mains tremblaient tellement que le papier s'est froissé et que l'argent s'est dispersé. Après quoi, j'ai retiré ma serviette du crochet où elle pendait à côté de celle de tatie, et je l'ai mise dans la valise. Il ne me restait plus rien à prendre.

— Ada ?

C'était Poppie.

— Je t'ai apporté des couches.

Elle m'a tendu une pile de linges usagés mais propres.

— Oh, Poppie ! ai-je dit en lui saisissant la main, tu es trop gentille avec moi.

— Où vas-tu aller ?

— J'ai une amie, ai-je répondu avec plus d'assurance que je n'en avais en réalité en soulevant ma valise. J'espère qu'elle sera gentille, elle aussi.

Poppie a hésité et a ajouté :

— Reviens voir ta tante d'ici quelque temps. Elle se rendra compte qu'elle a agi trop vite.

Voilà comment je me suis retrouvée une fois de plus en train de traverser le township d'un bout à l'autre, le jour de la naissance de Dawn. J'avais les jambes fatiguées, mes bras me faisaient mal à force de porter ma valise, et mon dos n'était pas encore habitué au poids de mon enfant. Mais je ne devais pas me plaindre, car c'était la partie facile du trajet. Le danger surgirait quand je traverserais le Groot Vis pour atteindre le township à l'extrémité de Bree Street où habitait Lindiwe. Si j'avais de la chance, l'eau de la rivière serait assez basse pour que je traverse à gué au-dessous de Cross Street. Sinon, il faudrait que j'emprunte le pont sur lequel je m'étais juré de ne plus jamais remettre les pieds. Mais si je devais m'installer à Cross Street, j'aurais ce chemin à faire tous les jours, car la cabane de Lindiwe et mon école se trouvaient sur les rives opposées. Il me faudrait traverser le Groot Vis si mon enfant et moi voulions survivre.

Je me suis alors rappelé la première fois où j'avais fait ce long voyage, le jour où j'avais quitté Cradock House, ma valise à la main, Dawn en train de grandir dans mon ventre, et avec peu d'espoir d'un avenir autre que celui de laveuse. La peur d'être découverte m'a envahie de nouveau, et j'ai tourné la tête pour dérober mon visage aux voitures, au cas où Madame et le maître viendraient à passer.

C'était la fin de l'après-midi et les rues étaient bondées. Ce flot d'inconnus m'a moins troublée que le premier jour, et je me suis prise à écouter l'âpre « Bach du Township » qui nous portait, ma fille, ma valise et moi, à travers la foule dense. Des enfants déguenillés couraient en poussant devant eux des cerceaux bricolés en fil de fer. Avec qui Dawn jouerait-elle quand elle aurait leur âge ? Qui serait disposé à être son ami ?

J'ai eu de la chance avec la rivière ce jour-là. Le gué était ouvert. Je me suis assise sur le bord pour retirer mes chaussures éculées. Je ne pouvais pas me permettre de les mouiller, c'était ma seule paire. L'eau brune du Groot Vis a caressé doucement mes pieds, aussi fraîche que celle que je faisais couler sur mon cou dans la buanderie à Cradock House.

Lindiwe n'était pas chez elle quand je suis arrivée, et je me suis laissée glisser sur le sol avec ma valise devant sa cabane, heureuse d'avoir l'occasion de souffler. La sévère école Saint James n'était pas loin, et on entendait une chorale chanter *Panis Angelicus*. Puis a suivi un air africain, avec des psalmodies et des battements de mains. Je devrais créer une chorale moi aussi. Aider mes élèves à chanter, et pas seulement à danser au son de mon piano.

La cabane de Lindiwe était plus récente que celle de ma tante, avec un toit en chaume plus épais et une petite fenêtre percée dans un mur : un carré de vitre calé entre les bords irréguliers. Du coup, l'intérieur de la cahute était moins sombre. Malgré ma fatigue, j'ai pensé que je pourrais verser un loyer à Lindiwe, et aussi lui apprendre à écrire sans qu'elle ait à se soucier de me payer. Voilà ce que je lui dirais quand elle me verrait assise devant sa cabane. C'était mon plan. Une négociation, ai-je murmuré pour moi-même. Avant que Mr Phil m'apprenne ce mot, je ne me doutais pas que les occasions de négocier étaient aussi nombreuses dans la vie.

Des gamins aux pieds nus, en chemise élimée et culotte d'uniforme grise sont passés au pas de course devant moi en me regardant avec curiosité, se demandant pourquoi j'étais assise sur la terre nue devant chez Lindiwe, un bébé dans les bras, alors que la fraîcheur du soir tombait. Un homme et une femme titubants ont dû s'écarter du chemin des gamins, en protestant avec bruit, mais leurs voix pâteuses ne portaient pas. J'ai détourné les yeux.

La chorale avait cessé de chanter et le soleil descendait derrière le toit des cabanes, jetant de longues ombres qui peignaient le sol en noir derrière elles. La pénombre croissante m'a rappelé celle de la chambre de Mr Phil, coupée seulement par le rai de lumière jaune qui entrait par l'entrebâillement des rideaux et se déplaçait sur le sol. Un jour, alors que nous lisions *Les Grandes Espérances,* le soleil est tombé en travers de son lit ; alors, il a étendu les doigts dans tout ce jaune et m'a déclaré que je savais déjà quelle part de Pip était en lui. A l'époque, je n'avais pas trop cherché à comprendre ce qu'il voulait dire. Je ne pensais pas que j'avais le droit de le savoir. Mais j'aurais peut-être dû essayer. Peut-être que si j'avais réfléchi davantage, j'aurais pu le sauver.

— Oh, Monsieur, ai-je murmuré, trop fatiguée pour me défendre contre la solitude qui montait en moi, pardonnez-moi.

Pourtant, quel risque aurais-je couru à comprendre ces choses-là ? Même après tout ce temps, je ne parviens pas à accepter ce qu'il avait pu vouloir dire. C'est trop dangereux. Ce que j'ai fait par devoir envers le maître, je l'imagine avec Mr Phil sous un jour très différent.

— Ada ?

Lindiwe était arrivée devant moi, les épaules courbées par une lourde charge, les muscles du cou et des bras saillant comme des cordes épaisses.

— Ce n'est que pour peu de temps, ai-je dit d'un ton suppliant en me relevant.

Dans sa couverture, Dawn a pleuré, puis s'est tue.

— Je te paierai. Et je t'apprendrai tout ce que je sais. Gratuitement.

— Oh, Ada !

Elle a laissé tomber son fardeau et s'est assise. J'en ai fait autant. Cette fois-ci, elle n'a pas évité mon regard et j'ai vu qu'il n'y avait plus d'hésitation dans ses yeux, seulement de la lassitude.

— Comment pourrais-je te chasser ? Mais c'est si petit, a-t-elle ajouté en désignant l'intérieur de la cabane.

— Merci ! ai-je soufflé en lui saisissant la main. Dieu te bénisse ; je tâcherai de ne pas être une charge pour toi.

Les larmes qui n'avaient pas coulé de toute la journée sont brutalement montées. Alors, Lindiwe s'est penchée contre moi et elle aussi s'est mise à pleurer, et elle m'a dit qu'elle s'était reproché toute la journée la façon dont elle avait accueilli Dawn le matin même.

— Je ne sais pas si je tiendrai le coup. J'ai péché contre quelqu'un que j'aime, et j'ai mis Dieu le Père en colère, ai-je poursuivi, le soulagement se mêlant à mes sanglots.

— Chut, a répondu Lindiwe en me caressant le bras. C'est fini. Dieu te pardonnera si tu Le sers à travers l'enfant.

Elle s'est arrêtée et a plissé le front. Je voyais qu'elle cherchait les mots justes, comme elle le faisait pendant nos leçons.

— Dieu n'est pas comme l'homme blanc. Il ne déteste pas Dawn à cause de ce que tu as fait.

J'ai réfléchi à cela pendant un moment ; l'obscurité tombait autour de nous, mon corps commençait à s'ankyloser et le ciel virait au bleu sombre. C'était ce que j'espérais, moi aussi. Si j'étais pour ma part fautive à jamais, je pouvais encore Le servir à travers Dawn. Et quoi qu'il arrive, Dieu ne punirait pas l'enfant. Mais Madame ? Même si par l'intermédiaire de ma fille je parvenais à me racheter un peu, je ne pouvais espérer recevoir le pardon de Madame.

La lueur vacillante des bougies a commencé à apparaître dans les cabanes voisines. Une femme fredonnait *Thula thu'*, comme maman le faisait autrefois et comme je le chanterais un jour à Dawn. Du côté de Bree Street, les lumières électriques de Cradock brillaient joliment à travers les eucalyptus et les poivriers des jardins devant les maisons. Madame devait être assise en face du maître dans le salon. La lumière devait se réfléchir sur la broche qu'elle portait au cou, la verte peut-être, ou peut-être encore l'insigne militaire de Mr Phil.

— Elle est belle, a dit Lindiwe, qui avait rabattu un pli de la couverture et examinait attentivement le visage endormi de Dawn. Un jour, tu seras fière.

Avant la naissance de ma fille, j'étais engagée dans une négociation avec mes élèves. Il ne s'agissait pas d'argent, comme avec tatie, mais d'enseignement. J'avais besoin de trouver une façon de faire cours un peu plus sérieuse que jouer tous les morceaux bruyants que je connaissais. J'avais procédé en douceur, comme Mr Phil me l'avait conseillé. Les négociations, même lorsqu'il n'y a pas d'argent en jeu, prennent du temps. J'ai donc joué, encore joué, et attendu le jour où ils seraient prêts à me donner un peu de silence au début de chaque leçon pour parler de ce qu'il y avait derrière les airs sur lesquels ils adoraient danser. C'était ça, la négociation : un peu d'enseignement en échange d'un supplément de swing.

En fait, j'aurais pu me passer de cette stratégie. Dawn a été l'arme absolue pour obtenir le silence. Au premier regard à sa peau claire, le chahut a cessé. Dans le silence inattendu, j'ai demandé :

— Vous avez entendu parler d'un homme appelé Beethoven ?

J'ai joué les premiers accords de la *Symphonie héroïque*. Ils m'ont dévisagée fixement, ensuite ils se sont regardés ; ils ont jeté un coup d'œil furtif au bébé sur mon dos, puis ont écouté. Ils ont découvert que Beethoven était sourd, et que cela ne l'avait pas empêché de composer une œuvre magnifique. Ils ont appris également que de nombreux musiciens étaient aussi pauvres qu'eux, qu'ils avaient connu la faim, comme eux, et trouvé du bonheur dans la musique, comme eux. Beaucoup étaient des exclus parmi les leurs. La couleur de Dawn – une exclue elle-même – servait en quelque sorte de toile de fond aux histoires que je leur racontais, et aux airs qui faisaient vibrer la classe à la fin de chaque cours.

Ainsi, alors que j'avais craint les sarcasmes, je n'en ai pas eu. Au contraire, Dawn a fourni à la fois le calme et la motivation nécessaires pour atteindre un nouveau palier dans mon enseignement. Désormais, je commençais par leur apprendre l'histoire de la musique et je jouais ensuite, devant un public attentif et enthousiaste, qui a accepté cette nouvelle méthode sans protester.

Après ce succès, je me suis enhardie. Depuis que j'avais entendu la chorale à Saint James, j'avais commencé à jouer des airs sur lesquels on pouvait chanter. J'écrivais les paroles au tableau avant l'arrivée des enfants : des morceaux entraînants, comme l'*Hymne à la joie*, ou des airs bien rythmés, comme les chansons irlandaises de Madame. Au début, ils se sont contentés de danser. Ensuite, ils ont commencé à chanter aussi, de manière approximative et désordonnée. Puis, ils ont manifesté une meilleure compréhension des textes, même si, comme moi, ils n'avaient jamais vu les endroits dont il était question dans ces chansons.

« Oh, mon Danny, fredonnaient-ils, les cornemuses, les cornemuses nous ap-pe-e-e-ellent… »

La voix humaine est tout aussi capable que le corps de nous emmener ailleurs.

Je ne me faisais pas d'illusions. Assurément, j'alimentais les ragots et on riait derrière mon dos. Mais en classe, je réussissais à capter l'attention de mes élèves, et la musique nous occupait plus que la honte d'un professeur qui avait fauté avec un Blanc et non avec un homme de sa race. Tant que je pouvais susciter leur intérêt grâce à mes histoires et aux morceaux que je jouais, ils passaient sur la couleur de l'enfant. Si seulement il en avait été de même avec tatie ! Et avec mes collègues.

La première année de Dawn a coïncidé avec un manque de pluie. Au-delà de la poussière brune, de la brume de chaleur miroitante, des latrines puantes et de la queue de plus en plus longue pour l'eau au robinet public, cela signifiait que le gué était ouvert.

Cela signifiait que je pouvais faire le trajet de la cabane de Lindiwe jusqu'à l'école en passant par le gué du Groot Vis. J'avais simplement à ôter mes chaussures et à traverser. Cela signifiait que même si j'habitais maintenant sur la même rive que le maître et Madame, il y avait peu de danger qu'ils me voient. Je pouvais éviter la portion entre Church Street, qui descendait vers le pont, et Dundas Street, où se trouvait Cradock House, avec son abricotier qui m'avait autrefois portée dans sa sève, et ses parquets de bois qui me renvoyaient mon reflet quand je les frottais chaque semaine.

Mais j'avais beau rester hors de vue, je ne pouvais cacher ma peau noire. Vers l'époque où est née Dawn, ceux qui dirigeaient mon pays ont commencé à faire de nombreuses lois nouvelles concernant la peau. J'en connaissais certaines, comme celles qui précisaient que les Noirs étaient moins importants que les Blancs, et qu'il fallait être né dans un lieu ou y avoir vécu longtemps avant d'être autorisé à y rester. Une loi que j'ignorais disait qu'il était illégal pour un Blanc et une Noire de coucher ensemble.

Je me doutais déjà que ce n'était pas bien aux yeux de Dieu, mais je n'ai appris que plus tard que c'était aller contre la loi des hommes et que, si vous étiez découvert, vous pouviez aller en prison. Je me suis demandé si le maître connaissait cette loi quand il est venu à ma porte à Cradock House et m'a dit qu'il ne me ferait pas de mal ? Si oui, pourquoi a-t-il pris un tel risque ? Sa solitude était-elle si grande qu'il était prêt à s'exposer à la prison pour Blancs et à la honte qui rejaillirait sur lui et sur Madame ? Alors, c'était peut-être une bonne chose pour lui que je sois partie.

Maman avait toujours affirmé que les griffes de la prison pouvaient vous atteindre et se refermer sur vous, même si vous n'aviez rien fait de mal. En grandissant, j'en avais douté, mais maman était peut-être plus sage que je ne le croyais. Elle sentait venir la suite. Car avec ces nouvelles lois, la prison avait le droit de vous prendre, même si vous n'aviez rien fait de mal. Il suffisait d'être de la mauvaise couleur. Les policiers qui patrouillaient dans le township au volant de leurs camionnettes le savaient.

La naissance de Dawn avec sa peau de métisse créait un dilemme pour mes collègues. C'était déjà bien assez dur que les Noirs soient battus pour la plus petite infraction, qu'il leur soit brusquement interdit d'entrer dans certains lieux, de s'asseoir sur certains bancs – il y avait à présent des écriteaux « Réservé aux Blancs » dans les jardins du Karoo – ou de déménager à leur gré pour trouver du travail. Ils devaient maintenant affronter la difficulté de prendre parti devant un bébé métis. Notre salle des professeurs, jadis un lieu convivial, est devenue un territoire divisé. Silas arrivait tôt, me tournait le dos et rassemblait autour de lui ceux qui estimaient que je devais partir plutôt qu'afficher, par l'intermédiaire de l'enfant à peau claire, ma trahison de mes frères noirs. Mais dans mon coin arrivaient Dina avec ses turbans colorés – après son premier mouvement de perplexité – et le professeur de mathématiques, le discret Sipho Mhlase. Dina était persuadée que j'avais été la victime d'un homme méchant. J'avais fait preuve de courage en ne demandant aucune aide – je ne m'étais pas « aplatie », comme elle disait –, donc je méritais d'être soutenue. Aux pires moments de cette période, je me suis demandé si je ne ferais pas mieux d'éviter la salle des professeurs. Lindiwe m'a convaincue un soir de n'en rien faire.

— Il faut te battre ! Garde la tête haute, et ils te respecteront, a-t-elle dit à la lueur de sa bougie dans sa minuscule cabane tandis que nous mangions notre soupe.

Pendant cette épreuve, Mr Dumise a été très prudent. Il n'avait aucun motif pour me renvoyer, car mes cours étaient très appréciés et je n'étais jamais absente.

— Mais regardez l'exemple qu'elle donne à nos élèves ! objectait Silas.

— Vous n'avez donc aucune pitié ? Elle a sûrement été violée, ai-je entendu le directeur lui répondre à mi-voix.

— Elle nous a trompés, a répondu Silas avec colère. Elle aurait dû le dire, qu'elle attendait un enfant métis, quand elle a demandé à travailler ici.

28

J'ai joué le Prélude de la goutte d'eau *aujourd'hui, et cela m'a rappelé Ada.*

Comme je m'y attendais, je n'ai rien appris sur elle pendant mon voyage à KwaZakhele, ni auprès du pasteur ni en me rendant sur la tombe de ma chère Miriam dans un cimetière d'une désolation absolue.

La pauvreté et le dénuement de l'endroit étaient tels que je suis revenue bien décidée à faire quelque chose, non pas à KwaZakhele – c'est trop loin –, mais ici à Cradock. Sur la rive opposée à la nôtre, il y a un township où les gens doivent vivre dans une misère analogue. A la différence de KwaZakhele, ils n'ont même pas d'église. Je crois qu'ils se rassemblent le dimanche en plein air, au pied d'une colline.

Quant à Ada, je suis toujours persuadée qu'elle est en vie. Je la sens chaque fois que je joue. Mais à mesure que les mois se transforment en années, l'espoir de la revoir s'amenuise.

Le township à l'extrémité de Bree Street était différent de la communauté de Lococamp où vivait tatie. Ce n'était pas un ensemble de cahutes agglutinées et un dédale de ruelles sans aucun ordre. On y avait tracé des routes qui étaient censées être droites, et prévu des écoles et des terrains de jeu encourageant un esprit sain et un corps sain. Une combinaison qui engendre une bonne conduite. A l'école Saint James, les enfants portaient fièrement leur uniforme, jouaient au football ou chantaient dans la chorale que j'avais entendue le premier jour. Ce township avait de la fierté.

Même le maire écoutait parfois le révérend Calata lorsqu'il prêchait en critiquant les patrouilles de la police dans les rues défoncées et les policiers qui jetaient en prison des résidents sans autre motif que leur couleur de peau. Pourquoi, répétait le révérend Calata, pourquoi ce township ne se considérerait-il pas comme partie intégrante de Cradock, soumis aux mêmes lois et jouissant des mêmes avantages ? Par opposition, celui de tatie, de l'autre côté du Groot Vis, s'était développé tout seul et savait qu'il représentait une communauté séparée et inférieure.

Hélas, au moment où je suis arrivée chez Lindiwe, j'ai vu qu'une bonne partie de ce qui avait été conçu se trouvait dans un état de délabrement que je connaissais trop bien pour l'avoir vécu chez tatie. Les routes droites empestaient à cause du trop-plein des latrines. Les ordures autrefois ramassées s'empilaient, attirant les mouches, et les enfants, qui allaient jouer dedans, attrapaient des maladies. La peinture s'écaillait sur les murs d'une hauteur impressionnante de l'école Saint James, et l'herbe des terrains de jeu séchait, faute d'eau et d'entretien. Les soupes populaires qui autrefois nourrissaient les pauvres se faisaient de plus en plus rares, et j'ai même entendu dire qu'il était question de prendre l'argent des *shebeens* et de le verser sur le compte en banque de la mairie pour financer les services administratifs blancs au lieu des noirs. Je me suis demandé si le maître était au courant de la chose et s'il approuvait ce genre de vol. Et à certains signes, on voyait que les enfants autrefois bien élevés commençaient à devenir indisciplinés, comme mes élèves de l'autre côté du Groot Vis.

De ce côté-ci du fleuve, les femmes que je prenais pour des amies m'évitaient à présent – sans doute prévenues par tatie – et tournaient le dos à Lindiwe aussi. Dans leurs réactions, je retrouvais celles que j'affrontais à l'école. Comme Silas, elles estimaient que je les avais trompées – et surtout ma tante – en ne disant rien sur la couleur du bébé à venir. Comme Veronica et Mildred, certaines ne me condamnaient pas en face, mais détournaient le regard et allaient laver leur linge sur un rocher plus éloigné. D'autres ne m'ont plus jamais adressé la parole. Les chansons fredonnées que j'aimais tant venaient maintenant de plus loin.

Lindiwe avait dû en rassurer certaines et expliquer que je ne leur ferais aucune concurrence. Je voyais bien qu'elle était soucieuse et, à la fin de chaque journée, je lui demandais si elle avait assez de travail et si elle voulait que je m'en aille.

« Reste, ça ira », disait-elle avec un soupir las.

Elle s'étendait sur son lit et fermait les yeux pour souffler un peu avant notre repas du soir frugal. Entre celles de ses clientes qui lui restaient fidèles et l'argent de mon loyer – je lui donnais plus, et bien volontiers, que je n'avais payé tatie – elle réussissait à joindre les deux bouts. Après un certain temps, Lindiwe n'a plus été remise en cause, même si moi, je n'ai jamais plus été spécialement bien accueillie sur la rive.

Les laveuses n'ont pas été les seules à se détourner. Plus d'invitations à revenir à l'église sur la colline, où les cantiques vibrants balayaient les pierres lisses pour se disperser au loin dans le veld du Karoo. Maintenant, je pouvais aller à l'église Saint James, avec sa chorale disciplinée, sa croix sculptée au-dessus de la chaire ; mais ces matins en plein air me manquaient, ainsi que le pasteur, avec ses sermons passionnés sur une guerre de libération et le chant joyeux des fidèles en réponse. En me joignant à ces cantiques qui jaillissaient vers le ciel, je m'étais liée à une nouvelle famille. Jamais, depuis Cradock House, je n'avais eu un sentiment d'appartenance aussi fort – malgré l'alarme que provoquaient chez moi certains des propos entendus là-bas –, ni une telle impression de libération.

Car cette nouvelle appartenance était bien une forme de libération. Quand je chantais, je m'envolais au-delà du township, j'étais libre de vagabonder en pensée à travers le veld, comme autrefois, quand j'étais perchée sur le coffre de Mr Phil à l'étage de Cradock House. Je voyais le sol brun du désert se relever pour se fondre dans les montagnes couvertes de neige en hiver ; je décelais les premiers filets brillants de l'eau alimentant le Groot Vis. Ma pensée m'emmenait aussi vers un autre désert où Mr Phil était étendu sous les palmiers d'une oasis. L'appartenance – malgré la solitude qu'on éprouve seule sous le ciel sans frontières –, assurément, c'était un cadeau de Dieu, non ? Un cadeau pour remplacer la maison et le jardin de mon enfance ? Un cadeau pour remplacer les gens qui étaient autrefois mon horizon ?

Quand j'avais la nostalgie de cette appartenance doublée de solitude, j'installais Dawn sur mon dos et je sortais du nouveau township pour aller vers l'endroit où le ciel rencontrait la terre, pour le plaisir d'être seule et pourtant en compagnie des oiseaux et des petits animaux qui filaient à notre approche. Quand le soleil était à son point le plus haut, je m'accroupissais avec Dawn à l'ombre maigre d'un acacia et je lui décrivais le premier acacia de cette espèce que j'avais vu, enfant. L'air tremblait, non plus à cause des voix des fidèles assemblés en plein air, mais de la chaleur du veld, qui s'étalait au loin et se dissolvait en mirages brouillés.

« Regarde, Dawn, disais-je en montrant l'horizon, la terre fond. »

Dans le township au bout de Bree Street, j'ai appris qu'il y avait des moments où l'on ne pouvait pas s'enfuir. J'ai appris que, parfois, il fallait répondre à la violence par la violence. Je n'en suis pas fière : j'aurais préféré ne jamais l'avoir appris. Car une fois acquis, ce réflexe pouvait surgir sans raison. Quant à savoir ce que Dieu le Père en pensait, je ne peux le dire. Mais je ne sais pas non plus ce qu'Il pensait de la cruauté imprévisible des policiers blancs qui patrouillaient dans nos rues.

Vis-à-vis des hommes en particulier, j'ai appris à être spécialement prudente. J'ai appris à savoir dans quelles ruelles habitaient ceux qui supposaient qu'à cause de la différence de couleur entre mon enfant et moi je couchais avec n'importe qui, et le ferais encore pour de l'argent ou sous la menace.

Quand j'ai confessé ma peur à Lindiwe, elle a tiré de sous son lit un objet fin et pointu. Un rayon de bicyclette aiguisé. J'ai refusé de le prendre.

— Non, ai-je soufflé, horrifiée par ce mince objet maléfique, l'agressivité de ce bout effilé.

— Comme ça, Ada.

Lindiwe a ignoré mon refus et, dans l'obscurité de la cabane, m'a montré comment m'en servir.

— Tu enfonces et tu pousses vers le haut, vers le cœur.

— Je ne peux pas...

Elle me l'a tendu

— Si. Prends-le. J'en ai un autre.

Au début, je m'interdisais de l'emporter avec moi. Je ne pensais pas avoir le courage de me servir d'un objet pareil. Et j'avais peur que Dieu ne me pardonne pas un second péché. Mais le jour où j'ai vu une jeune femme emmenée de force sous mes yeux, j'ai couru jusqu'à la cabane pour prendre le rayon sous ma couverture, où je l'avais caché.

Dans mon ancienne vie, à Dundas Street, jamais je n'aurais pu m'imaginer en train de me défendre de cette façon. Mais à présent, avec Dawn si vulnérable sur mon dos, l'hésitation n'était plus permise.

Pour les fois où il n'était pas nécessaire d'utiliser un rayon de bicyclette, Lindiwe avait des contacts. Ces contacts, je l'ai constaté, étaient utiles pour toutes sortes de choses. Le vendeur de pain dont elle était cliente vendait aussi du lait – à la différence de celui qui servait tatie et Poppie – à un prix qui nous permettait d'en acheter une bouteille par semaine. Cela voulait dire que, pendant la moitié de la semaine, nous pouvions mettre du lait dans notre thé. Et puis, il y avait la femme qui garnissait les étagères du bazar N. C. Rogers, sur la place du marché. Elle trouvait souvent des surplus de farine de maïs qu'elle vendait à Lindiwe moins cher que le magasin du township. Parfois, un sachet de sucre apparaissait dans le même paquet que la farine. Lindiwe lavait le linge de cette femme avec un soin tout particulier.

Lindiwe m'a expliqué qu'il n'était pas nécessaire de travailler en échange d'argent pour gagner sa vie. Il suffisait de trouver des gens qui avaient des marchandises dont vous aviez besoin, et de leur offrir en échange d'autres marchandises ou des services. Le point le plus délicat était de décider la valeur de chaque élément du marché. Combien de ballots de linge Lindiwe devait-elle laver pour un paquet de cinq livres de farine de maïs et une boîte de thé ? Il y avait également des surplus de thé au magasin, semblait-il.

Lindiwe avait aussi un frère. Au début, je me suis demandé à quoi il était bon – hormis à manier les mots –, mais il n'arrivait jamais les mains vides. Souvent, cependant, ce qu'il disait vous faisait oublier ce qu'il avait apporté. C'était inhabituel dans un township où les marchandises extérieures étaient très prisées, et beaucoup plus précieuses que les mots.

— Je te présente Jake, m'a-t-elle dit un soir.

Un homme de petite taille venait de franchir sans bruit le seuil alors que nous avions une séance de lecture. Ils se sont embrassés et se sont parlé à voix basse ; puis il m'a serré la main à l'africaine[1] et a contemplé Dawn dans sa panière à linge. Il avait quelques années de plus que Lindiwe et portait une veste élimée sur un pantalon qui tenait avec des ficelles. Il avait les mêmes yeux vifs et curieux que sa sœur, des yeux qui voyaient à l'intérieur des gens.

— Lindiwe dit que tu es professeur. Ça doit être dur.

Il a regardé le visage clair de Dawn qui dépassait de la couverture.

— Oui, ai-je répondu. Certains collègues comprennent, d'autres veulent que je parte.

C'était étrange de m'entendre aborder si vite un sujet aussi important avec un étranger. Mais c'était l'effet que faisait Jake. Il ne perdait pas de temps à parler de choses auxquelles d'autres consacraient des heures. Et il vous entraînait avec lui dans sa façon de communiquer.

— Qu'est-ce que tu vas faire ? a-t-il demandé comme s'il m'avait toujours connue, et pas simplement rencontrée quelques minutes plus tôt dans la cabane de sa sœur.

1. Il s'agit d'une poignée de main franche, paume contre paume. On fait parfois claquer les deux paumes au départ.

— Je vais rester aussi longtemps qu'ils me toléreront, ai-je répondu, soulagée de pouvoir prononcer ces mots avec assurance. Ils aiment ma façon d'enseigner. Et je bouche les trous quand les autres professeurs sont absents. Notre école n'est pas aussi importante que Saint James.

— Tu es quelqu'un de fiable, a-t-il dit en hochant la tête. Nous avons besoin de gens fiables.

Il a regardé Lindiwe, puis a sorti de sa poche un sac en papier kraft et le lui a tendu. Elle l'a ouvert rapidement, avec des doigts impatients comme ceux de Madame quand elle avait envie de jouer du piano, avant que Mr Phil parte à la guerre.

Elle a eu un hoquet de surprise et m'a montré quatre saucisses calées au fond du sac.

— Où est-ce que tu as pris ça ?

Elle les a reniflées.

— Et elles sont toutes fraîches !

Jake a souri. Lindiwe l'a regardé d'un air soupçonneux.

— Je les ai trouvées, a-t-il dit avec un sourire qui s'élargissait. Elles étaient en rab chez le boucher.

— Le boucher de Church Street ?

Les mots m'ont échappé avant que j'aie réfléchi. Les yeux vifs de Lindiwe et de Jake se sont tournés vers moi. Lindiwe croyait que je venais de KwaZakhele. J'avais toujours prétendu que je ne connaissais pas bien Cradock. J'ai haussé les épaules.

— Je suis passée devant ce boucher en venant de KwaZakhele.

C'était juste un petit mensonge, comme ceux que j'avais racontés à tatie quand j'avais déclaré que j'en avais assez de travailler sur l'autre rive du Groot Vis. Ou quand j'avais menti à Mr Dumise sur mon vrai nom. C'était juste un mensonge de plus pour me protéger, ainsi que Madame et le maître, surtout depuis que la loi pouvait vous envoyer en prison si vous étiez pris.

— C'est un bon boucher, a repris Jake en me regardant attentivement. Cet homme blanc vend à des prix corrects.

Je voyais bien qu'ils se demandaient, comme Mr Dumise, qui était le père de mon enfant. Tout homme blanc, même un boucher, était une hypothèse possible. J'aurais voulu dire : « Ce n'est pas ce que vous croyez. Je ne connais même pas cet homme-là. Quand j'ai demandé après Jacob Mfengu – Jacob Mfengu, qui aurait pu m'épouser –, je me suis adressée au commis noir. Je ne sais même plus à quoi ressemble ce boucher blanc. »

Quand elle a perçu ma panique, Lindiwe a posé la main sur mon bras et a dit :

— Ada, on va faire cuire les saucisses pendant que Jake est là.

Je me suis levée à la hâte pour allumer son réchaud à paraffine.

— Je m'en charge pendant que vous parlez, Jake et toi.

Même avec Lindiwe, qui était restée mon amie, qui nous avait accueillies, Dawn et moi, dans sa hutte, et qui partageait sa vie avec nous, même avec Lindiwe, il fallait que je surveille mes paroles. Un mot imprudent sur mon ancienne vie et celle-ci me retrouverait brusquement. Ainsi que la honte que je portais en moi.

Les saucisses ont grésillé dans la poêle et ont rendu des gouttes de graisse luisantes. J'ai ajouté un reste de farine de maïs : le jus des saucisses a grillé les bords de la galette. A la lueur des chandelles, Lindiwe et Jake discutaient à mi-voix, parfois avec passion. A plusieurs reprises, j'ai vu Lindiwe secouer la tête en écoutant son frère. J'ai pensé au mot qu'il avait employé à mon sujet, disant que j'étais « fiable » et que « nous » avions besoin de gens fiables. Normalement, je comprenais ce que disaient les Noirs quand ils parlaient. Ils n'utilisaient pas des mots qui pouvaient prendre des sens différents. Néanmoins Jake ne voulait pas dire qu'on pouvait compter sur moi comme enseignante. Il parlait d'autre chose, à l'extérieur de mon travail. Une chose qui se passait dans la clandestinité et poussait les hommes comme lui à se rencontrer en secret pour préparer ce qu'ils appelaient une révolution.

Je n'avais entendu ce mot-là que depuis mon arrivée dans ce township ; je l'ai donc cherché dans le dictionnaire de l'école, et j'ai vu qu'il avait un rapport avec la libération. La libération – c'était ce qui nous attendrait une fois que nous aurions passé l'épreuve du feu et trouvé la liberté, d'après ce que disait le pasteur de l'église en plein air. Je savais déjà que cette libération-là n'était pas toujours synonyme de paix. La révolution, je l'ai constaté, s'accompagnait souvent d'une grande audace. La révolution, c'était la libération avec du sang. La révolution ne se contentait pas de demi-mesures. Et ne se souciait pas de ce qui survenait ensuite.

— Fais bien attention à toi, a dit Lindiwe quand il a été l'heure pour son frère de partir.

— Bonne chance, Ada. A bientôt.

Il m'a pris la main pour me la serrer à l'africaine, puis il s'est retourné pour embrasser sa sœur.

— Fais bien attention, a répété Lindiwe.

Elle l'a regardé franchir la porte, puis disparaître dans l'obscurité des ruelles du township. Jake se déplaçait toujours silencieusement. On ne l'entendait jamais arriver et, une fois qu'il avait passé la porte en sortant, on ne le voyait plus. Je me suis demandé si c'était lui qui avait appris à Lindiwe à se servir d'un rayon de bicyclette aiguisé.

29

Je suis la femme noire avec l'enfant métis. Tout le monde me connaît, même dans cet endroit où je suis une nouvelle venue. Et pourtant, je suis très seule. Une solitude qui subsiste, je l'ai découvert, même quand on a un avenir devant soi. La naissance de Dawn a signifié que je me levais la nuit pour la nourrir. Et dans l'obscurité de la cabane, je me sentais rongée par un vide à l'intérieur de moi. Si seulement je pouvais guérir mon cœur, si seulement je pouvais parler à quelqu'un de Mr Phil – et de ce qui aurait pu se passer si j'avais compris que son amour pour moi n'était pas celui d'un frère pour sa sœur...

Le seul moment où cette solitude s'estompait, c'était quand je jouais pour mes élèves et que je laissais la musique m'emporter. Mais alors, la solitude guettait mon retour avec cruauté, et me prenait au piège pour me forcer à me souvenir. Le « Bach du Township » n'évoquait plus alors que le cri d'un hibou devant la fenêtre de la chambre de Mr Phil, ou la douce voix de soprano de Madame lorsqu'elle chantait des notes pour que je les trouve au piano. Quand je me promenais avec Dawn dans les broussailles du Karoo, au milieu des buissons rampants, je voyais les roses roses préférées de Madame dans un vase sur sa coiffeuse et j'en sentais le parfum aussi nettement que je voyais les pages de son journal quand je les lisais. Les souvenirs ne s'effacent jamais, ils se cachent seulement pour surgir à nouveau, plus nombreux, plus intenses encore, aussi vifs que lorsque je les ai engrangés.

Autre chose encore, je ne suis pas chez moi ici. Et ceux qui ne sont pas chez eux peuvent être manipulés par ceux qui le sont. Si vous avez fait un faux pas, si vous avez péché contre vos semblables, il faut vous attendre à devenir une cible. A être utilisé par les autres à leurs propres fins, pour leurs propres causes. En l'occurrence, la protestation contre les laissez-passer. On ne m'avait demandé que deux fois le mien dans les rues de Cradock. A Johannesburg en revanche, peut-être à cause de l'or dans le sol, je savais que cela se produisait tout le temps. Peut-être que cela avait un rapport avec l'argent. Peut-être que les Blancs trouvaient qu'il n'y avait pas assez d'or pour tout le monde, et souhaitaient donc renvoyer une partie des Noirs afin de garder les richesses pour eux. Peut-être que cette affaire de laissez-passer était juste un prétexte. Peut-être que les richesses du sol n'étaient destinées qu'à l'avenir des Blancs.

En tout cas, j'étais très inquiète à propos de tout ce qui touchait aux laissez-passer, car je n'en avais pas au nom de Mary Hanembe, et celui qui était établi à mon vrai nom n'avait pas été signé depuis que j'avais quitté Cradock House. Il y avait de plus en plus de policiers dans le nouveau township. Des policiers de plus en plus facilement énervés, accompagnés de chiens qui grognaient en tirant sur leur laisse. De plus en plus de policiers pour vous demander votre laissez-passer et vous jeter en prison si vous ne l'aviez pas ou s'il n'était pas signé.

Silas voulait manifester contre les laissez-passer. Pendant la pause pour le thé, il a annoncé à grand renfort de gestes :

— On partira de l'école en cortège et on traversera le Groot Vis, on remontera Church Street jusqu'à la mairie ! En nombre, on montrera qu'on est forts ! Les professeurs de Saint James se joindront à nous, et la chorale aussi.

La mairie ! Les jardins du Karoo, où je m'asseyais jadis sur un banc à côté des aloès pour me chauffer les pieds au soleil... Mais c'était trop loin, et il y aurait trop d'observateurs.

— Et une fois arrivés à la mairie ? a demandé quelqu'un.

— On remettra une pétition pour dire qu'on ne supporte pas les *dompas*[1], a répondu Silas en promenant un œil résolu sur les collègues.

L'amateur de jazz a brandi le poing, comme l'avaient fait les fidèles au pied de la colline. Mr Dumise a froncé les sourcils.

— Et toi, Mary ? C'est quoi, ta position sur le sujet ?

Le ton mielleux de Silas m'a prise au dépourvu. Tout le monde s'est tourné vers moi pour me regarder. J'aurais voulu répondre que sa question n'était pas une façon de m'inclure dans la décision, mais de me mettre en marge. Ou de trouver un nouveau moyen de montrer que je ne faisais pas partie de l'école et n'en ferais jamais partie. Et qu'il s'agissait moins de connaître mon avis sur une manifestation concernant les laissez-passer que d'une façon de me punir d'avoir couché avec un Blanc.

Silas a attendu, comme le font tous les ennemis, le sourire aux lèvres.

La voix calme mais distincte de Mr Dumise, assis à côté de la théière, s'est élevée :

— Les membres du personnel sont libres de leur choix. C'est une affaire d'opinion personnelle.

— Alors, entendons celle de Mary, est intervenu Silas, modulant sa phrase comme une question.

Je voyais bien que certains de mes collègues trouvaient que Silas poussait la conversation dans une direction qui n'avait rien à voir avec les laissez-passer. Garde la tête haute, me suis-je dit sévèrement, me rappelant les paroles de Lindiwe. Tiens-la bien haute et, du coup, ils te respecteront peut-être.

— Je ne ferai pas courir de risque à mon enfant, ai-je déclaré, en me forçant à parler d'une voix ferme.

Silas a hésité, puis s'est détourné, un éclair d'irritation dans le regard. Il a demandé un vote à main levée. Quelques bras se sont dressés, mais de mauvaise grâce.

— Peu importe, a-t-il dit d'un air de défi. Nous irons, de toute façon. Nous montrerons aux manifestants de Saint James que nous sommes solidaires !

1. Mot péjoratif désignant les laissez-passer.

Et il a tapé ostensiblement dans le dos de l'amateur de jazz et de quelques autres partisans. J'ai croisé de regard de Mr Dumise de l'autre côté de la pièce. Church Street et la place du marché étaient une frontière que je n'osais pas franchir.

Mes cours se sont terminés peu après la réunion. Je suis rentrée par les rues bondées comme d'habitude, puis par le gué de Cross Street, pieds nus dans l'eau fraîche.

— Ada ?

Un petit homme a surgi soudain sur mes talons, sortant de l'ombre des mimosas. Il m'a emboîté le pas, restant à la hauteur de Dawn dans sa couverture. C'était Jake, le frère de Lindiwe.

— Qu'est-ce qui a été décidé ? a-t-il soufflé dans mon oreille.

Sa veste rêche a frôlé mon bras.

— Qu'est-ce que tu veux dire ?

— A la réunion du personnel, qu'ont décidé tes collègues ?

Au son de sa voix, Dawn a remué dans mon dos. Ma fille adorait Jake, car il la faisait sauter au-dessus de sa tête, ou lui apportait parfois un petit jouet qu'il avait sculpté lui-même. Dawn n'était pas la seule à qui il témoignait de la gentillesse. Parfois, il m'apportait une pomme, ou un journal récent.

— Comment étais-tu au courant de cette réunion ?

Je me suis arrêtée. Il est resté dans la foule mouvante en me faisant signe de continuer.

— Qu'est-ce qu'ils ont décidé ? a-t-il répété quand je me suis remise à marcher.

— Il y a eu peu de votes pour, ai-je dit.

J'ai regardé derrière moi, mais il avait disparu, avalé par l'affluence. J'aurais bien aimé qu'il reste, pour une fois, et qu'il parle de choses ordinaires. J'aimais bien Jake, et je crois que lui aussi m'aimait bien.

J'ai continué à avancer, la tête remplie de pensées sur les laissez-passer, les divisions entre collègues, et Jake, qui était au courant des affaires des autres avant qu'ils ne soient au courant eux-mêmes. Une femme, la mère d'un de mes élèves, m'a adressé un signe de tête. Je lui ai souri en retour. Les gens montraient de moins en moins de réticence à me reconnaître. J'en étais arrivée à apprécier le moindre hochement discret et la moindre esquisse de sourire, même si personne n'allait jusqu'à m'adresser la parole.

C'était un début. Un jour, on me reconnaîtrait pour ce que j'étais. Un jour, on verrait plus loin que la différence de couleur entre mon enfant et moi. Si Dieu le Père ne pouvait accomplir cela, alors, de mon côté, je ferais en sorte que cela se produise.

Dawn est tombée malade et a cessé de boire mon lait. Elle n'était pas malade comme Mr Phil quand il avait mangé trop d'abricots étant petit, mais autrement : elle toussait et tremblait dans sa panière sur le sol de la cabane de Lindiwe, et ses joues d'ordinaire pâles étaient toutes rouges. Je l'ai prise dans mes bras et ai traversé le gué à la hâte, sans prendre le temps d'ôter mes chaussures, pour courir à la petite maison du bon docteur. J'ai entendu quelqu'un crier mon nom plus haut sur la berge de la rivière, et de plus loin encore venaient des bribes des chansons que chantaient les laveuses en travaillant.

— S'il vous plaît !

Je me suis frayé un chemin dans la queue et j'ai interpellé le médecin. Il était en train de s'occuper d'un vieillard.

— S'il vous plaît, aidez-moi…

Il a hoché la tête et m'a fait signe de m'asseoir par terre à côté d'autres femmes avec des bébés. Je me suis fait une petite place. Dawn pleurait, toussait et sa peau était brûlante au toucher. Mes chaussures dégorgeaient l'eau de la rivière. Les femmes me regardaient et regardaient la peau de Dawn, mais par compassion pour l'état de l'enfant elles n'ont rien dit. Si seulement, quand je sortais, je ne me sentais pas obligée de m'excuser pour elle. Pour moi…

Le médecin a été très doux avec elle quand son tour est venu. Il s'est servi de l'objet métallique rond dont j'avais vu le Dr Wilmott se servir pour Mr Phil. Il a examiné l'intérieur de sa bouche et je me suis souvenue de la maladie qui s'était propagée à la fin de la sécheresse : la gorge des malades devenait blanche et ils mouraient. J'ai prié Dieu de ne pas punir Dawn de cette façon-là pour ma faute.

— Vous avez de l'argent ? m'a-t-il demandé en descendant le maillot de Dawn délicatement sur sa poitrine une fois l'examen fini.

— Pourquoi, docteur ?

— Elle a besoin d'un médicament spécial, dit-il. Je n'en ai pas, mais je peux vous écrire une ordonnance pour que vous vous le procuriez chez le pharmacien en ville. Cela dit, ça vous coûtera de l'argent.

— Vous n'avez pas de médicament pour elle ?

Il m'a regardée.

— Aucun qui soit assez fort.

Dawn a toussé, toussé encore. Sa petite poitrine se soulevait, ses yeux ruisselaient. Les femmes autour de moi murmuraient et secouaient la tête. D'autres patients curieux ont regardé par la porte.

— Faites-moi cette lettre, ai-je dit en refoulant mes larmes. Je trouverai l'argent.

Il m'a tendu Dawn et s'est mis à écrire.

— On me le donnera, ce médicament, même si l'enfant et moi n'avons pas la même couleur de peau ?

Les gens ont retenu leur respiration, mais le médecin a posé une main sur mon épaule en me tendant l'ordonnance.

— On vous le donnera. Bon courage. Personne suivante.

J'ai fait le trajet de retour en courant dans les ruelles en terre, et j'ai retraversé le Groot Vis. Au-dessous du gué, la rivière se rétrécissait en un étroit chenal brun entre des trous d'eau peu profonds. Le corps brûlant de Dawn serré contre mon épaule, j'ai bousculé des gens, des chèvres et des femmes comme Lindiwe, qui portaient des fardeaux sur la tête ou les épaules. Je me suis fait injurier, mais je n'écoutais personne. Quand je suis arrivée à la cabane de Lindiwe, j'ai posé Dawn par terre. Puis j'ai ouvert ma valise et pris tout l'argent que j'avais caché au fond : celui que j'avais mis de côté pour acheter un jour des chaussures à Dawn, ou une nouvelle blouse, ou pour dédommager Lindiwe si sa clientèle diminuait à cause de moi.

Dawn hurlait, mes mains tremblaient, je sentais mon cœur se serrer à l'idée d'aller chez le pharmacien où quelqu'un pourrait me voir, où l'homme qui préparait le médicament pourrait refuser de nous servir malgré tout.

J'ai pris un linge dans les paquets de Lindiwe et je l'ai enroulé autour de ma tête et en partie sur mes joues, ménageant une pointe pour couvrir le visage de Dawn. Puis j'ai descendu Bree Street à la course, je suis passée devant l'église de Madame et du maître, pour atteindre le carrefour avec Church Street, où Bree Street devenait Dundas Street. Là, ma fille et moi serions exposées à la vue de tous. Cela faisait plus d'un an depuis la naissance de Dawn que j'avais quitté Cradock House. A ma gauche, sur la berge en contrebas, là où Mr Phil et moi nous étions promenés jadis, les mimosas et les eucalyptus plongeaient toujours leurs racines dans la terre à la recherche de l'eau. Plus loin, le pont tremblait encore au passage des belles voitures qui allaient à la gare ou en revenaient, et sous les pas plus légers des Noirs qui portaient toujours des valises ou des bébés sur le dos, comme ils le faisaient plus d'un an auparavant. J'avançais, tête baissée, serrant Dawn contre mon épaule. Mais ses cris déchiraient l'air et les gens, Blancs et Noirs, se retournaient pour me dévisager et chuchoter. Sûrement, ces cris porteraient jusqu'à Cradock House et nous trahiraient... Pourvu, me disais-je, pourvu que personne ne se retourne et ne te reconnaisse. Pourvu que Madame et le maître soient chez eux, pourvu que le maître soit en train de regarder ses papiers dans son bureau, pourvu que Madame soit en train de s'exercer au piano et n'entende pas...

La pharmacie était celle-là même où Miss Rose avait acheté du rouge à lèvres écarlate avant de partir pour Johannesburg, avant les ennuis qui l'attendaient là-bas. Il y avait à présent une porte séparée où les Noirs faisaient la queue. Les deux femmes qui attendaient déjà ont eu une exclamation alarmée en entendant la toux de Dawn et m'ont laissée passer devant elles. J'ai compris que cette porte séparée serait peut-être mon salut, car elle donnait accès à une pièce distincte du reste de la pharmacie ; seule une petite fenêtre s'ouvrait sur l'endroit où le pharmacien préparait ses remèdes. De la partie principale de la boutique, réservée aux Blancs, on ne me verrait pas, là où je me tenais.

Il a fallu un certain temps avant qu'un homme apparaisse à la fenêtre. Il portait une blouse blanche, et je me suis souvenue l'avoir vu un jour où Madame m'avait demandé de venir chercher un paquet pour elle. Je suis sûre qu'il ne m'a pas reconnue. Il avait un visage énergique, cet homme. Un visage sur lequel se verrait exactement ce qu'il pensait, comme le visage de Lindiwe, qui exprimait toujours la détermination, ou celui de Mr Phil, où se lisaient toujours la guerre et l'amour.

— Oui ?

Je lui ai tendu la lettre. Il a regardé le paquet couvert : Dawn, secouée par la toux dans mes bras. Elle avait le visage caché par le linge et il n'a pas pu voir la différence de peau.

— Vous avez de quoi payer ?

J'ai fouillé dans les poches de ma blouse, j'ai sorti toutes les pièces que je possédais, et je les ai posées en tas sur le petit comptoir au-dessous de la fenêtre. Certaines d'entre elles étaient lisses à force d'être utilisées, alors, je me suis demandé s'il ne les trouverait pas trop vieilles pour être échangées contre un médicament.

— J'espère que ça suffira, monsieur, c'est tout ce que j'ai, ai-je dit en essayant d'empêcher ma voix et mes mains de trembler.

Il n'a pas compté et s'est contenté de poser les yeux sur la pile, puis sur moi.

— Ça suffira. Asseyez-vous, a-t-il dit en désignant une chaise basse dans le coin. Je vais préparer le médicament.

Quand il est revenu, il a apporté une bouteille et une cuillère. Il m'a expliqué qu'il fallait que je donne à Dawn une cuillerée du remède matin, midi et soir jusqu'à ce que le flacon soit terminé.

— Si vous ne lui faites pas prendre le médicament jusqu'à la dernière goutte, l'enfant retombera malade, m'a-t-il avertie.

Il a ajouté qu'il allait maintenant m'en donner un autre pour soulager Dawn en attendant que le premier fasse effet.

— Pour le même prix ? ai-je demandé.

— Oui, pour le même prix. Et maintenant, découvrez l'enfant.

Je l'ai regardé fixement. La découvrir ? Alors, il verrait son visage en face, il connaîtrait ma honte et il refuserait peut-être de nous donner le médicament en fin de compte.

— Monsieur, l'enfant est innocente, ai-je articulé, écartant lentement le linge qui cachait le visage de Dawn et ôtant la couverture de son corps fiévreux.

Le pharmacien est resté debout de son côté de la fenêtre et moi du mien, tenant mon enfant métisse entre nous. Dawn avait maigri et ses jambes pâles, sorties de la couverture, ne s'agitaient que faiblement. Le pharmacien a détourné de moi son visage énergique pour regarder l'enfant ; puis il a descendu d'une étagère voisine une grande bouteille emplie d'un liquide rouge qu'il a versé dans la cuillère.

— Ceci va faire baisser sa température, et la calmer. Alors, l'autre médicament pourra agir, a-t-il dit à mi-voix, comme Mr Phil quand il parlait dans la pénombre de sa chambre.

Il s'est penché vers moi et je lui ai tendu Dawn. Avec précaution, il a versé le liquide dans sa bouche par petites doses, attendant qu'elle avale à chaque fois. J'ai caressé les bras de ma fille, ai chuchoté à son oreille, et elle a fixé ses yeux bleus sur la cuillère qui s'approchait de sa bouche. Elle avait tant pleuré que sa poitrine frémissait encore. Alors, le pharmacien a secoué la première bouteille avec le médicament de Dawn, et lui en a donné une cuillerée aussi.

— Maintenant, écoutez-moi bien. Il faudra lui donner la prochaine cuillerée ce soir.

— Je comprends, monsieur. Et ensuite, trois fois par jour jusqu'à ce que la bouteille soit finie.

Il a vissé le bouchon de la bouteille et s'est tourné pour rincer la cuillère dans une cuvette. Après quoi, il a mis la cuillère et la bouteille dans un sac en papier kraft qu'il m'a donné.

— Votre anglais est excellent, m'a-t-il dit, comme l'avait remarqué Mr Dumise quand je lui avais demandé du travail.

J'ai détaché mes yeux de lui et les ai reposés sur Dawn. Je ne voulais pas parler de l'endroit où j'avais appris à parler comme ça. Les yeux de Dawn, apaisés, se sont posés sur moi. Ils n'étaient plus laiteux comme les yeux des nouveau-nés, mais d'un bleu très clair et lumineux. Les yeux de Mr Phil. Et je me suis soudain rendu compte qu'elle avait les yeux de son père jeune homme.

— Je vous remercie de votre aide, monsieur. Vous avez besoin de tout cet argent ?

Mes pièces étaient encore posées en tas sur le comptoir. Le pharmacien les a étalées d'un doigt et en a pris une partie.

— Non, a-t-il répondu en s'éclaircissant la voix. Il restera de la monnaie.

J'ai regardé ce qu'il n'avait pas pris. Il avait laissé certaines des pièces qui avaient le plus de valeur. J'ai levé les yeux vers lui et, dans cet instant, je crois qu'il a deviné. Deviné que cet enfant était celui de l'un de ses clients, un homme qu'il connaissait, avec une maison où j'avais appris à bien parler, et une famille d'où je m'étais enfuie. Deviné aussi que cet argent était toute ma fortune.

— Merci, monsieur.

— L'enfant sera guérie d'ici quelques jours, a-t-il dit en m'observant.

J'ai senti ses yeux sur ma nuque lorsque je suis partie, comme ceux des fidèles quand j'étais allée m'asseoir au premier rang à l'église à côté du maître et de Madame, pour l'enterrement du jeune maître. Mais les yeux du pharmacien étaient plus bienveillants que ceux des fidèles. Il avait vu mon péché, mais ne m'avait pas condamnée.

30

Peut-être que si Dawn avait échappé à la maladie, et moi au danger d'être vue en ville, ce n'était pas seulement l'effet d'un médicament puissant et de la chance. Le pasteur au bas de la colline disait toujours que Dieu le Père avait un projet pour chacun d'entre nous, malgré toutes les déceptions que nous Lui causions. Parfois, je croyais en percevoir une partie, sans pouvoir l'atteindre, un peu comme le mirage qui tremblait juste au-dessus du veld à midi et que j'avais montré à Dawn. Même si j'avais péché, il semblait qu'Il se souciait toujours de moi et me protégeait, surtout lorsqu'il s'agissait de Dawn. Pour survivre, mon enfant avait besoin de moi : peut-être était-ce cela, le projet ? Aussi, quand Dawn a été guérie, je l'ai remise sur mon dos, j'ai franchi le gué et retrouvé avec bonheur le piano qui était mon refuge, et les exigences de mes élèves à qui leur ration quotidienne de jazz et de Beethoven avait manqué.

Lentement, les jours ont commencé à prendre un rythme régulier mais brutal. J'ai accepté les bonnes choses et me suis efforcée d'en repousser autant de mauvaises que je le pouvais : l'apartheid refermait son étau sur le township et faisait faire aux hommes des deux côtés des choses que Dieu le Père réprouvait sûrement. Ça se transformait en guerre et, comme dans toutes les guerres, il y a pénurie de nourriture et d'amour, mais non de sang ni de fumée ; et il y a des amis qui risquent de devenir des ennemis aux aguets. Parfois, je croyais voir Jake près de là où des meutes de jeunes lançaient des pierres sur les policiers, ou dans l'ombre à côté du bar à bière, ou au sein de groupes d'hommes plus âgés, réunis autour d'un feu de rue, la nuit. Jamais je ne l'appelais, et il ne faisait jamais mine de me reconnaître, même s'il surgissait parfois à mon côté le jour, près du Groot Vis, et s'il faisait des grimaces pour amuser Dawn pendant que la rivière clapotait à nos pieds. Il était là, l'avenir, entre les rues dangereuses qui me menaient de la cabane à l'école, et vice versa, et le « Bach du Township » dont les accents dissonants m'accompagnaient partout. Il fallait le prendre tel quel, ce mélange de désordre et d'énergie, si le projet de Dieu devait s'accomplir. C'était le cadeau qu'Il me faisait. Mais ces paroles ne rendent pas compte de l'obligation tacite que j'avais de rester aux aguets tout au long de la journée pour protéger la vie de ma fille. Le danger était tapi à chaque pas, et on ne pouvait l'éviter qu'en le décelant assez tôt. Une main sur l'épaule de ma fille, l'autre sur le rayon de bicyclette dans ma poche, et les yeux en alerte pour détecter le mouvement inattendu. J'ai honte de dire que ce n'était pas toujours facile de considérer cette vie-là comme un cadeau.

Je me suis donc détournée des actions comme celles de Silas et de Jake, qui ne voulaient pas seulement la libération, mais la révolution en plus. Il ne pouvait pas y avoir de place pour moi dans ce genre de guerre si je voulais servir Dieu le Père en veillant à la sécurité de mon enfant. J'ai commencé à économiser une petite partie de ma paye pour acheter à Dawn ses premières chaussures, maintenant qu'elle marchait presque, même si ma tâche la plus urgente était plutôt de lui apprendre à rester tranquillement assise à côté du piano pendant que je jouais pour l'assemblée quotidienne.

— Aujourd'hui n'est pas un jour comme les autres, a annoncé un matin Mr Dumise, dans les mois qui ont suivi la maladie de Dawn.

Les collègues sur l'estrade ont échangé des hochements de tête et se sont penchés de côté pour regarder derrière les rideaux, vers les coulisses.

Par les fenêtres ouvertes en haut de la salle, j'entendais les cris familiers dans la rue, dehors ; de plus loin parvenait le meuglement soudain d'une vache. Il y en avait quelques-unes dans le township, amenées non sans mal par des travailleurs agricoles ; elles s'efforçaient de survivre en broutant les rares buissons, mais en général elles mouraient.

— De temps à autre, notre école reçoit de l'argent pour des livres de la part de généreux donateurs. C'est ce qui arrive aujourd'hui.

Il a levé la main pour arrêter les applaudissements enthousiastes. J'ai mis un doigt sur mes lèvres pour inciter Dawn à ne pas faire de bruit. Elle adorait applaudir avec les élèves. Elle m'a regardée fixement avec ses grands yeux bleus et a mis son pouce dans sa bouche.

— Nous sommes très honorés d'avoir aujourd'hui parmi nous la personne à qui nous devons cette donation.

Il s'est tourné de côté et a fait signe à quelqu'un de s'approcher. Il invitait souvent des visiteurs à l'école, ignorant les soupirs de Silas, qui estimait que, pour obtenir ce dont nous avions besoin, les réclamations bruyantes étaient plus efficaces que la persuasion discrète. D'après Mr Dumise, il était important d'adopter quelque chose qu'il appelait un « profil ». J'avais regardé le mot dans le dictionnaire, mais j'avais l'habitude de l'entendre utiliser sous son autre forme, qui signifiait une image de vous de côté. C'était un bon mot à ajouter à la liste que je faisais pour Lindiwe, celle de mots qui pouvaient avoir plusieurs sens.

J'ai levé les yeux.

C'est la robe crème que j'ai vue en premier. Puis les bras minces et les mains vigoureuses que je me rappelais si bien, et les cheveux bruns et souples coiffés en chignon. Madame se tenait devant les rideaux rouges affaissés, grande et digne, souriant aux élèves en contrebas. Mr Dumise a encore parlé et il y a eu d'autres applaudissements. Je me suis penchée, éperdue, pour pousser Dawn entre les pieds du tabouret du piano.

Oh, Madame, de grâce, ne regardez pas par ici, de grâce ne me voyez pas, ni l'enfant ! De grâce, ne me remettez pas en face de Cradock House...

— Miss Hanembe, la marche, la marche !

J'ai regardé fixement le piano, les doigts tétanisés, aussi raides que les touches d'ivoire tachées. Le rythme précaire et acharné de notre vie, l'espoir fragile d'un avenir, et même les mensonges multiples, étaient suspendus, près de se déchirer.

Mais il était impensable de laisser voir cela en présence de Mr Dumise et des autres professeurs.

Et de Madame.

Une fois encore, il fallait que je me barde le cœur, que je cache mes sentiments, que je cache le plus de choses possible. J'ai cherché l'air dans ma tête, posé mes doigts rigides sur le clavier et commencé. Le piano m'a entendue et a déversé sa musique. Les élèves sont sortis en masse et les collègues les ont suivis. J'ai gardé la tête baissée et j'ai interprété la *Polonaise militaire* de Chopin. Mes doigts jouaient par cœur, car les larmes m'aveuglaient. Je l'ai répétée jusqu'à ce que les notes résonnent dans la grande salle vide.

— Ada ! a-t-elle crié.

Et sa voix a dominé la musique.

Je me suis arrêtée et j'ai levé les yeux. Elle était debout sur la scène vide à côté de Mr Dumise. Ses chaussures de cuir crème que je voyais de ma place au piano étaient festonnées de poussière après avoir marché dans la terre battue de la cour de récréation. Il faudrait les cirer.

Elle a tendu les bras et a répété : « Chère Ada. » Mr Dumise nous a regardées tour à tour, et j'ai lu la compréhension dans son regard – et quelque chose d'autre aussi, que je n'ai pas compris ; puis il s'est détourné discrètement et a quitté la salle.

Je me suis levée du tabouret et je suis montée sur l'estrade où Madame m'a prise dans ses bras et serrée contre elle comme le jour où maman était morte et où le médecin lui avait fermé les yeux. Au-delà de l'odeur des rideaux moisis, j'ai respiré sur la peau de Madame le parfum de fleurs de jadis, et senti la douceur familière de sa robe.

— Pourquoi, Ada, pourquoi ? Pourquoi nous as-tu quittés ?

Elle riait un peu à présent à travers ses larmes. Elle n'avait pas encore vu Dawn. Elle n'avait pas encore découvert que son mari avait péché, et moi aussi.

— Tu nous as tellement manqué !

Je n'ai rien trouvé à dire. J'ai toujours aimé préparer des phrases, comme le jour où j'ai demandé du travail à Mr Dumise, même s'il m'arrive parfois d'oublier ce que j'ai appris et d'en révéler plus que je ne l'aurais voulu. Mais aujourd'hui, sous le regard de Madame, chargé de bienveillance et d'un soulagement si injustifié, je me suis trouvée sans voix.

— Maman ?

C'est Dawn qui a trouvé les mots.

C'est Dawn qui a annoncé à Madame ce qu'elle ignorait encore.

Dawn s'était dressée à côté du tabouret et elle se tenait en équilibre instable, sa peau claire et parfaite resplendissait, ses yeux bleus pareils à ceux de son père étaient écarquillés et interrogateurs.

J'ai observé Madame.

Je l'ai entendue retenir son souffle, j'ai vu la confusion, puis le choc, s'inscrire sur son visage. J'ai enfin vu la compréhension l'inonder par vagues, comme les eaux tumultueuses du Groot Vis en crue. Sa peau claire a rougi. Elle s'est retournée vers moi et je l'ai vue combattre la vérité qu'elle redoutait.

J'ai retrouvé ma voix.

— Il faut nous laisser. S'il vous plaît, Madame, laissez-nous ici et ne dites rien.

Pour la première fois, j'ai parlé à Madame de femme à femme et non plus comme une domestique ou une élève. Et j'ai vu qu'elle le remarquait.

— Mais Ada…

— Ça vaut mieux.

Elle est restée devant moi, et je l'ai vue ployer malgré sa taille, comme j'aurais voulu me recroqueviller moi-même le jour où Dawn est née et où tatie nous a chassées. J'ai vu l'atroce vérité commencer à faire son nid en elle et j'ai prié

Dieu le Père de la consoler, car je n'avais jamais eu l'intention de la voir souffrir ainsi.

Oh, Dieu, pardonnez-moi.

Madame, pardonnez-moi, même si je sais que vous ne le pourrez jamais.

Si seulement je pouvais trouver le moyen de dire que ce que j'ai fait, c'était par obéissance.

J'ai tendu la main et lui ai touché le bras – jamais je n'avais touché Madame ainsi jusqu'à ce jour – et je l'ai conduite jusqu'à l'une des chaises sur l'estrade. Elle s'est assise et a croisé les mains sur ses genoux ; ses articulations étaient aussi blanches que le jour où le médecin était venu examiner Mr Phil et avait dit qu'il ne pouvait plus rien pour lui. Les cheveux de Madame n'étaient plus uniformément bruns ; ils se teintaient d'argent sur les tempes. L'insigne militaire de Mr Phil brillait sur son col. Près du piano, Dawn a commencé à pleurnicher.

— Il faut rentrer chez vous, Madame, et oublier cette journée, ai-je ajouté d'un ton pressant en me penchant vers elle.

— C'est chez toi aussi, a-t-elle dit en levant vers moi des yeux pleins de douleur et de larmes.

— Je vous remercie pour tout ce que vous m'avez appris, mais il vaut mieux que je reste ici.

Ma voix a tremblé en prononçant ce nouveau mensonge.

Je me suis détournée de Madame, que j'aimais encore plus tendrement que maman, j'ai descendu les marches pour prendre Dawn dans mes bras, et je suis sortie par la petite porte.

31

La manifestation à la mairie avait eu lieu pendant la maladie de ma fille. Jake me l'a appris un soir où il s'est encadré dans l'embrasure de la porte en apportant un œuf pour Dawn.

— C'était un début, a-t-il dit en haussant les épaules. Il faudra mieux nous organiser la prochaine fois.

Il a effleuré la joue de Dawn endormie, m'a serré la main et a disparu.

Dina m'a dit plus tard que la moitié du personnel seulement avait participé à la manifestation, à cause des sirènes qui avaient retenti sur l'autre rive au moment où elle devait commencer. Je les avais entendues moi aussi, de la cabane de Lindiwe où Dawn se remettait grâce au médicament prescrit par le médecin. J'ai aussi entendu le bruit en provenance de l'école Saint James, dont le groupe avait été dispersé par la police avant de pouvoir défiler dans Bree Street. Le crissement des pneus sur le gravier, les aboiements des chiens, les chants de défi se sont éteints dans l'air du Karoo pour céder la place à un silence pesant qui est resté suspendu toute la journée au-dessus du township.

— Même la chorale de Saint James ! a marmonné Dina. La police a barré la route à la chorale et arrêté le chef de chœur !

Plusieurs de nos collègues avaient commencé à se disperser quand le petit groupe de Silas a traversé le Groot Vis et a remonté Church Street.

— On allait vite parce que les rues étaient vides, mais ils nous attendaient à la mairie, a raconté Dina en rejetant en arrière sa tête enturbannée.

Silas avait projeté de faire un discours, puis de remettre la pétition, mais les événements ont tourné autrement. En fait, des policiers blancs à la carrure imposante sont sortis en nombre de leurs fourgons et ont commencé à faire claquer leurs matraques dans leurs paumes. Silas a voulu entrer à la mairie, mais on lui a bloqué l'accès. Voyant cela, les quelques collègues qui l'accompagnaient ont pris peur et se sont hâtés de rentrer à l'école. Silas et l'amateur de jazz sont repartis sans presser le pas, encadrant Dina.

D'après elle, de nombreux Blancs observaient la scène, et seule leur présence a empêché les policiers de se servir de leurs armes. Je n'ai pas croisé son regard quand Dina m'a rapporté cette information. Peu importait. Maintenant, Madame savait où j'étais. Elle avait vu Dawn, elle connaissait ma honte. Et je l'avais laissée seule avec cette nouvelle sur une estrade poussiéreuse dans une salle aux rideaux moisis. Je n'en étais pas fière et je pleurais en moi-même en emportant Dawn ; mais que pouvais-je faire ? La douleur serait encore bien pire pour Madame si cela se savait que sa bonne avait couché avec son mari et donné naissance à un enfant à la peau claire, qui avait les yeux bleus de son père. Si tatie manifestait de la répugnance en apprenant qu'un membre de sa famille n'était pas noir, si les habitants du township détournaient la tête à mon passage, ne serait-il pas bien plus difficile pour Madame – et les amis de Madame – d'accepter un enfant qui n'était pas blanc ? Dawn était entre les deux. Elle n'était une joie pour personne, elle n'était chez elle nulle part, sauf avec moi, et un jour, même cela, elle le rejetterait peut-être. J'avais eu la sottise de mettre au monde une enfant métisse dans un univers où les seules possibilités étaient le noir et le blanc. Dans le monde blanc, elle pourrait même être utilisée contre le maître pour le conduire en prison. Madame en était-elle consciente ?

Mais si elle acceptait ma demande et rentrait chez elle sans rien dire, elle pourrait échapper à la honte. Elle pourrait même tromper son propre cœur et se dire qu'il s'agissait d'un rêve ou d'un cauchemar, comme ma peur de voir Dawn emmenée par la voiture aux yeux d'animaux nocturnes. Elle pourrait faire comme si elle ne m'avait jamais vue, comme si le piano droit marron aux touches abîmées était resté muet, comme si l'enfant à la peau de couleur et aux yeux bleus n'existait pas. Elle pourrait puiser un réconfort dans Cradock House. La maison ne tomberait pas, elle resterait debout, plus robuste que jamais. L'abricotier qui m'avait jadis portée dans sa sève fleurirait et porterait les fruits orange dont on faisait la confiture, le toit de zinc rouge crépiterait violemment sous la grêle tous les ans ou tous les deux ans, le beau Zimmermann résonnerait, habité par les mélodies de Grieg et de Debussy, et Madame resterait aux côtés du maître comme avant. Seul son journal connaîtrait peut-être la vérité.

Dans ma vie, j'ai appris beaucoup de choses et je n'en ai compris que certaines : les blessures intérieures, un avenir qui arrive sans crier gare et qu'on ne peut acheter, des mots qui ont des significations différentes quand on les regroupe, les ennuis qui ne quittent un endroit que pour trouver à se loger ailleurs. Tout cela, me semble-t-il, se combine pour former une connaissance supérieure que les gens intelligents appellent la sagesse. La sagesse que j'avais acquise me disait que Madame devait tourner le dos et rentrer à Cradock House, et que moi, je devais en faire autant et retourner dans la cabane de Lindiwe. Et on n'en parlerait plus.

Cela fait un mois que j'ai retrouvé Ada.

J'ai dû accepter et refouler de nombreuses vérités — pour l'instant.

Les pires d'entre elles sont même difficiles à mettre sur le papier.

Je dois dire d'emblée, cependant, que je crois qu'Ada a été une victime innocente. Edward a abusé pour son bon plaisir d'une jeune femme qui avait mené une existence protégée. La preuve : son insistance à me persuader de cesser de la chercher.

Et la conséquence de sa culpabilité se trouve dans les yeux innocents d'un enfant. Et quels yeux ! Ceux d'Edward autrefois, ceux de mon bien-aimé Phil, qui n'est plus.

Depuis, j'erre dans la maison.

J'ai supporté les thés de l'après-midi. J'ai été courtoise avec Edward. J'ai envoyé des lettres réconfortantes à Rosemary pendant sa dernière histoire catastrophique. J'ai joué du piano et pleuré en me souvenant d'Ada qui se battait pour interpréter du Chopin avec un instrument si délabré qu'elle était obligée d'improviser pour masquer les touches défectueuses.

Et je suis allée à la bibliothèque.

J'ai fait des recherches sur les lois du Parlement : la loi contre l'immoralité, la loi sur les mariages mixtes. Je suis en train de découvrir que ce que je redoutais il y a des années, quand on m'a refusé l'inscription d'Ada à l'école des enfants à cause de sa couleur de peau, s'est réalisé.

Nous avons permis la création d'un pays divisé. Et Cradock House se trouve sur ses lignes de faille.

32

Madame est venue par un après-midi très chaud.

Les latrines sentaient mauvais, il y avait des mouches sur les tas d'ordures dans les rues et la chaleur s'abattait sur le township en vagues persistantes

Sur les berges du Groot Vis, les femmes avaient bien du mal à trouver de la place pour laver dans le courant paresseux. J'imaginais les chiens, langue pendante à l'ombre des *stoeps* couverts sur l'autre rive.

Je venais de nourrir Dawn et je lui chantais *Thula thu' thula bhabha* comme le faisait maman dans notre *kaia* au fond du jardin sous l'acacia maigre. Dawn était moite et je l'éventais avec un linge avant de la reposer sur le lit pliant pour qu'elle fasse une sieste. Elle était trop grande à présent pour tenir dans une panière à linge. La nuit, elle dormait dans un grand carton que j'avais trouvé dans la cour de l'école.

— Ada !

Une silhouette mince a masqué la lumière crue du soleil qui entrait par la porte et inondait le sol en terre battue. Je me suis levée d'un bond, horrifiée à l'idée qu'elle avait affronté les rues dangereuses, les foules grouillantes. Le maître n'aurait jamais dû permettre cela.

Dawn a tendu le doigt.

— Ndwe ! a-t-elle crié. Ndwe !

Dawn n'arrivait pas à prononcer correctement le nom de Lindiwe.

Madame est entrée à pas prudents. Elle portait une robe vert pâle à jupe très ample, et un chapeau de paille à large bord penché sur son visage de façon à le protéger du soleil. Elle est restée immobile quelques instants, déconcertée par le manque de place, ne sachant trop comment lancer la conversation dans un endroit pareil, car Madame n'était sûrement jamais entrée dans une cabane en torchis.

— Comment vous nous avez trouvées ? Pourquoi êtes-vous revenue ? ai-je bégayé, oubliant la politesse.

J'avais le cœur aussi violemment serré que lorsque je l'avais vue sur l'estrade à l'école, ou lorsque j'avais entendu les pas du maître résonner dans le couloir et s'arrêter devant ma porte.

Elle n'a pas répondu tout de suite. Elle a ôté son chapeau et s'est éventée un moment. Puis elle a regardé de nouveau l'espace restreint entre les lits, le réchaud à paraffine dans le coin, la fenêtre biscornue, le sol en terre battue sous ses chaussures, comme si elle voyait enfin clairement les aspects limités de cette existence. J'ai compris qu'elle cherchait une chaise, mais n'en voyant aucune – et aucune place pour en mettre une de toute façon – elle a rassemblé sa large jupe autour de ses genoux et s'est assise au bout du lit, comme s'il était fait aussi parfaitement que le sien, à Cradock House. Alors, elle a souri à Dawn, qui a levé vers elle des yeux curieux, écarquillés dans l'obscurité de la cabane. Dawn était habituée à voir des peaux plus sombres que la sienne ; la seule peau plus claire qu'elle avait jamais vue était celle du pharmacien qui lui avait donné le médicament auquel elle devait la vie.

— Je suis venue te demander de rentrer à la maison.

C'était donc ça.

Je me suis levée pour me mettre à côté du lit de Lindiwe. Si seulement la cabane avait été plus grande ! C'était difficile de dire des mensonges dans une pareille proximité.

— Je ne peux pas faire ça, Madame, ai-je commencé.

Dawn a senti que quelque chose n'allait pas, car elle s'est mise à pleurer et a tendu les bras pour que je la prenne. Je me suis penchée et l'ai saisie, tenant son corps doux serré contre le mien, le corps de cette enfant que j'aimais et qui, je l'espérais, m'aimerait encore quand elle découvrirait le prix de la différence de peau entre nous.

Madame m'a regardée, puis elle a regardé la fille de son mari. Elle avait les yeux secs, et non plus rouges et pleins de larmes comme l'autre jour à l'école, ou celui où Miss Rose était partie, ou celui où le jeune Mr Phil était mort. Peut-être n'avait-elle plus de larmes.

Elle s'est penchée un peu pour caresser le pied minuscule de Dawn et a dit d'une voix très calme :

— Qu'il n'y ait pas de malentendu entre nous, Ada. Il s'agit seulement d'accepter ce qui est, et d'aller de l'avant.

Et le pardon ? avais-je envie de répliquer. Pourrez-vous me pardonner un jour d'avoir fait ce que je croyais être mon devoir ? Sûrement, c'était au-delà de nos forces, sûrement, c'était trop demander.

— J'ai péché, ai-je dit, incapable de la regarder en face.

— Tu n'as pas à porter seule ce péché, a-t-elle déclaré d'une voix ferme. Regarde-moi, Ada.

Elle s'est penchée et m'a forcée à la regarder.

— Ecoute-moi. C'est Edward le responsable. L'enfant et toi n'avez pas à souffrir seules et… et je refuse que ça se passe ainsi, a-t-elle ajouté en promenant les yeux sur ce qui l'entourait, sur notre pauvreté.

J'ai senti les murailles de mon cœur, que j'avais fortifiées depuis si longtemps, commencer à faiblir, mais je ne pouvais pas céder pour l'instant. Il y avait plus de choses en jeu que le péché contre Madame elle-même.

— C'est illégal, ai-je dit. Le maître pourrait aller en prison.

J'ai vu une surprise passagère sur son visage, comme si elle ne s'était pas attendue à ce que je sois au courant des nouvelles lois. Elle a secoué la tête.

— Non, non, pas tant que nous sommes discrets. Ces lois-là ne sont pas appliquées à Cradock aussi strictement que dans les grandes villes.

Après une pause, elle a ajouté :

— Je me suis renseignée, Ada.

Je me suis assise sur le lit de Lindiwe. Le silence est tombé entre nous. Dawn s'est mise à agiter les jambes. Des cris ont retenti dans la rue. Madame a sursauté et s'est levée à demi, sa main est montée à sa gorge. Sans prêter attention au bruit à l'extérieur, j'ai ajouté :

— Il y a d'autres choses que la loi ne commande pas.

Jamais je n'avais parlé ainsi à Madame. A force d'enseigner à l'école et d'avoir un statut d'exclue dans le township, j'étais devenue courageuse. De toute façon, je n'avais plus rien à perdre.

— Pensez à vos amis, ceux qui verront la petite et comprendront d'où elle vient. Les gens vous tourneront le dos…

Je me suis arrêtée et ai retenu mon souffle.

— … comme ils l'ont fait pour moi, ai-je continué. Même les inconnus se détournent.

Pour la première fois, j'ai vu son assurance faiblir. Elle a levé une main pour s'essuyer le front et le geste a caché ses yeux. Il faisait très chaud dans la cabane et j'ai senti la sueur ruisseler entre les omoplates de Dawn, blottie contre moi.

— S'ils tournent le dos, a-t-elle murmuré, se parlant à elle-même plus qu'à moi, alors ils ne valent pas la peine qu'on les fréquente.

Je voulais qu'elle comprenne, et j'ai fait trembler l'air en m'écriant :

— Mais c'est très dur, vous ne savez pas à quel point ! A force, vous vous sentirez étrangère chez vous, jamais ils ne vous pardonneront ! Et Dawn ? Elle n'est de nulle part, mais dans le township elle peut connaître d'autres métis…

Je me suis efforcée de ne pas trembler. Dawn s'est tortillée sur mes genoux et a levé les yeux vers moi ; une expression effrayée plissait son minuscule visage.

— Ada, ma chère Ada…

— Et j'aurai peur du maître, ai-je murmuré.

Une peur qui était là, tapie au plus profond, dissimulée même à moi-même. Pourrais-je jamais dormir tranquille sous le même toit que le maître ? Et Madame aussi, si j'étais là ?

— Ada ! a crié une voix joyeuse au-dehors.

Lindiwe est apparue sur le seuil, un fardeau de linge sur l'épaule.

— Oh ! Excusez-moi, madame.

Elle a posé un œil surpris sur ma maîtresse, qui s'était levée. Puis elle m'a regardée et j'ai vu qu'elle avait déjà deviné qui c'était. Elle a laissé tomber son fardeau sur le lit. Je ne savais pas quoi dire. J'aurais dû présenter Lindiwe d'emblée, mais ma tête et mon cœur fonctionnaient au ralenti et de manière confuse.

Madame a vu que j'étais bouleversée, et a tendu la main à Lindiwe.

— Comme c'est gentil d'être l'amie d'Ada, a-t-elle dit. Jamais je ne pourrai vous rembourser la dette que j'ai envers vous. Et je voudrais que vous m'aidiez à persuader Ada de revenir travailler pour moi, a-t-elle ajouté après une pause en me jetant un coup d'œil.

— Mais Ada a déjà un travail, a aussitôt répliqué Lindiwe, dont les yeux sont allés de Madame à moi. Ada a un travail important : elle enseigne. Elle doit transmettre son talent aux autres.

— Oui, a dit Madame, je suis bien d'accord. Il faut qu'elle continue à donner ses cours. Mais elle pourrait habiter à Cradock House. Son entretien et celui du bébé seraient à notre charge, en échange d'un peu de travail ménager quand elle pourrait.

J'ai regardé fixement Madame. Lindiwe aussi. Je voyais mon amie calculer mentalement tous mes avantages. Un salaire à l'école, Dawn et moi nourries et habillées, des livres à lire, un abri sous un toit qui ne fuyait pas, de l'eau qu'il n'y aurait pas à aller chercher. Tout cela pour un petit peu de travail pendant mes heures libres.

Moi, je ne pensais pas à cela, Je ne pensais qu'à la paix de mon ancienne chambre. A l'odeur du jasmin quand j'allais étendre le linge. A la compagnie de Madame. A maman et à Mr Phil, dont la présence était très forte pour moi à Cradock House. J'ai pensé à la musique, aux autres mélodies qui m'attendaient à l'intérieur du Zimmermann, et aux vieux airs familiers prêts à emplir mon cœur à nouveau.

Et j'ai pensé à la tentation. Et au besoin d'appartenance, cette tentation à laquelle il était si dur de résister.

Aujourd'hui, après le départ de Madame, je suis allée sur le pont. Je suis restée debout, sans chercher à éviter d'être vue par les voitures ou les passants qui pouvaient me reconnaître. Je n'avais plus besoin de me cacher. Je suis allée là parce qu'il y faisait plus frais que dans la cabane de Lindiwe, et aussi parce que le lieu me semblait bien choisi. Au centre du pont, j'avais le Cradock blanc d'un côté, le Cradock noir de l'autre, et au-dessous de moi coulait avec lenteur l'eau du Groot Vis, brune comme la peau de Dawn.

— Que dois-je faire, Mr Phil ? ai-je chuchoté. Si vous étiez là maintenant, que me diriez-vous ?

Mr Phil, qui m'avait aimée mais ne m'avait touchée qu'avec respect. Mr Phil, qui avait connu bien avant moi le prix de la différence de peau…

Je pouvais faire demi-tour à présent, tourner le dos aux foules, aux femmes qui lavaient sur la berge, et revenir à Cradock House, retrouver les restes de mon ancienne vie. Ou je pouvais me tourner de l'autre côté et miser sur les chances d'un avenir dans le township pour Dawn et pour moi. Dans le premier cas, je trouverais un lieu où mon désir d'appartenance serait comblé. Dans le second, je continuerais à me battre pour me faire accepter – partiellement. Dans le premier, je risquais d'exposer Madame à la honte, et à la loi. Dans le second, sa vie et celle du maître continueraient comme par le passé. Mr Phil m'aurait conseillé d'écrire les pour et les contre pour chaque situation et de choisir ensuite. Mais certains arguments ne pouvaient qu'être chuchotés. Et quant aux autres, je ne pourrais me décider qu'après les avoir mis à l'épreuve de l'expérience : ma présence et celle de Dawn allaient-elles séparer Madame et le maître, empoisonner l'air de Cradock et gâter le souvenir de tout ce qui s'était passé autrefois ? Ne pourrais-je plus jamais me sentir chez moi à Cradock House ?

Où le maître se situait-il dans tout cela ?

Et si je pouvais imaginer une vie future qui prendrait le meilleur de Cradock House et du township, en serait-il de même pour Dawn ? Ne serait-elle pas mieux à grandir dans le township où, avec un peu de chance, sa couleur de peau n'entraînerait rien de plus grave qu'une réflexion désobligeante ou une bousculade dans la rue ? Lindiwe lui manquerait, ainsi que les visites-surprises de Jake. A moi aussi. Si nous retournions à Cradock House, Dawn ne se trouverait-elle pas – tout comme moi – isolée, et peut-être exposée elle aussi aux dangers des nouvelles lois ?

Lindiwe, elle, ne voyait que l'aspect matériel. L'apartheid dressait peut-être des barrières entre Noirs et Blancs, mais quand la survie était en jeu, il n'y avait qu'un chemin à prendre.

— Une proposition en or ! s'est-elle écriée après le départ de Madame.

Celle-ci avait franchi avec précaution le seuil de la cabane et son élégante silhouette en robe s'était éloignée, escortée par un jeune homme, un paroissien de l'église de Bree Street, qu'elle avait payé pour me retrouver.

— Tu pourras encore faire tes cours, a-t-elle poursuivi en ouvrant tout grands ses bras vigoureux dans la cabane. Et tu imagines ! Tu auras ton *kaia* rien qu'à toi !

J'ai hoché la tête. Oui, j'aurais un endroit à moi. Peut-être pas mon ancienne chambre, à cause des lois qui interdisaient aux Blancs et aux Noirs d'habiter ensemble, mais au moins le *kaia* où Dawn pourrait se tenir à la porte en regardant l'eau faire des flaques à ses pieds quand il pleuvrait, ou écouter les gouttes tambouriner à travers l'acacia qui étendait ses branches au-dessus du toit en tôle.

— Vous aurez à manger et de quoi soigner Dawn si elle tombe malade ! a ajouté Lindiwe avec enthousiasme.

Elle m'a pris la main et j'ai senti sa paume calleuse et gercée par les lavages.

— Ada, la révolution, c'est pour les gens en colère comme Jake. Toi, tu as un enfant à élever…

— Mais le maître est le père de mon enfant, ai-je bégayé.

C'était la première fois que je prononçais ces mots depuis que je les avais dits devant le bon docteur avant d'apprendre le fardeau de l'hérédité. J'ai jeté un rapide coup d'œil à Dawn, elle dormait profondément dans son carton. Ma fille ne m'avait même pas entendue prononcer ces mots, quand je lui racontais ma solitude intérieure, le soir avant de m'endormir. Le maître est le père de mon enfant. Je le sais, Madame le sait et Lindiwe aussi, maintenant.

— Je le sais bien, a répondu Lindiwe en regardant Dawn elle aussi.

— Comment ça ?

La panique a surgi une fois encore. Comment pouvait-elle le savoir ? Qui d'autre était au courant ? Quelqu'un avait-il découvert la vérité à l'école ?

— J'ai deviné, a repris Lindiwe en tendant une main pour saisir la mienne et la serrer avec douceur. Et je l'ai vu dans tes yeux, là, tout de suite.

Elle m'a pressé la main à nouveau.

— Ada, cette fois-ci, tu n'auras pas à obéir.

Je l'ai regardée fixement et ai eu envie de pleurer.

— Sauf si tu le souhaites.

— Non !

Pourtant, le voilà qui surgissait, le soupçon, même chez mon amie : j'aurais souhaité les attentions du maître, je l'aurais provoqué pour qu'il couche avec moi… Est-ce que toutes les femmes qui sont prises de force ou qui cèdent par obéissance ont à supporter cette suspicion ? Maman a-t-elle été exposée à des critiques l'accusant de s'être jetée à la tête d'un jeune homme sans songer aux conséquences ? D'être la seule responsable ? Avait-elle eu à subir ces critiques de la part du maître, explicites ou non, pendant qu'elle m'attendait ?

— Tu as peur qu'il te veuille à nouveau ?

Lindiwe avait parlé à voix basse, car des pensées pareilles ne pouvaient qu'être chuchotées.

— C'est défendu par la loi, ai-je répondu.

J'étais soulagée qu'une telle loi existe, même si elle était source de chagrin pour ceux qui aimaient sincèrement une personne d'une autre couleur.

— Et cette fois, je serais courageuse. Cette fois, je dirais non.

J'ai écouté les mots que j'aurais dû prononcer à l'époque tomber dans l'espace paisible entre nous deux. Il faisait frais dans la cabane à présent, le toit de chaume perdait sa chaleur en silence à la différence du toit en métal de Cradock House, dont les craquements vous réveillaient la nuit ou interrompaient vos conversations.

Pourquoi n'ai-je pas dit non la première fois ? Pourquoi ai-je cru que je n'avais d'autre choix que d'obéir ? Même si l'obéissance et la loyauté se trouvent souvent dans des camps opposés, cela ne signifie pas pour autant que l'une doit être sacrifiée à l'autre. Et si mon obéissance et ma loyauté avaient été envers Dieu le Père – comme elles auraient dû l'être –, alors, je n'aurais pas eu à faire un tel sacrifice, je n'aurais pas eu à choisir entre le maître et Madame. J'aurais pu suivre la voie de Dieu et Il m'aurait dit de refuser. Et pourtant, même sans emprunter la voie de Dieu, pourquoi m'avait-il fallu tant de temps et d'épreuves pour apprendre que j'avais le droit de refuser aussi en mon nom propre ? Même au risque de perdre mon travail, ma maison…

J'apprends, j'apprends.

J'ai soulevé la bouilloire du réchaud et j'ai versé le thé dans deux tasses. Il nous restait encore un petit peu de lait et je l'ai reniflé avant de l'ajouter pour m'assurer qu'il n'avait pas tourné. Lindiwe a bu à petites gorgées dans l'ombre qui s'épaississait. Au bout d'un moment, elle a murmuré :

— C'est une femme intelligente, ta maîtresse, je trouve. Elle ne te proposerait pas une place si elle n'était pas sûre que ton maître te laissera tranquille. Et la seule façon qu'elle a eue de s'en assurer, c'est d'en avoir parlé avec lui.

Je l'ai dévisagée.

La perspicacité de Lindiwe me prenait toujours au dépourvu. Elle lisait dans les esprits et découvrait les désirs cachés comme personne. Il lui avait suffi de voir Madame une seule fois pour prendre sa mesure.

J'ai réfléchi à haute voix.

— Il a dû y avoir une négociation, sans doute ? Une négociation sans argent… un marché, comme quand on propose de laver gratis contre de la farine et du sucre. Qu'est-ce que Madame a proposé pour lui faire accepter un marché pareil ?

— Eh bien, pardi ! Tu viens d'en parler : elle l'a menacé de le dénoncer ! a répondu Lindiwe avec un sourire ironique, en levant les pieds pour les mettre sur une pile de linge sale.

Suffoquée, j'ai posé ma tasse par terre avec des doigts tremblants.

— Mais enfin, ce serait honteux de faire une chose pareille, non ? S'il allait en prison, Madame perdrait tout : sa famille, ses amis, son entrée dans les réunions mondaines...

— Mais elle aurait la sympathie des gens, m'a coupée Lindiwe, tandis que ton maître serait déshonoré à jamais.

Je me suis levée pour me poster sur le seuil. Des nuages minces mêlés à de la fumée voguaient devant le visage de la lune. Dans la cabane en face s'élevait le son d'une guitare qu'on grattait furieusement et une voix a commencé à chanter faux. Je me suis retournée et j'ai demandé :

— S'ils ont fait un marché pareil, quel est l'avantage pour Madame ?

— Ton retour avec Dawn, a simplement répondu Lindiwe. Cette maîtresse est une femme juste, elle se sent responsable et elle veut vous donner un meilleur avenir, à Dawn et à toi. Et puis...

Elle a hésité et je lui ai fait signe de continuer.

— ... peut-être qu'elle se sent seule, comme toi.

Elle m'a souri avec douceur : Lindiwe lisait toujours dans mon cœur.

— Et il ne doit plus rester grand-chose entre elle et ton maître à présent.

J'ai regardé mon amie, et j'ai admiré le trajet sinueux et pénétrant de son discernement, la façon dont elle avait calculé les conséquences de la négociation de Madame, et deviné son résultat, alors qu'elle ne s'appuyait que sur des suppositions.

Edward a commencé par nier.

Ce n'est que quand j'ai pleuré et lui ai dit que l'enfant avait ses yeux — les yeux de mon Phil chéri — qu'il a passé une main sur sa figure et reconnu son rôle dans l'affaire. Il a dit que si je voulais demander le divorce, il le comprendrait. Mais nous sommes tous les deux trop vieux, trop enracinés à Cradock House pour renoncer à ce que nous avons construit ici... Edward n'est pas un méchant homme, il est seulement malavisé et stupide comme beaucoup de son sexe, je le sais par expérience. Et je dois avouer que notre estime mutuelle a toujours reposé sur l'affection plus que sur la passion, bien que cela n'excuse en rien sa conduite. Une séparation de cinq ans avant le mariage n'est peut-être pas le meilleur gage de réussite...

Ayant obtenu un compromis provisoire, j'ai laissé passer un certain temps avant d'informer Edward de mon projet.

Il est profondément troublé, mais j'ai beaucoup insisté sur un point : sa responsabilité, la nôtre.

Il a dit que nous nous mettions en danger en logeant chez nous une enfant métisse, et j'ai admis que pour échapper aux ennuis nous devrions parier sur un manque de zèle des autorités, et aussi espérer que nos amis fermeraient les yeux. Toutefois, je lui ai laissé entendre que s'il refusait d'entretenir Ada et son enfant, ou s'il avait envers elle une conduite qui ne soit pas strictement honorable, je ne pourrais pas garantir que son adultère reste un secret.

Demain, je vais dans le township avec un jeune paroissien de Saint Peter, qui dit savoir où se trouvent Ada et sa fille métisse. J'espère qu'elle acceptera.

Pour l'instant, je n'ai rien raconté de tout cela à Rosemary dans mes lettres.

Maintenant que nous y sommes presque, j'aimerais pouvoir affirmer que je suis confiante, mais ce n'est pas le cas.

Comment Edward va-t-il réagir ? Va-t-il considérer cet enfant autrement que comme l'agent potentiel de sa perte ?

Ada et Dawn trouveront-elles ici le bien-être ou juste une autre forme d'isolement ? Pourrai-je jamais pardonner à Edward ?

Ai-je fait le bon choix ?

33

Je n'ai pas écrit la liste des arguments en faveur de mon retour dans mon ancienne maison, ni celle des arguments contre. Quand il s'agissait de Cradock House, la tentation d'avoir le vivre et le couvert pour Dawn, la musique et Madame l'emportait sur tout le reste. Ces avantages pesaient nettement plus dans la balance que tout ce qui s'opposait à ce choix. Assurément, Dieu le Père n'aurait pas laissé Madame venir jusqu'à moi si cela ne faisait pas partie de Son plan pour me ramener là-bas ? Mais je n'ai pas l'habitude de pareilles décisions, ni de la façon raisonnable de les prendre ; et je me demande si Dieu ne nous éprouve pas en nous mettant face à ces choix-là.

Il faisait très chaud le jour où je suis revenue. De jeunes nageurs disputaient la place aux laveuses dans le Groot Vis et jetaient des pierres aux chiens aux yeux jaunes qui fouinaient là où l'eau était peu profonde. Lindiwe avait retardé son départ pour nous dire au revoir. Elle a essuyé le visage moite de Dawn avant que nous ne la quittions et a promis que sa cabane – ou l'une de celles qu'elle prévoyait de construire comme propriétaire – serait toujours à notre disposition si nous avions besoin de revenir. Dieu a vraiment été généreux lorsqu'Il m'a donné Lindiwe comme amie. Sa force est devenue la mienne. Néanmoins, j'ai eu le corps secoué de tremblements quand nous nous sommes fait nos adieux.

J'ai regardé le visage confiant de Dawn, où étaient incrustés les yeux du maître qui ne voudrait sûrement plus de moi. J'aurais dû écouter la voix de Mr Phil à mon oreille, j'aurais dû…

— C'est le bon choix, ai-je dit.

— Ça sera tout à l'avantage de Dawn, a répondu Lindiwe en chargeant sur son dos un paquet de linge.

— Ndwe !

En entendant son nom, Dawn a tendu les bras.

Lindiwe s'est penchée et a frotté son nez contre le sien, un petit jeu familier.

— Il faut saisir l'occasion. Il y en a beaucoup qui aimeraient bien avoir ta chance, a-t-elle ajouté en se relevant non sans mal avec son fardeau avant de me serrer fort le bras.

Jamais je n'aurais cru faire ce trajet en sens inverse. Je ne m'étais aventurée en ville que contrainte et forcée par la maladie de Dawn. Et pourtant, me voilà repartie, mon enfant claire dans les bras tandis que le « Bach du Township » s'estompait dans mon dos. Je retournais dans la maison qui était la mienne jadis et qui le redeviendrait peut-être. Des femmes avec des paquets comme le mien et des bébés sur le dos me frôlaient en se demandant quel coup du hasard, ou quelle cruauté du sort, me poussait à aller dans cette direction. Puis Dieu le Père est arrivé sans crier gare chemin faisant, et le sentiment de nouveauté que j'avais éprouvé le premier jour où j'avais enseigné a commencé à m'envahir et à déborder dans la chaleur de cette journée. Il se réverbérait dans l'eau brune, il surgissait dans les chansons des laveuses. Pleine d'un espoir éperdu, j'ai serré Dawn encore plus fort. Ce devait être cela, Son projet : un avenir nouveau.

Assise sur le *stoep* de Cradock House, Madame m'attendait, vêtue d'une de ses robes crème. Rien n'avait changé. Au-dessus de sa tête, les lianes épaisses du jasmin s'enroulaient sur la pergola et leur parfum entrait par les fenêtres, ouvertes pour capter le moindre souffle d'air. La vieille maison aux murs de pierre pâle et au toit de zinc rouge me regardait monter l'allée, Dawn sur ma hanche – elle était devenue trop lourde pour la porter sur le dos – et ma valise en carton dans une main. Je me suis demandé si la demeure se souvenait de moi comme je l'espérais pendant ces nuits noires du township ; si l'abricotier me portait toujours dans sa sève, si l'escalier et les poignées de porte se rappelaient les fois où je les avais frottés, si le piano avait pour moi des réserves de mélodies à jouer. Si l'âme de maman et celle de Mr Phil me souriaient tandis que je remontais l'allée en pleine chaleur pour rejoindre Madame. Et si j'étais la seule partie de cet ensemble qui avait changé. Ou bien – j'ai frémi à nouveau – si je faisais la plus grosse erreur de ma vie depuis que j'avais ôté ma chemise de nuit et couché avec le maître. Après tout, j'avais un travail au township, j'avais un abri chez Lindiwe, j'avais trouvé un rythme au bruit.

— Gros ! a gazouillé Dawn sur ma hanche. Gros arbres, maman !

J'ai posé ma valise. Madame s'est levée et a descendu les marches.

— Ada ! Quelle joie !

Elle m'a prise dans ses bras et j'ai retrouvé le parfum fleuri que j'avais senti une première fois lorsque j'avais été tout près d'elle, le jour où maman était morte. Madame s'est tournée vers Dawn et j'ai entendu qu'elle retenait son souffle, comme si elle était à nouveau surprise par la ressemblance de l'enfant.

— Elle va se laisser prendre ?

C'était étrange de voir pour la première fois Madame avec la fille du maître dans les bras. J'ai senti chez elle de l'amour pour mon enfant, mais aussi une immense tristesse derrière, comme les larmes cachées derrière le rire quand les soldats partaient à la guerre. Dawn l'a regardée avec les yeux du maître, puis elle a tendu la main vers la broche de Mr Phil que Madame portait au col.

— Joli, a-t-elle dit. Jouet pour Dawn ?

Je n'avais jamais parlé à Dawn qu'en anglais, comme maman le faisait avec moi, sauf quand elle était en colère. Je m'étais dit qu'une bonne compréhension de cette langue serait le passeport qui lui permettrait de sortir du township.

— Attention, a murmuré Madame en se penchant doucement et en attrapant la menotte de Dawn. Tu risques de te piquer. On va vite te trouver des jouets, tu sais !

Nous ne nous sommes pas installées dans notre ancienne chambre de la grande maison à cause de la loi qui interdisait aux Blancs et aux Noirs de cohabiter ainsi. Portant Dawn dans mes bras, je suis passée devant l'abricotier chargé de fruits orange, devant l'arbre corail qui montait la garde à côté de la corde à linge, devant la haie mitoyenne où bourdonnaient des scarabées invisibles, et j'ai posé ma fille par terre dans le *kaia* au fond du jardin, à l'ombre de l'acacia.

Le *kaia* était fraîchement repeint et Madame y avait fait mettre l'ancien lit de maman avec sa couverture, et un lit d'enfant pour Dawn, identique à ceux que j'avais vus en vente dans les journaux et qui coûtaient très cher. S'il n'y avait pas d'eau chaude – on utilisait la salle de bains du rez-de-chaussée – nous avions un lavabo avec un robinet d'eau froide. Et de vraies toilettes avec une chaîne à tirer, ce qui a fait ouvrir à Dawn de grands yeux ravis ; le sol en béton était ciré et avait des reflets rouges. Madame s'était donné beaucoup de mal. Elle avait même accroché des rideaux. Une nouveauté pour Dawn, qui s'est précipitée, a tapoté leurs plis et s'est cachée derrière.

Le *kaia* était plus grand que la cabane de Lindiwe. Nous y serions seules, Dawn et moi. Jamais je n'aurais cru retrouver un tel luxe.

— Merci, Madame, ai-je dit.

Je me suis assise sur le lit moelleux, et j'ai laissé l'harmonie d'autrefois m'envahir. J'avais oublié la sensation d'avoir un tel refuge, et d'être l'objet d'une gentillesse aussi généreusement dispensée. Pas de cacophonie dans mes oreilles, pas de fumée dans ma gorge, pas de foule d'inconnus dévisageant Dawn à cause de sa peau, pas de crainte de me faire voler ni de devoir me servir d'un rayon de bicyclette.

— Ne me remercie pas ! a répondu Madame d'une voix un peu rauque. Dawn et toi le méritez. Et maintenant, a-t-elle poursuivi d'un ton plus ferme, je crois qu'il est temps de cesser de dire « Madame ». Je suis sûre que tu trouveras une autre façon de m'appeler.

Mr Phil m'avait dit une fois de ne plus l'appeler « Monsieur », mais je n'avais jamais réussi à prononcer son prénom, sauf en pensée. Dina disait qu'un jour nous appellerions tous les Blancs par leur nom – après qu'une guerre de libération aurait balayé le pays. Mais pour l'heure, une petite libération avait lieu à Cradock House.

Je trouverais une nouvelle façon de m'adresser à Madame. Un titre entre Madame et Cathleen, qui manifesterait du respect, mais prendrait en compte aussi le moment où, dans la grande salle de l'école, nous nous étions parlé, elle et moi, de femme à femme pour la première fois. Peut-être pourrais-je l'appeler Mrs Cath.

— Tu es libre d'aller et venir à ton gré, en fonction de tes cours.

Et le maître ? voulais-je demander. Malgré la conviction de Lindiwe, persuadée qu'il y avait eu un compromis entre et Madame et lui, comment en être sûre ? Ma force acquise dans le township suffira-t-elle s'il essaie de me toucher ?

Mais d'abord et avant tout, il y avait le piano. Pendant que Madame tenait Dawn dans ses bras, j'ai couru dans le salon, j'ai relevé le couvercle du Zimmermann et caressé les touches, dont j'ai senti l'élasticité après la mollesse de celles du piano à l'école. Je suis restée assise un moment, à attendre qu'il se souvienne de moi et que la musique me retrouve.

— Allez, Ada, du Chopin ! a dit Madame gaiement. Le *Prélude de la goutte d'eau* ?

J'ai donc commencé, et j'ai vu que Madame approuvait, car chaque note est tombée sur Cradock House avec autant de douceur que par le passé. Cependant, pour moi, la version jouée à l'école le jour où je cherchais un travail l'emportait sur celle d'aujourd'hui, car elle avait parlé avec une passion que je ne pourrais jamais égaler. J'ai compris alors que la musique – la vie peut-être ? – dépend moins de la qualité de l'instrument ou de l'interprète que de l'intensité mise à son exécution.

J'ai enchaîné avec la *Marche turque* entraînante de Mozart, puis une sonate de Beethoven et une arabesque de Debussy…

Dawn a réagi à la musique de la seule façon qu'elle connaissait : en frappant dans ses mains et en tortillant son petit corps comme elle avait vu mes élèves le faire. J'ai eu peur un instant que Madame en soit choquée, mais elle s'est mordu les joues pour étouffer son rire devant la petite qui se trémoussait, avant de l'emmener à la cuisine pour lui donner du lait et des biscuits. La musique a continué à s'élever et à descendre sous mes doigts joyeux, et j'ai joué jusqu'à ce que le soleil disparaisse derrière la haie où les insectes se taisaient à présent.

Madame ne s'attendait pas à ce que je me remette aux fourneaux comme je l'aurais fait autrefois. Elle avait même préparé un dîner pour nous ce soir-là, et a annoncé que nous nous répartirions les tâches à l'avenir. Que je n'avais pas à porter de tablier ou de blouse, sauf si je le souhaitais. C'est pourquoi, quand le maître est arrivé, je n'étais pas en train de préparer le repas, mais je me promenais dans le jardin avec Dawn, à guetter le chant des *bokmakieries* qu'elle connaissait seulement par les histoires que je lui lisais dans l'obscurité de la cabane de Lindiwe.

— Où ils sont, maman ?

La main de Dawn s'est crispée dans la mienne sous le coup de l'excitation. Je me suis penchée vers elle.

— Tais-toi et écoute. Il y a des choses qu'on ne voit pas et qu'il faut écouter. Peut-être sont-ils déjà dans leurs nids.

Alors, comme si les oiseaux eux-mêmes nous avaient entendues, leurs appels et leurs réponses ont jailli aux extrémités opposées du jardin.

— On va rester ici pour toujours, maman ?

Il a descendu avec Madame les marches de la cuisine et est passé devant l'abricotier, le dos plus raide et droit que jamais. Je suis restée debout à attendre, gardant la main de Dawn dans la mienne, et je l'ai empêchée de filer à la recherche des oiseaux qui s'étaient tus ; en réalité, je la tenais fermement au cas où il serait venu pour me la prendre.

— C'est ta fille, Dawn, a dit Madame d'une voix calme.

Son visage était pâle ; peut-être avait-elle utilisé plus généreusement que d'habitude la poudre posée sur sa coiffeuse.

Le regard sévère du maître m'a effleurée et s'est arrêté sur Dawn. Je l'ai fixé, essayant de déceler une trace de la honte qui m'avait suivie, moi, mais ne l'avait rejoint, lui, que récemment. A ma grande horreur, car je ne suis pas vindicative, je me suis aperçue que la rage bouillonnait en moi comme l'eau du Groot Vis en crue, car peut-être n'éprouvait-il aucune honte, peut-être se moquait-il éperdument d'avoir tant fait souffrir Madame, et de m'avoir utilisée pour combler la solitude en son absence.

Et alors, j'ai vu.

J'ai vu qu'il avait beau se tenir très droit, son corps s'était ratatiné, il flottait dans le complet sombre avec sa chaîne sur le devant. Ses cheveux séparés par une raie sur le côté étaient devenus tout blancs et ses yeux bleus s'étaient délavés, comme ceux de Madame pendant la maladie de Mr Phil ou les ennuis de Miss Rose à Johannesburg. La honte avait détruit son corps, comme elle avait failli détruire mon esprit. Cet homme flétri, je l'ai compris, n'était plus qu'une coquille vide. Il n'avait plus aucun droit sur moi. Je n'aurais aucun mal à le repousser. J'ai desserré la main qui tenait celle de Dawn.

— Maman ?

Elle a levé les yeux vers moi, ne comprenant pas pourquoi nous restions ainsi dans le jardin à nous dévisager sans mot dire.

Le maître a pris la parole d'un ton distant. Sa voix ellemême avait faibli.

— J'ai accepté de subvenir aux besoins de Dawn, Ada. A condition qu'elle ne sache pas la vérité. Et tes amis ne doivent rien savoir non plus.

J'ai jeté un coup d'œil à Madame, elle a gardé le silence. Les *bokmakieries* ont recommencé à se répondre, l'un sur le toit, l'autre dans la haie.

— Maman ! s'est écriée Dawn, le doigt tendu, tournant sa tête d'un côté, puis de l'autre, pour suivre le chant des oiseaux.

Elle n'avait jamais entendu que les ibis bruns le soir dans le township, ou jamais vu que des corbeaux se disputer les ordures dans les rues.

— Je ne dirai rien, Monsieur. Mais je ne peux pas cacher Dawn.

Il y a eu un silence.

— Elle pourrait aller à l'école de la mission, a-t-il repris.

— Mais, Edward, il n'a jamais été question de… a coupé Madame, tendant une main vers lui, les yeux écarquillés par l'angoisse.

Je suis intervenue, sentant à nouveau la colère monter en moi.

— C'est l'école à laquelle vous pensiez pour moi, mais maman n'a pas voulu me laisser aller si loin.

J'ai regardé le maître en face, mais il a refusé de croiser mon regard ; il ne voulait pas voir la mère de l'enfant.

— Je ne veux pas que Dawn aille si loin, moi non plus, ai-je poursuivi. Elle ira à l'école du township avec moi.

— Les bras, les bras ! a dit Dawn en tendant les siens.

Je me suis penchée pour la prendre. Alors, le maître m'a bien regardée cette fois, comme s'il remarquait quelqu'un d'invisible jusqu'à présent. C'était la première fois que je le contredisais, la première fois que j'avais parlé avec ma voix propre et non celle d'une domestique.

— Bien sûr. C'est la meilleure solution, est aussitôt intervenue Madame.

Elle a jeté à son mari un coup d'œil empli d'une froideur que je n'avais encore jamais vue chez elle. Madame est peut-être devenue plus forte, elle aussi.

— Comme tu voudras.

Il a hoché la tête et tourné les talons.

J'ai senti Dawn passer ses bras autour de mon cou.

— *Thula thu'*, a-t-elle commencé à chantonner, comme pour se joindre au chœur des oiseaux, *thula thu'*…

— Monsieur… ai-je articulé.

Mais il s'éloignait déjà.

N'allez-vous pas saluer votre fille, Monsieur ? Même si elle ne doit jamais savoir que vous êtes son père, n'allez-vous pas la saluer ? N'allez-vous pas voir que c'est un bel enfant ? Que je me suis bien occupée d'elle ? Madame a effleuré mon épaule et a suivi le maître à l'intérieur.

Sans doute étais-je sotte. J'aurais dû m'attendre à ce qu'il marque ses distances par rapport à Dawn. Après tout, il fallait prendre la loi en compte. Cela ne rimait à rien de reconnaître devant la petite qu'il était son père. Pourtant, quelque chose d'autre m'avait frappée chez lui, qui se cachait derrière son visage fermé, derrière sa réticence à accueillir son enfant, derrière son apparence physique diminuée. Il m'a fallu un certain temps pour comprendre ce dont il s'agissait. Cela m'a tracassée pendant tout le repas, que j'ai pris seule dans la cuisine avec Dawn qui jacassait comme une pie pendant que le maître et Madame dînaient dans la pièce voisine dans un silence gêné. Cela m'a tracassée pendant la vaisselle, pendant que je suspendais les torchons dehors sur le fil, dans la lumière familière du soir d'un violet tendre.

J'ai compris plus tard, une fois étendue dans le *kaia* en écoutant l'acacia taper contre le toit métallique, à regarder Dawn enfin endormie dans son beau lit. J'attendais le hululement du hibou dans l'arbre corail, et je me suis demandé si j'avais pris la bonne décision en revenant. Cette expression, je m'y étais habituée dans le township, mais je ne l'avais jamais vue à Cradock House auparavant.

C'était du dégoût. Le maître avait regardé Dawn avec dégoût, cette version aggravée de la consternation qu'il avait manifestée face au lien qui nous unissait, son fils et moi. Du dégoût, comme celui de tatie, de Silas, des gens qui dans la rue se détournaient de la preuve de ma faute. Madame ne le percevait pas. Elle ne le reconnaissait pas sur le visage du maître. Et tant mieux, car cela l'aurait blessée encore plus qu'elle ne l'était déjà.

Comment un homme pouvait-il regarder son propre enfant, son propre sang, avec les yeux d'un étranger ? Comment était-ce possible que son cœur reste muet face à sa propre fille ? C'est alors que je me suis souvenue de ce que m'avait dit Lindiwe le jour où Dawn était née. Elle avait dit que Dieu n'était pas comme l'homme blanc. Qu'il ne haïssait pas Dawn à cause de mon péché. J'aurais dû m'attendre à la réaction du maître. J'aurais dû m'attendre à ce qu'il se détourne de sa fille. J'aurais dû m'attendre à son dégoût.

Pour les Blancs, le pouvoir de séparation de la couleur de peau est manifestement plus fort que les liens de sang les plus étroits.

34

En bref :

Ada est revenue avec Dawn. La première rencontre avec Edward a été tendue, mais ce pas a été franchi.

La petite est très mignonne et avoir de nouveau Ada auprès de moi, c'est comme retrouver une fille bien-aimée.

La loi nous laissera-t-elle en paix ? Et nos amis ?

Je dois prendre chaque jour comme il vient.

Je ne peux rien raconter de cela dans les lettres que j'envoie en Irlande.

— Ada ! Ada !

Mrs Pumile a agité une main à travers la haie quand je suis sortie du *kaia* ce premier matin, après une nuit où Dawn et moi avions dormi profondément. Un lit moelleux, pas de cris venant des baraques voisines, pas besoin d'aller chercher de l'eau dès l'aube avec le poids de Dawn sur mon dos.

— Où t'étais ? Ta maîtresse s'en est fait, du souci !

— J'étais partie… ai-je commencé

— Maman ?

Dawn s'est laissée glisser sur les marches devant le *kaia* et a couru vers la haie pour voir à qui je parlais.

J'ai attendu. Pour une fois, Mrs Pumile a été à court de mots. A travers la haie, j'ai vu ses yeux exorbités, sa bouche grande ouverte. Je devinais ce qui se passait dans sa tête pour comprendre ce qu'elle avait sous les yeux. Je l'ai vue déglutir et se passer la langue sur les lèvres.

— C'est… ?

Elle a tendu l'index vers la maison.

— C'est… ?

— Oui.

— Et toi ?

— Je suis professeur, maintenant, Mrs Pumile. Dans la cité noire.

Elle a regardé fixement Dawn, sa peau claire, ses yeux bleus comme le ciel du Karoo au petit matin.

— Pas Ndwe, a crié Dawn en montrant la haie.

— Non, ai-je répondu en la soulevant pour la prendre dans mes bras. C'est Mrs Pumile.

— Umile, a dit ma fille, avec un sourire qui découvrait deux dents.

Comme tous les proches confrontés à ma honte, Mrs Pumile a hésité quelques instants entre la condamnation et la sympathie.

— Ta maîtresse t'a proposé de revenir ?

Je voyais bien qu'elle avait du mal à admettre qu'une maîtresse blanche puisse être assez indulgente pour accueillir chez elle la femme noire avec laquelle son mari avait fauté…

— Oui. Elle veut offrir un bon avenir à Dawn.

— Ta maîtresse pourrait donner des leçons à bien d'autres, a dit Mrs Pumile après un silence. Contente de te revoir ici, Ada.

Elle a tendu la main à travers la haie pour saisir la mienne.

— Mais surtout, évite de montrer la petite ! Cet apartheid ne nous laisse jamais en paix. Cache-la, que les visiteurs ne la voient pas, a-t-elle sifflé en se penchant en avant.

On a appelé Mrs Pumile de la cuisine. Elle a remis son *doek* d'aplomb et a lancé par-dessus son épaule :

— J'arrive, Madame !

Elle s'est retournée ensuite vers moi et a agité un doigt.

— Cache-la, Ada, cache-la bien.

Mais il n'était pas possible de cacher Dawn. Tous les jours, je descendais Church Street et traversais le Groot Vis pour aller travailler à l'école. Tous les jours, Dawn venait avec moi : ou je la portais sur ma hanche, ou elle trottinait à ma hauteur. Pourtant, ce que je redoutais le plus – être arrêtée pour avoir commis la faute de coucher avec un homme blanc et avoir eu un enfant de lui – ne s'est pas produit. Les policiers qui stationnaient devant leur commissariat près de la place du marché n'ont pas prêté attention à la différence de couleur entre ma fille et moi. Et si cette couleur provoquait beaucoup de commérages et d'insultes dans les rues du township, dans la partie blanche de Cradock, on réagissait très peu. Les gens remarquaient l'enfant, mais détournaient vite les yeux. Je me suis rendu compte que c'était un comportement que je connaissais bien : ils ne voulaient pas voir la couleur de Dawn. S'ils ne la voyaient pas, elle n'existait pas vraiment. Comme lorsqu'ils avaient détourné les yeux pour ne pas nous voir marcher côte à côte, Mr Phil et moi, et nous arrêter sous l'arbre où il m'avait dit qu'il m'aimait : ainsi, cela ne s'était pas vraiment produit.

Les commerçants de Church Street, dont j'avais lu les enseignes, les employés de la poste où j'avais expédié les lettres de Madame pendant tant d'années, le boucher chez qui j'allais acheter la viande de la famille – et où je cherchais toujours du regard Jacob Mfengu –, tous ces gens-là nous voyaient et détournaient les yeux. Jamais ils ne répondaient au sourire de Dawn qui leur faisait bonjour de la main. C'était comme si elle n'existait pas. Pour sa part, Dawn adorait charmer les étrangers, et elle devait se demander dans sa tête d'enfant pourquoi on l'ignorait. Car elle ne se doutait pas qu'elle n'avait sa place nulle part. Elle ne se doutait pas qu'elle flottait entre deux mondes, comme l'eau brune du Groot Vis qui sépare Blancs et Noirs. Petite, Dawn avait la chance de ne pas distinguer les couleurs. La façon dont le maître ignorait Dawn dans l'enceinte de Cradock House ne variait pas, elle non plus. Si je ne m'attendais pas à ce qu'il la prenne dans ses bras, j'espérais qu'il se radoucirait, qu'il aurait à l'occasion un geste gentil. Mais non. Dawn était un rappel permanent de sa faute, l'expression vivante de son dégoût. Une blessure interne qui le rongerait comme les souvenirs et les fantômes de la guerre avaient rongé Mr Phil jusqu'à ce qu'il ne reste plus rien de lui. Je me demande encore aujourd'hui si le maître reconnaissait cette blessure en lui. Je me demande s'il savait qu'elle le dévorait.

Je voyais cette plaie chez lui, mais il la cachait soigneusement à Madame. Presque tous les soirs, elle était assise bien droite sur sa chaise en face de lui, et jamais elle ne la remarquait sur son visage ni ne l'entendait dans ses propos, car ils s'entretenaient de choses ordinaires. Derrière la fente de la porte, je les entendais parler de Dawn de temps à autre. Le maître le faisait avec détachement, comme s'ils discutaient des talents de Mr Phil sur le terrain de cricket, ou du peu d'enthousiasme de Miss Rose à apprendre le piano, ou, toutes ces années auparavant, de mon éducation qui pouvait provoquer des ennuis plus tard. Devant son impassibilité, Madame refrénait ses propres sentiments. Jamais elle ne pleurait, jamais elle n'accusait ni ne regardait par la fenêtre comme si elle cherchait à voir l'Irlande. Le temps des larmes et des accusations était passé. Ce qui restait entre eux, c'était du vide.

Un vide pire que celui d'avant. Un vide qui serait apparu, je crois, même si j'étais restée dans la cité noire et si Dawn n'avait pas été chaque jour devant les yeux du maître – car une trahison telle que la sienne ne peut jamais être effacée.

Ensuite, le maître prenait ses journaux et Madame allait s'installer au piano pour jouer des nocturnes sans danger : des morceaux paisibles, mesurés, qui emplissaient la maison de façon feutrée sans résonner dans votre esprit le lendemain. Néanmoins, des sujets extérieurs à Cradock House nous emplissaient l'esprit, bien que nous n'en parlions jamais.

35

L'apartheid s'est annoncé en grosses lettres noires comme celles qui avaient été utilisées pendant la guerre précédente. Il a rempli le *Midland News* et dominé les affiches à l'extérieur de la maison de la presse. Pour moi, il s'exprimait dans les paroles du courageux révérend Calata qui se battait pour les siens, dans celles du pasteur au bas de la colline, qui réclamait la libération, et dans le contact d'un rayon de bicyclette sous mes doigts tremblants. Pour le maître, il avait le visage d'une enfant métisse, d'une loi transgressée qui vous faisait passer dans le mauvais camp d'une guerre.

Mrs Pumile avait raison. L'apartheid ne nous laisserait jamais en paix. Nous en étions prisonniers, tous, que nous le voulions ou non. Des fautes commises dans le passé pouvaient déchaîner leurs conséquences à nouveau, à bien plus grands frais. La blessure intérieure du maître n'avait pas seulement à voir avec le dégoût, mais aussi avec la peur.

— Tu as de la chance, Mary, de trouver quelqu'un qui te loge et te laisse aussi enseigner, a lancé Dina en se penchant au-dessus du piano comme je finissais la marche du matin.

— Oui, ai-je dit en débitant une réponse que j'avais préparée, cette maîtresse a connu mon ancienne maîtresse.

Je n'avais pas le choix, il fallait que je mente encore une fois. Un jour, Dawn ne serait pas dupe de ces mensonges, elle non plus. Un jour, il faudrait que je lui dise la vérité. J'ai posé une main sur sa tête pendant qu'elle jouait à mes pieds avec un petit clown de Mr Phil que Mrs Cath, comme je l'appelais maintenant, lui avait donné.

— Cette maîtresse n'a pas besoin que je fasse beaucoup de travaux ménagers.

— Tu as le chic pour trouver les seuls Blancs généreux qui existent, a déclaré Dina en levant les sourcils.

— Confiture ? a questionné Dawn en tirant sur la jupe de Dina. Didi a la confiture ?

— Pas aujourd'hui, petite coquine, demande à ta nouvelle maîtresse ! a répondu Dina en riant, mais d'un ton narquois.

Il n'y avait chez Dina pas d'arrière-pensées mesquines ou jalouses. Elle était simplement soupçonneuse, et trouvait bizarre que j'aie eu autant de chance. Un *kaia* à moi, une maîtresse qui m'entretenait avec ma fille, en demandant très peu de travail en retour, l'occasion de fuir le township surpeuplé, ce qui, secrètement, n'aurait pas déplu à Dina malgré le mépris qu'elle affichait pour les maîtresses, les domestiques et la nécessité pour ces derniers, pensait-elle, de s'aplatir devant les premières.

Mr Dumise aussi était soupçonneux. Il m'a arrêtée dans le couloir, remarquant la nouvelle jupe et le nouveau corsage que Mrs Cath avait posés un jour sur mon lit dans le *kaia*. La jupe était bleu foncé et le corsage blanc – elle en avait acheté deux – et c'étaient les premiers vêtements d'adulte que j'avais jamais eus, mis à part ceux pour l'enterrement de Mr Phil. Miss Rose elle-même n'aurait pas dédaigné de porter cette tenue.

— Vous allez bien, Mary ?

— Oui, monsieur, ai-je répondu. Et j'ai eu de la chance.

Il a hoché la tête, et a regardé dans le couloir comme s'il vérifiait qu'il n'y avait personne.

— Vous n'avez pas de nouveaux ennuis ?

Je l'ai regardé fixement pendant quelques instants, me demandant si je devais tout lui expliquer, la relation avec Mrs Cath, le nom de Mary au lieu d'Ada. Mais quelle était l'importance d'un prénom ? Ce n'était qu'une petite tricherie en comparaison de ce que j'avais déjà fait en cachant la couleur de Dawn jusqu'à sa naissance.

— Je n'ai pas d'ennuis, monsieur. Mrs Harrington m'a offert un toit.

Il m'a dévisagée, et j'ai senti qu'il faisait le bilan de tout ce qu'il savait de moi : mon arrivée à l'école, enceinte, l'explication que j'avais donnée sur la personne qui m'avait appris la musique, la couleur de Dawn à sa naissance, l'absence de mari. A cela s'ajoutait l'émotion de Mrs Cath lorsqu'elle m'avait vue, suivie quelque temps après par l'amélioration de ma situation et de mes vêtements. Tout cela indiquait que cette famille n'était pas seulement celle qui m'employait depuis toujours, mais celle du père de Dawn.

— Un toit ? a-t-il répété.

Mr Dumise était un homme bon. Il voulait s'assurer qu'on ne m'avait pas forcée à reprendre des relations avec le maître de maison. Il voulait s'assurer que le *kaia* et les vêtements ne représentaient pas le prix de ma corruption.

— C'est gentil de vous en inquiéter, monsieur, mais je n'ai plus rien à craindre, ai-je dit en relevant la tête tandis que le sang me montait au visage.

— Alors, saisissez votre chance, Mary, et tenez-la bien. De telles aubaines sont rares.

Lindiwe m'a conseillé de ne donner aucune explication à mes collègues sur mon changement de situation.

— Pourquoi les mettre au courant ? Ils se sont détournés de toi à cause de Dawn, ils n'ont pas à juger de ce qui est bien ou mal.

Jake, qui a surgi soudain un jour à côté de moi sur le pont, contre toute attente, n'a fait aucun commentaire sur mon déménagement. J'ai été soulagée. J'avais craint qu'il ne critique ma nouvelle vie. Je ne voulais pas perdre son amitié. Il a dit au contraire que retourner vivre à Cradock House était une façon d'obtenir une « compensation » pour ce qui s'était passé.

Plus tard, j'ai regardé la définition du mot dans le dictionnaire, et j'ai vu qu'il signifiait un paiement pour un dommage ou une perte subis. Si c'était bien cela, mon retour à

Cradock House était tout le paiement dont j'avais besoin, bien que rien ne puisse jamais compenser pour Dawn un père qui ne la voit pas et une peau qui n'est ni blanche ni noire.

— Mais il y a des risques, a ajouté Jake, en perchant Dawn sur ses épaules, où elle s'est mise à pousser des cris aigus et ravis.

— Plus haut, plus haut ! a-t-elle insisté en se cramponnant à ses cheveux. Dawn peut toucher le ciel ?

Des passants nous ont hués. Un homme a craché par terre en nous dépassant.

— Je suis au courant des lois, ai-je répondu à Jake, heureuse de pouvoir parler à quelqu'un au lieu de me cacher derrière mon écheveau de mensonges. Je risque la prison, le maître aussi. Mais Mrs Cath a dit que si nous étions discrets, ça n'arriverait pas.

J'avais déjà pensé à la possibilité de l'emprisonnement. C'était une situation que j'avais envisagée avant de quitter la cité noire. Si jamais j'étais arrêtée, Dawn ne pourrait être mieux qu'à Cradock House, où Mrs Cath s'occuperait d'elle.

Jake m'a touché le bras.

— Il court plus de risques d'aller en prison que toi.

Je me suis arrêtée. Lui aussi.

— Regarde, maman, comme je suis grande !

Dawn sautait sur les épaules de Jake, hélant les passants et leur faisant des signes de main ; mais ils l'ignoraient. Sous nos pieds, le Groot Vis était réduit à un filet d'eau par la chaleur de l'été, et on entendait le chant des laveuses qui accompagnait en sourdine le bruit de la rivière.

— Et pourquoi ? ai-je demandé.

Car enfin, le risque serait égal ou même plus grand pour moi, non ? La loi pourrait supposer que j'avais provoqué le maître pour qu'il couche avec moi.

— Ada, ma chère Ada, a murmuré Jake, la faute de l'homme blanc est plus importante parce qu'elle est plus publique. La chute de l'homme blanc est plus dure que celle de la femme noire. Les journaux montent sa faute en épingle, a-t-il conclu avec une grimace.

C'était un angle de la situation que je n'avais pas envisagé. Je croyais que si la loi frappait, elle le faisait de manière égale pour tous. Le maître et moi serions punis. Mrs Cath resterait en dehors de cette déchéance. Il ne m'était jamais venu à l'esprit que le maître serait le seul à subir les conséquences de son acte. La compensation dont Jake avait parlé et que j'avais acceptée pouvait se retourner contre le maître, l'envoyer en prison tandis que je ne serais pas inquiétée. Mrs Cath avait-elle vraiment compris cela quand elle m'avait offert un toit à nouveau ?

Le passé ne suffit jamais si vous êtes en quête d'un avenir. Il fallait maintenant que je greffe ce qu'il y avait de meilleur dans la cité noire – mes élèves turbulents, la musique que je leur apprenais, Lindiwe et mes quelques amis – sur le refuge que représentait Cradock House. Et c'est la musique qui a servi de pont entre les deux moitiés de ma vie, comme elle l'avait toujours fait. Le tapage de mes élèves déchaînés chantant et dansant, le « Bach du Township » qui m'enveloppait chaque fois que je traversais le Groot Vis résonnaient à l'arrière-plan quand je jouais sur le Zimmermann les morceaux classiques qui mettaient mes doigts au défi et me trottaient ensuite dans la tête pendant des jours, comme s'ils se réjouissaient eux aussi d'être rentrés à la maison. J'ai commencé à déplacer les frontières : à jouer plus de jazz à la maison et plus de Debussy – malgré les défauts de l'instrument – à l'école. Mrs Cath passait la tête à la porte, ses yeux me souriaient et, en voyant Dawn qui tapait dans ses mains et dansait en rythme, elle riait.

Dawn adorait la musique. Cela ne s'exprimait pas au moyen d'un instrument – elle ne s'intéressait pas du tout au piano –, mais avec son corps élastique et ses pieds agiles. La cité noire est devenue sa scène. Si je rentrais chaque jour avec gratitude à Cradock House, ma fille regardait pardessus son épaule ce qu'elle laissait derrière elle. Dawn avait beau adorer sa nouvelle maison, elle dansait au rythme du « Bach du Township », comme si c'était son essence, et non pas seulement la moitié de son héritage. Mais les regrets sont inutiles, comme Mrs Cath le dit souvent dans son journal. Le projet de Dieu pour moi était que j'assure la sécurité de Dawn jusqu'à ce que les méfaits de l'apartheid soient dissipés. J'ai agi pour le mieux. J'ai appris que le seul bénéfice à tirer des erreurs du passé, c'est de savoir ne pas les renouveler.

Et Cradock House nous avait vraiment ouvert les bras. Les *bokmakieries* s'interpellaient aux deux extrémités du jardin, les ibis bruns passaient au-dessus de nos têtes en agitant lourdement leurs ailes dans la chaleur déclinante de la fin de l'après-midi. Dans la cuisine chaleureuse, je sens maman derrière mon épaule, et la voix de Mr Phil s'élève des pages des livres que je lui ai lus jadis. Mrs Cath et moi reprenons notre conversation secrète à travers son journal tandis qu'au rez-de-chaussée toutes sortes de musiques jaillissent du clavier et me traversent les doigts : scherzos et pavanes, études et jazz africain de Miriam Makeba et les Skylarks. Je suis sûre que Phil l'entend et qu'il est heureux que je sois revenue – tout comme je sais avec certitude que, là où il est, il aime Dawn.

Si le monde avait été différent, si la différence de couleur n'avait pas eu d'importance, Dawn aurait pu être notre enfant.

36

Jusqu'alors, la loi nous avait laissés en paix.

Mais pas mes élèves. Sur l'autre rive du Groot Vis et dans la cité noire au-delà de Bree Street, beaucoup de jeunes ont été jetés en prison. Je ne m'en aperçois que lorsque leur chaise reste vide à l'école.

« On les a emmenés ! » crient ceux qui restent.

Et ils dansent avec une énergie frénétique pour masquer la peur que ce soit leur tour la prochaine fois.

On parle d'actions de boycottage. Le dictionnaire explique que c'est le « refus d'avoir des relations avec un pays ou un individu ». Il m'est apparu que c'était ce que faisait le maître vis-à-vis de Dawn et moi. Jake dit que c'est une arme que les Noirs peuvent utiliser contre les boutiques blanches de la ville. Car nous sommes peut-être pauvres, mais il y a beaucoup plus de Noirs que de Blancs dans notre pays et, si chacun cesse d'acheter des marchandises blanches, il y aura une misère blanche. Jake dit qu'il y a de nombreuses façons de faire la révolution.

Le problème des laissez-passer a nourri cette révolution. A côté de la musique et du rythme de ma nouvelle vie, il rôdait, comme le *tokoloshe* de mon enfance, ou une maladie que l'on ne découvre que lorsqu'il est trop tard. Le laissez-passer définit votre identité, et le lieu où vous êtes autorisé à résider. C'est un morceau de papier qui proclame que la couleur de peau est l'élément le plus important de votre personne. Depuis l'échec des manifestations, la police se montrait encore moins patiente. L'absence de laissez-passer signifiait une arrestation immédiate. La cité noire a obéi de mauvaise grâce, mais a sifflé sa haine des hommes à matraque, avec leurs chiens et leur prison à disposition.

— Il va y avoir la guerre à propos des laissez-passer ? ai-je demandé un jour en salle des professeurs, où nous buvions notre thé tandis que Veronica appelait ses poulets « petits, petits ! » par la fenêtre sur la cour.

— Elle a déjà commencé. Regarde, a répondu Dina avec conviction en montrant un journal de la semaine précédente.

Ce dernier faisait état de désordres où l'on brûlait les laissez-passer, et où la police avait battu les contestataires, dans une cité noire près de Johannesburg, une cité bien plus grande que KwaZakhele où les cabanes s'étendaient au-delà de l'horizon.

Un jour où nous mettions des abricots en conserve à la cuisine, je me suis hasardée à demander :

— Est-ce qu'il y aura une guerre, Mrs Cath ? Une guerre à cause des laissez-passer ?

Dawn mettait les noyaux un par un dans un pot en métal en comptant « un, deux, trois », riant chaque fois qu'elle en entendait tomber un nouveau. Mrs Cath s'est arrêtée un moment de préparer les étiquettes : avec sa grande écriture, le « A » d'abricot dépassait en hauteur les autres lettres. Je lui posais rarement des questions concernant ce qui se passait à l'extérieur de la maison, et prenais soin de ne rien dire qui pourrait lui faire regretter mon retour, ou le pardon que, du fond de son cœur, elle avait trouvé la force de me donner. Pourtant, je souhaitais en savoir plus. L'heure était venue.

— J'espère que non. Le gouvernement devrait se rendre compte que cette affaire est déraisonnable et les abolir, mais…

— Mais quoi, Mrs Cath ?

— Il y a des gens qui disent qu'ils veulent une guerre, un affrontement. Je ne peux pas croire qu'ils soient bêtes à ce point, même si l'expérience m'a appris que les hommes peuvent l'être à propos de beaucoup de choses.

Elle a repris sa plume et s'est remise à faire des étiquettes.

— Cela ne nous affectera pas, Ada. Pas à Cradock.

Elle m'a regardée et son regard s'est adouci.
— Tu seras en sécurité ici.
— Ça ne sera pas comme l'autre guerre ?
— C'est quoi, la guerre, maman ?
— Tu as compté tous les noyaux ? ai-je demandé à Dawn en versant des louches de fruits dans les bocaux étiquetés.
— C'est pour moi ? C'est pour moi, la guerre ?
— Oh, non, ma chérie, a dit Mrs Cath en glissant à Dawn une moitié d'abricot. La guerre, c'est seulement pour les soldats.

Elle s'est détournée quelques instants, et a levé sa main vers son cou. Elle ne portait plus l'insigne militaire de Phil en permanence, mais ne pouvait empêcher ce mouvement machinal, même quand elle ne l'avait pas mis.

— Je suis vraiment désolée, Mrs Cath, ai-je murmuré, m'adressant à son dos.

Elle s'est retournée et a pris le bocal que je venais de remplir. Je l'ai regardée fermer hermétiquement le couvercle avec des mains que le piano avait rendues vigoureuses.

— Il y aura des bombes ? ai-je demandé.

Mrs Cath m'a fixée par-dessus les pots luisants et a grimacé un sourire. Le même que celui de Mr Phil dans le jardin, le jour où il avait avoué qu'il avait peur de la guerre, mais qu'il essayait de ne pas le montrer.

— Il n'y a rien à craindre, Ada. Cette guerre-là était un conflit entre les nations ; ici, ce sera juste un désaccord à l'intérieur de nos frontières. Ce n'est pas du tout la même chose. Je vous protégerai, toi et Dawn, a-t-elle dit en me touchant le bras.

En entendant qu'on parlait d'elle à nouveau, Dawn a levé les yeux, les mains pleines de noyaux d'abricots, et nous a souri en gazouillant : « Protéger Dawn ! » Elle a bondi sur ses pieds en jetant les noyaux d'abricots dans le pot. « Protéger Dawn ! Protéger Dawn ! » Elle s'est mise à danser et à se taper les mains sur les cuisses comme le faisaient les jeunes des rues de l'autre côté du Groot Vis. Mrs Cath et moi avons cessé de remplir nos bocaux pour regarder son corps élastique, et chacune de nous s'est émerveillée de son aptitude à traverser la ligne de partage comme s'il ne s'agissait que d'un filet d'eau.

Ainsi, Mrs Cath serait de notre côté si cette guerre-là venait à éclater. Du côté de Dawn et moi, ou du côté de tous les Noirs ? Et le maître ? Le maître qui croyait que les Noirs devaient rester à leur place, mais qui pourtant avait transgressé la loi du pays en couchant avec moi. Je savais à quel point il importait de choisir le bon côté dans une guerre. Dans la dernière, le maître, Mrs Cath et moi, Miss Rose et Mr Phil étions du même côté. Leurs ennemis – les gens qui de l'autre côté de la mer avaient fabriqué notre piano – étaient mes ennemis. Leur angoisse était mon angoisse.

Mais dans cette guerre-ci, qui serait l'ennemi, qui serait l'ami ? Le maître et Mrs Cath étaient-ils déjà dans des camps différents ?

Je suis allée à la banque. J'ai demandé à Mrs Cath de m'y emmener afin d'essayer de comprendre comment ça marche et comment reprendre mes économies le jour venu. Je ne lui avais pas dit que je comptais en profiter pour sortir de l'argent. Mrs Cath a pénétré dans le bureau du maître et trouvé le livret que j'avais cherché en vain avant de quitter Cradock House. J'ai attendu sur le seuil, comme j'avais attendu le jour où Mrs Cath devait rentrer de Johannesburg. Je revoyais le maître, assis derrière le bureau, vêtu du complet sombre qu'elle aimait bien et de la chemise que j'avais amidonnée et repassée, en train de me dire qu'il partait à la gare, car le train serait peut-être en avance. Il n'avait même pas daigné lever les yeux. C'était comme si rien ne s'était jamais passé entre nous. Il faisait comme les Blancs dans la rue, qui détournaient le regard de Dawn pour ne pas avoir à admettre son existence.

J'ai pris le petit carnet relié des mains de Mrs Cath et dit que je le rangerais dans le *kaia* sous mon matelas, où je déposais la nuit mon laissez-passer que je portais maintenant tous les jours sur moi à cause de l'importance accordée à ce document.

— Mais pourquoi, Ada ?

Mrs Cath, penchée sur le bureau du maître, s'est redressée en me regardant avec ses yeux verts inquiets : les papiers importants pouvaient être volés et les *kaias* cambriolés. Mrs Cath ne savait pas que j'avais ouvert dans mon matelas une fente invisible à l'œil.

J'ai mis ma main dans ma poche et senti le livret sous mes doigts.

— Un jour où Dawn était malade, j'ai eu besoin d'argent. Je n'ai pas pu aller à la banque…

La peur dans mon cœur est réapparue en me rappelant sa toux, l'angoisse où je me trouvais de savoir si mes pièces de monnaie seraient suffisantes pour le médicament chez le pharmacien.

Tatie avait eu raison à cet égard : l'argent ne servait à rien s'il restait à la banque. Il n'avait de valeur que quand on l'avait entre les mains. Je ne voulais plus jamais me retrouver dans l'impossibilité d'y avoir accès. S'il arrivait quelque chose à Mrs Cath, je devrais m'adresser au maître, et cela, c'était exclu. Je ne voulais pas me trouver dans une position où je devrais lui demander quoi que ce soit. J'avais aussi décidé que, puisque c'était mon livret de banque, c'était à moi de décider où je le rangerais. Vous voyez comme ma vie dans la cité m'a rendue forte ?

Nous y sommes allées un après-midi après les cours, en laissant Dawn jouer dans le jardin d'à côté sous l'œil d'une Mrs Pumile inquiète. Je l'ai mise en garde à mi-voix :

— Surveillez-la, sinon elle filera dans la maison de votre maîtresse avant que vous ayez eu le temps de dire ouf !

— Je m'arrangerai pour que personne ne la voie, la pauvre petite.

La couleur de Dawn tracassait toujours Mrs Pumile.

— Et demande donc à ma cousine pourquoi elle garde tout le sucre pour elle, a-t-elle ajouté.

C'était la première fois que je pénétrais à l'intérieur d'une banque. Il y avait un long comptoir de bois derrière lequel étaient assis des hommes et des femmes, avec des papiers devant eux. L'endroit sentait l'huile de lin et la cire. J'ai cherché du regard la cousine de Mrs Pumile, dont la tâche était d'encaustiquer le sol, mais je ne l'ai pas vue. Peut-être était-elle en train de préparer le thé qu'elle apportait sur une table roulante avec le sucre que la banque paraissait commander en trop grande quantité. Au plafond de larges ventilateurs tournaient lentement en grinçant et envoyaient dans le cou de ceux qui faisaient la queue des courants d'air frais. Un ventilateur comme ceux-ci n'aurait pas été de trop dans la grande salle de l'école du township. Mrs Cath a expliqué à la dame derrière le comptoir que je possédais la somme indiquée sur le livret.

— J'aimerais en retirer une partie, ai-je dit en montrant mon laissez-passer pour prouver que j'étais bien Ada Mabuse, propriétaire du livret.

Mrs Cath a échangé un regard avec l'employée de banque.

— Ada, ton argent est plus en sécurité ici, tu peux te le faire voler si tu l'as sur toi, a-t-elle objecté.

— Mais lorsque j'ai eu besoin d'argent quand Dawn a été malade, ai-je répété, je n'ai eu aucun moyen d'y avoir accès.

— Je comprends, a dit Mrs Cath en hochant la tête et en posant doucement une main sur mon bras, mais cela ne se reproduira pas.

La dame derrière le comptoir nous observait. Elle portait un corsage rose avec ces manches bouffantes si difficiles à repasser, et dans les cheveux un bandeau assorti. J'ai vu qu'elle était surprise de m'entendre parler anglais, et aussi de la façon dont Mrs Cath s'adressait à moi, d'égale à égale. Elle a écarquillé les yeux quand celle-ci m'a touché le bras.

— Je vous en prie, Mrs Cath, ai-je répondu en rassemblant toute l'audace que j'avais acquise dans le township, j'ai besoin d'avoir de l'argent sous la main.

Mrs Cath a hoché la tête et souri.

— Bien entendu. Cet argent est à toi et tu peux en disposer comme tu veux. Est-ce qu'Ada peut retirer deux livres, s'il vous plaît ? a-t-elle demandé en se tournant vers la dame en rose.

Celle-ci a haussé les sourcils et m'a donné l'argent en comptant les billets. Je les ai roulés dans mon mouchoir que j'ai mis au fond de ma poche. Une fois de retour à la maison, je glisserais le livret et mon laissez-passer dans la cachette que j'avais aménagée dans mon matelas. Maman gardait son argent dans une boîte à chaussures sous le lit, mais Lindiwe m'avait appris que les voleurs regardaient sous les meubles, sous les matelas, les lits. Cela dit, ils ne regardent pas à l'intérieur de ceux-ci.

37

Dawn poussait maintenant aussi vite que la grenadille que Mrs Cath cultivait pour ses fruits violets. A mesure qu'elle grandissait en taille, elle avait deux façons distinctes de se comporter.

La première était réservée à Cradock House, où elle se tenait bien et apprenait à m'aider à faire le ménage, comme me l'avait enseigné maman. Mais chaque jour, une fois le Groot Vis traversé, Dawn se métamorphosait. La petite fille que je connaissais devenait une étrangère. Elle ne recherchait pas la compagnie des quelques enfants métis de la cité – la petite communauté où j'avais espéré qu'elle serait acceptée –, mais fréquentait les jeunes Noirs les plus bagarreurs qu'elle pouvait trouver, comme si sa peau la poussait à affirmer une négritude plus grande que celle de sa naissance.

Dans le même temps, les hommes comme Jake ont commencé à parler non pas de la guerre ni de la révolution, mais de la Lutte. Une lutte où les laissez-passer brûlaient encore, ainsi que les cabanes de Noirs jugés trop peu engagés. La maison du gentil docteur qui avait écrit l'ordonnance à laquelle Dawn devait son salut a été complètement détruite par un incendie afin de signifier que même l'argent des missions était impur. Jake lui-même ne surgissait plus de la foule pour soulever Dawn dans ses bras, et n'apparaissait plus à la porte de chez Lindiwe avec quelques saucisses de chez le boucher. Et il ne venait plus me chercher en bas, près de la rivière.

— Il en fait partie. Il dit qu'il doit quitter le pays pour apprendre le maniement des fusils… Des fusils, Ada ! m'a chuchoté Lindiwe un soir où je prenais un bol de soupe de bonne heure avec elle avant de rentrer à la maison à la tombée du jour.

Tout en réprimant mes craintes pour Jake, j'insistais auprès de Dawn :

— Pourquoi tu ne trouves pas d'autres enfants avec qui jouer ? Il y a la nièce de Lindiwe, Nomse, ou Bongani, qui apprend le piano avec moi.

Dawn rejetait la tête en arrière, fixait sur moi son regard bleu clair et moqueur, et me disait de ne pas m'en faire, avant de courir rejoindre ses amis peu recommandables pour une nouvelle journée de provocations.

Et toutes les fois que d'autres bagarres éclataient, elle me répétait :

— Tu ne comprends pas, maman. Il faut être dur pour vivre ici.

— Mais tu vis à Cradock House aussi, Dawn. Comment peux-tu avoir une conduite si différente dans les deux endroits ?

— Parce que je suis deux personnes, maman ! répondait-elle gaiement.

Et à cela, je n'avais rien à répliquer. Mr Dumise avait maintenant les cheveux gris. Toujours aussi diplomate, il fermait les yeux sur l'indiscipline de Dawn. De tous mes collègues, seule Dina était capable de faire entendre raison à ma fille, parce que Dawn adorait le charme de Dina, ses turbans colorés et sa détermination à combattre le gouvernement des Blancs, à ne pas s'écraser devant eux. Néanmoins Dina elle-même devait lutter pour tenter d'empêcher Dawn de n'en faire qu'à sa tête.

— D'où tient-elle ça ? me demandait-elle, consternée une fois de plus de n'avoir pu empêcher Dawn de se bagarrer.

— C'est sa couleur de peau qui la pousse.

Dina a paru chagrinée, puis elle a hoché la tête en signe d'assentiment et m'a pris le bras pour retourner en classe. Je me suis souvenue que Mrs Cath, parlant de Miss Rose, disait qu'elle était obstinée. Je me suis demandé ce que Dawn avait hérité de moi et ce qu'elle avait hérité de la famille du maître. Etait-il possible qu'elle ait reçu de la part de Miss Rose une dose supplémentaire d'obstination ? Et qu'est-ce qui, chez elle, venait de l'environnement dans lequel elle se trouvait ?

— Pourquoi est-ce que tu te bagarres autant, Dawn ? ai-je demandé alors que nous étions allongées dans le *kaia* obscur à la fin de la journée.

— Parce que je suis différente de toi, maman.

Je me suis redressée et je l'ai regardée, couchée sur le dos dans le lit neuf que Mrs Cath avait acheté récemment, car elle avait beaucoup grandi.

— Je regrette tous les jours de t'avoir donné la couleur que tu as.

Elle s'est penchée pour m'embrasser sur la joue, et ses yeux ont étincelé dans l'ombre.

— Chut, maman. Je ne sais pas si c'est une affaire de couleur de peau, mais j'adore le township ! Et je veux en être, c'est chez moi.

« Mais te rends-tu compte que ce n'est pas possible, mon enfant chérie ? » : voilà ce que j'aurais voulu crier au *kaia*, à l'acacia maigre, à l'abricotier qui te porte maintenant sûrement dans sa sève. J'ai essayé si éperdument de te donner un avenir ici – l'avenir que Dieu le Père voulait pour toi, pour lequel Il m'a épargnée ! Je t'ai défendue, je t'ai évité de devoir laver du linge pour gagner ta vie, d'attraper des maladies provoquées par des latrines immondes. Je t'ai protégée de la boisson et de la violence qui l'accompagne devant les *shebeens* de la cité. Tes amis noirs rebelles se fatigueront de toi, ils s'en prendront un jour à ta peau claire et ne voudront plus rien avoir à faire avec toi. Je le sais. J'ai déjà vu cela se produire.

Dawn a senti ma peur et s'est penchée pour me serrer dans ses bras, sa peau claire contre la mienne.

— Maman ! Je trouverai mon chemin, comme tu as trouvé le tien.

J'ai eu envie de dire : « A quel prix ? Que faudra-t-il payer pour ça ? » J'ai senti monter des larmes, des larmes futiles, comme celles que j'avais versées à l'enterrement de Mr Phil.

— Je reviendrai toujours, maman, a poursuivi Dawn d'une voix douce, car elle était aussi douée pour la tendresse que pour la bagarre. Je vous aime, toi, Mrs Cath et Cradock House, et je reviendrai toujours.

Miss Rose a eu un bébé. Mrs Pumile dit que ce n'est guère surprenant, vu tous les ennuis que Miss Rose a eus ; ces ennuis-là, ça veut toujours dire un bébé tôt ou tard. Mrs Cath n'a appris l'existence de cet enfant que plusieurs mois après sa naissance. Apparemment, Miss Rose a cherché à cacher la nouvelle le plus longtemps possible. Comme j'avais caché le fait que j'allais avoir un bébé métis. Mais pour la couleur, Miss Rose a eu plus de chance que moi. Le sien était blanc. Cependant, nous avons un point commun : ni Miss Rose ni moi n'avons de mari.

— Elle va venir chez nous, a dit Mrs Cath, arrivant un jour dans la cuisine, hors d'haleine, une lettre à la main.

Des mèches s'échappaient de son chignon et retombaient sur ses épaules, comme lorsqu'elle se rendait dans la chambre de Mr Phil pour le réconforter après ses cauchemars.

J'ai sorti les mains du bol où j'étais en train de pétrir farine et beurre pour confectionner des scones.

— Miss Rose est au courant ?

Je n'avais jamais demandé à Mrs Cath si Miss Rose avait appris que j'avais eu un enfant du maître. Comment annonce-t-on à sa fille que son père a péché de cette manière ?

Je ne savais pas non plus si Miss Rose était au courant de mon retour à Cradock House. Comment annonce-t-on à sa fille qu'on a accepté d'ouvrir à nouveau sa maison à une pécheresse ? Miss Rose ne savait peut-être rien. Peut-être était-ce pour cela que Mrs Cath était particulièrement troublée.

— Je lui ai écrit il y a quelque temps, a répondu Mrs Cath. Elle a été… surprise.

Elle a levé une main pour remettre en place ses cheveux en évitant de croiser mon regard.

J'ai baissé les yeux et me suis remise à pétrir la pâte. Ce n'était sûrement pas de la surprise qu'éprouvait Miss Rose. De la colère, oui. Un sentiment de trahison, presque à coup sûr, car Miss Rose considérait son père comme sa propriété exclusive, un être à charmer à sa guise.

De l'indifférence, peut-être ? Si la chance est avec moi.

Edward veut découvrir qui est le père, pourquoi il n'a pas fait son devoir envers Rosemary en l'épousant. J'ai refusé de jeter de l'huile sur ce feu-là. C'est vrai que les gens jasent, mais nous en avons déjà fait l'expérience, et j'ai appris que la seule conduite à tenir est de garder la tête haute et de continuer son chemin. Je me rends compte que c'est Ada qui m'a appris cela.

Elle s'est cuirassée contre la solitude et la déception en ne regardant que l'avenir.

Aussi, nous accueillons notre premier petit-enfant à bras ouverts, et j'espère que Rosemary va maintenant s'installer dans son rôle de mère et renoncer à ses comportements imprévisibles. Mais je n'en suis pas sûre du tout, car j'ai compris depuis longtemps que, lorsqu'il s'agit de ma fille, je n'ai ni influence ni discernement. Que c'est dur d'admettre pareil échec avec son propre enfant !

Mon souci immédiat est sa réaction à la présence d'Ada et de Dawn.

38

— Voici Dawn, elle a presque dix ans, a dit Mrs Cath, les joues pâles à nouveau, comme le jour où elle avait présenté Dawn au maître.

— Quelle tignasse ! s'est exclamée Miss Rose devant les boucles serrées de Dawn, en caressant les ondulations blondes de sa propre fille, Helen.

— Ada, tu veux bien apporter le thé ? a demandé Mrs Cath, m'adressant un sourire forcé tout en tapotant le dos de Dawn pour la rassurer.

La famille était assise sur le *stoep*, installée sur les chaises coquille où j'aurais tant aimé m'asseoir quand j'étais petite, ce que maman m'interdisait. Je suis revenue avec un plateau de scones tout frais et notre confiture d'abricots faite maison. Nous nous étions donné du mal pour que le retour de Miss Rose au bercail soit mémorable. Il y avait dans le four un gigot rôti d'agneau du Karoo, qui serait accompagné de potiron à la vapeur assaisonné de cannelle et de sucre roux, puis une tarte du Cap avec de la sauce au brandy, faite avec des dattes du désert où Phil s'était battu pendant la guerre.

Pendant que je versais le thé, la petite Helen jouait sur une couverture aux pieds de Mrs Cath. Dawn a couru jusqu'au *kaia* et est revenue avec un lapin en peluche que Mrs Cath avait tricoté pour elle des années auparavant, qu'elle a offert à Helen.

— Non, elle a ses jouets, a dit Miss Rose en se penchant pour prendre des mains de Helen le lapin qu'elle a lancé à Dawn.

Et le ton a été donné.

Chaque jour, Miss Rose mettait une nouvelle robe – plus de jupes amples à présent, mais des robes qui lui moulaient les hanches et se resserraient aux genoux –, elle s'asseyait sur le *stoep* et demandait qu'on lui serve du thé, ou descendait en ville faire des courses. Parfois, elle emmenait Helen dans sa poussette, mais en général elle la laissait à Mrs Cath en précisant de façon stricte que la compagnie de Dawn n'était pas souhaitée pour son enfant. Pour Mrs Cath, l'épreuve était rude. Elle comprenait la colère de sa fille et sa blessure, ayant elle-même ressenti ces deux émotions, cependant voir Dawn et moi cataloguées comme des moins que rien, notre compagnie rejetée comme indigne de sa petite-fille, était pour elle un choc difficile à supporter. Je devinais tout cela à son dos rigide, à la gaieté forcée des morceaux qu'elle interprétait au piano. Nous avons eu beaucoup de polkas et de mazurkas pendant cette période, mais aucune n'a enflammé l'auditoire.

« Si nous faisions une tarte meringuée au citron comme dessert, Ada ? disait-elle, les yeux rouges, les mains brûlant de s'activer pour éviter l'embarras de se retrouver assise avec sa fille et de devoir écarter Dawn.

— Bien sûr, Mrs Cath », répondais-je.

Et nous nous mettions à battre des blancs en neige et à presser des citrons sans bavarder comme nous le faisions spontanément d'habitude.

Après son premier enthousiasme pour les vêtements élégants de Miss Rose et ses manières de citadine, Dawn a bientôt pris ombrage d'être ainsi mise à l'écart. Si elle semblait ravie de retrouver sa bande dans la cité, je savais que Cradock House était son refuge, même si elle refusait toujours de l'admettre. Avec ses mots blessants et sa conduite irréfléchie, Miss Rose menaçait l'unique endroit paisible que Dawn avait jamais connu.

— Elle me déteste. Pourquoi, maman ? Je ne lui ai rien fait, a marmonné Dawn après le retour de Miss Rose et un énième affront de la part de celle-ci.

— Miss Rose n'aime qu'elle-même. Elle ne voit pas l'intérêt d'être gentille avec les autres.

J'ai levé les yeux du piano où je jouais du Gershwin. Dawn adorait Gershwin, adorait se tortiller au rythme peu banal de la *Rhapsody,* adorait danser pour la petite Helen.

Et une autre fois, dans la paix de notre chambre, elle a demandé :

— Pourquoi elle est si différente de Mrs Cath ?

J'ai souri et regardé par la porte du *kaia*. L'arbre corail s'incurvait au-dessus de la pelouse, et ses feuilles peignaient des ombres sur l'herbe où s'était autrefois assis Mr Phil. Combien de fois m'étais-je posé cette question ? Comment une mère aussi attentive que Mrs Cath pouvait-elle avoir une fille aussi égoïste ?

— Seul Dieu le Père a la réponse, ma petite fille. C'était comme ça même quand nous étions enfants. Mais Miss Rose a l'affection du maître. Et c'est le maître qui nous donne un toit. Alors, il faut la traiter avec précaution…

Je me suis retournée et ai caressé la peau claire de son bras.

— *Andikhatali*, je m'en fiche ! a sifflé Dawn, et c'est la fille du township qui parlait en elle. Pour ce que j'en ai à faire, d'elle !

Avec le maître, Miss Rose était toujours tout sucre tout miel, sachant qu'il avait du mal à lui résister. Mais elle se montrait prudente. Après tout, il lui envoyait toujours de l'argent chaque mois. Je le savais. Par la fente de la porte, j'avais entendu le maître discuter avec Mrs Cath de ce que leur coûtait leur fille, qui vivait dans un appartement chic à Johannesburg sans chercher le moins du monde à subvenir à ses propres besoins.

« Elle devrait trouver du travail, disait le maître. Il doit bien y avoir quelque chose dans ses cordes ?

— Quoi ? répondait Mrs Cath en secouant la tête. Elle n'a aucune qualification, elle n'a jamais voulu enseigner ni devenir infirmière. Nous espérions qu'elle se marierait un jour. »

Et ils en sont restés là.

Mais pendant cette visite, il s'est ajouté une facette nouvelle aux relations de Miss Rose et de son père. Une facette qu'elle a soigneusement cachée à Mrs Cath. Elle a trouvé un moyen de faire une alliance avec le maître qui allait bien au-delà des manœuvres de la flatterie : elle leur a trouvé un point commun, à eux deux seulement.

Elle leur a attribué le rôle d'innocentes victimes. Deux âmes abusées par des partenaires sans scrupule.

Je doute que le maître ait partagé la position de Miss Rose, mais c'était sûrement un réconfort pour lui de se réchauffer à cette sympathie inconditionnelle, qui manquait si cruellement dans sa vie par ailleurs. Avec ses cheveux clairs, ses robes de couleurs vives et ses taquineries – et maintenant avec un beau bébé blond, même s'il n'y avait pas de mari –, Miss Rose était un rayon de soleil. Je le voyais bien. Et je n'avais pas le cœur à la réprobation. Après tout, le maître n'était plus que l'ombre de lui-même. Il pouvait bien refuser à Dawn la moindre reconnaissance, mais il avait honoré sa part du contrat en nous donnant un toit et un avenir. Sur l'autre rive du Groot Vis, chaque saison apportait un regain de peur et de rage. Même Lindiwe désespérait. Sa cabane la plus récente avait été brûlée avant même d'être louée. « Nous rendrons ce pays ingouvernable, disaient ceux qui dirigeaient la lutte. Nous démolirons et brûlerons tout jusqu'à ce qu'il ne reste rien de cet endroit que la terre nue du Karoo. »

Miss Rose a continué quelque temps sa stratégie du charme et de la connivence entre victimes. Mais un soir où elle et son père étaient assis dans la véranda pendant que Mrs Cath jouait du piano, que je finissais de préparer le dîner et qu'un vol d'ibis bruns passait en espionnant les conversations, Miss Rose a poussé son pion. Elle a dit au maître qu'il était bien trop généreux en donnant à Dawn et à moi un avenir à l'intérieur de Cradock House.

— Congédie-la avec une somme d'argent. Ne la garde pas ici. De toute façon, elle partira dès que ça lui conviendra, ai-je entendu en passant dans le couloir pour aller à la salle à manger.

Un bruit de verres qu'on remet brusquement sur le plateau. Et le bruit sec de l'allumette craquée pour la cigarette de Miss Rose. J'ai attendu. Encore une ennemie. Jamais Dawn et moi ne serions dépourvues d'ennemis. Même à Cradock House.

— J'ai promis à ta mère, a dit la voix du maître.

Un scherzo endiablé s'égrenait sous les doigts de Mrs Cath, qui cherchait à mettre un peu de gaieté dans l'air avant le repas du soir. Je suis restée sur place, les mains crispées sur ma jupe bleue.

— Tu ne lui dois plus rien, a sifflé Miss Rose. Il faut que tu prennes soin de ta propre famille. Et c'est dangereux.

Il y a eu un silence. J'ai entendu les pas de Dawn derrière moi. Depuis l'arrivée de Miss Rose, j'encourageais ma fille à passer plus de temps dans le *kaia*. Alors, je me suis retournée en mettant un doigt sur mes lèvres. Dawn a haussé les épaules et est retournée dans la cuisine, résignée à son exclusion.

— Il n'y a pas eu de poursuites judiciaires à Cradock…

Le maître a laissé sa phrase en suspens. Mrs Cath jouait maintenant un air de Bach. *Ré* majeur. Je me suis approchée à pas de loup de la porte. J'ai entendu Miss Rose répondre :

— Tu veux dire pas *encore* de poursuites. Mais qui sait combien de temps ça durera ?

Je comprends la vengeance.

La vengeance, c'est quand vous attaquez quelqu'un à cause du mal qu'il vous a fait dans le passé. La vengeance naît d'un trop-plein de rancœur accumulée. Je crois donc que je comprends à présent un aspect de la personnalité de Miss Rose. Elle s'est vengée de moi parce que j'étais meilleure qu'elle au piano, que j'étais la fille que Mrs Cath aurait voulu avoir, et, croyait-elle, parce que j'avais attiré le maître dans ma chambre.

Avant de rentrer à Johannesburg, Miss Rose est allée à la police. Ou elle en a dit assez pour que quelqu'un d'autre aille à la police. Je le sais aujourd'hui. La police a appris qu'à cause de ma perversité est né un enfant que le maître et Mrs Cath sont obligés d'entretenir de peur que je ne les dénonce.

La vengeance de Miss Rose s'est manifestée d'abord par des coups frappés à minuit à la porte du *kaia*. J'avais entendu parler de ce genre de choses, mais jamais je n'avais pensé que cela se produirait à Cradock House. Je dois me rappeler cependant que je n'habite pas à Cradock House, que je ne peux pas m'asseoir sur les chaises coquille du *stoep*, que je ne fais pas partie de la famille, même si Mrs Cath me traite comme un de ses membres. Donc, ma fille et moi ne sommes pas à l'abri de visites nocturnes de la police, car nous ne bénéficions pas de la protection de la maison.

Quand j'ai entrebâillé la porte, un policier trapu, armé d'une matraque noire, a crié : « *Waar is die kind*, où est l'enfant ? » Voilà ce que je redoutais depuis si longtemps. Voilà qu'éclatait dans la nuit douce un coup de tonnerre isolé : la possibilité de la prison pour le maître et pour moi. L'humiliation pour Mrs Cath. Une adolescence d'orpheline pour Dawn.

Il m'a écartée d'une bourrade. Un second Blanc en civil le suivait. Ils ont promené le faisceau de leurs lampes torches à l'intérieur du *kaia*. J'ai entendu leur souffle lourd, comme s'ils avaient couru, comme si c'était une chasse et que nous étions la proie.

Ou une embuscade, comme celle où était tombé Phil, sous les fusils, à Sidi Rezegh.

J'ai hurlé : « Ne la touchez pas ! » et je me suis interposée. Dawn était dans son lit, aveuglée, toute chiffonnée de sommeil, sous la lumière crue de la lampe.

— *Ja*, regarde-moi ça, une *hotnot*[1] ! a dit le premier d'un ton satisfait en m'écartant du coude pour braquer la lampe sur le visage pâle de ma fille.

Un éclair de compréhension, puis de colère, a flambé dans les yeux clairs de Dawn en entendant l'insulte. Elle savait de quoi était capable la police. Nous nous étions cachées dans le township pour échapper à ces hommes agressifs dont les chiens montraient les dents, aux fourgons grillagés dans lesquels ils jetaient tous ceux qui n'avaient pas de laissez-passer. Depuis qu'elle était petite, je lui disais de se méfier d'eux. Je l'avais avertie qu'elle devait refréner sa colère et éviter de se servir de ses poings en leur présence. Ce n'étaient pas des voyous de la cité contre lesquels on pouvait se battre. Ces hommes avaient des matraques et des revolvers. Je le lui répétais : une tête froide est le seul remède face à eux. Mieux vaut attendre et choisir son moment pour riposter.

— Ada ?

J'ai entendu un cri à l'extérieur et Mrs Cath a fait irruption, les cheveux défaits, pieds nus ; sa robe de chambre de soie fleurie traînait par terre. Elle avait dû sortir de la maison en courant, sans ses pantoufles, pendant une nuit d'hiver où il risquait de geler. J'ai entendu au loin la porte de la cuisine claquer.

— Où vous croyez-vous ? a-t-elle lancé aux hommes, haletante.

Profitant de leur distraction, je me suis jetée sur Dawn, couvrant son corps du mien, et j'ai passé la main sous le matelas. Si j'avais été au township, dans la cabane de Lindiwe, le rayon de bicyclette aiguisé aurait été dans ma main…

Mais il ne s'y trouvait pas.

J'avais oublié qu'il était rangé de l'autre côté de la pièce, dans un tiroir ; je le prenais chaque jour pour aller dans le township. Je pensais que nous étions en sécurité dans le *kaia*, et qu'il était inutile d'avoir cette arme près de mon lit.

1. Mot méprisant pour désigner les métis.

Pouvais-je l'atteindre ? Bousculer les deux hommes ? Fallait-il garder la tête froide ou choisir la bagarre ?

J'ai senti le sang me monter au visage et mon corps s'est contracté, prêt à bondir.

Mais Mrs Cath était présente, Mrs Cath, qui ignorait l'existence des rayons de bicyclette et de l'usage désespéré qu'on pouvait en faire. Je ne devais pas introduire ici le sang de la cité noire, ni le laisser souiller mon sol, sauf en dernier recours.

Le premier policier a pivoté et sa lampe s'est balancée violemment.

— Qui est le père de l'enfant ? a-t-il demandé d'une voix impérieuse.

Mrs Cath a hésité.

L'acacia maigre a craqué, raclant le toit du *kaia*. Les yeux de Mrs Cath paraissaient noirs dans la pièce obscure. Ils se sont posés brièvement sur moi, puis sur Dawn, avant de retourner vers les hommes, dont le second souriait, sans humour.

— Ada !

La voix de Mrs Pumile a percé la haie.

— Ada ?

Les hommes ont échangé un coup d'œil, contrariés à l'idée d'une autre interruption possible.

— Je ne sais pas qui est le père, brigadier. Ce n'est pas notre affaire.

Mrs Cath s'est redressée et a parlé avec lenteur et autorité. Elle a pris une inspiration avant de continuer calmement.

— Vous n'êtes pas sans savoir que mon mari est membre du conseil municipal. Il est souffrant actuellement, sinon il serait ici. Si vous me donnez vos noms, il s'occupera des suites de cette affaire avec vos supérieurs.

Les policiers se sont regardés. Ils étaient habitués à ce qu'on leur obéisse. Ils n'avaient aucune envie d'entendre parler de supérieurs. Le premier, qui semblait être le chef mais quêtait toujours du regard l'approbation de son collègue, a de nouveau promené le faisceau de sa lampe sur les murs, comme s'il y avait d'autres enfants à la peau claire à faire sortir.

J'ai senti mes ongles s'enfoncer dans mes paumes tandis que je passais au crible les mensonges de Mrs Cath, me demandant comment les femmes réussissaient à mentir aussi facilement. Et j'ai compris que c'est parce que nous mettons des enfants au monde et que, une fois qu'ils sont nés, leur vie est infiniment plus précieuse que quelques entorses à la vérité.

— On nous a signalé un cas d'immoralité ici, a dit le premier d'un ton maussade en baissant sa lampe.

Mrs Cath a contourné les deux hommes et tendu un bras avec grâce pour leur faire signe de partir, comme s'ils avaient été juste invités à prendre le thé, et étaient restés un peu trop longtemps.

— Il doit y avoir eu une erreur. Je suis certaine que mon mari n'engagera pas de poursuites. Vous ne faisiez que votre devoir.

Le premier homme a haussé les épaules et éteint sa lampe. Le *kaia* a été replongé dans l'obscurité ; la peau claire et les yeux furieux de Dawn ont disparu dans le noir. Mrs Cath s'est dirigée vers la porte, le bras toujours tendu pour les inviter à sortir. Le second, qui me fixait d'un œil froid, a hésité.

— Allez, viens, a dit son collègue.

Le second policier a suivi, mais a donné un coup de matraque délibéré dans le chambranle en partant. Sous le coup, le bois a éclaté et j'ai senti Dawn se recroqueviller davantage encore sur le lit. Mrs Cath a ignoré l'incident et m'a adressé un signe de tête cérémonieux.

— Bonne nuit, Ada.

J'ai compris alors que les mensonges de Mrs Cath n'avaient pas seulement fait partir les policiers, nous évitant d'être arrêtées cette nuit-là, mais qu'ils avaient également empêché Dawn d'apprendre ce que nous lui avions caché jusque-là, à savoir que son père n'était pas un Blanc qui m'avait prise de force – comme je pense qu'elle le croyait – mais le maître.

Le lendemain matin, Dawn s'est levée avant moi. Elle s'était rendormie rapidement après le départ des policiers – les jeunes vivent dans l'instant – tandis que j'étais restée éveillée pendant des heures dans l'obscurité oppressante, à entendre le vent faire jouer la porte dans son chambranle abîmé, et à me pencher à tout bout de champ pour toucher ma fille, m'assurer qu'elle était bien là. Ce n'est que quand les premières lueurs du jour ont commencé à se faufiler autour des rideaux que j'ai glissé dans un sommeil agité.

— Maman, qui est mon père ?

Je me suis secouée et assise dans mon lit. Dawn était à mon chevet, les bras entourant les genoux, ses yeux clairs plongés dans les miens comme si j'étais en accusation. Ses mots ont tournoyé autour de nous dans le *kaia*, comme la torche des policiers balayant les murs.

Et qui est le mien ? aurais-je aimé demander. Elle me pose la question que j'ai posée à ma mère. J'ai renoncé à savoir, mais cela me hante encore. L'ignorance est-elle pire que la connaissance ? Dawn trouvera-t-elle un réconfort en apprenant la vérité, malgré toute la honte qui pourrait en découler ? Au moins, mon père inconnu et moi étions de la même couleur.

Les yeux de Dawn, clairs comme ceux de Mr Phil, n'ont pas quitté les miens. Dans leurs profondeurs, j'ai vu les deux faces qui s'opposaient dans sa personnalité : la fille docile à Cradock House et la rebelle du township. J'avais cru que seule sa couleur de peau était son moteur, mais je me trompais peut-être. Peut-être cette seconde Dawn était-elle en permanence en train de chercher inconsciemment à échapper à son père. Peut-être était-ce le secret de son identité qui la poussait à s'éloigner de moi, du Cradock blanc, et à aller dans les rues dangereuses. Car elle s'éloignait de plus en plus. Où cela finirait-il ? Je le redoutais.

— Ada ?

On frappait à la porte.

J'ai hoché la tête et Dawn est allée ouvrir, en veillant à ne pas se blesser avec l'éclat de bois détaché par le coup de matraque de la nuit. Mrs Cath n'avait pas dormi non plus. Ses yeux verts étaient bouffis, ses cheveux tombaient sur son visage comme le jour de Mr Phil et des abricots. Elle a tendu les bras aussitôt vers Dawn et l'a étreinte. J'ai regardé la tête brune de Dawn reposer quelques instants sur l'épaule de Mrs Cath, comme celle de Mr Phil en petit garçon malade, puis en homme tourmenté.

Que dois-je dire, Phil ? ai-je pensé tandis que Mrs Cath chuchotait à Dawn des paroles de réconfort. Et que dirions-nous si Dawn était votre fille et non celle du maître ? Dans ce cas, nous aurions sûrement trouvé un endroit qui nous aurait accueillis en dépit de la différence de couleur entre nous trois ? Peut-être l'Irlande, où vous avez dit un jour que nous pourrions aller... Ou cet endroit-là n'existait-il qu'en imagination ? Ne pourra-t-elle jamais être surmontée, cette différence de peau ?

Mrs Cath n'avait même pas pris le temps de s'habiller avant de venir nous voir. Jamais en temps normal elle ne descendait en vêtements de nuit.

— Je suis vraiment désolée, Ada, a-t-elle dit d'une voix rauque en croisant mon regard par-dessus la tête de Dawn. Je suis vraiment désolée.

— Est-ce qu'ils reviendront ? a demandé ma fille en se dégageant des bras de Mrs Cath.

Elle était grande, maintenant, plus grande que moi, mais pas encore autant que Mrs Cath. D'ici quelques années, ce serait une femme, une belle femme à peau brune. Mrs Cath s'est ressaisie après que Dawn s'est écartée d'elle, et elle a choisi ses mots avec soin.

— Je ne pense pas, Dawn. Je vais demander à Edward de faire en sorte que ça ne se reproduise pas.

J'ai ouvert la bouche pour protester – assurément, si le maître allait à la police, cela ne ferait qu'aggraver les choses.

— Pourquoi sont-ils venus ? a insisté Dawn, dont les yeux se sont posés sur moi d'abord, puis sur Mrs Cath. Ils croyaient trouver mon père ici ?

Je me suis hâtée de répondre, pour éviter qu'une pause entre la réponse de Mrs Cath et la mienne ne donne plus d'impact à sa question.

— Oh, non, ma petite fille ! C'était une erreur, comme vient de le dire Mrs Cath.

Ma réponse trop rapide, pressée que j'étais de mentir et de démentir, est restée en suspens.

— Tu ne veux rien me dire, hein ?

Je l'ai regardée, cette enfant adorable et rebelle aux pieds dansants, issue de la rencontre entre le maître et moi, et je n'ai rien pu lui avouer. Pas maintenant. Jamais, peut-être. Si je lui disais la vérité, tout ce que nous avions construit pour elle à Cradock House s'écroulerait dans la terre ocre. Elle serait enragée contre le maître, meurtrie pour Mrs Cath, elle me blâmerait de ne pas avoir eu la force de dire non. Pour Dawn, il n'y aurait jamais eu de conflit entre obéissance et loyauté. Elle aurait fait son choix de son plein gré ; elle aurait fermé la porte au nez du maître si elle l'avait voulu. Même à son âge, ma fille a la force et la détermination d'une adulte.

— Je ne peux pas te le dire. Il y a des choses dont il vaut mieux ne pas parler. Je répondrai de mes actes devant Dieu le Père, ai-je répondu d'une voix ferme malgré mon cœur tremblant.

J'ai puisé dans la force acquise au township et j'ai parlé en me tenant très droite, comme lorsque j'avais montré son visage pâle à Mr Dumise et à Silas le jour de sa naissance.

— Tant pis, a lâché Dawn en haussant les épaules.

Elle s'est retournée pour prendre le sac dont elle se servait pour transporter ses livres d'école.

— Qu'est-ce que tu veux dire, Dawn ? a demandé alors Mrs Cath, les mains serrées si fort que ses jointures étaient blanches.

— Je peux toujours aller vivre dans le township, a répondu Dawn en mettant son sac sur l'épaule. Ils ne trouveront plus personne ici quand ils reviendront chercher des *hotnots*.

39

Je redoute la colère de Dieu. Jusqu'ici, Il ne m'a pas punie de mes péchés pourvu que j'élève ma fille dans le droit chemin. C'était le point de vue de Lindiwe le jour où elle m'a réconfortée à la naissance de Dawn : Dieu te pardonnera si tu Le sers à travers l'enfant. Dieu écartera de toi les dangers afin que tu en fasses autant pour l'enfant, qui pourra ainsi accomplir Sa volonté par la suite. Au fil des années – comme lorsque Dawn a été malade ou que Mrs Cath m'a retrouvée dans la cité –, j'ai cru que Dieu me protégeait et m'offrait un avenir afin que je protège Son enfant. Que c'était cela, Son projet.

Mais voilà que Dawn cherchait à s'affranchir de ma protection. Elle voulait s'aventurer là où je ne pourrais plus la protéger. Cela signifiait-il que je deviendrais inutile aux yeux de Dieu ? Ou avais-je assez bien élevé ma fille pour qu'Il m'accorde durablement son pardon ?

Nous avons réparé le chambranle du *kaia*. Mrs Cath a déclaré qu'elle était sûre que nous n'aurions plus de visites nocturnes. Le maître n'a rien dit, ni quand je l'ai vu au petit déjeuner ce matin-là, ni quand il est passé à côté de moi dans la cuisine plus tard dans la journée, ni quand j'ai rangé une pile de linge propre dans le placard à cet usage devant la porte ouverte de son bureau. C'était comme si rien ne s'était passé. Comme si ses visites dans ma chambre n'avaient jamais existé.

Pour être juste envers lui, je me suis dit que Mrs Cath lui avait probablement ordonné de ne pas se montrer devant les policiers, pour éviter qu'ils ne constatent l'air de famille.

N'empêche : son manque total de compassion à notre égard a provoqué mon mépris. J'ai ouvert la bouche pour dire quelque chose, puis l'ai refermée. Le maître nous avait donné un toit jusqu'à présent. Je devais lui en être reconnaissante. Et ne rien attendre de plus.

Pour Dawn, cette visite nocturne a été le catalyseur qu'elle attendait. Dès ce moment-là, j'ai su qu'elle ne tarderait plus à partir. Mais la peur d'être arrêtée n'entrait pas en ligne de compte, elle partait parce qu'elle préférait être ailleurs qu'à Cradock House. Quand j'ai essayé de comprendre pourquoi ma fille souhaitait retourner à l'endroit d'où je l'avais sortie, je n'y suis pas parvenue. Pour moi, le seul endroit où vivre était Cradock House. Le seul réconfort possible était celui qu'offrait le piano.

Chaque après-midi, quand nous revenions de l'école, Dawn et moi nous taisions à l'approche de la maison, nous attendant à voir un fourgon de police dans l'allée et des grosses brutes en train de traverser la pelouse. Mais tout était calme – tout, sauf mon cœur et, sans aucun doute, celui de Mrs Cath, car nous savions l'une et l'autre que la police attendait simplement son heure pour repasser à l'attaque.

J'ai joué beaucoup de Beethoven les semaines suivant la visite nocturne. Sa grandeur, son assurance, à la différence des hésitations de mon Debussy bien-aimé, sont devenues mon point d'ancrage. Avec Beethoven, on savait où on allait. Même les tons mineurs avaient leur autonomie. Vous aviez le temps de vous préparer les doigts et le cœur pour les crescendos.

— Tu donnes la préférence à Beethoven en ce moment, Ada, a dit Mrs Cath en entrant dans la maison, les bras chargés de roses fraîchement coupées dans le jardin.

Les pluies étaient arrivées, abreuvant les fleurs et emplissant le fossé d'irrigation avec l'eau brune de la rivière, et Mrs Cath occupait ces journées inquiètes avec du jardinage.

— Tu aimais mieux les romantiques, autrefois.

J'ai fait courir mes mains sur le clavier en ivoire ; mes doigts ont hésité là où se seraient trouvées les touches défectueuses sur le piano de l'école. *Si* bémol, *sol*.

— J'apprécie ses morceaux parce qu'ils sont clairs, Mrs Cath, et qu'ils sont sûrs d'eux. On n'a aucune incertitude sur ce qu'ils veulent dire.

Elle a hoché la tête et m'a tendu les roses.

— Sens-les. Ne sont-elles pas superbes ? Le bonheur de la musique n'est-il pas dans ce que nous y déchiffrons ? Où est l'incertitude, dans ce que nous entendons quand nous nous ouvrons à la musique ?

— Mais elle va partir, Madame !

Le nom d'autrefois est sorti avant que j'aie pu l'en empêcher. J'ai lutté pour ne pas laisser l'émotion m'étrangler. Mrs Cath m'a posé doucement la main sur l'épaule et s'est penchée pour me regarder dans les yeux comme elle le faisait lorsqu'elle m'apprenait à lire.

— Oui, elle partira un jour. Il faut que tu sois courageuse.

Elle s'est redressée et tournée vers la fenêtre comme autrefois, lorsqu'elle cherchait des yeux l'Irlande et la famille qu'elle avait laissée, l'endroit qu'elle appelait chez elle, où la terre était verte et souple, et où le ruisseau tombait en cascade de la falaise, au son de Grieg. Alors, j'ai compris que Mrs Cath avait fait ce chemin plus souvent que moi, d'abord en quittant son pays, puis quand Miss Rose, et ensuite notre cher Phil sont partis. Je me souvenais de tous ces jours où elle s'habillait en gris et levait la main vers l'insigne qu'elle portait au cou, de ces jours où ses doigts galopaient follement à travers les gammes ; et je me suis rendu compte que j'avais beaucoup à apprendre en matière de départs.

Je me suis faite aux séparations, bien que celle-ci ait été particulièrement poignante.

Elle a eu lieu quand Dawn a eu treize ans.

Je l'avais vu venir depuis quelque temps déjà et je savais que nous ne pouvions rien pour l'empêcher. La chère Ada a tout fait, mais

Dawn a hérité d'une grande partie de l'obstination de son père, et elle était absolument déterminée. Elle espère se débrouiller dans le township, mais c'est un endroit très dur et je crains qu'elle n'y arrive pas. La pauvre enfant est très désorientée par son métissage ; et qui sommes-nous pour dire que nous ferions mieux qu'elle ? Les échos de la folie d'Edward résonneront longtemps après que nous aurons tous disparu.

Rosemary — qui écrit de Johannesburg — dit que c'était inévitable et semble penser qu'Ada aussi devrait déménager. Elle dit que les poursuites au titre de la loi contre l'immoralité se multiplient en ville et qu'elles gagneront inévitablement notre petite ville de province.

La superbe d'Edward a été très diminuée dans cette affaire : il ne parvient pas à établir de contact avec Ada ou sa fille, de quelque façon que ce soit. Il me laisse faire le trait d'union entre les deux parties de notre vie, Cradock House et le *kaia*.

Je fais de mon mieux, mais moi aussi, je suis très diminuée.

Il n'y a plus de dîners chez nous. Nos amis sont sur leurs gardes.

Je saisis les petits bonheurs : l'éclat bleu des yeux de Dawn, le parfum des roses, la majesté du Beethoven que joue Ada.

40

Je sais que Lindiwe se sent seule. Son frère lui manque. Même si Jake habitait dans l'ombre et ne faisait que de rares apparitions, elle se sentait cependant protégée par lui. Il me manque à moi aussi. Mais maintenant, il est parti. Et à Johannesburg, dans un endroit nommé Sharpeville, la guerre des couleurs de peau a atteint un stade critique. La police a utilisé les balles pour tuer soixante manifestants qui s'étaient portés volontaires à l'arrestation pour non-port du laissez-passer.

J'ai trouvé Mrs Cath en larmes dans la cuisine à cause de cette nouvelle.

— Qu'avons-nous fait ? a-t-elle murmuré. Certains étaient des enfants – on leur a tiré dans le dos…

— Dans le dos, Mrs Cath ?

— Ils s'enfuyaient.

Les townships étaient en deuil et en fureur. Mes élèves sont arrivés à l'école les poches pleines de pierres, prêts à les lancer sur les fourgons de police qui patrouillaient autour de la cour de récréation. Le sang a taché une fois de plus les couloirs de l'école après ces échauffourées, car les matraques n'étaient jamais très loin, et la rude terre du Karoo n'est pas tendre pour les jeunes bras ou jambes. En classe, les chansons calmes que j'avais introduites ne satisfaisaient plus l'auditoire. C'étaient des chants de lutte qu'il voulait, des chants de libération, des chants dont les paroles réclamaient le pouvoir et la liberté. Et la vengeance.

Amandla ! criaient les élèves dans la salle d'assemblée, noyant les appels au calme de Mr Dumise. *Amandla !* criaient-ils dans les rues, au mépris des policiers qui rôdaient

Amandla ngawetu ! Le pouvoir est à nous !

Des soldats en tenue anti-émeute cernaient les townships. Ils lançaient des fusées lacrymogènes. Dawn est revenue un jour en titubant à Cradock House, les yeux larmoyants. Mrs Cath s'est précipitée sur la véranda où Dawn s'était assise en pleurant, avec une cuvette d'eau froide et des linges doux.

— Tiens, a-t-elle dit. Allons-y très doucement.

Ensemble, nous avons baigné les yeux de Dawn et essuyé son visage.

— Je les hais, a-t-elle hurlé tandis que ses mains griffaient son visage enflé. Qu'est-ce que je leur ai fait ?

Mrs Cath et moi avons échangé un coup d'œil. Le maître était dans son bureau, il risquait de l'entendre. Mais il ne s'est pas manifesté.

Dans la cité au-delà de Bree Street, la cabane neuve de Lindiwe – qu'elle avait fait construire avec l'argent soigneusement économisé sur ses gains de laveuse – a été incendiée le jour même où elle a été terminée. Qui croirait que des murs en torchis et un toit en tôle ondulée puissent prendre feu ? Il suffit de les arroser d'essence… Les murs s'écroulent, le toit de tôle bascule sur les cales en pierre, après quoi il tombe et les tôles sont volées dès qu'elles sont assez refroidies pour pouvoir être touchées. Lindiwe ne pense pas être visée personnellement, car ceux qui mettent le feu le font au hasard, mais elle n'aime pas trop en parler. Et elle évoque Jake seulement quand elle me demande de regarder dans les journaux pour voir si je trouve son nom quand on parle d'arrestations et de manifestations ou qu'on mentionne le « terrorisme », un nouveau mot qui a fait son apparition.

Je me rappelle l'époque où l'apartheid était un mot nouveau.

Il me semble que les mots peuvent en engendrer d'autres qui ne seraient jamais apparus tout seuls. « Terrorisme » a été engendré par l'apartheid. Ces cabanes incendiées, ces enfants morts et ces yeux larmoyants sont nés de l'apartheid.

Lindiwe m'a prouvé à nouveau qu'elle était une amie fidèle. Parmi ses trois cabanes rescapées, il y en a une où il reste une place libre avec un lit. Lindiwe est prête à la laisser gratuitement à Dawn pour qu'elle puisse un jour vivre dans la cité noire, comme elle est décidée à le faire, malgré mes inquiétudes pour elle, malgré les enfants de son âge morts à Sharpeville, et ceux qui provoquent la mort chaque jour dans nos propres rues en effervescence.

— Je pourrai te payer le moment venu, ai-je insisté un après-midi alors que j'étais allée voir Lindiwe.

C'était l'hiver et la nuit tombait rapidement. Les braseros étaient déjà en activité. Je devais partir sans tarder si je voulais sortir du township alors qu'il faisait encore jour. La nuit n'était pas réservée aux voleurs. Elle était aussi propice à la police.

— Et Dawn devra t'aider à laver le linge, ça l'occupera en dehors de l'école, ai-je repris.

J'étais bien décidée à ce que Dawn participe au loyer : on ne peut rien gagner sans travail.

Lindiwe a secoué la tête avec agacement.

— Je ne lave plus, Ada, je m'occupe de mes cabanes !

Elle a tendu un bras musclé vers les rues peu sûres, qui aujourd'hui grouillaient de chômeurs. Sans travail, tout ce qui restait, c'était l'oisiveté, les incendies et le vol. Même des gens honorables étaient poussés à la délinquance par leur ventre vide et l'absence de toit.

— Après l'incendie, et avec tous ces intrus qui cherchent un endroit où s'installer, il faut que je surveille mes cabanes en permanence.

J'ai hoché la tête. Je savais ce que la vie était devenue ici. A moins de les défendre, vos possessions dans le township étaient volées sur votre dos, sous votre lit ou au-dessus de votre tête. Il n'y a pas de limite à l'audace des hommes quand ils sont aux abois.

— Dis-moi, a demandé Lindiwe en prenant la bouilloire sur le réchaud pour verser l'eau dans la théière en fer-blanc, pourquoi Dawn veut-elle venir ici ? A cause de ton maître ?

Lindiwe avait toujours été persuadée que ce serait le maître et lui seul qui mettrait fin à l'arrangement grâce auquel Dawn et moi vivions à Cradock House.

— Ce n'est pas le maître. C'est la couleur de sa peau qui la pousse.

C'était ce que j'avais expliqué à Dina à l'école l'année précédente. Dawn fuyait peut-être son père aussi, mais c'était avant tout une affaire de couleur. Tout avait été dit dès l'instant où j'avais couché avec le maître. Un enfant avec une peau qui n'appartient à aucune communauté, qui n'est ni blanc ni noir, tendra toujours vers les extrêmes pour essayer de se trouver un lieu où il se sent vraiment chez lui.

Lindiwe a posé une main sur la mienne.

— Le jour venu, je veillerai sur elle. Je serai sa mère de rechange.

Et la décision avait été arrêtée. Le jour où Dawn était venue me voir en me disant qu'elle voulait partir, je n'avais pas pleuré en lui défendant de le faire. J'avais retenu mes larmes et lui avais donné mon accord, à condition qu'elle habite la cabane qui avait été prévue pour elle. Ce n'était pas une véritable négociation, mais plutôt un marché. Je veux bien te laisser partir, mon enfant brune bien-aimée, pourvu que tu habites là où tu seras en sécurité. Car je sais que je ne peux pas te garder ici. Je sais que Cradock House n'est pas pour toi le refuge qu'elle est pour moi. Il faut que tu trouves ta musique ailleurs.

— Je serai très bien chez Lindiwe, maman.

Dawn était assise en tailleur sur le lit du *kaia*, ses livres dans son sac, ses vêtements rangés dans ma vieille valise en carton, qui avait jadis transporté toutes mes affaires une première fois dans le township.

— Evite de fréquenter les *tsotsis*[1] qui lancent des pierres et reviens souvent, pour voir Mrs Cath, pour manger… ai-je réussi à articuler en m'efforçant de faire taire mon cœur qui se brisait.

— Pour te voir, maman.

Elle s'est penchée, a passé ses bras juvéniles autour de moi et j'ai posé la tête sur son épaule, comme Phil avait posé la sienne dans la pénombre de sa chambre. Dawn a toujours

1. Caïd de la rue, membre d'une bande.

eu un fond tendre malgré sa nature rebelle. D'une certaine façon, c'est sa tendresse que je redoute le plus.

Depuis qu'elle est partie, Dawn m'a promis qu'elle me retrouverait chaque matin dans la grande salle avant l'assemblée. Parfois elle ne vient pas et je me force à jouer la marche en imaginant tout ce qui a pu lui arriver. Chaque soir, seule dans le *kaia* dont la porte a été réparée, je m'inquiète à l'idée qu'elle ne reparaîtra peut-être jamais. Les jeunes morts de Sharpeville me hantent.

— Dawn ! Enfin, ma petite fille, mais tu as vu tes vêtements ? Qu'est-ce que tu as fabriqué ?

— J'ai dansé, maman !

Elle tournoie devant moi, ses jambes minces et brunes dansent, ses mains volent.

— Comment va Mrs Cath ? Je peux t'emprunter tes crayons ? J'ai perdu les miens.

Il me faut un an ou plus, mais peu à peu je m'habitue à ses disparitions et mon cœur bondit à chaque fois qu'elle revient après ses activités, quelles qu'elles soient – car il ne s'agit pas toujours de danse.

Je la mets en garde.

— Tu fais attention avec les garçons, Dawn ? Ne couche pas avec eux avant d'être plus grande.

Je la mets en garde depuis son enfance contre les garçons et les ennuis qu'ils peuvent apporter, car elle est belle à présent, belle et rebelle, avec sa pâleur exotique qui tranche sur son entourage. Elle ne doit pas faire de faux pas comme moi ou comme sa grand-mère. Elle doit être intelligente et attendre de trouver un homme qui restera. Un homme de la même couleur de peau.

— Je sais, maman. Je fais attention, je sais ce qui peut arriver.

Elle se penche vers moi au piano, sa gaieté se change en tendresse et elle appuie sa joue contre la mienne. Je ne lui demande ni ce qu'elle fait ni où elle va. Je ne veux pas le savoir. Je crois que je deviens comme ces Blancs que je méprise : si je ne vois pas une chose ni ne l'entends, alors, elle n'a jamais existé.

— Comment va Dawn ? m'interroge Mrs Cath avec inquiétude chaque fois que je rentre à la maison.

Mrs Cath lit des articles sur les jeunes qui lancent des pierres, elle respire la fumée qui s'élève sur l'autre rive du Groot Vis, elle a vu le visage de Dawn quand elle avait reçu du gaz lacrymogène. Mais elle ne fait pas de commentaires. Moi non plus. Si nous n'en parlons pas, peut-être que Dawn restera hors d'atteinte des pierres, de la fumée et des sirènes.

— Elle va bien.

Et Mrs Cath hoche la tête, soulagée ; elle me tend un joli mouchoir brodé ou un pot de notre confiture d'abricots maison en me disant de les donner à Dawn la prochaine fois que je la verrai. Je n'ose pas lui dire que je ne vois pas ma fille tous les jours.

Le maître ne demande jamais de nouvelles de Dawn, mais, comme il ne la voyait jamais quand elle vivait ici, son départ ne change rien pour lui. Je me suis toujours dit que je lui parlerais de sa cécité volontaire, je m'étais toujours dit que je ne la laisserais pas passer. Mais quand Dawn et moi étions dans le *kaia*, je n'ai pas voulu courir le risque qu'il nous jette dehors toutes les deux. Maintenant qu'elle est partie, je n'ai plus de raison de garder le silence. Et au lieu de s'effacer, les paroles se sont affermies en moi avec les années. Elles demandent à sortir. Elles sont comme des blessures internes supportées trop longtemps, qui me rongent et exigent de voir le jour.

J'ai pris mon courage à deux mains un jour où Mrs Cath était en courses et où le maître était dans son bureau, la porte ouverte, en train de m'écouter jouer du piano. Elgar. *Chanson de matin*. C'était le début de l'été et, dans les haies du jardin derrière la maison, les insectes attendaient la pleine chaleur de midi pour entamer leur concert grinçant. Aux abords de la ville, les *koppies* luisaient sous le soleil jaune. Il faisait trop beau pour un affrontement, mais il était rare que je sois seule dans la maison avec le maître. J'ai mis un terme à une sonate et suis apparue à sa porte avant qu'il ait pu la refermer.

— Vous ne demandez jamais de nouvelles de Dawn, Monsieur. Même après le gaz lacrymogène.

Comme d'habitude, il portait une chaîne de montre à son gilet, et refusait de croiser mon regard.

— Je suis sûr qu'elle va bien, a-t-il dit d'un ton distant.

Il s'est penché sur ses papiers. Il fallait qu'il soit mis en face de ce qu'il avait fait. Il était trop tard pour des excuses, mais j'avais besoin d'être libérée du sentiment que tout était de ma faute. J'avais attendu très longtemps pour dire ces mots. Je les avais préparés depuis bien des années, je m'étais exercée si souvent à les prononcer la nuit que je les savais par cœur et qu'il n'y avait aucun danger que je les oublie, ou que j'en dise moins que je ne le souhaitais. Dieu le Père me blâmerait peut-être, mais je ne pouvais plus m'en empêcher. J'avais gardé le silence trop longtemps.

— Oui, mais à cause de sa couleur elle n'est jamais en paix. Et il en sera toujours ainsi.

Il n'a rien dit.

— J'ai cru qu'il était de mon devoir d'obéir, mais vous, vous saviez ce qu'il en était de l'hérédité.

Il n'a toujours rien dit.

— Vous saviez ce qu'il en était de la loi. Moi, non.

Mes paroles l'ont touché comme des pierres lancées dans les rues du township. Il a tressailli. J'ai senti en moi un tremblement, pareil à celui qui m'avait saisie à l'enterrement de Phil, quand les fidèles blancs regardaient ma nuque. Mais cette fois, ce n'était pas un tremblement né de la peur ou du chagrin ; ce tremblement-là était le fruit de nombreuses années d'attente, de griefs accumulés. C'était, j'ai honte de le dire, une sorte de vengeance. Je me suis tue. L'air était devenu glacial.

Il a levé les yeux, brièvement.

— J'ai commis une erreur. Tu étais…

Il y a eu dans ses yeux délavés un frémissement éphémère, puis plus rien.

— Vous ne nous avez jamais fait bon accueil, à Dawn et moi, depuis.

— Mais je vous ai entretenues !

Brusquement, la rage a flambé en lui et il a abattu sur le bureau ses paumes ouvertes. J'ai senti que je reculais d'un pas.

— C'est pour Cathleen que je vous ai laissées revenir. Dieu tout-puissant ! Nous pouvons avoir une autre visite de la police à tout moment.

Il s'est pris la tête entre les mains, ébouriffant les cheveux blancs soigneusement coiffés, la raie sur le côté.

— Tu ne comprends donc pas, Ada ?

Il m'a regardée bien en face, cette fois. Ses mains tremblaient.

— Nous pourrions aller en prison s'ils décident que c'est ma fille. Ça sera dans tous les journaux…

J'ai pensé à Jake.

— On juge plus sévèrement la faute d'un Blanc, ai-je murmuré pour moi-même.

Le maître ne m'a pas entendue. Un sifflement en *fa* dièse a retenti à la gare. Un jour, Mr Phil m'avait embrassée devant une foule blanche et, en voyant cela, le maître avait été outré ; mais une fois Phil parti, il m'avait néanmoins prise pour son usage personnel.

— Va-t'en, s'il te plaît. Laisse-moi seul.

Le maître a de nouveau regardé les papiers sur son bureau. Sa rage était épuisée. Je l'ai observé en essayant d'attiser ma colère. Mais tout ce qui subsistait en moi, c'était de la pitié.

— Je crois qu'elle a quitté Cradock House pour vous éviter de tomber sous le coup de la loi, ai-je dit à mi-voix.

Je me demandais si ce n'était pas en effet la véritable raison. Dawn n'en avait jamais soufflé mot, mais peut-être connaissait-elle la vérité, peut-être l'avait-elle toujours su. Peut-être que c'était moi, l'ignorante.

Comme je me retournais, j'ai entendu le maître bégayer : « Quoi ? »

Peut-être avait-elle quitté Cradock House pour m'épargner moi aussi.

41

On m'a demandé d'organiser un concert.

Le bruit s'est répandu qu'à l'école sur l'autre rive il y a un jeune professeur qui est une excellente pianiste. A cause de mes liens avec l'établissement, pour lequel je collecte des fonds, et parce que je suis musicienne, bien entendu, on m'a chargée d'entrer en contact avec elle et de l'inviter à jouer. En cette période de conflits, c'est une tentative pour désamorcer les tensions.

Personne, semble-t-il, ne sait que le professeur en question est Ada.

Alors que par le passé je prenais fait et cause pour notre communauté noire, je suis aujourd'hui effrayée de ce que j'ai déclenché.

Qu'arrivera-t-il si je révèle que c'est Ada le professeur, notre Ada, avec sa fille métisse qui a les yeux d'Edward ?

Jusqu'à ce jour, dans notre cercle d'amis, il y a eu un contrat tacite mais sur fond de gêne. Personne n'a jamais évoqué la présence d'une enfant métisse sous notre toit. Et la police nous a laisses tranquilles après cette nuit horrible. Mais cette apparition en public risque de précipiter ce qu'Ada redoutait quand je suis allée la voir dans cette cabane misérable et exiguë, à savoir notre mise au ban.

Et la police peut décider d'agir à nouveau.

Malgré tout, je n'ai pas le choix.

Ada mérite de se produire en public. Elle a vraiment un talent extraordinaire. Elle mérite d'être entendue, dans tous les sens du terme.

Un événement exceptionnel s'est produit pour moi peu après le départ de Dawn : j'ai été invitée à jouer du piano à l'école de Mrs Cath. Une telle invitation n'était pas ordinaire, car l'établissement en question était celui où l'on n'avait pas voulu m'admettre quand j'étais jeune, alors que les lois de l'époque étaient moins strictes. C'était aussi l'école dont la fréquentation, selon le maître, risquait de m'attirer des ennuis plus tard. J'ai atteint un âge qui me permet de sourire en me remémorant cette époque – assurément, je n'aurais pas pu avoir plus d'ennuis que je n'en ai eu jusqu'à présent !

Mais peu importe.

Cette invitation sortait de l'ordinaire pour une autre raison : les lois sur la couleur de peau étaient arrivées à leur point le plus restrictif, et les morts de Sharpeville pesaient comme un fardeau entre Blancs et Noirs. Des couleurs de peau différentes n'étaient pas tolérées dans le même lieu au même moment, surtout pour des activités d'agrément. La loi précisait bien que l'on devait se distraire entre gens de même couleur. Les Blancs devaient s'amuser avec des Blancs et les Noirs avec des Noirs, etc. Je ne sais pas comment Mrs Cath et son école ont réussi à passer outre, mais elles y sont parvenues.

Je crois que c'est parce que les mots justes ont été employés. On peut persuader les mots de prendre des sens inattendus. Les mots peuvent même parfois déconcerter ceux qui croient en maîtriser tous les sens possibles.

— Ada !

Mrs Cath a passé la tête à la porte du *kaia* un après-midi, peu de temps après ma confrontation avec le maître. Il n'y avait eu aucun changement depuis cette conversation. Le maître restait distant, et je ne crois pas qu'il ait raconté quoi que ce soit à Mrs Cath, parce que l'attitude de celle-ci envers moi n'a jamais dévié de son habituelle gentillesse.

— Je peux entrer ?

Elle s'est assise sur le lit à côté de moi. Pour Mrs Cath, il n'y avait aucune honte à s'asseoir ainsi.

— Il doit y avoir un concert à mon école. On m'a demandé si tu jouerais. La chorale de Saint Peter va chanter.

Elle a détaillé le programme sur ses doigts.

— Et l'orchestre de l'école jouera du Strauss.

J'ai attendu quelques instants, perplexe.

— Pourquoi veulent-ils que je vienne ? ai-je demandé. Il doit sûrement y avoir des Blancs qui jouent aussi bien que moi, non ?

— Oh, Ada ! C'est désolant de t'entendre dire ça ! a-t-elle rétorqué, le front plissé.

— Je ne veux pas être une ingrate, Mrs Cath, mais la présence des Noirs n'est pas autorisée dans votre école. Je sais ces choses-là.

Elle a regardé quelques instants la porte qui avait subi la rage des policiers.

— Je t'avoue, Ada, que je ne sais pas moi-même comment on en est arrivés là. Mais il semble que les autorités aient voulu faire un geste, et l'école a reçu la permission.

J'ai regardé mes mains, qui avaient joué tant de centaines de morceaux, mais seulement à Cradock House ou dans la cité. Même la musique obéissait aux lois de la couleur de peau. Mrs Cath a continué à parler, mais j'avais du mal à rester attentive. On aurait dit que ma tête était incapable d'accepter ce qu'elle disait, que ses paroles ne me parvenaient que par fragments.

— Les gens ont entendu parler de toi… Le premier professeur de musique du township… J'ai parlé à Mr Dumise..

— Vous lui avez parlé ?

J'ai senti le frisson familier qui me parcourt quand il est question de noms, de laissez-passer, et de l'écheveau de mensonges sous lequel je travaille sur l'autre rive. Que dirait-il ? Que diraient mes collègues ? Le fait d'accepter cette invitation serait-il perçu comme une trahison par rapport à la lutte ? J'avais déjà trahi mes frères noirs en couchant avec un Blanc.

Mrs Cath a posé la main sur mon bras.

— Ada ?

— C'est tellement inattendu.

Ses yeux verts se sont adoucis.

— Je sais. Tu n'es pas obligée de te décider tout de suite. Mais Mr Dumise a très envie que tu joues. Pour ma part, je serais…

Elle a fait une pause de quelques instants pour trouver le mot juste.

— Honorée, oui, honorée, Ada, si tu acceptais.

Personne ne m'avait jamais dit une chose pareille. Seuls Phil et Mrs Cath elle-même m'avaient appréciée pour moi-même et pour ce dont j'étais capable. Pourtant, peut-être... Debout à la porte du *kaia*, j'avais les yeux pleins de larmes en regardant Mrs Cath rentrer dans la maison, et je me suis posé la question suivante : était-ce un signe de Dieu le Père que j'allais être pardonnée ? La colère que je redoutais de voir s'abattre sur moi quand Dawn serait partie était peut-être écartée pour de bon.

J'ai donc accepté.

Hardiment, sans consulter personne dans le township, sans trop penser aux conséquences de la prestation d'une Noire devant un public blanc, j'ai accepté. Et de même que le retour de Miss Rose à Cradock House avait fait changer notre monde, un autre changement s'est produit quand j'ai joué à l'école sur la rive blanche du Groot Vis.

Finalement, je n'étais pas la seule Noire. Les organisateurs du concert avaient été malins : non seulement ils avaient réussi à contourner la loi régissant la présence de Blancs et de Noirs sous le même toit, mais ils avaient aussi invité Mr Dumise et plusieurs leaders de la communauté noire.

Ce qui m'a aidée.

En disant oui à Mrs Cath, je savais qu'une telle invitation risquait d'être mal perçue dans le township. Si mon vieil ennemi Silas avait encore fait partie de l'école, il aurait trouvé un moyen de m'empêcher de participer à cette manifestation blanche. Mais le jour où Mr Dumise a annoncé que j'avais été invitée à jouer de l'autre côté du Groot Vis, mes élèves ont oublié leur rancœur et les pierres dans leurs poches, et ont hurlé de joie. Les sceptiques parmi mes collègues ont gardé leurs sentiments pour eux. Je me suis dit que Dina trouverait peut-être que c'était lécher les bottes des Blancs, mais non. Elle avait d'autres choses en tête, car elle était mariée depuis peu et occupée à faire des bébés avec son nouveau mari.

— Montre-leur ! a-t-elle lancé par-dessus son épaule, pressée de rentrer dans sa cabane après ses cours. Montre-leur que les Noirs sont aussi bons que les Blancs !

Hélas, certains des leaders de la communauté noire ont refusé de venir, se méfiant, tant le fossé entre Blancs et Noirs était profond. Mais dans l'ensemble, l'invitation a été interprétée comme un petit geste de la part de l'école blanche qui l'avait faite, et un geste bienvenu. De tels efforts avaient été rares dans le passé.

L'autre personne qui n'est pas venue a été le maître. Je n'en ai pas été surprise. Ces derniers temps, il n'allait pas bien. Et mieux valait qu'il ne vienne pas, car les gens le regarderaient, me regarderaient, et ils seraient bien obligés de se rendre à l'évidence.

Dawn n'a pas voulu venir, malgré l'envie que j'avais de la voir là.

— Ils t'observeront comme une bête curieuse, maman, a-t-elle dit calmement. A cause de moi, pas à cause de ta musique.

— Je suis vraiment désolée, ma petite fille.

— Il ne faut pas ! Joue bien, maman ! Ça sera ta soirée !

Elle m'a serrée fort dans ses bras.

C'est ainsi que je me suis trouvée en train de fouler les vertes pelouses de l'école où étaient allés Miss Rose et Mr Phil. Le bâtiment de l'école était peint en blanc, et des parterres de fleurs se détachaient sur ses murs immaculés. Toutes les fenêtres avaient des vitres. C'était le début de la soirée et des groupes d'enfants en uniformes bien repassés et chaussures cirées étaient debout sur l'herbe, à bavarder, sans jouer à des jeux violents comme l'auraient fait ceux de l'autre côté de la rivière. Les derniers ibis bruns de la journée battaient lourdement des ailes au-dessus de nos têtes, sans doute surpris de me voir dans ce nouveau cadre. J'avais mis mon corsage blanc et ma jupe bleu marine, avec une paire de souliers à talons achetée chez Cuthbert, le chausseur. C'étaient les premières chaussures que je m'étais achetées avec l'argent de la banque. Comme j'avais été fière de pouvoir me les offrir ! Des chaussures pareilles me dureront jusqu'à la fin de mes jours ! Jamais je n'avais encore porté de talons, alors je les ai mises à Cradock House et me suis entraînée au piano pour ne pas avoir de difficultés à me servir des pédales le jour J.

— Mary ?

Je me suis retournée et me suis trouvée face à Mr Dumise. Il portait l'une de ses chemises élimées et me souriait, mais avait l'air un peu perdu dans cet environnement impeccable. Il était habitué à diriger une école où le seul fait d'avoir des toilettes en état de marche était un triomphe. Il n'imaginait même pas qu'il puisse y avoir aussi de l'herbe verte et des fenêtres aux vitres intactes.

— Mr Dumise, je ne m'appelle pas Mary, du moins de ce côté-ci du Groot Vis.

Il a hoché la tête et j'ai vu ses yeux pétiller.

— J'essaierai de m'en souvenir. Mais nous sommes très fiers de vous, quel que soit votre nom.

— J'espère ne pas vous décevoir, monsieur, ai-je dit, car il y en a d'autres qui jouent aussi bien que moi.

L'école savait que Mrs Cath jouait du piano. Je ne pouvais rivaliser avec elle.

— Ah, mais vous, vous y mettez quelque chose qui vient du cœur, a-t-il répliqué en posant la main sur sa poitrine. Jouez ce soir comme vous avez joué la première fois que vous êtes venue me voir.

J'ai hoché la tête, sentant une fois de plus sur ma nuque la chaleur de la grande salle confinée, et sous mes doigts la poussière des touches. En fond sonore, le bruit du Groot Vis en crue et, sous ma blouse, Dawn qui se retournait lourdement.

Joue pour maman, joue pour l'enfant.

Joue pour du travail…

— Mr Dumise, comme c'est gentil d'être venu !

C'était Mrs Cath, vêtue de la robe de satin vert qu'elle portait autrefois pour les dîners. Elle était plus pâle que d'habitude, mais c'était peut-être l'effet de la poudre.

— Viens, ma petite Ada, on va commencer.

L'école était le plus beau bâtiment dans lequel j'étais jamais entrée, à l'exception de la banque. Les couloirs sentaient le propre et les sols venaient d'être cirés. Sur un côté, il y avait des patères pour accrocher les blazers. Aux murs étaient fixées des cartes et des photographies. C'était à cela que devait ressembler une école.

Dans la grande salle, il y avait des tableaux représentant des dames sévères en robes de satin noir, avec des parements de fourrure par-dessus, et des toques plates à glands. Jamais je n'avais vu de femmes aussi élégantes. Et les rideaux de l'estrade ne traînaient pas lamentablement.

Tandis que j'attendais mon tour aux côtés de Mr Dumise et des leaders de la communauté, j'avais un peu l'impression d'être assise à l'église avec le maître et Mrs Cath à l'enterrement de Mr Phil. Une fois de plus, je sentais les regards sur ma nuque. Mais cette fois, il y avait une différence. La plupart des regards semblaient curieux, certains même amicaux, surtout ceux des enfants dans l'assistance, qui chuchotaient et se tordaient le cou pour me regarder. C'était sûrement une nouveauté de voir une Noire qui n'était pas une femme de ménage dans leur école. Et ces jeunes Blancs n'avaient probablement jamais rencontré d'enfants noirs de leur âge. C'était illégal.

La soirée a commencé avec la chorale, qui a interprété plusieurs airs du *Messie*. Mrs Cath a chanté avec les sopranos tout en dirigeant la chorale depuis son piano. La façon de chanter était très différente de celle à laquelle j'étais habituée sur les berges du Groot Vis. Ici, on s'en tenait strictement au ton, sans se permettre aucun dérapage dans l'aigu sur une note.

Puis est arrivé l'orchestre de l'école. On a déplacé les chaises à grand bruit, accordé les instruments de façon hésitante. Enfin, les jeunes se sont rassemblés et ont allègrement interprété *Le Beau Danube bleu* sous la direction d'un homme à grosse moustache. Je mourais d'envie de bouger en cadence. Dans l'assistance, certains se sont balancés discrètement et des applaudissements polis ont éclaté à la fin, mais dans l'ensemble les réactions ont été très mesurées comparées à celles qui m'étaient familières. Les Blancs semblaient préférer rester assis à leur place en écoutant de la musique. Mais peut-être était-ce seulement parce qu'ils avaient des sièges ? Il n'y avait pas de chaises dans la salle d'assemblée de mon école. Pareille absence était à l'évidence un avantage pour jouir d'une mélodie. J'ai jeté un coup d'œil à Mr Dumise et me suis demandé s'il pensait à nos élèves de la cité noire et à l'abandon avec lequel ils dansaient. J'aurais tant aimé réunir les deux groupes et leur laisser faire de la musique ensemble, car assurément elle abolit les frontières et elle ne devrait pas avoir de couleur.

— Et maintenant, mesdames et messieurs, accueillons nos invités de l'autre rive, monsieur le proviseur Shepherd Dumise, et les dirigeants de la communauté, Philip Skoza, Daniel Maludi et Peters Schwaba. Et enfin…

La directrice a marqué une pause pendant les applaudissements du public, puis elle a levé une main pour réclamer le silence :

— Nous sommes heureux d'accueillir notre soliste de ce soir, qui vient de la même école, Ada Mabuse !

J'ai senti mon cœur se contracter et j'ai regardé Mrs Cath. Elle a hoché la tête. A côté de moi, Mr Dumise m'a touché le bras pour m'encourager et a murmuré quelques mots que je n'ai pas saisis. L'un des leaders s'est penché et m'a fait signe d'aller prendre place. L'estrade était loin du premier rang où j'étais assise, et j'ai eu grand mal à franchir la distance avec mes chaussures neuves sans trébucher. Je n'ai pas osé regarder le public compact, et ai préféré me concentrer sur le piano qui luisait sur l'estrade. Mrs Cath m'avait assuré que son clavier était aussi impeccable que celui du Zimmermann de la maison.

Je me suis assise et j'ai effleuré les touches doucement, puis j'ai attendu quelques instants. Chaque piano a son âme, chaque piano mérite que vous lui rendiez justice si vous voulez qu'il vous reconnaisse et vous donne sa musique.

Maman s'est approchée de moi, Mr Phil aussi, puis Mrs Cath, et enfin, ma Dawn à peau claire. Si seulement elle avait pu être là en chair et en os…

J'ai posé mes mains au-dessus du clavier et la mélodie est montée dans mes doigts.

Le *Prélude de la goutte d'eau*. De Chopin.

Les premières notes liquides ont retenti, puis la tendre mélodie a flotté dans la salle, y a plané, montant et descendant à son rythme. J'ai oublié l'auditoire, oublié l'endroit où je me trouvais ; j'ai joué pour ceux que j'avais aimés. Ils ont écouté et donné des ailes à mes doigts.

Après la fin du morceau, il y a eu un silence. Puis j'ai pris conscience d'un bruit de pieds frappant le sol en cadence. L'espace d'un instant, je me suis retrouvée dans le township, le premier jour où j'avais enseigné, avec les élèves qui marquaient la mesure de la *Marche militaire*, dansaient au rythme de la musique en se démenant en tous sens comme des possédés…

Mais je n'étais pas dans le township. J'étais dans l'école qui avait refusé de m'inscrire. C'étaient les élèves blancs et leurs parents qui applaudissaient et réclamaient « une autre, une autre ! ».

Alors, j'ai joué encore. Je leur ai interprété du Beethoven grandiose, quelques mélodies ondoyantes de Debussy. Ils ont continué à applaudir et à réclamer une suite. J'ai abaissé mon regard vers la salle et n'ai vu que Mrs Cath, qui s'essuyait les yeux. Alors, j'ai pris un risque. Je leur ai joué des morceaux sur lesquels mes élèves adoraient danser. Sur lesquels Dawn adorait danser. Du swing des cités, comme *Qongqothwane* – « Le Chant du clic » – de Miriam Makeba, au rythme vibrant et au tempo à contretemps. *Pata pata.* Le jazz africain des Manhattan Brothers. La trompette d'or de Hugh Masekela…

Au premier rang, Mr Dumise était radieux, les leaders noirs lançaient autour d'eux des regards gênés, mais tapaient dans leurs mains malgré tout. Disparus, la fumée, les rues bondées, les aboiements des chiens policiers. Soudain, dans le fond de la salle, j'ai entendu le bruit familier de pieds nus qui glissaient et frappaient le sol. Mes yeux ont quitté un instant les touches. C'était Dawn.

Le public s'est retourné, surpris.

Les battements de mains ont décru, puis ont repris de plus belle tandis que ma fille, cheveux lâchés, bras minces levés au-dessus de la tête, dansait derrière le dernier rang. J'ai entendu les gens murmurer, se demander qui était cette fille à peau claire avec sa jupe courte et ses pieds nus. D'où elle venait. Pourquoi elle était là. A quelle race elle appartenait, avec sa peau qui n'était ni blanche ni noire, et ses yeux aussi clairs que le ciel du Karoo au matin.

Elle dansait toujours, portée par la grâce et l'énergie. Dansait comme si sa vie en dépendait. Dansait comme s'il n'y avait pas de lendemain.

Dansait pour moi.

Cette fois, la police n'a pas tambouriné sur la porte du *kaia* à minuit. Elle a frappé à la porte de Cradock House dans la chaleur nonchalante et bourdonnante de l'après-midi.

— Ada !

Mrs Cath s'est précipitée dans la cuisine, ses yeux verts dilatés par la peur.

— Vite, file dans le *kaia*, s'il te plaît ! Et n'en bouge pas.

Elle m'a saisi le poignet avec force.

En passant devant l'abricotier, devant la haie, sous l'arbre corail, j'ai senti monter les mêmes larmes que celles qui m'étaient venues lorsque j'avais quitté la scène pour aller prendre Dawn dans mes bras au fond de la grande salle. Certains des élèves tapaient du pied sur le sol. D'autres, debout, se tordaient le cou pour voir ma fille à peau claire.

« Tu es venue ! Oh, Dawn, tu es venue !

— Personne ne joue aussi bien que toi, maman !

— Reste, ma petite fille, ai-je dit en haussant la voix pour dominer le tumulte. Viens dîner et passer la nuit à la maison…

— Je ne peux pas, maman, a répondu Dawn, dont la poitrine mince se soulevait après l'effort de la danse. Je ne suis venue que pour toi, j'ai dansé pour toi, pas pour ceux-là… » a-t-elle ajouté en désignant le public, qui s'était levé et applaudissait toujours.

Certains des enfants étaient montés sur leur chaise pour mieux voir. D'autres avaient quitté leur place et commençaient à nous entourer, fascinés par Dawn, son corps souple, son visage exotique, son énergie sauvage.

Elle a finalement effleuré ma joue de la sienne et a disparu : un éclair de talons nus, un claquement de porte derrière elle, et elle est sortie dans la nuit pour regagner le township au-delà de Bree Street.

Plus moyen de le nier : ils ont vu qu'elle était ma fille et me ressemblait en tout, couleur de peau mise à part. Et celle de ses yeux. Ceux de son père, le mari de ma maîtresse.

Ils ont demandé à voir Edward seul, mais j'ai refusé. Nous nous sommes donc assis dans le salon, loin les uns des autres. Je n'ai pas proposé de thé. Ils ont dit qu'il « leur avait été signalé » qu'Edward avait eu un enfant métis.

Je me souviens de cette conversation textuellement.

— C'est exact, ai-je répondu, prenant l'initiative, car Edward semblait s'être ratatiné, incapable de réagir. Nous ne le nions pas. Mais l'enfant n'habite pas ici. Et mon mari l'a eu avant que ce soit un acte illégal.

Ce n'était pas la vérité au sens strict du terme, car j'avais vérifié. La loi sur les actes immoraux était en vigueur quand Dawn est née, mais je me suis aperçue que dans les rapports avec les autorités locales il peut être très utile d'avoir l'air sûr de soi.

— Il nous faudra interroger la fille, a dit celui qui semblait être le chef. Et sa mère.

C'était un homme de grande taille, plus raffiné que les grosses brutes qui avaient fait irruption dans le kaia d'Ada, mais tout aussi menaçant.

— Alors, l'Etat instruira un procès, a-t-il continué.

Et ils ont commencé à parler de témoins, de procédures, des articles concernés.

Je me suis levée.

Ils m'ont regardée, ont ouvert la bouche pour en dire davantage, mais je les ai devancés.

— Je vous demanderai de partir, maintenant. Merci de nous avoir informés. Nous allons bien entendu prendre contact avec un avocat.

Ils ont haussé les épaules, comme si rien de ce que nous pouvions faire ne changerait quoi que ce soit, ont rassemblé leurs papiers et sont partis.

J'ai attendu dans le *kaia* jusqu'à ce que j'entende le fourgon s'éloigner. Puis je suis revenue dans la maison. Mrs Cath et le maître étaient assis face à face dans le salon. J'ai regardé par la fente de la porte. On entendait le tic-tac de l'horloge. Ils ne disaient rien. Pourtant, Mrs Cath semblait attendre que le maître parle et lui jetait un coup d'œil de temps à autre. Ils n'ont pas bougé. J'ai songé à tout le temps qu'ils avaient passé ensemble en silence, sans paroles ni contacts. Tous les mois de la maladie de Mr Phil. Et pendant les ennuis de Miss Rose. L'inverse de ce que j'attendais chez un couple marié. Pourtant, c'est peut-être ce qui se passe dans un mariage qui dure : le mari et la femme s'éloignent, se retirent en eux-mêmes, surtout s'ils ne partagent pas les mêmes vues sur le monde. Ou c'est peut-être le signe qu'il n'y avait pas assez de points communs entre eux au départ.

J'ai frappé à la porte. Il était temps de sortir de ma cachette habituelle.

— Entre, Ada, a dit Mrs Cath en se détournant du maître et en hochant la tête à mon intention, comme si elle savait depuis le début que j'étais là.

Le maître a regardé fixement ses doigts. Le journal était en tas par terre à côté de son fauteuil.

— Qu'est-ce qu'ils veulent, Mrs Cath ?

Elle a hésité, puis a dit d'une voix ferme :

— Ils veulent poursuivre Edward en justice.

C'était la première fois qu'elle appelait le maître par son prénom devant moi. Comme le jour où, à l'école, nous nous étions vues non plus comme maîtresse et servante, mais comme deux femmes. Mrs Cath me traitait maintenant comme une égale par rapport au maître.

— Et ils me poursuivront aussi ?

— Ils veulent d'abord interroger Dawn.

— Dawn ?

Mon cœur s'est figé.

— Ils veulent seulement lui parler, a dit Mrs Cath d'une voix hésitante en jetant un coup d'œil au maître. Pour avoir des preuves.

Puis, voyant l'horreur se peindre sur mon visage, elle s'est hâtée d'ajouter :

— Mais Dawn elle-même ne sera accusée de rien, ne t'inquiète pas…

Au contraire. Mrs Cath n'avait aucune idée de ce qui se passait dans la cité noire, ni de l'autre facette de la personnalité de Dawn, celle qui habitait là-bas. De sa volonté farouche. De son désir de s'affirmer, d'être plus noire qu'elle ne l'était vraiment, d'être au cœur du brasier – la libération, la lutte, la révolution, la guerre – qui nous dévorait tous.

Peu m'importait mon sort, c'était Dawn qui comptait, Dawn qu'il fallait protéger. S'ils la trouvaient et l'emmenaient pour l'interroger, Dawn résisterait. Je le savais. Elle se battrait, protesterait, donnerait des coups de pied et hurlerait, même si elle n'était elle-même que témoin ou victime et non susceptible d'être accusée de quoi que ce soit. Ensuite, elle serait traumatisée à jamais.

— Ada ! Ada !

Mrs Cath s'est levée, mais j'étais déjà sortie de la pièce, j'avais franchi la porte de derrière comme le jour où je l'avais fait avec l'enfant qui poussait dans mon ventre, je descendais Dundas Street en cherchant à reprendre mon souffle, je passais devant la prison et j'entrais dans la cité noire, portée par mes pieds affolés malgré l'approche de la nuit.

42

— Evite de te montrer, Dawn. Et tiens ta langue s'ils te trouvent, ai-je supplié.

Dawn et moi étions assises dans l'obscurité de plus en plus dense de la cabane de Lindiwe. Une seule chandelle, posée par terre, nous éclairait. La flamme nue projetait des ombres tremblantes sur les murs de torchis. Au dehors, on entendait des hommes se diriger bruyamment vers le bar à bière voisin, leur salaire de la semaine en poche. C'était un vendredi. Je tendais l'oreille, cherchant à entendre malgré leurs cris le bruit des sirènes de police venant chercher mon enfant. Je n'ai pas parlé des éventuelles poursuites à mon encontre.

— Mais pourquoi, maman ? Je n'ai rien fait de mal.

Lindiwe a tendu la main et m'a touché le bras par solidarité avant de se tourner vers Dawn.

— Non, mais ta maman t'a donné une peau qui te pousse à faire des imprudences. C'est de ça qu'elle a peur s'ils viennent te chercher pour t'emmener au commissariat : que tu résistes.

— Ils n'ont pas le droit !

— Ils peuvent faire ce qu'ils veulent, ma petite fille, ai-je crié. Le droit n'a rien à voir là-dedans !

Je n'avais toujours pas avoué que c'était le maître qui était son père. J'essayais toujours de m'en tenir à la fiction selon laquelle c'était un Blanc inconnu à qui elle devait cette couleur de peau, il y avait confusion de la part de la police, et on nous poursuivait par erreur. Mais elle connaissait sûrement la vérité. N'avait-elle pas quitté Cradock House pour nous protéger de la loi ?

Lindiwe s'est levée pour ôter sa bouilloire du réchaud.

— Réfléchissons à la meilleure solution, a-t-elle dit doucement. Celle qui sera la plus sûre pour Dawn.

— Il faut que je parte, il n'y aura plus de preuve. Ils auront beau chercher, ils ne trouveront plus de peau métissée, a murmuré Dawn, oubliant sa colère et laissant resurgir sa tendresse.

Elle s'est penchée et m'a entourée de ses bras. Je me suis mise à pleurer contre sa joue pâle.

— Non, ma petite fille, on va se débrouiller. Peut-être que Mr Dumise ou le révérend Calata interviendront en ta faveur.

Dawn s'est écartée et m'a regardée avec tristesse.

— Oh, maman, tous ceux qui m'aideront seront suspects.

— Mais où iras-tu ?

Lindiwe, toujours pragmatique, revenait avec des tasses pleines de thé fort, qu'elle a posées à même le sol devant nous.

— A Jo'burg, a dit Dawn sans hésiter.

Ses yeux brillaient même dans l'obscurité de la cabane.

— Là-bas, personne ne me trouvera.

J'ai eu un hoquet.

— Jo'burg ! Si loin !

Jo'burg, le lieu de tous les ennuis, comme s'en est aperçue Miss Rose, comme Sharpeville avec ses enfants massacrés. Comment pourrais-je l'aider si elle était aussi loin ? Et si j'étais emprisonnée ?

— Je trouverai du travail.

— Quel travail ?

Dawn n'avait pas terminé l'école ; la seule chose qu'elle savait faire, c'était encaustiquer, épousseter, repasser, comme moi. Je lui avais appris l'anglais et l'avais envoyée à l'école pour qu'elle puisse faire autre chose que du ménage.

— Je danserai ! a-t-elle dit, le visage fendu d'un brusque sourire. Tu as vu comme ça leur a plu de me regarder l'autre jour !

Elle s'est levée et s'est mise à se trémousser et à onduler à la lueur de la chandelle, comme si elle entendait de la musique et obéissait à un rythme.

J'ai fait une autre tentative désespérée pour convaincre la silhouette qui dansait devant nous.

— Si tu réponds poliment à leurs questions, ils accepteront tes réponses et te laisseront partir. Mais si tu résistes, si tu discutes...

Dawn s'est immobilisée dans l'attitude finale, puis s'est laissée tomber par terre, repliant ses jambes souples sous elle comme les manches d'une chemise après le repassage.

— Tu ne comprends donc pas, maman ? Je suis venue au concert spécialement pour toi. J'ai dansé pour toi, maman. J'allais partir un de ces jours, de toute façon, même si la police n'était pas revenue.

— Dawn !

— Le Karoo est trop petit, trop petit, maman, a-t-elle déclaré d'un ton enjôleur pour essayer de me convaincre. L'avenir sera meilleur à Johannesburg. Il paraît qu'il y a plus de peaux comme la mienne là-bas.

L'avenir sera meilleur là-bas, avait dit Miss Rose elle aussi, quand elle avait agité la main pour nous dire au revoir, avec sa robe bleue et son rouge à lèvres de chez le pharmacien. J'ai regardé Dawn, cette femme-enfant entre deux couleurs, et j'ai compris que tout ce que je pourrais dire ne servirait à rien. A partir du moment où le docteur m'avait parlé de l'hérédité, j'avais su que mon enfant ne m'appartiendrait jamais. La première descente de la police au *kaia* avait renforcé son désir de quitter Cradock House, et cette dernière menace lui donnait une raison de secouer la poussière du Karoo de ses pieds une fois pour toutes.

Au reste, qui étais-je pour juger ? J'étais retournée à Cradock House parce que j'avais envie d'avoir un lieu que je pouvais appeler « chez moi ».

Elle s'est relevée et est restée dans l'embrasure de la porte, comme Mrs Cath l'avait fait lorsqu'elle m'avait retrouvée. Puis elle a reculé d'un pas, prestement, et s'est penchée pour me prendre par l'épaule.

— Je vais aller chercher mes affaires et je reviens. Tu restes ici, maman ? Tu restes ici ce soir ? Le train part de bonne heure.

— J'ai compris que c'était le maître quand Miss Rose s'est mise à me détester, a-t-elle chuchoté plus tard, lorsque nous nous sommes retrouvées couchées sur le sol toutes les deux.

J'ai pris sa main, posée près de moi, et l'ai pressée contre mon visage, sentant la peau plus rugueuse des articulations et la douceur de la paume, respirant sa jeunesse suave. Sa tête aux cheveux moins crépus que les cheveux africains se détachait sur des étoiles inattendues qui nous regardaient par la porte ouverte.

Les mots ont jailli, se bousculant.

— J'ai cru que j'étais obligée d'obéir quand il est venu à ma porte. Peux-tu me pardonner, ma petite fille ?

Elle s'est tournée pour me faire face. Ses yeux bleus étincelaient.

— Je ne pardonnerai pas au maître, a-t-elle dit avec une fureur contenue, ni à Miss Rose.

J'ai senti s'accentuer l'étreinte froide sur mon cœur : si cette violence-là pouvait l'aider à survivre, elle risquait aussi de la vider de sa réserve de tendresse. Une tendresse qui habitait encore son cœur, malgré les injustices quotidiennes. J'ai prié pour que le monde change en temps voulu afin que cela ne se produise jamais.

C'était une aube grise comme celle où était née Dawn, et où j'étais allée chercher de l'eau avec elle sur un bras et le seau de tatie dans l'autre main. Un trait de lumière apparaissait à l'horizon et faisait ressortir les masses violettes des *koppies* qui se dressaient au-dessus de la ville. Les gens descendaient la ruelle à pas pressés, certains avec des valises, comme Dawn, d'autres les mains vides. Il n'y avait pas de bruit ; le « Bach du Township » n'avait pas encore atteint son volume sonore habituel ; et les provocateurs n'avaient pas encore de pierres aux poings.

— Tu as l'adresse de mon amie ? a demandé Lindiwe quand nous avons quitté la cabane.

— Oui, a répondu Dawn, pâle dans la lumière du petit matin, mais impatiente. Merci, Ndwe.

Lindiwe lui a saisi la main et l'a serrée.

— Et surtout, écris à ta maman.

— J'écrirai toutes les semaines, promis.

— Et à moi aussi. Ça me fera un bon exercice de lecture.

C'était à mon intention qu'elles disaient tout cela, pour faire comme si elles ne remarquaient pas mon silence et l'accablement qui me courbait davantage à chaque pas sur la route en terre qui nous rapprochait de Bree Street, de Church Street, du pont sur le Groot Vis, et enfin de la gare qui avalerait mon enfant avant que le soleil soit levé.

Des jeunes avec une coiffure afro ont agité la main pour saluer Dawn, puis l'ont baissée en voyant qu'elle portait une valise, et le vieux manteau noir de maman sur l'épaule. Elle ne s'est pas arrêtée pour bavarder, comme elle l'aurait fait en temps ordinaire, mais a continué à avancer entre Lindiwe et moi. Même la prison était calme. Les fourgons de police étaient alignés à l'extérieur, silencieux, attendant de remplir leur cruelle tâche quotidienne.

Nous sommes arrivées à Church Street. Dawn a levé les yeux vers les jardins du Karoo, place du marché. Les bancs où je m'asseyais jadis portaient maintenant l'écriteau « Réservé aux Blancs ». Dawn ne savait pas ce que c'était que d'être assise sur ces bancs, à se chauffer au soleil – les écriteaux étaient apparus quand elle était enfant.

Nous avons tourné sur le pont. Au-dessous de nous, le Groot Vis coulait paresseusement autour des rochers où les premières laveuses prenaient place. Des nids de tisserins pendaient au ras de la surface de l'eau. Nous n'étions pas passées par le gué, car cela aurait obligé Dawn à se mouiller les pieds, ce qui semblait assez malvenu le jour de son départ.

J'ai vu que le train était déjà en gare. Des bruits d'aiguillage nous parvenaient de plus loin sur la voie. Au-dessus, la colline où se réunissaient jadis les fidèles comme tatie s'illuminait sous les premiers rayons du soleil. Il m'arrivait parfois d'apercevoir tatie au loin, mais jamais elle ne me disait bonjour, pas plus qu'à Dawn. En cette affaire, elle avait adopté le même comportement que le maître – et beaucoup d'autres Blancs. Comme ces écoles qui refusent d'entendre, et ces esprits qui peuvent se fermer délibérément pour ignorer ce qu'il y a au coin de la rue.

— Maman ?

Dawn m'a pris le bras pour me faire monter les marches menant à la gare, car je m'étais arrêtée et regardais autour de moi comme si je me trouvais dans un lieu inconnu. Je me suis ressaisie.

— Oui, il faut prendre un billet.

Lindiwe avait gentiment proposé d'avancer la somme, car j'avais quitté Cradock House si précipitamment que je n'avais pas pris l'argent caché dans mon matelas. Je rembourserais mon amie une prochaine fois.

— Johannesburg, aller simple, a dit Dawn à l'homme assis derrière les barreaux du guichet pour les non-Blancs.

L'homme l'a regardée, remarquant la valise en carton, le manteau de deuil râpé, le visage lumineux qui contrastait avec notre peau noire, à Lindiwe et à moi. Il s'est léché l'index et a compté l'argent qu'elle lui avait donné, puis a poussé un billet pour le faire passer par l'ouverture et désigné le train qui attendait.

— Changement à De Aar. Départ dans dix minutes.

Les quais n'étaient pas bondés comme ils l'avaient été jadis. Pas d'orchestre jouant *We'll meet again*, pas de dames agitant des mouchoirs de dentelle, et même pas de rires pour couvrir les larmes.

Le train a commencé à envoyer des jets de vapeur. J'ai regardé les pigeons sur les poutres métalliques. Alors, j'ai senti Phil à nouveau, la chaleur de son étreinte, sa joue râpeuse là où il avait oublié de passer le rasoir. Je me suis tournée vers Dawn, qui aurait dû être son enfant, et j'ai serré son corps mince dans mes bras comme il avait jadis serré le mien.

Elle a parlé d'une voix brisée et nos larmes ont coulé ensemble.

— Je reviendrai, maman.

— Oui, ai-je réussi à répondre. Et tu viendras aussi voir Mrs Cath.

J'avais dit la même chose quand elle avait quitté Cradock House. Le train a lâché son sifflement en *fa* dièse.

— Allez, viens, a dit Lindiwe en soulevant la valise de Dawn et en ouvrant la porte du compartiment de troisième classe. Embrasse-moi une dernière fois.

Des portes ont claqué tout le long du quai tandis que montaient les derniers passagers. Dawn a dénoué mes bras qui entouraient sa taille et est montée sur le marchepied pour entrer dans son compartiment. Elle a posé sa valise et le manteau de maman, puis elle s'est penchée à la fenêtre. L'excitation le disputait aux larmes, car elle était impatiente de partir, impatiente d'aller vers le bel avenir qui, croyait-elle, l'attendait à Johannesburg. Lindiwe et moi avons levé les bras pour lui prendre chacune une main.

— Bonne chance, a crié Lindiwe pour dominer les ronflements de la locomotive. Travaille bien et écris à ta maman !

J'ai voulu dire « Dieu te garde, Dieu te garde », mais les mots sont restés dans ma gorge.

Avec effort, le train s'est ébranlé dans des nuages de vapeur. Les pigeons se sont envolés des poutrelles du toit. J'ai couru à côté du train, refusant jusqu'à la dernière seconde de lâcher la main de ma fille. Lindiwe m'a crié d'arrêter. Puis je suis arrivée à l'extrémité du quai et ai senti les doigts de Dawn glisser hors des miens. Elle s'est penchée par la fenêtre et a agité vigoureusement les bras :

— Je t'aime, maman. Dis à Mrs Cath que je regrette de ne pas lui avoir dit au revoir !

Elle a passé une main sur son visage pour essuyer ses larmes. Le train a pris de la vitesse. La voiture de Dawn a disparu à notre vue dans un virage. Un autre coup de sifflet, cette fois-ci un peu au-dessous du *fa* dièse, et le train s'est dirigé vers le Karoo vide, d'abord vers l'embranchement de De Aar, pour aller ensuite vers Johannesburg, où il y avait de l'or dans le sous-sol et – que Dieu aie pitié de Dawn – des ennuis de toutes sortes au-dessus.

43

— Viens, a dit Lindiwe en me prenant par le bras, on rentre ensemble.

Nous avons donc repassé le pont. Des amies laveuses de Lindiwe l'ont hélée depuis les rochers, et elle les a saluées de la main. J'ai regardé derrière moi. Le train n'était plus qu'une tache de fumée sur le vaste ciel qui devenait plus lumineux. Puis le soleil tout entier a jailli au-dessus de l'horizon, se réverbérant sur les toits de zinc de Church Street et inondant les murs de pierre d'une lumière rose et dorée.

Je me suis surprise à dire tout haut :

— Est-ce qu'elle reviendra un jour ?

— Mais oui, a répondu Lindiwe sur un ton réconfortant. Un jour.

— Comme tu m'as dit qu'un jour je serais fière d'elle ?

— Exactement. Et tu l'es !

Je me suis éclairci la voix et j'ai levé la tête pour faire face au jour naissant.

— Pourquoi es-tu si bonne avec moi ? ai-je demandé.

— Parce que je suis ton amie.

Nous nous sommes arrêtées au carrefour de Church Street et de Dundas Street. Elle m'a serrée contre elle avec force. Bien qu'elle soit maintenant propriétaire, Lindiwe n'a rien perdu de ses muscles de laveuse. Nous avons convenu de nous retrouver plus tard. Dundas Street était silencieuse, fraîche sous ses faux poivriers quand je l'ai descendue. Le soleil se cachait brièvement derrière une colline, mais il sortirait bientôt et la rue serait alors frappée par une chaleur soudaine, comme celle qui vous arrive dans la figure à l'ouverture d'une porte de four. Dawn adorait la fraîcheur du petit matin à Cradock House, la rosée sous ses orteils, les premiers trilles des *bokmakieries*, et les vygies qui ouvraient leurs pétales luisants quand elle traversait le jardin en courant.

C'est le véhicule sur la route qui m'a alertée. D'habitude, les visiteurs montaient l'allée de gravier en voiture. Et d'ailleurs, qui pouvait bien venir avant le petit déjeuner ?

J'ai pressé le pas. Puis je me suis mise à courir à côté du sillon d'irrigation à sec, car je voyais Mrs Pumile debout sur la route, les mains devant la bouche. Juste à ce moment-là, une sirène a commencé à hurler. Pas la sirène de police redoutée, non, une autre, avec une note différente, une cadence différente. Une ambulance blanche avec un gyrophare a fait une embardée en débouchant de l'allée de Cradock House et s'est engouffrée à toute allure dans Dundas Street.

— Oh là là, quel malheur ! a crié Mrs Pumile en se tordant les mains. Je n'ai rien entendu, et puis l'ambulance est arrivée ! Ta pauvre maîtresse ! Le maître sur une civière, oh, Ada, c'est vraiment pas de chance, pas de chance, après le départ de cette malpolie de Miss Rose et du jeune maître... J'arrive, Madame !

Elle est retournée d'un pas chancelant dans le jardin d'à côté pour répondre à l'appel impatient de sa maîtresse.

La porte arrière de Cradock House n'était pas fermée.

— Madame ! Mrs Cath, ai-je crié.

Ma voix est retombée dans du vide. Je me suis précipitée à l'étage, dans sa chambre, mais elle n'était pas là. Le lit n'était pas défait. J'ai traversé le couloir et frappé à la porte du maître, puis je suis entrée. Les draps et couvertures en désordre traînaient sur le sol. Il y avait sur la table de nuit ses flacons de médicaments habituels, des flacons autour desquels je passais le chiffon, comme je le faisais autour du journal de Mrs Cath sur sa coiffeuse.

Il ne me restait qu'une chose à faire : travailler. C'était samedi, donc il n'y avait pas école. Avant, Dawn serait peut-être venue pour le week-end, et je me serais mise en cuisine pour la remplumer avec de bons petits plats. Pas cette fois-ci. Je suis descendue au *kaia* me changer, puis j'ai noué un *doek* autour de mes cheveux comme maman autrefois ; ensuite, j'ai sorti les chiffons et je me suis efforcée de calmer le tumulte dans ma tête. Si le maître était à l'hôpital, comment pouvait-on le poursuivre ? La loi tenait-elle compte de la maladie ? La loi pouvait-elle obliger un malade à aller en prison ? Ou tournerait-elle alors son attention vers moi ?

Je suis remontée à l'étage, cette fois dans la chambre de Phil, où j'ai grimpé sur le coffre à jouets pour contempler la ville, le Karoo, et où j'ai cherché du regard un train qui se faufilait vers le nord, mais il n'y avait rien à voir. Juste les vastes plaines jaunes, dont la monotonie était rompue de temps à autre par des *koppies*, ou le nuage de poussière occasionnel d'une voiture à l'approche.

J'ai tout astiqué, mais personne n'est revenu.

Le maître était malade, Dawn s'éloignait encore davantage. La loi attendait.

Vers le milieu de la matinée, j'étais fatiguée et la maison trop silencieuse. J'ai donc enlevé mon fichu et me suis assise au piano. J'ai essayé un morceau de jazz, comme ceux sur lesquels Dawn aimait danser, mais il a résonné trop bruyamment dans les couloirs vides et trop douloureusement dans mon cœur. Alors, j'ai interprété pour la maison un nocturne de Chopin, celui en *do* dièse mineur, publié seulement après la mort du compositeur. Je crois que c'est le meilleur, celui qu'il conservait pour lui seul ; un joyau où chaque saut d'une octave atteint assurément le ciel.

— Ada ?

J'ai sursauté. Mrs Cath était dans le vestibule.

— Oh, Ada...

Elle a posé son sac à main sur la table de l'entrée et s'est laissée tomber sur la petite chaise placée près du téléphone. Des mèches grises s'échappaient de son chignon ; elle avait les yeux meurtris comme lorsque Miss Rose est partie et quand Phil est mort. Sa robe fluide de couleur crème avait une tache sur la manche, comme si on avait essayé de faire disparaître du sang en vain.

— J'ai vu l'ambulance ! me suis-je exclamée en m'agenouillant.

Elle s'est penchée, la tête entre les mains. Je me suis levée.

— Allons, Madame, ai-je dit, venez vous installer sur le canapé et je vous apporterai un thé bien fort, allons...

Je lui ai pris les mains – je n'avais plus peur de toucher Mrs Cath, nous n'en étions plus là – et je l'ai aidée à se relever. Elle s'est appuyée sur moi pour passer dans le salon et aller jusqu'au canapé. Je lui ai ôté ses chaussures et j'ai soulevé ses jambes de façon à ce qu'elle soit étendue, puis je l'ai couverte d'un châle rouge qu'elle laissait toujours à proximité.

— Dawn ? a-t-elle murmuré en appuyant les doigts sur ses paupières. La petite est à l'abri ?

— Oui, Mrs Cath, ai-je répondu. Tout à fait à l'abri. Et je vais vous faire du thé.

Je suis allée à la cuisine, ai mis la bouilloire à chauffer, sorti le plateau que j'ai garni d'un napperon brodé, et j'ai trouvé la petite théière favorite de Mrs Cath, celle qu'elle avait apportée d'Irlande et dont elle se servait quand elle voulait prendre une tasse de thé seule. J'ai coupé des triangles de pain bis fait maison, sur lesquels j'ai étalé de la confiture d'abricots de notre arbre, après les avoir beurrés.

Mrs Cath s'est redressée, et a remarqué le plateau que je lui avais préparé.

— Oh, Ada, tu es gentille, tellement gentille. Je t'en prie, prends du thé avec moi.

J'ai hésité, mais elle a souri et a indiqué la cuisine. J'ai rapporté une tasse, un supplément d'eau chaude, j'ai versé le thé pour nous deux et me suis assise face à elle. J'ai attendu pendant qu'elle buvait quelques gorgées et se forçait à manger une tartine.

J'ai attendu.

Quand le maître rentrerait, qui le soignerait ? Pourrais-je trouver la force d'aider à le faire ? Ce n'était peut-être pas mon devoir, mais Dieu le Père s'attendait sûrement à ce que je montre de la pitié. Le visage du maître me regardait fixement : les yeux bleu délavé, les cheveux avec une raie bien nette, les lèvres sévères qui ne s'adoucissaient que pour Madame, que pour Miss Rose. *Je ne te ferai pas de mal, Ada…*

— Il est parti, Ada.

J'ai sursauté et j'ai dévisagé Mrs Cath. Ce n'était pas possible. Pas possible, voyons.

— Il a eu une crise cardiaque. Ils ont fait tout ce qu'ils pouvaient, mais il est mort avant d'arriver à l'hôpital.

Elle a reposé sa tasse, qui a heurté la soucoupe.

Je me suis levée et me suis approchée de la fenêtre. La voiture que j'avais vue le matin avait disparu. Peut-être était-ce celle du médecin. Peut-être était-il parti dans l'ambulance avec le maître avant de revenir chercher sa voiture. Après la mort du maître.

Ma fille, elle aussi, était partie. Elle avait grimpé dans un train en partance pour Johannesburg peut-être au moment même où son père s'était senti mal. Sans le savoir, elle était partie au moment précis où elle – et lui – ne pourrait plus être poursuivie. Les accusations contre le maître mourraient avec lui. Dawn ne présenterait plus d'intérêt pour la police. Elle ne serait plus qu'un accident, une autre sang-mêlé, entre deux races. Ils prendraient les documents qu'ils avaient rassemblés contre le maître et les jetteraient, comme on vide une corbeille à papier, et puis ils passeraient à une autre cible.

Ma fille était partie sans raison. Elle était partie pour épargner son père, pour m'épargner, et en quête d'un avenir meilleur, un avenir qu'elle aurait pu découvrir ici, finalement.

Mais ce n'était peut-être pas fini. Peut-être ne jetteraient-ils pas les papiers. Peut-être viendraient-ils s'en prendre à moi avec une hargne redoublée maintenant que le maître était mort.

Le sol est monté vers moi.

Madame a crié « Ada ! », et je ne me souviens plus de rien.

Les obsèques ont été retardées jusqu'à ce que je sois remise de ma chute. Mrs Cath a dû appeler le Dr Wilmott pour me bander la tête là où j'avais heurté le bord de ma chaise. J'avais également mal à un bras. Mrs Cath avait fait appel à Mrs Pumile pour l'aider, car il fallait laver le linge du maître et le ranger au fond du placard réservé à cet effet ; il fallait faire des paquets de ses vêtements pour les donner. Il a fallu nettoyer le tapis sur lequel j'avais saigné ; enfin, il fallait se préparer pour l'arrivée de Miss Rose.

Me voilà au premier rang dans l'église, ma blessure couverte par un *doek* ; j'ai mis ma plus belle robe bleu marine et les chaussures à talons que je portais au concert à l'école de Mrs Cath. Peut-être que certains fidèles d'aujourd'hui assistaient à celui-ci, peut-être que certains d'entre eux m'avaient applaudie. J'avais cru jadis que mon talent au piano me permettrait de faire oublier la couleur de mon enfant – à tatie, à mes collègues –, mais ce n'a pas été le cas. Alors je ne dois pas m'attendre à ce que des fidèles blancs cachent leur réprobation, même s'ils ont été enthousiasmés par ma façon de jouer. Même si Mrs Cath fait tout pour montrer qu'elle m'a pardonné. J'ai péché. Même avec le maître dans la tombe, je suis toujours une pécheresse à leurs yeux.

Mais j'ai prouvé que je peux vivre en dépit de cela. Dieu le Père m'a épargnée jusqu'ici, et toute la réprobation blanche du monde n'y changera rien. Tant que j'aurai un piano, je survivrai à tout. Même le départ de ma fille paraît supportable quand jaillit la musique.

Cette fois-ci, au premier rang, il y a un contact physique : Mrs Cath me prend la main et la serre. Elle se fait du souci pour moi, mais je ne me plains ni de ma tête ni de mon bras meurtri, car ils ne tarderont pas à guérir. Miss Rose ignore ce geste, comme elle m'a ignorée depuis son arrivée. Elle regarde droit devant elle ; elle est coiffée d'un chapeau noir à large bord, rigide sur sa tête, et porte une jupe entravée aux genoux. Quand elle a vu la jupe très courte de Miss Rose, Mrs Pumile a eu un sifflement réprobateur. Helen n'a pas accompagné Miss Rose ; elle est en pension à Johannesburg.

« Reçois, ô Seigneur, l'âme d'Edward, le père bien-aimé de Rosemary, l'époux affectionné de Cathleen. »

J'entends derrière moi des respirations qui se figent.

Ils savent, bien sûr qu'ils savent. Ou peut-être – puisque Dawn n'est pas là – feront-ils comme si rien n'était arrivé. Comme si la métisse qui a les yeux d'Edward et habitait jadis à Cradock House n'existait pas. Comme si la métisse aux pieds habités par la musique, au cœur rebelle, ne faisait que passer. Ils ne la voient plus, donc elle n'a jamais été là.

44

Le conseil municipal croit lui aussi que les gens qu'on ne voit plus disparaissent purement et simplement. Ils ont donc décidé de déplacer les cités noires de Lococamp et de Bree Street vers un nouveau township appelé Lingelihle, que l'on construira plus loin, sur la route menant à Port Elizabeth, à bonne distance de l'église hollandaise réformée, dont on n'apercevra plus que le clocher. On dit que c'est pour remédier au surpeuplement. On dit que c'est pour des raisons d'hygiène. Sans doute, mais si ces raisons sont les bonnes, je me demande pourquoi on n'améliore pas ce qui existe déjà...

Cela veut dire que notre école délabrée sera démolie, et que les cabanes bien gardées de Lindiwe devront être rasées. Seule l'école Saint James sera épargnée à cause de son éloignement de la partie blanche de Bree Street et à cause de sa notoriété grâce au révérend Calata.

Il paraît que les maisons neuves de Lingelihle seront en brique, que de nouvelles écoles seront construites et qu'il y aura plus de propreté et d'équipements dans le nouveau quartier, même si le trajet jusqu'à la ville est beaucoup plus long, même si l'altitude est plus haute et le lieu plus exposé aux vents froids que l'ancien township. Il paraît que c'est la loi.

Il y a des réunions dans la grande salle de l'école Saint James, où les murs s'écaillent et où les gens se demandent comment on pourra avoir de quoi peindre de nouveaux bâtiments s'il y a déjà pénurie de peinture. On parle beaucoup de compensation pour ceux qui vont perdre leur maison, même s'ils sont très pauvres. Je sais ce qu'est la compensation. C'est censé être un dédommagement quand il y a une perte, comme la générosité de Mrs Cath, dans laquelle Jake avait vu un dédommagement pour la perte de Cradock House après que j'étais partie enceinte de Dawn. Mais je sais qu'une somme d'argent ne remplace jamais les pertes du cœur. Les cabanes de Lindiwe sont peut-être rudimentaires, mais elles ont été bâties à la sueur de son front et de ses muscles, au milieu de gens qu'elle connaissait et qui la connaissaient, comme leurs parents et grands-parents avant eux. Aucune compensation ne remplacera cela.

— Je ne veux pas quitter la maison de mon père, a déclaré Veronica, ma collègue aux poulets qui était réticente à l'idée de brûler les laissez-passer. Comment les ancêtres sauront-ils où je suis ?

Et puis il y avait le problème des loyers.

— Vous serez dans des maisons plus confortables que celles que vous occupez actuellement, insistait le commissaire au logement lors de l'une de ces réunions.

Le commissaire se déplace toujours sous escorte policière. Aujourd'hui, ses gardes du corps sont plantés sur leurs jambes écartées, les bras derrière le dos, matraques au poing. Deux conseillers municipaux sont assis de part et d'autre du commissaire. Ils n'ont pas l'air rassurés, car ils se penchent vers leur sacoche pour y chercher des livres, qu'ils feuillettent souvent.

— Dites-nous quel genre de loyer on aura ! crie un homme.

Le commissaire consulte ses notes.

— Trois rands soixante-huit pour les maisons de deux pièces, quatre rands trente-neuf, pour celles de quatre.

On entend des hoquets de surprise et des murmures dans toute la salle. Les murmures enflent jusqu'au grondement.

— Mais aujourd'hui on paie un rand cinquante-cinq, pourquoi voulez-vous qu'on déménage ? hurlent plusieurs voix, dominant le brouhaha.

— Et la compensation ? hurle une autre voix.

Les gens se regardent, puis se retournent pour observer les policiers au fond de la salle. Combien de temps resteront-ils sans intervenir ? Je constate qu'il y a deux policiers de plus, arrivés discrètement. Ils ne portent pas d'uniforme, mais ont des appareils photo. Ils photographient l'assistance, surtout ceux qui posent des questions. Ma tête me fait encore mal. Quand je suis inquiète, elle m'élance.

— Les maisons seront plus confortables que celles que vous avez. Et nous essaierons de vous donner une indemnisation.

Lindiwe se lève.

— Il faut qu'il y ait une compensation.

Lindiwe parle très bien anglais maintenant. Elle n'ignore rien des compensations. Les appareils photo mitraillent. Je baisse le visage.

Des cris s'élèvent dans la partie la plus agitée de l'assistance : « On reste où on est ! » La phrase est reprise par le reste du public. Les pieds frappent le sol en cadence, mais là, il ne s'agit pas d'applaudissements. Plusieurs habitants âgés se lèvent et sortent, les mains devant le visage. Le commissaire jette un coup d'œil aux policiers en uniforme, qui commencent à patrouiller à l'arrière de la salle en balançant légèrement leurs matraques.

On est au bord du chaos.

Si le révérend Calata avait assisté à la réunion, il aurait trouvé le moyen de ramener la foule au silence et d'obtenir ce qu'elle voulait par des voies plus calmes. Le révérend Calata croit à la négociation. Et d'ailleurs, il y en a une à faire. Après tout, si le conseil municipal veut que les Noirs soient hors de vue, alors il faut les payer ou trouver le moyen de leur offrir une compensation quelconque pour permettre que ce changement ait lieu. Mais le révérend Calata a été assigné à résidence et frappé d'interdiction de parler en public, ce qui signifie qu'il ne peut plus quitter sa maison sans surveillance policière, ni assister à des réunions publiques. C'est comme ça. Même sa photographie a été enlevée de l'endroit où elle était accrochée près de l'estrade, laissant un rectangle plus clair sur le mur où elle se trouvait autrefois. C'est pour ça que les gens comme Lindiwe prennent fait et cause pour ce qu'ils estiment être la justice.

Et moi ?

Je jette un coup d'œil alentour. Certains me reconnaissent, d'autres m'ignorent, car je suis une Noire qui a fauté avec un Blanc, et le Blanc, c'est l'ennemi. Je suis une cible, d'autant plus que je ne vis pas dans le township. On voit des gens être battus parce qu'ils ne manifestent pas de solidarité. On appelle ça la violence entre Noirs. Et je suis aussi une proie facile pour les policiers blancs. Ils savent qui je suis, ils connaissent ma faute, ils peuvent m'arrêter quand ils veulent. Je me dis : « Méfie-toi. Il n'y a pas de bon côté dans ce genre de guerre. »

Pourtant, j'ai honte de moi, car je reste assise sans rien faire. Je parle assez bien l'anglais et je suis assez intelligente pour prendre en main cette négociation.

— Ils avaient promis des indemnisations, a répété Lindiwe plus tard.

Nous avions repris le chemin de sa cabane au milieu de la foule mécontente. J'ai mis la main dans ma poche pour toucher le rayon de bicyclette affilé. Des sirènes hurlaient. Des jeunes gens exaspérés criaient *Amandla !* et cherchaient des projectiles dans les détritus jonchant le bord de la route. Des briques ont commencé à siffler au-dessus de nos têtes en direction d'un fourgon de police qui approchait. Il y a eu un remous dans la foule, de la poussière a volé, et nous a empli la gorge. Mon cœur s'est emballé. Lindiwe m'a saisi la main. Derrière nous, nous avons entendu les aboiements frénétiques des chiens policiers. Nous nous sommes mises à courir.

— J'ai travaillé dur pour mes cabanes, a soufflé Lindiwe, hors d'haleine. Je ne bougerai pas tant que je ne serai pas indemnisée.

Toute la nuit, la foule s'est livrée à des actes de violence dans les rues, poursuivie par la police et les chiens en furie. Toute la nuit, Lindiwe et moi avons tendu l'oreille dans sa cabane obscure, le cœur battant quand les poursuites se rapprochaient et que le staccato déchaîné des cris, du piétinement lourd des bottes et des aboiements enflait. Lindiwe gardait une main sur ses seaux d'eau, remplis en permanence depuis l'incendie de sa première cabane. La frénésie ne s'est calmée que lorsque la lumière dorée de l'aube a tremblé à l'horizon. Ce jour-là, le township a été silencieux. Un silence d'après orage, ou annonciateur du suivant. Pour la première fois, je suis contente que Dawn ne soit pas là.

45

Dans ma tête, je vis avec Dawn. Je m'éveille avec elle dans la lumière grise du matin, je la vois chercher du travail parmi les milliers qui sont partis en quête d'un avenir dans les mines d'or, et je la regarde dormir quand vient la nuit et que les étoiles sont cachées par la fumée. Peut-être en est-il de même pour nous tous. Peut-être vivons-nous tous avec les autres, surtout ceux que nous aimons. Jadis, j'ai vécu avec Phil, j'ai entendu le sifflement des balles au-dessus de sa tête, j'ai senti le sable de Sidi Rezegh sous ses ongles ; je nous imagine parfois, Dawn, lui et moi, comme une famille.

Depuis la mort du maître, j'ai finalement compris que Mrs Cath aussi laisse galoper son imagination. Quand je suis dans le township, elle se représente ce que je fais et se met à ma place de professeur. Quand je rentre, elle veut savoir ce que chaque jour m'a apporté. Mrs Cath comprend les deux pans de ma vie divisée, surtout celui que peu de Blancs perçoivent. Et tandis que les incendies font rage et que les bagarres sévissent, elle s'inquiète pour moi et pour Dawn, dont nous ne savons ni l'une ni l'autre à quoi ressemblent les journées.

— Quand reviendra-t-elle, Ada ? Elle serait plus en sécurité ici qu'à Jo'burg…

Elle effleure la photographie de Dawn enfant, souriante, qui est aujourd'hui accrochée au mur de la cuisine, puisqu'il n'y a plus besoin de cacher ce genre de chose au maître.

J'ai une réponse toute prête.

— Elle veut être là où les métis sont plus nombreux, Mrs Cath.

Nous ne parlons jamais de la coïncidence entre la mort du maître et le départ de ma fille. Nous n'émettons jamais l'idée que si elle avait attendu un jour de plus – si j'avais attendu un jour de plus au lieu de me précipiter dans la cité noire –, ce départ aurait pu ne jamais se produire. Mais je sais au fond de mon cœur que Dawn avait l'intention de partir. Sinon à ce moment-là, en tout cas peu après. C'est la réponse que je ne peux pas donner à Mrs Cath. Je ne peux pas lui dire que Dawn, comme Miss Rose, a été séduite par la perspective d'un avenir à Johannesburg.

Je ne peux pas non plus dire à Mrs Cath que Dawn change souvent d'adresse, qu'elle ne semble pas avoir encore trouvé un emploi, que ses lettres sont emplies d'histoires de paillettes plutôt que de travail régulier. Je ne lui dis pas que Dawn semble suivre le même chemin précaire que Miss Rose. Dans un autre monde, Miss Rose – la sœur de Dawn, après tout – aurait pu l'aider à trouver du travail, ou un toit. Mais Miss Rose et ma fille sont aussi éloignées l'une de l'autre que l'Irlande de Cradock, même si elles vivent sous la même voûte du ciel austral.

— Dawn trouvera son chemin, laisse-lui le temps, dit Lindiwe, encourageante, quand nous buvons notre thé ensemble.

Si je n'ai pas d'influence sur l'avenir de Dawn, j'ai essayé de pousser Mrs Cath à reconquérir le sien : sa vie blanche et les amis qui en font partie. Après tout, la loi a porté son regard ailleurs et, puisque Dawn est partie elle aussi, les amis de Mrs Cath n'ont plus de raison de rester à distance. La preuve du mélange des sangs a disparu. Et c'est vrai qu'ils ont fait des efforts. Ils l'invitent pour le thé, pour des soirées musicales, ils l'associent à leurs après-midi de bridge, à leurs visites dans des fermes, ils viennent la chercher en voiture et l'emmènent pour des excursions dans les grandes plaines du Karoo. Elle revient avec de fragiles rameaux de persistants et des sacs de figues violettes. Mais je vois bien qu'elle est insatisfaite. Leur compagnie ne la comble pas.

— Une journée merveilleuse, Ada, dit-elle en posant son chapeau et en s'asseyant au piano. Les Collett sont des gens adorables.

Alors, ce sera Mozart, mais ses doigts sont distraits et elle oubliera un ou deux passages difficiles, s'arrêtera en cours de morceau et en entamera un autre, sans plus de succès ; alors, elle dira qu'elle est fatiguée et préfère remettre ça au lendemain.

Bien qu'à Cradock House je puisse me considérer comme une privilégiée, j'ai l'impression d'être dans un curieux vide.

J'avais cru qu'après la disparition d'Edward je me sentirais plus libre. Et c'est vrai à certains égards, car je peux aller chez qui je veux et m'exprimer librement — dans des limites raisonnables.

Mais ce pays que j'ai fini par aimer me tient prisonnière. A cause de l'apartheid, il est devenu coûteux et compliqué de voyager à l'étranger. Je rêve encore de faire une visite en Irlande. Voilà plus de cinquante ans que je n'ai pas vu les vagues rouler sur les galets de l'anse de Bannock. Cinquante ans que je n'ai pas entendu la mélodie légère du ruisseau tombant de la falaise. Je meurs d'envie de serrer dans mes bras les familles de ma chère sœur Ada et de mon frère Eamon...

Mais on dit qu'il ne faut jamais retourner sur son lieu de naissance après une longue absence. Trop de choses auront changé ! Alors, mieux vaut trouver mon bonheur dans mon pays d'adoption, malgré ses convulsions. Et me louer de l'affection sans faille de Miriam dans un premier temps, puis d'Ada et de Dawn. Elles sont ma vraie famille, comme je l'ai écrit dans mon journal il y a bien des années.

Je sais que j'ai beaucoup de mal à mettre dans un ordre quelconque ces parties de ma vie divisée et à leur trouver un sens : la mort du maître, le départ de Dawn, la nervosité de Mrs Cath, le déménagement forcé de mon école, la destruction des townships : tout cela m'est tombé dessus trop brusquement. Peut-être est-ce parce que ma tête me fait encore souffrir, bien que mon bras, lui, soit guéri et ne me tracasse plus quand je suis au piano. Peut-être que ma tête est fatiguée.

Peut-être que c'est pour ça que j'ai du mal à suivre la voix qui résonne dans mon cerveau, une voix qui me dit qu'il est temps d'agir. Loin d'ici, Dawn n'a plus besoin de ma protection, le maître n'est plus là pour embarrasser la loi, la police n'est pas venue m'arrêter. Je suis libre, mais j'ai peur de relever la tête après toutes ces années où j'ai cherché à rester dans l'ombre. Pourtant, il est temps de me manifester. Car si les barrières entre le Cradock noir et le Cradock blanc peuvent être brisées sans avoir recours à la violence, j'ai sûrement mon rôle à jouer.

Que dirait Phil ? M'encouragerait-il à faire preuve de bravoure, comme je l'ai un jour encouragé ? Mais cette guerre ne ressemble pas à la sienne. Il n'y a pas de bombes qui tombent brusquement du ciel, pas de tanks qui écrasent les hommes dans les sables du désert. C'est plutôt une guerre qui affame, où les cruautés sont fortuites ; une guerre où les règles vous étouffent, où la mort survient petit à petit, de manière furtive.

Au bout du compte, toutes les guerres sont affaire de survie personnelle, et en l'occurrence j'ai à choisir entre aider les autres ou sauver ma peau.

J'ai vu le nouveau township et les nouvelles maisons. Elles sont effectivement mieux, mais très éloignées du centre de Cradock. Malgré cela, les gens sont disposés à déménager ; beaucoup espèrent un avenir meilleur, même si leurs ancêtres risquent de devoir chercher pour les retrouver dans un endroit pareil. Ceux qui dirigent la lutte disent que ces déplacements sont un effet de l'exercice du pouvoir par les Blancs, et ils ont raison. Mais si les maisons sont en dur et les écoles mieux équipées – et si l'on trouve le moyen d'enseigner la vérité aux jeunes –, alors, chaque jour pourrait se dérouler dans de meilleures conditions que celui qui l'a précédé. Pour la plupart des gens, cela peut suffire.

Voilà bien des années que je prie Dieu de me dire ce qui est juste, et si les couleurs de peau doivent être autorisées à se mélanger en fin de compte. S'il en est ainsi – et si l'apartheid est une erreur – la guerre est-elle la seule solution ? La lutte et la révolution prochaine ont-elles Sa bénédiction ? Le pasteur de l'église sur la colline le pensait, mais je n'ai personnellement jamais entendu la réponse de Dieu, et je n'ai jamais su Sa volonté.

Je n'ai jamais su s'Il est partisan d'une autre solution que la guerre. Jusqu'ici. C'était sûrement Sa voix que j'ai entendue lors du meeting à Saint James.

« Tu parles bien l'anglais, Ada. Tu sais ce que c'est qu'une négociation. Voici mon projet pour toi. C'est pour cela que je t'ai épargnée. Pas pour vivre à travers ta fille, que tu ne peux plus pousser à prendre tel ou tel chemin. Pas pour que tu te caches à Cradock House avec ta musique pour seul réconfort. Mais pour que tu sortes de ta coquille et participes au changement. »

Le nom du nouveau township, Lingelihle, signifie « bel effort ».

Assurément, il faut que j'en fasse un.

46

J'ai découvert qu'il y a sur mon livret de la banque plus d'argent que je ne pensais en avoir gagné avec mon salaire de professeur. J'ai questionné Mrs Cath, et elle m'a dit qu'elle avait continué à me payer, bien qu'il ait été convenu que je serais seulement logée et nourrie à Cradock House.

— C'est pour ton avenir, Ada, a-t-elle dit en levant les yeux du bouquet de roses parfumées qu'elle arrangeait sur la cheminée. Pour le jour où je ne serai plus là. C'est ta retraite.

Je n'ai pas pensé à ce qui se passera quand Mrs Cath ne sera plus là, mais j'ai entendu parler de la retraite. J'ai lu des articles à ce sujet dans les journaux. Les Blancs parlent beaucoup des retraites. Je soupçonne que c'est l'une de ces choses qui font partie de l'avenir blanc exclusivement, comme l'or qu'ils souhaitent garder pour eux.

La générosité de Mrs Cath signifie que j'ai plus d'argent qu'il ne m'en faut ; malgré cela, j'économise autant que je peux. J'envoie de l'argent à Dawn, et je m'achète un nouveau corsage de temps en temps. Mais l'essentiel de mes économies reste tranquillement à la banque.

— Il faut que tu en gardes de côté au cas où tu tomberais malade, m'a avertie mon collègue Sipho en agitant son crayon dans ma direction. Les médicaments sont très chers. Et puis, où habiteras-tu quand tu seras vieille ?

J'en suis bien consciente. Malgré la solidité de ses fondations, Cradock House n'est peut-être pas éternelle ; peut-être la maison passera-t-elle aux mains d'une nouvelle famille qui ne s'intéressera pas à moi. Rien n'est certain dans ce monde. Il faut qu'il y ait à la banque assez d'argent pour assurer notre sécurité sur cette terre, à Dawn et à moi, jusqu'à ce que Dieu nous rappelle à Lui. Mais même en tenant compte de cela, il en restera.

Jake a dit une fois qu'il y a bien des façons différentes de faire la révolution.

Donc, un jour où le Groot Vis était presque à sec, je suis arrivée devant la mairie à huit heures du matin, en chaussures à talons, pour attendre le commissaire. Même à cette heure matinale, les voitures en stationnement rôtissaient déjà au soleil et les chiens errants allaient se mettre furtivement à l'abri du bâtiment. Les frondes des palmiers des jardins du Karoo, de l'autre côté de la route, pendaient, immobiles au-dessus des bancs où je m'asseyais quand j'étais petite pour chauffer mes pieds nus au soleil en observant les oiseaux à long bec qui s'agitaient autour des fleurs orange des aloès. Mais aujourd'hui, les bancs étaient vides – non pas à cause de la chaleur, mais parce que leurs écriteaux « Réservé aux Blancs » avaient été arrachés, et que les sièges avaient été tout éclaboussés de peinture rouge. L'écriteau sur lequel on lisait autrefois, devant chez le marchand de journaux, « C'est la guerre » en grosses lettres noires disait aujourd'hui : « Les Jardins de la Honte ! »

Il était rare qu'une femme noire aille voir, seule, le commissaire. D'habitude, les femmes venaient en groupe, avec des pancartes pour protester contre les laissez-passer ou les ordures non ramassées, ou avec des hommes qui se chargeaient des discussions. Le commissaire refusait presque toujours de recevoir ces groupes et la police, qui rôdait dans les parages en cas de désordres, était prête à intervenir rapidement.

— Vous n'avez qu'à attendre, a lancé la fille de l'accueil d'un ton désinvolte. Mais rien ne dit qu'il pourra vous recevoir. Dites-moi de quoi il s'agit.

— J'attendrai.

— Passez par-derrière, a-t-elle répliqué en haussant les épaules. Ici, c'est réservé aux Blancs.

Elle s'est tournée vers un jeune homme qui s'était approché et a levé les yeux au ciel. Elle me rappelait Miss Rose, en moins jolie.

Derrière, il n'y avait ni bancs ni sièges ; je me suis assise sous un faux poivrier, contente d'être à l'ombre. Ma tête ne supporte plus le soleil direct. Il n'y avait pas d'herbe par terre et j'étais ennuyée, car je risquais de rencontrer le commissaire avec une jupe tachée. Les gens allaient et venaient, se plaignant les uns aux autres de la chaleur. La plupart m'ignoraient, à l'exception d'un homme qui s'est arrêté pour me dire qu'il n'y avait pas d'offre d'emploi.

— Je ne cherche pas de travail. Je veux voir le commissaire.

Il a ouvert la bouche, puis s'est ravisé et est parti très vite. Il était plus de midi quand la fille de la réception est sortie par la porte de derrière et m'a fait signe de venir. J'avais préparé les mots que je voulais dire et les avais appris par cœur, mais je n'étais pas sûre de pouvoir les sortir parce que j'avais la bouche sèche à cause de la chaleur et aussi de la nervosité. Ce n'était pas comme demander du travail à Mr Dumise. Je ne pouvais pas compter sur la musique pour parler à ma place.

— Il faudra vous dépêcher, a-t-elle lancé par-dessus son épaule en indiquant une porte. C'est presque l'heure du déjeuner.

Le battant était ouvert, mais j'ai frappé avant d'entrer.

— Oui ?

Le commissaire était assis derrière un bureau et en train d'écrire. Il n'a pas levé les yeux. Au mur était accrochée une photographie d'un jeune homme aux cheveux bruns, souriant, en toge noire et tenant un rouleau de papier noué avec un gland. La tête du commissaire – chauve à présent – luisait sous la lumière du plafond. Sa main courait régulièrement sur la page. Je l'ai reconnu, car il était au meeting à l'école Saint James. Cette fois-ci, il était seul, sans conseillers municipaux à côté de lui, sans policiers montant la garde.

Sur une petite table dans un coin, un ventilateur ronronnait et soulevait à intervalles une pile de papiers dans son axe. Il y avait une carte au mur. J'ai reconnu le Groot Vis et une série de rectangles quadrillés qui s'étalaient sur le papier à partir du bord de la rivière. Lingelihle.

— Bonjour, monsieur. Je suis venue à propos de l'indemnisation des personnes déplacées.

Les mots sont sortis précipitamment de ma bouche. Il a lâché le stylo avec lequel il écrivait et a levé la main pour essuyer son large front. Même avec le ventilateur, la pièce paraissait sans air. Cela m'a rappelé la grande salle de l'école le jour où j'avais joué pour obtenir un travail.

— Je vous l'ai dit à vous autres, et je le répète pour la énième fois, nous faisons de notre mieux, mais je ne peux pas vous garantir… vous comprenez ? *Verstaan ?*

J'ai passé la langue sur mes lèvres sèches. Souviens-toi de ce qu'a dit Phil. Souviens-toi du rôle du silence dans une négociation…

Le commissaire m'a alors regardée, a posé les yeux sur mon corsage blanc, ma jupe bleu marine, et a soupiré, comme si mon silence le décevait.

— Si vous ne comprenez pas, je n'y peux rien. Partez maintenant, *weg is jy,* j'ai du travail.

Il a agité la main pour me signifier mon congé et s'est replongé dans ses papiers. Je me demande pourquoi les gens importants n'ont personne pour s'occuper de leurs vêtements. Le col du commissaire avait besoin d'être amidonné.

— J'ai de l'argent, monsieur, ai-je dit. Je peux en verser une partie pour le fonds de compensation.

Il a relevé la tête en sursaut.

— Mais si vous n'avez pas besoin de mon argent, je dirai au *Midland News* que vous en avez déjà assez pour dédommager les gens.

— Attendez une minute, *wag…*

Il s'est levé avec une expression hésitant entre la colère et l'amusement.

— Vous ne pouvez pas venir ici et proférer des menaces.

Il a regardé le téléphone, puis la porte ouverte. Il y avait des policiers en faction devant l'immeuble. Il lui suffisait de crier…

J'ai senti mes jambes trembler. Mes bras pendaient à mes côtés. Je n'avais pas de rayon de bicyclette dans la poche. Seuls les mots pouvaient me sauver à présent ; seules les phrases que j'avais préparées pouvaient m'empêcher d'être arrêtée et jetée en prison, car c'était ce qui arriverait s'il appelait les policiers ou s'il téléphonait aux agents de la sécurité.

J'ai pris mon courage à deux mains et retrouvé les mots que je m'étais répétés en attendant sur la terre dure à la porte de derrière de la mairie.

— J'ai aussi écrit trois lettres. La première est adressée au *Midland News* ; la deuxième à Mrs Cathleen Harrington, de Cradock House dans Dundas Street.

Immobile derrière son bureau, l'homme m'a regardée, stupéfait. L'amusement avait disparu, ainsi que toute ressemblance avec le jeune homme souriant sur le mur derrière lui. Je me suis forcée à inspirer à fond. J'avais envie de m'essuyer le visage. La sueur commençait à perler sur ma lèvre supérieure.

— Si je suis arrêtée, le journal publiera ma lettre. Sinon, Mrs Harrington la montrera au conseil municipal. Le défunt mari de Mrs Harrington était membre du conseil.

Ma voix s'est cassée car j'étais à bout de souffle.

J'ai appris une chose, c'est que les Blancs ont horreur d'être dénoncés dans les journaux. Et le commissaire ne faisait pas exception à cette règle. Il s'est balancé légèrement vers l'avant en s'aidant des poings sur le bureau. Puis il a déplié les doigts et les a fléchis à plusieurs reprises, comme s'ils s'étaient soudain raidis.

— Votre anglais est bon, a-t-il dit en s'adressant à son bureau comme l'avait fait le maître quand il ne voulait pas croiser mon regard. *Skoon.*

Puis il s'est redressé et a observé mon visage et mes vêtements. Son ton s'est durci.

— Et la troisième lettre ?

— Elle est adressée à un journal outre-mer.

Il a failli bondir sur moi, malgré le bureau ; les veines de son cou s'étaient gonflées, ses poings s'étaient de nouveau crispés.

— Qui êtes-vous ?

J'ai avalé ma salive et ai débité le reste de ce que j'avais prévu de dire.

— Si vous n'avez pas besoin de mon argent, le *Midland News* dira que le conseil municipal en a assez pour verser des compensations.

J'ai marqué une pause.

— Et il fera votre éloge dans ses colonnes, monsieur.

Le ventilateur ronronnait dans le silence. Le commissaire a traversé la pièce à grands pas et l'a arrêté avec un bruit sec.

— Vous n'avez pas l'argent pour une opération pareille ! *Nooit !* a-t-il hurlé.

Une abeille qui bourdonnait contre la moustiquaire de la fenêtre est tombée par terre. J'ai mis la main dans ma poche et en ai sorti un papier que j'ai posé sur le bureau. J'étais passée à la banque. Ils avaient écrit la somme m'appartenant. Pas mon nom, uniquement la somme.

— C'est tout ce que j'ai. Je veux utiliser cet argent pour aider les gens si vous n'en avez pas assez, ai-je dit.

Il a regardé fixement le papier, l'air soupçonneux, puis a relevé les yeux vers moi. Son crâne chauve luisait de sueur sous la lampe. La préposée avait utilisé un tampon de caoutchouc indiquant le nom de la banque et la date. L'encre avait un peu bavé à cause de la chaleur pendant que j'attendais, assise dehors, mais les chiffres étaient toujours lisibles. La somme n'était certainement pas suffisante pour couvrir les dépenses nécessaires, mais je crois qu'il ne s'attendait pas à ce qu'elle soit aussi importante. J'ai repris le papier, l'ai mis dans ma poche.

— Merci, monsieur, ai-je dit. Et maintenant, je m'en vais.

47

Ada a commis une bêtise.

Elle a tenté de faire pression sur le commissaire du township, un homme irascible qu'Edward n'a jamais beaucoup apprécié.

Je tiens cela non d'Ada elle-même, mais de notre timide maire, qui est venu me voir. Il était assis dans le salon, tournant son chapeau entre ses doigts et, quand Ada est entrée avec le plateau pour le thé, il a sursauté.

Non qu'il ait présenté l'incident comme une pression distincte. Il a paru le considérer comme l'initiative bien intentionnée d'une femme honnête mais inculte, inquiète de voir la situation se détériorer dans le township et s'imaginant qu'elle pouvait aider. Même la mention de certaines lettres – il est resté très vague à ce propos – ne l'a pas convaincu qu'Ada était plus maligne que la créature candide qu'il imaginait. Je n'ai rien dit, ne voulant pas contrarier son impression. Elle sera peut-être sauvée par cette naïveté supposée.

Mais je doute que le commissaire ait été dupe un instant.

J'ai demandé au maire s'il souhaitait parler lui-même à Ada, mais j'ai vite compris qu'il s'attendait à ce que je m'en charge, à ce que je serre la bride à cette bonne qui – a-t-il dit d'une manière appuyée, mais sur un ton d'excuse – était « si proche » de ma famille.

Ce n'est qu'après son départ, quand je suis montée dans ma chambre pour m'allonger un moment, que j'ai vu l'enveloppe glissée dans mon journal sur ma coiffeuse, à côté du petit bouquet de géraniums que j'avais cueillis la veille. Ada a-t-elle tout son bon sens ?

Mrs Cath est venue s'asseoir sur mon lit hier soir.

— Non, ne bouge pas, a-t-elle dit comme je faisais mine de me lever.

Je me demandais si elle était malade, si elle avait besoin de quelque chose, comme je m'étais demandé ce que voulait le maître...

— Ma petite Ada, a-t-elle murmuré en lissant le châle bleu de maman qui était étalé au pied du lit. Pourquoi as-tu fait ça ? Menacer le commissaire – ça s'apparente à du chantage.

Je n'avais encore jamais rencontré le mot « chantage ». Je croyais avoir entamé une négociation. A ceci près que, dans une négociation, chacune des deux parties obtient partiellement gain de cause ; alors, ce n'était peut-être pas une négociation en fin de compte, parce que je n'avais pas l'intention de laisser le commissaire avoir gain de cause, même partiellement. Plus tard, après le départ de Mrs Cath, j'ai regardé la définition de « chantage » dans le dictionnaire, et j'ai lu que c'était une tentative pour obtenir de l'argent par la menace. Alors, j'ai compris que c'était exactement ce que je voulais, même si l'argent ne devait pas me revenir, mais aller à ceux au nom desquels je m'étais rendue à la mairie ce fameux matin.

— Je vous ai laissé une lettre, ai-je dit à Mrs Cath.

— Je sais, je l'ai lue. Elle est parfaite, a-t-elle reconnu avec un sourire qui n'a pas tout à fait atteint ses yeux. J'ai peut-être été trop bonne pédagogue.

— J'ai décidé ça toute seule, Madame, ai-je ajouté en m'apercevant que le mot d'autrefois m'avait échappé. Je n'ai jamais voulu vous attirer des ennuis.

— Je sais.

Ses yeux ont parcouru la pièce, prenant note des partitions sur la table, de ma bible à côté, de la robe de chambre de Dawn accrochée près de la porte dans l'espoir qu'elle reviendrait un jour.

— Tu aurais fait ça si Dawn avait été encore là ?

— Non.

J'ai secoué la tête, puis j'ai suffoqué lorsqu'une nouvelle pensée m'a traversé l'esprit. J'ai soufflé :

— Est-ce que le maire vous blâme à cause de moi ?

Car les maires étaient sûrement comme les commissaires, ils avaient autant de pouvoir, sinon plus. J'aurais dû me douter qu'ils essaieraient de m'atteindre à travers ceux que j'aime ; Dawn étant partie, Mrs Cath était la suivante dans leur collimateur.

— Je vais…

Mrs Cath a levé une main.

— Non, Ada, non. Tu as agi avec courage. De nos jours, trop peu de gens ont des convictions.

Elle a baissé les yeux et son expression m'a rappelé Phil car, bien qu'il ait surtout ressemblé au maître, il y avait des moments où je le retrouvais dans les yeux ou la bouche de sa mère, et toujours dans les paroles qu'elle prononçait.

— Et maintenant qu'Edward n'est plus là et que Dawn est partie, il n'y a plus de raison de s'abstenir.

Elle s'est levée et dirigée vers la table, s'est penchée sur l'une des partitions et a hoché la tête en reconnaissant une mélodie familière.

— Tu t'es bien remise de ta chute ?

Elle m'a jeté un regard et j'ai vu ses yeux verts examiner la cicatrice sur le côté de mon visage.

— Oui, Mrs Cath. A quoi bon me plaindre ? Le corps prend son temps. L'expérience me l'a appris.

Elle s'est retournée et a touché une feuille de ses longs doigts ; elle commençait à se voûter et avait besoin de lunettes pour voir les touches du piano.

— Qui aurait pu deviner…

— Deviner quoi, Mrs Cath ?

— Ma sœur, tu sais, celle dont tu portes le prénom et qui vit en Irlande ? Elle aurait été capable de faire la même chose que toi.

Elle a refermé doucement la porte derrière elle.

48

Ils m'attendaient à côté du Groot Vis, là où Church Street traverse le pont au-dessus de la rivière et se dirige vers la gare et le vaste Karoo au-delà. Ils ne sont pas venus me chercher à Cradock House – où Mrs Cath aurait pu intervenir – ni à l'école, où mes élèves auraient pu faire de l'obstruction. Ils avaient préféré m'attendre à côté de la rivière, à l'ombre fraîche d'un faux poivrier, comme s'ils prenaient leurs aises, tandis que les tisserins jacassaient non loin d'eux, et que l'eau glissait paresseusement sur les rochers en contrebas.

— Laissez-passer, a demandé l'un d'eux comme j'arrivais à leur hauteur.

Son compagnon était mollement adossé à un côté du fourgon. Il mâchonnait quelque chose et regardait la foule qui faisait un écart en passant et baissait la tête. C'était la routine. J'étais moi-même souvent passée à pas pressés à côté de fourgons de ce genre, pendant qu'on vérifiait des laissez-passer. J'ai cherché le document maladroitement, gênée par mon bras, raide le matin tant que je n'avais pas joué au piano. L'homme a à peine regardé le laissez-passer.

— Montez, a-t-il dit en me fourrant le document dans la main et en faisant un signe de tête à son collègue pour qu'il ouvre la porte arrière du fourgon.

— Pourquoi ? ai-je demandé, rassemblant mon courage et tenant bon. Mon laissez-passer est en règle. Ma maîtresse le signe pour moi.

— Il ne s'agit pas du laissez-passer, a-t-il dit. Montez.

Ce n'était pas un contrôle au hasard. Ils étaient assez renseignés sur mes mouvements entre l'école et Cradock House pour savoir où se poster. Ils m'avaient surveillée et attendue. C'était une embuscade, comme lorsque les tanks avaient surpris Phil dans le désert à Sidi Rezegh. Comme lorsque les léopards suivent une proie puis lui bondissent dessus dans le veld.

J'avais violé la loi. J'avais couché avec un homme qui n'avait pas la même couleur que moi. J'étais aussi entrée dans le bureau du commissaire et j'avais essayé de troquer les lettres que j'avais écrites contre l'indemnisation que méritaient mes frères noirs. Ces hommes avaient raison. Il ne s'agissait pas du laissez-passer.

J'étais à l'étroit à l'arrière du fourgon et j'ai été obligée de m'asseoir les genoux ramenés contre la poitrine. Je me suis surprise à murmurer « Dawn, Dawn... ». Le fourgon a fait demi-tour et a quitté Church Street pour descendre Bree Street en direction de la prison, dont maman disait qu'elle pouvait vous prendre dans ses griffes même si vous étiez innocent. Des maisons devant lesquelles j'étais passée autrefois ont surgi et disparu comme dans un brouillard ; j'ai vu une bougainvillée pourpre retomber au-dessus d'une palissade, puis la pierre blanche de l'église Saint Peter où j'avais entendu un orgue pour la première fois, et enfin la prison. Le fourgon a fait une embardée en s'arrêtant.

On m'a fait entrer par une petite porte et conduite dans une pièce nue. Il y avait des barreaux à l'unique fenêtre, haut perchée. Je suis restée un moment debout au milieu de la pièce, mais personne n'est venu, alors je me suis assise sur le sol poussiéreux, le dos appuyé contre le mur et les jambes allongées devant moi. J'ai regardé les rayons du soleil se déplacer lentement sur le mur d'en face. Mes mains ne voulaient pas rester tranquilles. Je les ai soulevées et tendues devant moi, me concentrant pour qu'elles s'immobilisent ou se projettent vers un morceau imaginaire de Beethoven, ou vers les notes détachées du *Prélude de la goutte d'eau*. Les mains de Phil ne cessaient de trembler quand il repensait à ses amis morts...

Devrais-je me soumettre rapidement et dire que j'avais eu tort d'écrire ces lettres ? Que je n'avais pas eu l'intention de faire pression sur le commissaire, que j'étais juste une simplette qui s'était imaginé pouvoir être utile ? Avec un peu de chance, ils n'iront pas regarder plus loin que ça, ils me menaceront et me jetteront dehors, ou me battront d'abord et me jetteront dehors ensuite – loin de Cradock House, du township et de tout ce que j'ai connu jusqu'à ce jour, ils m'enverront dans une région où je n'ai jamais mis les pieds, comme le Transkei, où Mrs Pumile dit toujours qu'elle va aller, sans jamais le faire. Je serais exilée, mais toujours en vie. Et si Dieu est miséricordieux, ma fille aussi.

Ou devrais-je ignorer mes mains tremblantes et ma peur grandissante qu'ils aillent rechercher Dawn à Johannesburg, et attendre ? Ne rien dire ? Attendre que le *Midland News* publie ma lettre ? Que Mrs Cath montre la sienne au conseil municipal. Que le journal de l'autre côté des mers s'intéresse à une Noire d'une obscure petite ville du Karoo, connue seulement pour ses collines rocheuses, sa poussière brune et son manque de pluie.

Mais je suis peut-être stupide de m'imaginer que quelqu'un puisse me prêter attention. Que le conseil municipal, le *Midland News* ou le journal de l'autre côté des mers puissent éprouver le besoin de réagir à mon histoire.

La porte s'ouvre brutalement.

— *Staan op !* Debout !

Deux hommes en uniforme sont entrés. Ils avaient des étuis de revolver luisants sur la hanche. Ils étaient suivis par deux Noirs en salopette portant une table qu'ils ont placée au milieu de la pièce. Ils sont ressortis pour apporter deux chaises de bois qu'ils ont placées soigneusement du même côté de la table. Les Noirs ne m'ont pas regardée. Les hommes en uniforme se sont assis sur les chaises. J'ai souvent été dans des lieux où les sièges ne m'étaient pas destinés.

— Vous êtes en état d'arrestation pour crimes contre l'Etat, a dit l'un des deux hommes en ouvrant un dossier sur la table. Ne niez pas, nous avons toutes les preuves. *Verstaan jy,* vous comprenez ?

— Il y aura un procès, monsieur ?

Il a feuilleté les pages jusqu'à ce qu'il ait trouvé celle qu'il voulait. L'autre policier examinait le plafond.

— Vous êtes membre d'une organisation interdite, *verdomde* ANC.

— Non, monsieur. Je n'appartiens à aucune organisation. Je suis professeur. J'ai agi seule.

— Vous voulez détruire ce pays. On vous a donné des instructions pour troubler l'ordre.

Il parlait lui aussi en direction de la table et du dossier, comme le faisaient les autres lorsqu'ils ne voulaient pas croiser mon regard. Ils font ça pour marquer leur mépris, mais pour moi c'est un signe de lâcheté.

Je l'ai regardé, avec son uniforme sûrement repassé par des mains noires, et j'ai senti la colère monter en moi. Comment se fait-il que même lorsqu'on nous déteste avec autant de violence, nous soyons cependant si utiles ?

— Si vous avez l'intention de me faire un procès, monsieur, je me défendrai.

Alors, il m'a dévisagée, et son compagnon a détaché les yeux du plafond pour poser sur moi un regard hostile.

— Vous parlez bien l'anglais a-t-il dit, pensif. Mais un procès n'est pas nécessaire. Les preuves parlent d'elles-mêmes. Concluantes, *klaar*.

Je commençais à avoir mal à la tête, comme souvent ces temps-ci, mais cela ne m'empêchait pas de comprendre où ils voulaient en venir. Ils voulaient des aveux. Mais j'ai lu des livres. Et j'ai lu le *Midlands News*. Si je n'avouais pas, ils ne pourraient pas me garder indéfiniment sans me juger. Cela, je le sais.

— Alors je resterai dans votre prison, monsieur, jusqu'à ce que vienne le moment où vous me relâcherez. Si vous voulez me garder plus longtemps, alors, il faudra me juger, c'est la loi.

Il a saisi le dossier, s'est relevé d'un bond et a renversé la table qui a atterri juste devant moi. J'ai eu peur et suis tombée sur le côté ; mon mauvais bras s'est replié sous moi, mes mains – oh, mon Dieu, protégez mes mains pour le piano – ont raclé le sol en béton.

Je ne les ai pas entendus sortir, j'ai seulement entendu la porte claquer, puis je me suis retrouvée seule. Je me suis traînée jusqu'au mur pour m'y appuyer. La douleur de mon bras a diminué, mais mes jambes tremblaient, mes mains me brûlaient et l'un de mes doigts saignait là où il avait heurté le béton. Curieusement, j'avais la tête claire.

Ils ne veulent pas d'un procès, ils veulent des aveux.

Un procès signifie de la publicité, comme celle autour du leader de l'ANC, un certain Nelson Mandela, qui a assuré sa propre défense et fait un discours qui a résonné d'un bout à l'autre du pays. Les Blancs n'aiment pas la publicité à propos des Noirs. Ils n'aiment pas que ces choses-là soient dénoncées dans les journaux.

Ils m'ont laissée tranquille pendant le reste de la journée. J'ai soufflé sur mes mains qui m'élançaient et ai regardé le lent trajet du soleil sur le mur. Je me suis forcée à ne pas penser à Dawn qui faisait sa vie à Johannesburg et se croyait en sécurité. Des fourgons s'arrêtaient à l'extérieur et le rire guttural des policiers me parvenait par la fenêtre haute. Et puis, Phil est venu s'asseoir à mon côté et Dawn a dansé pour moi, un tourbillon de cheveux et de talons, et maman m'a tapoté l'épaule, mais a secoué la tête en voyant où j'étais. « Pfft, ma fille, semblait-elle dire avec réprobation, je t'ai appris à te tenir à ta place, alors quelle bêtise as-tu faite pour te retrouver ici ? »

Je ne connais pas très bien Dieu le Père. Je Le prie souvent, mais Il ne répond jamais, ou peut-être que je n'entends jamais ce qu'Il dit. Il y a des gens qui prétendent entendre Ses réponses chaque jour, mais moi, je ne L'ai jamais entendu qu'une fois, le jour où Il m'a engagée sur ce chemin. « Voilà Mon projet pour toi, m'a-t-Il chuchoté au milieu du brouhaha général à l'école Saint James C'est pour cela que Je t'ai épargnée. »

Mais à mesure qu'est venue la nuit, que le froid a ankylosé mon corps, que ma gorge s'est asséchée à cause du manque d'eau, j'ai commencé à me demander si j'avais vraiment entendu Sa voix, si ce que j'avais fait était vraiment Son projet. Si seulement Il voulait bien venir à moi maintenant et me le dire…

Mais peut-être que je suis injuste. Peut-être que c'est Lui qui a envoyé Phil me tenir compagnie et Dawn me distraire pendant que la lumière déclinait, et maman me rappeler d'où je venais. Peut-être est-ce Sa manière de Se manifester à moi. Il ne me parle pas directement, mais par l'intermédiaire de ceux que j'aime.

J'ai dû attendre plusieurs heures avant que la porte s'ouvre et que quelqu'un pousse dans ma cellule un seau hygiénique et un gobelet en plastique empli d'eau.

Ils m'ont laissée là encore toute une journée. J'ai regardé le temps passer grâce au trajet du soleil sur le mur, puis ai vu le ciel s'assombrir lentement derrière la fenêtre à barreaux. Par l'entrebâillement de la porte, on a poussé à l'intérieur un peu de bouillie de maïs sur une assiette en métal avec le gobelet d'eau. J'ai mangé la bouillie et trempé le bord de ma jupe dans l'eau pour nettoyer la coupure sur ma main. Le sang séché a taché le tissu de brun. J'ai bu lentement le reste de l'eau et l'ai gardée dans ma bouche le plus longtemps possible avant d'avaler.

Personne n'est venu.

La nuit a été la plus noire que j'aie jamais vue. Même sous les fumées du township, il subsiste encore un peu de lumière, mais ici, dans cette cellule que je traversais en cinq pas, on avait réussi à cacher les étoiles au-delà de la fenêtre et à voiler la lune, visible par tous dans le reste du monde.

— *Staan op !*

Une lumière vive – la lune, finalement ? – m'a percé les yeux. J'ai essayé de m'éloigner tant bien que mal de son faisceau violent, mais il m'a suivie sur le sol et figée à quatre pattes comme les animaux nocturnes pris dans les phares de la voiture du maître.

— De qui recevez-vous vos ordres ?

C'était le même policier, mais seul cette fois, et il n'était pas suivi par une table et une chaise. A force d'être posée sur le ciment, ma tête ne voulait plus fonctionner. Je ne suis plus toute jeune, c'est vrai, et elle met plus de temps à démarrer maintenant. Peut-être suis-je devenue une petite nature, habituée à mon matelas de Cradock House…

— Qui ? *Wie ?*

Je ne sais pas ce qu'il veut. Je ne reçois d'ordres que de Mr Dumise. Ce n'est pas de ces ordres-là qu'il veut entendre parler.

— Je ne reçois pas d'ordres, monsieur. Je suis professeur.

— Quand avez-vous vu Jake Bapetsi pour la dernière fois ?

— Je ne connais pas de Jake Bapetsi.

J'espère que Dieu le Père va me pardonner ces mensonges supplémentaires, mais je ne veux rien faire qui risque de mettre Lindiwe en danger. Je vais affirmer que je ne connais pas Jake, qui faisait sauter Dawn en l'air, nous apportait des saucisses et parlait de la lutte. Jake, qui me retrouvait à côté de la rivière, et me souriait jadis avec tendresse. Je ne dirai rien de ses projets de partir outre-mer pour apprendre à manier les fusils et en rapporter pour commencer la révolution.

La lumière s'est éloignée. Des pas rapides l'ont suivie. La porte a claqué. Je me suis de nouveau blottie contre le mur, ramenant mes jambes sous moi et ma main blessée contre mon ventre pour la protéger. J'aimerais chuchoter à la main noire qui emporte chaque jour mon seau un message à transmettre à Lindiwe, mais je ne peux pas prendre ce risque. Tout le monde sait qu'il y a des traîtres qui font passer les Blancs avant les Noirs. Dans le township, les *izibonda*, les policiers noirs, ne manifestent aucune pitié pour leurs frères de race.

Les contours de la cellule ont commencé à se dessiner au lever du jour, et le soleil a été plus fort que les policiers qui avaient réussi à m'empêcher de voir la lune et les étoiles.

On m'a apporté de l'eau dans une tasse.

— Le seau est plein, ai-je croassé.

Mes lèvres étaient desséchées. La main noire est passée par la porte et je lui ai donné le seau.

Je me suis forcée à boire l'eau à petites gorgées, à me lécher les lèvres pour les humecter avec les dernières gouttes. Si seulement je pouvais avancer ma tête et sentir la fraîcheur d'un filet d'eau sur ma nuque, comme jadis dans la buanderie de Cradock House. J'ai commencé à rêver d'eau. J'ai agité mes orteils – on avait confisqué mes chaussures – et j'ai senti l'eau brune de la rivière couler sur mes pieds au gué, et Dawn somnoler sur mon dos dans sa couverture...

Quand le soleil a été à son point le plus haut sur le mur, j'ai entendu une vague de sirènes, et des hurlements de l'autre côté de la fenêtre. J'ai essayé de distinguer les paroles, mais c'étaient des Blancs qui criaient en afrikaans, et je connais mal cette langue. Alors, j'ai observé une colonne de fourmis attirées par la perspective de la nourriture ; elles descendaient en file de la fenêtre, traversaient le sol et s'agglutinaient sur l'assiette qui avait contenu la bouillie de la veille.

La faiblesse m'étreint.

Je me lève et me force à traverser la cellule pour que mon corps continue à bouger. Cinq pas aller, demi-tour, cinq pas retour. Mon bras me fait à nouveau mal, mes mains sont enflées et trop grosses pour les touches du piano.

Cinq pas aller, cinq retour.

— Qui t'a donné les ordres ?

— Personne ne m'a donné d'ordres. Je suis professeur.

Une tasse d'eau par terre. Parfois de la bouillie, parfois rien.

— Où est la *kleurling*[1] ?

— Personne ne m'a donné d'ordres.

— On sait qu'elle est partie. On peut te faire condamner pour immoralité...

— Je suis professeur.

C'est la nuit. Je suis un animal pris dans les phares.

1. Personne de couleur, métis(se).

49

J'ai passé toute la matinée à la prison de Bree Street, où m'a finalement adressée le policier du commissariat en ville. Il ne savait rien, et je crois qu'il m'a expédiée à la prison faute d'autres solutions. Mais en l'occurrence, j'y ai trouvé Ada.

Au début, ils ont nié détenir dans les cellules quelqu'un portant ce nom-là, mais sur ces entrefaites est arrivé un jeune reporter du *Midland News*. Il avait été envoyé par son rédacteur en chef après que le journal avait reçu la lettre d'Ada. Apparemment, ils avaient aussi reçu une demande de renseignements d'un journal d'outre-mer auquel Ada avait adressé sa troisième lettre. Ada l'ingénieuse. Ada l'imprudente.

D'un côté, je suis très fière d'elle. De l'autre, je redoute la tempête qu'elle a déchaînée.

Vont-ils se lancer à la poursuite de Dawn ? La police voudra peut-être faire un exemple avec elles deux : une Noire adultère, une enfant métisse, des activités illicites...

— C'est une femme simple, ai-je dit, avançant l'argument de la naïveté. Elle croyait bien faire. Je me porte garante d'elle si vous la relâchez. C'est un bon professeur. Elle donne aux enfants l'envie de rester à l'école, ce qui est très important de nos jours.

— Revenez demain, m'a-t-on répondu.

— Puis-je voir le responsable de l'enquête ? ai-je demandé.

— Où en sont les indemnisations ? s'est enquis le reporter.

— Revenez demain.

J'ai mal à la gorge à force d'avoir parlé, et il ne me reste pas l'énergie de me mettre au piano. Même si je l'avais, mes mains *tremblent tellement que je serais incapable de jouer. Il n'y a personne à qui je peux parler de cela.*

Ils ont jeté mes chaussures dans ma cellule.

— *Staan op !*

— Pas d'ordres de personne... ai-je dit.

Des mains m'ont poussée dans le dos. J'ai essayé d'attraper mes chaussures, mais elles étaient trop loin. Quelqu'un m'a insultée, et les a balancées vers moi.

Le couloir à l'extérieur de ma cellule était brillamment éclairé. Derrière moi, un bruit de bottes. Une main a agrippé mon épaule et une voix m'a sifflé à l'oreille :

— Si tu fais encore parler de toi, la prochaine fois tu ne sortiras pas d'ici. Et on retrouvera ta fille, la *kleurling* ! Maintenant, file !

J'ai titubé jusqu'à la porte par laquelle on m'avait amenée, me demandant si c'était un piège, une autre façon d'obtenir des aveux.

— Maintenant file ! *Voetsak !*

J'ai fait un pas dehors, me suis retournée pour voir ce qui allait se passer et j'ai senti, plutôt que vu, la porte me claquer à la figure. Pendant quelques instants, je suis restée chancelante sur la marche en béton, la vue brouillée par intermittence. Il faisait nuit. J'entendais au loin les eaux impétueuses de la rivière. Il avait dû pleuvoir. Le vent agitait les branches des arbres sur le trottoir. Les étoiles qui avaient été cachées étincelaient maintenant, piquées dans le ciel. Personne n'a ouvert la porte derrière moi. Je me suis assise sur la marche et me suis efforcée d'enfiler mes chaussures avec mes doigts gonflés. Cela m'a pris du temps et, pendant que je me battais avec elles, je m'attendais à chaque instant à ce que la porte s'ouvre et qu'une main se tende et me saisisse. Ma tête rentrait dans mes épaules courbées, anticipant le coup à venir. Et les cris, puis la reprise des questions depuis le début...

Personne n'est venu.

Je me suis levée et ai clopiné jusqu'à la route. Mes pieds avaient enflé eux aussi et les chaussures me blessaient. Je me suis assise à nouveau et les ai ôtées.

Je ne me souviens pas comment j'ai réussi à remonter Bree Street avec mes pieds meurtris, puis à traverser Church Street pour regagner Cradock House par Dundas Street. Mais peut-être Dieu le Père est-Il venu à ma rescousse, non pas en me chuchotant des mots à l'oreille, mais en me donnant les moyens de rester en vie. Je me suis même glissée dans le jardin d'une élégante maison, où il y avait un robinet. Je l'ai tourné, ai ouvert mes lèvres crevassées sous l'eau qui coulait, et j'ai bu, bu jusqu'à ce que le liquide bienfaisant rejaillisse de ma bouche, éclabousse ma chemise et glisse le long de mes jambes.

De la prison à Cradock House, le chemin était long. Sur le trottoir, des pierres m'ont blessé les pieds et j'ai souvent trébuché. Les arbres qui, durant la journée, formaient un écran bienvenu contre le soleil projetaient maintenant des ombres menaçantes, comme une armée de guerriers en marche, ou des hommes embusqués, une fois de plus, des hommes décidés à me tuer hors des murs de la prison, là où l'on ne pourrait plus les rendre responsables…

Le sillon d'irrigation était plein. Des chiens ont aboyé en entendant mes pas mal assurés. Dans une maison, une lumière s'est allumée et un visage s'est penché à la fenêtre pour voir s'il s'agissait de cambrioleurs.

Voetsak, m'avaient-ils crié. C'est ce qu'on dit aux chiens.

Enfin, après ce qui m'a semblé des heures, je me suis retrouvée dans l'allée gravillonnée, devant la silhouette trapue de Cradock House. Et dans le sentier bordé par les pointes géométriques des fleurs de strelitzia qui, dans la nuit, évoquaient des javelots brisés. Les contours de l'arbre corail se dessinaient dans le jardin derrière la maison ; il semblait attendre que j'accroche du linge au fil, comme s'il s'apprêtait une fois encore à écouter Phil parler de la guerre, de la peur qu'elle inspirait.

J'ai frappé quelques coups faibles à la porte et appelé d'une voix rauque :

— Mrs Cath ! Mrs Cath…

Alors, elle est apparue, en chemise de nuit bleue, les cheveux flottant comme un nuage autour de son visage.

— Ada ! Dieu soit loué ! Dieu soit loué !

Elle s'est agenouillée et m'a entourée de ses bras, là où je m'étais écroulée sur le *stoep* de bois que j'avais si souvent frotté à la brosse en chiendent.

— Pas d'ordres de personne, et aucune nouvelle de Dawn, ai-je murmuré tandis que ma vision se brouillait à nouveau.

50

Je n'ai jamais cherché à être connue. Je préfère l'ombre depuis que j'ai commis le péché de coucher avec un homme blanc – depuis que la honte de cet acte m'accompagne chaque jour. Maintenant, les gens viennent me chercher, des gens belliqueux que j'ai toujours voulu éviter au coin des rues, des gens qui participent à la lutte, qui parlent de Mandela, des gens qui me voient comme une figure fédératrice.

« Vous savez parler en public ! me sifflent-ils au comble de l'agitation, en regardant par-dessus leur épaule. Vous avez eu votre nom dans les journaux… la police ne peut plus vous toucher ! Si nous sommes indemnisés, c'est grâce à vous ! »

Mais cela ne me plaît pas ; je n'ai pas l'habitude d'être en première ligne. Et je ne veux pas garder en mémoire ce qui s'est passé dans la prison de Bree Street – je veux que cela disparaisse. J'ai fait ce que Dieu avait conseillé, j'ai essayé de changer quelque chose. De montrer qu'il y avait une autre façon de faire la révolution, une façon plus pacifique que les fusils, les incendies de cabanes et l'affrontement. Je ne sais pas si ma façon a réussi, je ne sais pas si elle a forcé ceux qui ont l'autorité à réfléchir à deux fois ; mais le résultat est que la peur terrible où cela m'a mise m'a rendue insomniaque et incapable de contrôler un corps que je croyais jadis indestructible.

J'ai honte de dire que mon expérience en prison est devenue une marque d'honneur qui a attiré l'attention, et provoqué des agitations supplémentaires au lieu de les calmer. Quant à ceux qui croient que je peux sans risque m'exprimer en public parce que j'ai eu mon nom dans les journaux, ils se trompent. La police peut venir me chercher quand elle veut. On me surveille à nouveau ; je vois un fourgon à un coin de rue quand je passe, et un policier qui parle dans son micro. Le *Midland News* et le journal d'outre-mer seront moins intéressés la prochaine fois.

Le policier croise mon regard. Je détourne les yeux. Je prie le ciel qu'ils ne trouvent pas Dawn. Je veux retourner dans ma classe avec mes élèves indisciplinés, et leur jouer du jazz. Je veux mettre sur mes doigts douloureux et mon bras infirme le baume d'une mélodie pure de Mozart. Je veux retrouver la folie douce de Debussy. Seul le piano peut me guérir. Seul le piano peut m'aider à oublier.

Quant aux indemnisations, difficile de savoir si ma menace au commissaire a été véritablement efficace. Les lettres n'ont jamais été publiées dans le *Midland News* ni outre-mer, et il n'y a eu aucun détail sur mon arrestation. Mrs Cath dit pourtant que les journaux ont publié mon nom et savaient la raison pour laquelle j'avais été emprisonnée ; qu'ils ont envoyé un reporter pour vérifier que j'étais bien vivante. Malgré tout, il est vrai qu'il y a eu un accord pour garantir des compensations, et que les gens déménagent à Lingelihle pour s'installer dans leurs nouvelles maisons en brique, mais je ne peux affirmer que c'est grâce à moi. Et en un sens, cela n'a plus d'importance, compte tenu de ce qui s'est passé par la suite. Car, pendant tous ces jours où je suis restée couchée à Cradock House, où Mrs Cath a baigné à l'eau fraîche mes mains toujours tremblantes en les massant avec de la lanoline, il a plu et l'eau du Groot Vis a monté, monté.

Mrs Pumile, venue me faire en voisine une visite inquiète, sans doute plus à cause de ma nouvelle réputation que des eaux en crue, a soutenu que c'était un signe, mais sans vouloir dire ce qu'il signifiait. La crue de la rivière et ce qu'elle présageait – la révolution qui se préparait – préoccupaient également Mrs Cath pendant qu'elle me soignait, mais elle n'a rien dit. C'était inutile : j'entendais son inquiétude dans ses doigts quand elle jouait. Une attaque trop lente de *La Campanella* de Liszt, des arpèges sans mordant...

J'entendais distinctement la rivière par la porte ouverte du *kaia*. Au début, c'était un tourbillon rapide, puis un hurlement d'eau enragée, qui n'avait plus rien à voir avec la fièvre du Beethoven de ma jeunesse ou le ruissellement de Grieg, qui évoquait pour Mrs Cath son ruisseau irlandais. La crue n'avait aucun équivalent musical, et elle se déchaînait, atteignant des notes à la fois plus hautes et plus basses que celles que j'avais jamais entendues sur un piano. Le gué a disparu sous les vagues rageuses. A la place des rochers où se tenaient les laveuses se creusaient d'énormes tourbillons. Des arbres déracinés, des carcasses d'animaux noyés s'agglutinaient autour des piles du pont de fer. Les habitants du township qui avaient emménagé à Lingelihle ont été obligés de marcher dans des torrents d'eau pendant tous ces jours de déluge ininterrompu. J'ai entendu Veronica dire avec un regard craintif vers le ciel :

— Ce sont les ancêtres. Ils pleurent parce que nous quittons nos endroits familiers.

Malgré la pluie, Lindiwe est venue me voir.

— On parle de toi, a-t-elle chuchoté d'une voix soucieuse en secouant son parapluie déglingué. Ils veulent que tu prennes la parole à un meeting à Saint James.

Le visage de Lindiwe reflétait toujours ce qu'elle pensait. Mon action lui avait fait peur et elle redoutait les conséquences pour mon entourage. Elle vivait déjà en sachant qu'un jour la police pourrait fort bien l'arrêter pour les crimes de son frère. Lindiwe n'est pas lâche – en fait, je n'ai jamais vu quelqu'un d'aussi courageux –, mais elle est pragmatique. Elle sait qu'il peut être imprudent de rester sur ses positions quand, en face, il y a des matraques, du gaz lacrymogène et des prisons où l'on vous laisse mourir de faim. Elle est bien décidée à sortir vivante de la lutte, à ne pas se laisser dévorer par elle. Elle veut en arriver au stade d'après la libération.

— Ils ne te laisseront jamais tranquille à présent, a-t-elle murmuré. Pas après ce que tu as fait.

— Tu parles de la police ?

— Non, de ceux qui sont dans la lutte.

— Ada !

Une série de petits coups pressés a retenti à la porte. J'ai senti mes mains se remettre à trembler ; mais ce n'étaient pas des chocs violents, ce n'était pas la nuit. Mrs Cath a fait irruption dans la pièce ; elle tenait le parapluie de golf du maître à son côté. Elle était chaussée de bottes en caoutchouc, et d'épais gants de jardinier protégeaient ses mains vigoureuses. Elle avait deux taches rouges aux joues.

— Oh !

Elle a marqué un temps d'arrêt, puis s'est avancée, tendant une main gantée pour saluer Lindiwe.

— Bonjour, Lindiwe. Comment avez-vous fait pour arriver ? Bree Street est inondée ! On appelle à l'aide pour sauver les maisons. Vous devez avoir froid, a-t-elle poursuivi en voyant les vêtements mouillés de Lindiwe. Tenez, prenez le châle de Miriam pour vous envelopper.

Elle s'est tournée vers moi.

— Ada, il n'y a pas de temps à perdre. Je vais voir ce que je peux faire ; je ferme la porte d'entrée, mais je laisse celle de derrière ouverte…

— Faites attention à vous, madame, la rivière est dangereuse, a dit calmement Lindiwe.

Les yeux de Mrs Cath se sont posés sur elle, puis sur moi, et elle a hoché la tête, car nous en savions plus long qu'elle sur le Groot Vis. Nous avions passé la rivière à gué, lavé dans ses eaux brunes, appris comment son humeur habituellement paresseuse pouvait se transformer en fureur et son cours se gonfler. Comme un mouvement de fond qui retourne brutalement une foule…

— Ada, Cradock House…

Elle a jeté un regard inquiet sur le jardin derrière elle, où les rigoles de pluie faisaient lentement sombrer l'herbe.

— Je me lève, Mrs Cath.

J'ai repoussé les couvertures et ai tendu la main pour attraper mes vêtements, ignorant la douleur qui cognait dans ma tête, comme si souvent ces derniers temps.

— Je vais surveiller l'eau.

— Merci du fond du cœur.

Elle a réussi à sourire, a ouvert son grand parapluie non sans mal et est repartie sur la pelouse détrempée. L'ourlet de sa robe, mouillé, collait à ses bottes. Je l'ai regardée s'éloigner. Mrs Cath n'était plus toute jeune, et les gros efforts physiques ne lui étaient pas recommandés. C'était moi qui aurais dû aller à la rescousse et elle qui aurait dû rester à la maison.

— Il faut que tu partes aussi, ai-je dit à Lindiwe en enfilant un vieux pull et ma jupe. Va surveiller ta nouvelle maison.

Car les cabanes que Lindiwe avait construites de ses mains avaient déjà été détruites, rasées par les bulldozers de la mairie, qui les avaient écrasées dans la terre du Karoo. Tout ce qui lui restait, c'était son nouveau logis à Lingelihle, qui attendait encore qu'on mette des vitres à ses fenêtres.

51

On a appelé ça la Grande Inondation.

Le Karoo a toujours été un endroit où la poussière est abondante et la pluie rare, alors, quand celle-ci arrive, la terre trop dure n'est pas prête à l'accueillir et la rejette dans le Groot Vis au lieu de la laisser pénétrer et de rendre le sol assez meuble et apte à être cultivé. Pendant notre Grande Inondation, l'eau ne s'est pas contentée de monter, elle a décidé de tout arracher sur son passage. Ce sont ces débris qui ont obstrué le pont, empêchant l'eau de passer et créant une sorte de vaste barrage en amont. L'eau a monté régulièrement au-dessus des berges de la rivière jusqu'au moment où une vague puissante a inondé les rues avoisinantes. Ce qui fait qu'au lieu d'une crue normale nous avons eu une Grande Inondation.

On a vite constaté que le Cradock blanc avait plus souffert que le Cradock noir. Peut-être peut-on aussi considérer que le Cradock blanc avait plus à perdre ? Toujours est-il que beaucoup de maisons de Bree Street ont été emportées par les eaux, ou si abîmées qu'elles ont dû être rasées. Saint Peter a survécu, mais peu d'autres grands bâtiments. Les cartes et les documents du bureau de l'architecte municipal sont partis à la dérive. Les archives de la prison n'ont été que partiellement préservées. Je me suis demandé si le compte rendu de ma propre arrestation – si récente, et donc probablement en haut de la pile – était parmi ceux qui avaient été balayés par le flot déchaîné et, dans ce cas, si je pouvais rentrer dans l'ombre où je me trouvais auparavant. Pour les Blancs, quand il n'y a pas de dossier, c'est comme si rien ne s'était passé.

Cradock House et notre bout de Dundas Street ont été épargnés par l'inondation, finalement. L'eau brune est venue rôder dans la rue comme un animal affamé, mais elle n'est jamais arrivée jusqu'à la maison. Mrs Cath a tenté de sauver quelques meubles et tableaux de la maison du juge au carrefour de Church Street et de Bree Street. Le juge lui-même, qui revenait d'un procès concernant un vol de bétail dans le district de Graaff-Reinet, est resté coincé sur l'autre rive du Groot Vis sans pouvoir passer, et a assisté à la scène, impuissant. L'eau montait déjà jusqu'aux chevilles quand Mrs Cath est arrivée. La femme du juge, Mrs Maisie, et elle ont sorti de la maison la bible hollandaise de la famille et les livres rares de la bibliothèque, avant de sauver les *riempie*[1] et le célèbre tableau de Baines[2] accroché dans le vestibule. Déjà, les eaux sombres tourbillonnaient à une trop grande hauteur, et il a fallu abandonner le reste des meubles – la table de salle à manger en santal citrin, les fauteuils en brocart.

— Une vraie tragédie, Ada ! a dit Mrs Cath, haletante, à son retour. Maisie était en larmes. Moi aussi. L'eau montait, montait, comme les vagues sur la plage à marée haute – une marée de boue. On n'a rien pu faire pour la maison. Oh, mon Dieu, a-t-elle crié en appuyant une main sur sa poitrine, c'est la tempête que nous récoltons, je le sais !

Sa robe était crottée de boue et la pluie acharnée lui avait plaqué les cheveux sur le crâne.

— Allons, ai-je dit en l'aidant à ôter ses bottes trempées, buvez votre thé et mangez un peu de ce gâteau aux dattes. Après, vous irez vous reposer, Madame.

— Tu es tellement attentionnée. Je ne sais pas ce que je ferais…

1. Petits tabourets garnis de lanières de cuir souple tressées formant siège ou dossier.

2. Thomas Baines (1820 - 1875), peintre et explorateur anglais. Il a beaucoup voyagé en Australie et en Afrique du Sud, et est connu pour ses tableaux qui sont un témoignage sur l'Afrique et l'Australie coloniales, ainsi que pour de nombreux portraits.

Dans le township à moitié détruit au bout de Bree Street, la plupart des cabanes qui n'avaient pas déjà été rasées ont cédé devant l'inondation et se sont effondrées spontanément dans l'eau. Si le conseil municipal avait désiré un moyen autre que l'indemnisation pour pousser les Noirs à déménager dans le nouveau township, la nature le leur avait fourni. Mon école a été inondée et le piano droit marron aux touches défectueuses m'a été enlevé à jamais. Ainsi que les pupitres déglingués, les rideaux rouges poussiéreux dont l'ourlet traînait par terre, le bureau exigu de Mr Dumise, la cour où picoraient les poulets de Veronica, la grande salle où mes élèves chantaient et dansaient à leur propre rythme. Ainsi que les bidonvilles de la partie basse de Lococamp. Tout a disparu sous l'eau et, quand celle-ci s'est retirée, tout est resté enseveli à jamais sous une épaisse couche de boue sombre du Karoo.

La communauté sur l'autre rive du Groot Vis avait disparu.

Il n'y avait plus le choix de déménager ou non. Les Blancs et leurs lois ne changeaient rien à l'affaire. Mes efforts pour obtenir une compensation ne changeaient rien à l'affaire. La rivière avait parlé. La rivière avait décidé de l'avenir.

52

Mrs Cath est restée alitée. Au bout d'une semaine, je suis descendue au cabinet du Dr Wilmott. Les rues étaient couvertes d'une boue noire qui collait à mes chaussures comme une ventouse. Sur les réverbères, on voyait la marque du niveau atteint par la rivière. De nombreux arbres étaient couchés, des faux poivriers, les racines à l'air comme du petit linge sale. J'ai cherché des yeux celui sous lequel nous nous étions tenus, Phil et moi, quand il m'avait dit qu'il m'aimait, et la bougainvillée luxuriante à côté ; mais les deux avaient disparu, submergés par l'océan de boue et de branches cassées.

Les dégâts étaient tels que le maintien de la politique des différences de couleur et ses lois se sont effacés derrière l'ampleur de la catastrophe. Pendant ces premiers jours, les fourgons de la police se sont occupés à sauver des vies plutôt qu'à poursuivre les Noirs pour des délits de laissez-passer. On allait chercher dans le township des travailleurs intermittents qu'on amenait par camions entiers pour débarrasser le pont de son collier d'arbres agglutinés et d'animaux morts. Des techniciens blancs et noirs escaladaient les poteaux pour réparer les câbles du téléphone. Le soleil brillait dans un ciel pâle qui semblait demander pardon.

— Mrs Harrington n'est pas bien, ai-je dit à la femme en robe rose assise derrière le bureau dans le cabinet du Dr Wilmott.

— Mrs Harrington nous appellera, j'en suis sûre, a-t-elle répliqué en se retournant vers sa machine à écrire pour y insérer une nouvelle feuille de papier.

— Elle ne se rend pas compte qu'elle n'est pas bien.

Plusieurs patientes qui attendaient se sont regardées avant de rebaisser les yeux vers leur magazine. Je n'étais pas censée venir dans cette salle d'attente. Le Dr Wilmott avait une entrée séparée pour les malades noirs, comme le pharmacien qui avait guéri Dawn.

— Allez vous asseoir dans la salle réservée aux non-Européens, a dit la femme.

Elle avait parlé sans me regarder et a tourné prestement le rouleau de sa machine pour mettre la feuille en position. Je me suis exécutée. J'ai attendu un bon moment, jusqu'à ce que le médecin ait vu tous les patients de la salle d'attente pour les Blancs.

— Oui, de quoi s'agit-il ?

Le Dr Wilmott était vieux à présent, aussi vieux que le maître quand il était mort.

— Tiens, c'est la bonne des Harrington. Qu'est-ce qui vous amène ?

— C'est ma maîtresse. Elle est malade, monsieur, mais elle ne s'en rend pas compte.

Il m'a regardée, et je me suis demandé s'il se souvenait que c'était lui qui m'avait mise au monde à Cradock House, lui qui avait fermé les yeux de maman, et que c'était moi qui avais eu l'enfant du maître.

— Elle a participé aux secours pendant l'inondation, et elle ne veut plus se lever.

— Eh bien, elle n'a qu'à se reposer tout le temps qu'il lui faudra. Bien…

Il a fait mine de retourner vers la salle d'attente des Blancs, qui se remplissait à nouveau, puis a ajouté :

— J'ai beaucoup d'autres patients. L'inondation, vous comprenez.

Je voyais qu'il ne me croyait pas parce qu'à ses yeux j'étais seulement la bonne des Harrington. Il ne savait pas non plus que j'étais la seule famille qui restait à Mrs Cath, car Miss Rose n'avait jamais téléphoné, même après le rétablissement des lignes, et bien que les inondations aient été signalées aux informations. Mais je n'ai pas abandonné la partie. Les médecins n'ont pas toujours raison. Après tout, le Dr Wilmott avait cru que Phil était guéri.

— Il faut que vous alliez la voir. Sinon, je serai obligée de la faire transporter à l'hôpital.

Il m'a regardée fixement, le sang lui est monté aux joues et ses mains ont commencé à pétrir les boutons de sa blouse blanche. Ses cheveux blancs se dressaient comme s'ils étaient scandalisés par mon comportement, mon impolitesse, mon insistance. Mon péché.

— Il n'en est pas question, a-t-il tonné, comme lorsqu'il s'était adressé à mon jeune maître, mon cher Phil. Partez maintenant. Je passerai voir Mrs Harrington pendant mes visites de cet après-midi.

— Qui est à l'appareil ?

La voix impatiente et ennuyée était reconnaissable entre toutes. Je la voyais presque en train de rejeter en arrière ses beaux cheveux blonds et de lever au ciel ses yeux bleu ardoise.

— C'est Ada, Miss Rose. De Cradock. Ada Mabuse.

— Qu'est-ce que tu veux ? Où as-tu pris ce numéro ?

J'ai marqué une pause, non pour entamer une négociation, mais plutôt pour me rappeler les mots que j'avais préparés de tête, car je ne suis pas habituée à parler au téléphone. Je n'ai pas besoin de m'en servir parce que aucune des personnes que je connais n'en a un. Je n'aurais personne à appeler.

— Ada ? Au fait, s'il te plaît.

La voix de Miss Rose était aussi sèche – et aussi froide – que le gel sous mes pieds nus en hiver quand j'allais chercher le lait à la grille.

— C'est Mrs Cath. Elle n'est pas bien.

Un silence à l'autre bout du fil.

— La maison a été endommagée ? Pendant l'inondation ?

— Non. Mais Mrs Cath a participé aux secours pour sauver les autres maisons, et maintenant elle est malade.

— Pourquoi ce n'est pas le Dr Wilmott qui me téléphone ? Pourquoi laisse-t-il ce soin à la bonne ?

J'ai tiqué en entendant la note méprisante qu'elle avait mise sur « bonne ». Mrs Pumile avait raison. Elle avait toujours dit que Miss Rose resterait insolente toute sa vie.

— Le Dr Wilmott pense que l'état de Mrs Cath s'améliorera.

Un silence.

— Alors pourquoi m'appelles-tu ? Tu te crois plus maligne que le médecin ?

J'ai attendu, cette fois pour laisser le silence faire son effet, en espérant que pendant ce temps Miss Rose se demanderait si elle n'avait pas réagi un peu trop vite. Comme tatie, qui m'avait jetée dehors un peu trop vite.

— Eh bien ? Ada ?

— Je me suis dit qu'il fallait que vous le sachiez, Miss Rose. Votre maman est fatiguée. J'ai vu ce genre de fatigue chez d'autres personnes. Ce n'est pas quelque chose que le sommeil peut guérir.

J'ai entendu son souffle court dans mon oreille, comme si elle était hors d'haleine.

— J'essaierai de venir. Mais ce n'est pas un moment commode pour moi.

Sa voix est devenue enjôleuse, comme si j'avais le pouvoir de maintenir sa mère en bonne santé jusqu'au moment où elle serait disposée à venir la voir.

Tu veux bien repasser mes jupons, Ada ? Je t'achèterai des bonbons à la menthe…

— Merci, Miss Rose. Mrs Cath sera heureuse de vous voir. Ainsi que Helen.

Helen devait avoir seize ans maintenant ; et si Mrs Cath était allée à Johannesburg, Helen n'était venue à Cradock que deux fois.

J'ai attendu. Il y a eu un déclic à l'autre bout du fil. Miss Rose avait raccroché.

53

Je dois me battre pour que ma fille revienne, parce que danser à Johannesburg ne peut qu'être source d'ennuis. Et je dois me battre pour Mrs Cath. Je sais que Dawn et Mrs Cath ne sont que deux individus – alors qu'à Cradock des milliers méritent d'être aidés –, mais c'est un combat que ma tête malade peut mener, une lutte qui est à ma mesure, une bataille que j'ai des chances de gagner. Car ma tête a bien du mal à rester en état de marche. Peut-être n'est-ce pas seulement la faute de mon cerveau, mais aussi de toutes les demandes qui pèsent sur lui depuis que j'ai quitté la prison.

Viens parler au meeting, Ada !

Dis qu'il faut que la nouvelle école soit construite plus vite !

Interviens auprès des journaux à propos des secours aux victimes de l'inondation, des laissez-passer perdus, des distributions de denrées alimentaires, des bébés qui meurent à cause de la pollution de l'eau…

C'est ton devoir. C'est ta bataille à présent. Ta révolution.

— Tu ne peux pas faire autrement, a insisté Dina le jour où je suis retournée à l'école. Tu es célèbre !

Le nouvel établissement à Lingelihle n'était pas encore prêt, et nous étions temporairement hébergés à Saint James, où les jeunes professeurs étaient bien décidés à me recruter. Ils m'avaient parlé de la « conscience noire », deux mots que je n'avais encore jamais vus associés. Ils avaient mentionné Steve Biko, qui avait répandu cette idée et qui détournait les partisans de Mandela, emprisonné. Je suis prudente face à ces mots nouveaux. Ils mettent du temps avant d'arriver dans les dictionnaires, et les idées qu'ils désignent mettent aussi du temps pour s'enraciner dans les esprits. Mais les jeunes professeurs ne réagissaient pas comme moi. Pour eux, l'heure de la prudence était passée depuis longtemps.

— La police me surveille, je ne peux pas risquer d'être arrêtée à nouveau, répétais-je à ceux qui voulaient m'utiliser pour faire avancer la révolution. Je ne peux offrir que ma musique…

— Mais ils vous ont laissée sortir ! Vous avez survécu ! Vous êtes le visage de la lutte !

Il n'empêche que c'est trop pour moi. C'est Dawn et Mrs Cath que je dois sauver.

Comme promis, Dawn écrit chaque semaine de Johannesburg.

Je danse, maman ! Ici, il y a des endroits où les gens viennent regarder danser, et je suis la meilleure ! Les gens me réclament !

Je suis payée tous les soirs par les propriétaires de cet endroit et aussi par les spectateurs.

Je réponds : Et tes études, ma petite fille ? Tu étudies quand tu ne danses pas ? Quand tu seras trop vieille pour danser, tu auras besoin d'instruction pour obtenir un vrai travail.

Je n'ai plus besoin d'étudier, maman. Je gagne assez d'argent avec la danse. Donne-moi des nouvelles des inondations. Les journaux disent que Bree Street a été détruite – même la prison. Ce sont des bonnes nouvelles, non ?

Lindiwe affirme qu'elle a entendu dire que Dawn ne danse pas seulement pour les Noirs et les métis, mais aussi pour les Blancs. Ça n'augure rien de bon.

Maman avait raison. Même si on croit qu'on est accepté, qu'on peut s'asseoir sur les chaises prévues pour les Blancs, on ne l'est jamais. Et c'est encore plus vrai pour Dawn, ma petite fille qui n'est de nulle part, ma petite fille qui est dans l'entre-deux, comme les eaux brunes du Groot Vis qui jadis séparaient Blancs et Noirs jusqu'à ce que l'inondation désintègre tout.

En attendant, Mrs Cath restait alitée.

— J'ai fait de la soupe à la courge.

Je lui en ai présenté une cuillerée. Elle était appuyée contre ses oreillers et regardait dehors. Elle adorait contempler le jardin sur lequel donnait la fenêtre de la chambre et où les souimangas voletaient parmi les chèvrefeuilles orange du Cap, tandis que les herbes de la pampa agitaient leurs plumets duveteux.

— Nous, nous avons une chance folle, a-t-elle murmuré. Je vois encore la maison dévastée de Maisie.

— Reprenez de la soupe, Mrs Cath, ai-je insisté. Ça vous donnera de la force pour aider Mrs Maisie à mettre en route un nouveau jardin.

Elle a avalé une autre cuillerée, puis a reposé le couvert sur le plateau.

— Nous avions du lilas en Irlande. Jamais je n'ai pu en faire pousser ici. Ça n'intéressait pas Edward, tu sais, Ada. Il me laissait le soin de m'occuper du jardin.

Elle a jeté un coup d'œil à son journal, posé sur la table à côté de son lit. Pas le journal en velours rouge de ma jeunesse, mais un mince cahier recouvert de cuir brun souple, et fermé par un bouton-pression d'argent.

— Un peu de Chopin, Ada ?

Je me suis mise alors à jouer toute la série des nocturnes de Chopin. Vingt et un en tout. Pour moi, chacun d'eux est un bijou, un cadeau précieux et brillant. Vingt et un cadeaux pour ma maîtresse étendue là-haut...

Miss Rose est arrivée aujourd'hui. Elle a loué une voiture à Port Elizabeth. On peut maintenant prendre l'avion de Johannesburg jusqu'à Port Elizabeth, puis emprunter une voiture contre de l'argent et venir ainsi à Cradock. J'ai peur que cela ne signifie un jour la fermeture de notre ligne de chemin de fer.

Miss Rose a sauté du véhicule et s'est ostensiblement précipitée dans la maison en criant à sa fille de s'occuper des bagages. Miss Rose était toujours aussi élégante : un pull moulant à rayures sur une longue jupe fendue sur le côté. Elle ne m'a pas saluée en passant à côté de moi. J'ai vu que Helen, qui sortait de voiture plus lentement, était aussi grande que sa mère, avec les mêmes cheveux blonds, mais sans sa langue cinglante.

— Bonjour, Ada, a-t-elle dit timidement en me tendant la main. Je me souviens de vous en train de jouer du piano.

— Bienvenue, ma petite fille, ai-je répondu. Votre grand-mère va être vraiment heureuse de vous voir.

En sentant le contact de sa peau jeune, j'aurais aimé la serrer contre moi pour me rappeler ma propre fille.

— Dawn est là ? a-t-elle demandé avec empressement en regardant autour d'elle.

J'ai retenu mon souffle.

— Non, elle vit à Johannesburg, pas loin du township de Soweto.

— Oh ! Si j'avais su… J'aimerais bien la voir. Et puis, on pourrait vous donner de ses nouvelles, a-t-elle dit en jetant un coup d'œil vers la maison, où l'on entendait la voix aiguë de sa mère.

J'ai regardé ses yeux, doux comme ceux de Mrs Cath, et je me suis surprise à refouler des larmes soudaines. Je n'avais pas pleuré en prison, ni quand j'étais revenue à Cradock House. Mais en quelques mots, cette fille surprenante m'avait touchée.

— Peut-être, ai-je répondu en me ressaisissant, mais les lois ne rendent pas la chose facile.

— Je sais, a-t-elle chuchoté en se penchant davantage vers moi, un peu comme Dawn dans ses moments d'émotion intense. Je déteste ces lois. Maman, non, mais moi, si, a-t-elle ajouté.

Je l'ai regardée fixement. Nous nous connaissions à peine. Elle avait sûrement entendu parler de moi par sa mère. Et sûrement pas en termes favorables.

Elle a eu un sourire gêné et a haussé les épaules.

— Maman et moi ne sommes pas d'accord sur grand-chose.

— Oh ! Je vais vous dire un secret : c'était la même chose entre votre mère et Mrs Cath, ai-je répondu en souriant.

Puis j'ai hoché la tête en direction de la maison.

— Et maintenant filez, ma petite fille. Allez voir votre grand-mère. Elle doit vous attendre.

Ce soir-là, nous avons dîné dans la chambre de Mrs Cath. J'avais fait un gigot avec des pommes de terre rôties et des légumes du Karoo pour fêter le retour de Miss Rose et de Helen, et une omelette pour Mrs Cath, qui trouvait les œufs plus faciles à avaler. J'ai découpé la viande dans la cuisine et monté les assiettes sur des plateaux que j'avais garnis de lin d'Irlande couleur crème.

— Où est ton plateau, Ada ? a demandé Mrs Cath.

— J'avais prévu de manger en bas, Mrs Cath, ai-je répondu avec un coup d'œil de côté à Miss Rose. Ça fait si longtemps que vous n'avez pas vu votre famille.

— Qu'est-ce que tu racontes ! a-t-elle dit, retrouvant un instant son ancienne vivacité. Monte-le, comme d'habitude.

Quel étrange repas ! Je l'aurais vraiment apprécié si nous avions été seules, car l'agneau était parfumé aux herbes sauvages du Karoo, les légumes tendres et les pommes de terre rôties craquantes, juste comme Mrs Cath les aimait. Nous n'aurions pas eu besoin de dire grand-chose, car l'odeur capiteuse du jasmin, exaltée depuis peu par la fraîcheur du soir, entrait par la fenêtre ouverte, ainsi que les derniers cris de la journée échangés par les *bokmakieries*, et au loin le Groot Vis coulait avec nonchalance, comme pour essayer de nous convaincre de sa docilité.

Mais ce soir-là, Miss Rose a pris l'initiative de la conversation, sans pourtant rien dire de particulièrement important. Elle a parlé des derniers spectacles de théâtre, de l'agrément de faire ses courses dans un endroit appelé Illovo, de la difficulté de trouver des aides ménagères convenables. Elle n'a posé aucune question sur Cradock ni sur les inondations, ni sur la vie de Mrs Cath et sa santé. Comme toujours, Miss Rose était préoccupée par ce qui lui arrivait et non par ce qui concernait les autres. Elle n'a pas paru remarquer le bon repas ni le crépuscule parfumé.

Helen s'est faite toute petite dans son fauteuil et s'est contentée de son dîner. Mrs Cath a regardé la nuit tomber par la fenêtre.

— Il y a tellement de monde à Jo'burg ! On ne trouve jamais à se garer quand on a besoin d'une place. Et je ne veux pas aller au centre-ville, c'est trop sale et il y a trop de Noirs.

J'ai avalé ma dernière bouchée d'agneau. Il y a eu un silence.

— Tu as vu en venant les dégâts qu'a faits l'inondation ? a demandé Mrs Cath en ôtant les yeux de la fenêtre, essayant de détourner la conversation de la saleté et des Noirs, deux sujets associés dans l'esprit de sa fille.

— Oh, oui, est intervenue Helen, prenant la balle au bond. Nous avons vu les dégâts dans Bree Street. Vous avez eu peur ?

— Oui, un peu. Ça a fait un bruit épouvantable, tu sais. Un grand grondement, a répondu sa grand-mère. Tchaïkovski – l'*Ouverture 1812* – avec les canons. Ada aime penser les choses en termes musicaux, a-t-elle poursuivi en me jetant un coup d'œil.

— Il n'y a pas d'inondations à Johannesburg. Le climat est bien meilleur, bien plus constant que celui d'ici.

Et ça a continué dans cette veine, Miss Rose tirant la conversation dans sa direction, Mrs Cath essayant de trouver un moyen de la ramener sur nous, et Cradock House observant la passe d'armes.

Une chauve-souris a zébré le ciel devant la fenêtre. Il y a des chauves-souris dans le township, je les avais vues en attendant Lindiwe lorsque tatie m'avait jetée dehors avec Dawn, le jour de sa naissance. Certains disent que les chauves-souris sont de mauvais esprits. Que ce sont les morts qui reviennent épier les vivants.

J'ai monté le dessert, une glace aux fruits de la passion faite maison. J'avais utilisé les fruits violets qui poussent si bien sur notre arbuste. Helen a fini sa coupe et a demandé une nouvelle portion, comme Phil quand il mangeait le gâteau de Savoie à la confiture de maman. Mrs Cath s'est adossée à ses oreillers, les mains immobiles sur les couvertures. Elle ne descendait plus souvent jouer. Ses doigts devaient sûrement se languir du piano. Miss Rose a marqué une pause d'un instant dans sa conversation à sens unique.

— Merci, Ada, a murmuré Mrs Cath. C'était délicieux.

J'ai rassemblé les plateaux. Je voyais qu'elle était lasse. Chaque fois qu'elle voit sa fille, elle espère que cela se passera mieux. Ça n'est jamais le cas.

— Je crois que je vais me reposer.

Son regard s'est attardé sur Helen.

— Nous parlerons plus à loisir demain matin.

Mais le lendemain matin, il n'y a pas eu de conversation. Quand je suis montée à sept heures avec le thé de Mrs Cath et son biscuit à la courge butternut, elle était couchée sur le côté, les bras étendus vers la fenêtre, ses beaux doigts vigoureux repliés dans sa paume. Elle avait mis du parfum avant de s'endormir, et on le sentait encore faiblement dans l'air confiné de la chambre.

— Non ! ai-je crié en posant la tasse si brutalement sur la table de nuit que j'ai renversé du thé. Non, pas déjà…

Elle ne s'est pas réveillée.

Je sais que c'était mal de ma part, que les morts ne doivent être touchés que par Dieu, mais j'ai tendu les doigts pour prendre ses mains froides. J'ai essayé de les réchauffer dans les miennes, j'ai même essayé de desserrer ses doigts – si j'y arrivais, elle se réveillerait peut-être, car la vie de Mrs Cath est dans ses doigts –, mais ils sont restés fermés, et ni ma chaleur ni mes larmes n'ont pu les ranimer.

— Ada ?

J'ai sursauté et j'ai vivement retiré mes mains. Miss Rose ne serait pas contente de me voir ainsi, en train de toucher sa mère comme si j'en avais le droit Mais ce n'était pas Miss Rose, c'était Helen, debout dans l'embrasure de la porte, en pyjama rose rayé, les yeux ronds, qui prenait conscience de la situation.

— Elle voulait vous voir.

Je suis allée d'un pas chancelant jusqu'à la porte où elle se tenait, clouée sur place ; j'avais les yeux brouillés par les larmes et la tête comme dans un étau.

— Elle voulait vous voir, votre mère et vous, avant que Dieu la rappelle à Lui.

Helen a dégluti.

— Je peux ?

J'ai pris sa main et l'ai conduite jusqu'au lit, pas trop près, mais assez tout de même pour qu'elle voie que, les mains crispées mises à part, sa grand-mère donnait l'impression d'être simplement endormie. Nous sommes restées côte à côte, la petite-fille de Mrs Cath et moi. Intérieurement, je criais : « Dawn ! Tu ne lui as jamais dit au revoir. » La main de Helen est restée dans la mienne.

— Vous croyez en Dieu, Ada ? a-t-elle demandé d'une voix tremblante.

J'ai libéré ma main et lui ai touché les cheveux, dorés comme l'herbe qui pousse dans le veld à la fin de l'été. L'œuvre de Dieu, assurément, pensais-je quand je me promenais au milieu de ses tiges oscillantes avec Dawn dans les bras.

— J'essaie de Le servir.

Je l'ai écartée du lit de mort ; ce n'était pas ce souvenir de Mrs Cath que je souhaitais qu'elle garde.

— Vous savez, ma petite fille, votre grand-mère Le servait mieux que personne de ma connaissance.

Une porte s'est ouverte dans le couloir.

— Qu'est-ce que c'est ? Qu'est-ce qui se passe ? Oh, non…

Miss Rose s'est précipitée dans la pièce en nouant la ceinture de sa robe de chambre en soie. Sans son habituel maquillage et sa poudre, son visage paraissait plus âgé. Helen a lâché ma main.

— Sors d'ici, Helen. Ce n'est pas un spectacle pour toi. Pourquoi l'as-tu laissée entrer, Ada ? a demandé Miss Rose d'un ton accusateur.

— Elle voulait dire au revoir, Miss Rose.

Après un dernier regard douloureux, Helen s'est détournée et a quitté la pièce. J'ai attendu, entre le lit et la porte. Je me suis demandé si Miss Rose sentait aussi le parfum de sa mère, cette faible trace de fleurs de la campagne irlandaise qu'elle devait avoir vaporisée sur elle avant de s'endormir pour la dernière fois. Qu'il est réconfortant de respirer un parfum familier ! Si seulement j'avais aussi pu jouer pour elle. Notre bien-aimé Chopin. *La Goutte d'eau...*

Miss Rose s'est penchée sur sa mère et a soupiré. J'ai pris la tasse, ai essuyé avec un mouchoir en papier le thé renversé, et cherché sur le visage de Miss Rose des signes de chagrin, mais ils étaient difficiles à trouver. Les larmes ne sont pas la seule manifestation du chagrin – je le sais, car maman n'a jamais pleuré pour Phil, et pourtant elle l'a profondément regretté –, mais il n'y avait rien sur le visage de Miss Rose ni dans son corps qui suggérait la tristesse.

— Va chercher le docteur. Vite. Et le pasteur. Je ne sais pas qui est à Saint Peter maintenant.

— Oui, Miss Rose. Que Dieu soit avec vous, Miss Rose. Je vous présente toutes mes condoléances.

Elle a levé ses yeux ardoise et m'a regardée par-dessus le corps de sa mère.

— Merci, Ada. Et maintenant fais ce que je te dis.

Je me suis forcée à descendre Bree Street dans la lumière voilée du matin. Le nettoyage de la Grande Inondation continuait. Des bulldozers grondaient parmi les maisons en ruine, soulevaient de grands tas de briques et de branches dans leurs mâchoires et les posaient dans des camions à benne qui attendaient à cet effet. Sur ma droite, la rivière coulait à découvert, car les mimosas et eucalyptus dont les racines allaient puiser l'eau profondément sur ses rives avaient disparu.

Il fallait prévenir Mr Dumise. Il fallait prévenir Lindiwe. Et puis, je devais me dépêcher de rentrer, car il faudrait préparer de quoi offrir à manger à ceux qui viendraient rendre leurs derniers hommages, et il y aurait du linge à laver. Et Dawn…

Miss Rose était bien décidée à ce que les obsèques aient lieu sans attendre.

« A cause de Helen, avait-elle dit avec un mouvement de tête impatient. Elle doit retourner à l'école. »

L'église Saint Peter se dressait, solitaire, au milieu des décombres. Ses épais murs de pierre étaient intacts, mais son cimetière n'était plus qu'une masse de pierres tombales renversées et de haies effondrées. Le pasteur a dit qu'elle serait prête pour les funérailles. Que l'inondation n'avait pas fait de dégâts à l'intérieur et qu'on mettrait des planches dans le cimetière dévasté pour que les fidèles puissent circuler.

La maison avec le robinet où j'avais bu quand j'étais revenue tant bien que mal de la prison avait disparu, emportée. Comme celle où un chien avait aboyé sur mon passage, et où le propriétaire avait passé la tête à la fenêtre, redoutant un intrus. La prison était toujours debout, mais une ligne crasseuse en balafrait les murs, arrivant presque à la hauteur d'une rangée de fenêtres enfoncées dans les murs, dont l'une avait été très récemment la mienne. Deux policiers sont sortis par la porte principale en louvoyant, les bras chargés de boîtes à archives en carton. Ils m'ont regardée, se demandant pourquoi je m'attardais en face d'un endroit qui pouvait si facilement happer les Noirs. J'ai continué mon chemin en direction du township et de l'école Saint James. J'ai prié le ciel qu'il n'y ait pas de barrage routier aujourd'hui, ni de vérification de laissez-passer pour me ralentir, ni de fourgon au coin de la rue pour m'attendre.

Depuis l'inondation, nos élèves avaient rejoint ceux de Saint James pour former une masse contestataire. Partout où le regard se portait, des jeunes s'agglutinaient et ramassaient des pierres. Des rumeurs circulaient, où il était question de soulèvements à Soweto dirigés par des jeunes comme eux pour lutter contre la puissance du régime d'apartheid. Le fait que l'école Saint James avait été épargnée, par l'inondation et par les bulldozers de la mairie, donnait à leur voix une vigueur renouvelée.

Amandla ! hurlaient-ils par centaines. Les eaux ont parlé ! Un nouveau déluge commence ! En dépit de la discipline jadis sévère du révérend Calata, en dépit des efforts inlassables de Mr Dumise, en dépit de la police qui encerclait l'école, Saint James était désormais incontrôlable.

C'est dans ce chaos que je suis arrivée le matin où ma bien-aimée Mrs Cath est morte. Mr Dumise avait installé une table dans un couloir pour s'occuper de ses élèves, et c'est vers cette table que je me suis frayé un chemin.

J'ai secoué son bras dans le couloir bondé.

— Mrs Harrington est morte.

L'un de mes élèves m'a fait un signe de la main. Un groupe de filles dansaient le bop au rythme de leurs battements de mains. Dawn, il faudra que je trouve où tu danses, me suis-je dit. Il faut que je te prévienne à temps pour l'enterrement…

— Comment ?

La tête grise de Mr Dumise s'est penchée vers la mienne. Une cloche a sonné, sans que personne y prête une attention particulière.

J'ai mis mes mains en cornet pour lui parler à l'oreille.

— Mrs Harrington. Elle est morte. On a besoin de moi pour préparer les obsèques.

— Toutes mes condoléances, Ada, a-t-il répondu.

J'ai abandonné le nom de Mary Hanembe et désormais tout le monde m'appelle Ada. Il n'y a plus rien à gagner avec un faux prénom. Je n'ai plus de secrets.

— Nous prierons pour vous, a-t-il repris. Mrs Harrington était une femme remarquable.

— Oui, monsieur. Je reviendrai dès que possible.

J'ai écarquillé les yeux pour arrêter les larmes.

Des jeunes m'ont entourée, en haillons, la plupart pieds nus. Le Groot Vis ne s'était peut-être pas déchaîné dans la cité noire comme il l'avait fait dans Bree Street, mais la pluie avait emporté tous les humbles objets qui n'avaient pas été déménagés plus en hauteur. Et elle avait provoqué des toux sèches et pénibles chez ces adolescents obligés de suivre des cours en plein air sur un sol humide.

— Miss, Miss, quand est-ce qu'on a cours, Miss ?

— Elle était fière de vous, Ada, a lancé Mr Dumise par-dessus leurs têtes.

Dina, qui nous avait entendus – elle s'arrangeait toujours pour être à portée de voix –, est venue m'entourer de ses bras.

— Maintenant, il faut que tu reviennes habiter le township, a-t-elle crié dans mon oreille. On a besoin de toi chez nous. Mais je sais qu'elle était gentille avec toi. Je ne croyais pas qu'une telle bonté puisse exister chez les Blancs.

La cloche a sonné à nouveau, plus longtemps cette fois.

Les jeunes ont abandonné de mauvaise grâce leurs jeux et leurs projets et se sont dirigés vers les salles de classe ou la terre battue dehors, qui en faisait office. Des bribes de propos sur l'ANC, la nouvelle conscience noire, le panafricanisme, le dernier vocabulaire de la contestation ont déferlé sur moi comme les eaux de l'inondation qui avait reflué récemment. Les yeux des policiers dans leur fourgon m'ont suivie quand j'ai franchi les grilles de l'école. Un plus grand véhicule, un Casspir[1], était garé un peu plus loin. Les Casspir transportent en général des soldats, pas des policiers. Des soldats en uniforme kaki, avec de longs fusils. Phil les aurait reconnus. Il aurait été surpris de les voir campés là, car il n'était habitué qu'aux soldats qui se battaient à l'extérieur de leur pays. En règle générale, les soldats ne se battent pas contre leurs compatriotes.

Je suis allée jusqu'à la maison de briques de Lindiwe à Lingelihle. Depuis ma dernière visite, les logements s'étaient remplis. Un nouveau « Bach du Township » naissait des cris, coups de marteaux et fragments de chansons. Quelques chiens maigres avaient même élu domicile ici.

J'ai trouvé Lindiwe en train de gâcher du ciment dans sa minuscule cour.

— Il y a des trous dans les murs, a-t-elle marmonné. Comment peut-on construire des maisons avec des trous dans les murs ? Ada, qu'est-ce qui se passe ?

1. Robuste véhicule de transport de troupes créé pour l'armée sud-africaine dans les années 1970. Equipé de mitrailleuses, il était également résistant aux mines.

Elle s'est essuyé les mains sur sa robe élimée et s'est précipitée pour m'accueillir.

— C'est Mrs Cath, ai-je dit, laissant libre cours à mes larmes.

— Oh, Ada !

Elle m'a prise dans ses bras vigoureux, puis m'a préparé du thé dans sa maison neuve. Il n'y avait pas encore l'eau courante, bien qu'elle ait été promise. Malgré cela, je crois que Lindiwe est contente de son logement, même s'il y fait plus froid que dans son ancienne cabane.

Le thé m'a fait du bien. Nous n'avons pas beaucoup parlé. Il n'y avait pas grand-chose à dire. Lindiwe viendra à l'enterrement. Elle s'assiéra au fond avec Mrs Pumile.

— Je ne crois pas en Dieu, a-t-elle dit avec douceur. Mais s'Il est là, je Lui demanderai de bénir Mrs Cath pour ce qu'elle a fait pour toi et pour Dawn.

J'ai essayé de joindre Dawn, mais le numéro de téléphone qu'elle m'avait donné après son arrivée à Johannesburg ne répondait pas. Je n'obtenais qu'une tonalité longue, un *do* appuyé de clé de *sol*. Alors, je suis allée à la poste et j'ai envoyé un télégramme à l'adresse qu'elle avait inscrite sur sa dernière lettre. *Mrs Cath décédée. Enterrement vendredi. Essaie de venir. Baisers. Maman.*

Mercredi est arrivé, puis jeudi. Toujours aucun message de Dawn. Mon bras était raide et l'ankylose gagnait ma jambe gauche. Ma tête ne me laissait aucun répit.

— Serait-il possible d'attendre jusqu'à la semaine prochaine pour l'enterrement de Madame ? ai-je demandé à Miss Rose.

Assise dans la chambre de Mrs Cath, elle triait les bijoux de sa mère. L'insigne militaire de Phil, les perles qu'elle portait avec ses robes fluides de couleur crème avant la guerre…

Je n'étais pas la seule à souhaiter que le jour de la cérémonie soit repoussé ; de nombreux fermiers, amis de ma maîtresse, se trouvaient dans l'impossibilité de venir en ville sur-le-champ : les Collett étaient occupés par la tonte des moutons, les Van Der Walt se trouvaient à Port Elizabeth pour une vente aux enchères de matériel agricole.

— Nous ne pouvons pas le retarder à ta convenance, a rétorqué Miss Rose, qui vidait un sac brodé avec des doigts impatients. Je t'ai déjà dit que la date est fixée pour que je puisse faire reprendre à Helen ses cours à Johannesburg. Les arrangements doivent prendre en considération la famille d'abord.

J'ai attendu un moment, jusqu'à ce que Miss Rose me regarde.

— Dawn fait aussi partie de la famille, Miss Rose.

Elle s'est levée pour s'approcher de moi.

— Comment oses-tu ? a-t-elle sifflé. Mon père aurait vécu plus vieux si tu n'avais pas…

Elle s'est interrompue, le visage à quelques centimètres du mien, les yeux remplis de venin.

— Mrs Cath aimait Dawn comme si elle faisait partie des siens.

— Qu'est-ce que tu veux que ça me fasse ? a-t-elle craché. Je ne veux pas que cet enterrement devienne un spectacle.

Elle s'est détournée et s'est laissée tomber dans le fauteuil devant la commode. Après cette sortie, j'ai laissé passer une journée avant de m'informer sur la façon dont elle souhaitait placer les gens à l'église.

— Où voulez-vous que je m'assoie, Miss Rose ? ai-je demandé.

J'étais debout dans la cuisine à préparer un cake au citron. Nous étions constamment assiégés par les visiteurs. Je m'étais levée à l'aube pour cuire des gâteaux. Helen était dehors, en train de ramasser des citrons pour le glaçage.

Ce n'était pas seulement Miss Rose qui voulait me voir à une place moins éminente. Malgré le succès de mon récital à l'école blanche, et même si tout le monde savait l'estime dans laquelle Mrs Cath me tenait, mon séjour en prison – et ce qui l'avait provoqué – avait déplu à certains amis de la famille, qui trouvaient que j'avais utilisé ma maîtresse, que j'avais compté sur elle pour me libérer – ce qu'elle avait fait, bien entendu. Je ne savais pas au juste dans quelle mesure Miss Rose était au courant de tout cela.

De toute façon, je pouvais rendre grâce de l'existence de Mrs Cath et prier pour son âme tout aussi bien du fond de l'église, où les yeux froids de l'assistance ne me verraient pas.

— Tu n'auras qu'à t'asseoir derrière nous. Et n'oublie pas qu'après la cérémonie je veux qu'on sorte le plus beau service à thé, a répondu Miss Rose sans lever les yeux de la liste qu'elle tenait à la main.

Je voyais que, malgré son mauvais caractère, Miss Rose était une femme organisée. Elle avait toujours su donner des ordres. Je me suis demandé pourquoi elle n'avait pas trouvé un travail lui permettant d'exploiter ses talents.

— Vous serez assise avec nous, Ada ? a demandé la voix douce de Helen.

Je me suis retournée. Elle était debout sur le seuil de la cuisine, les mains pleines de citrons. Miss Rose a soupiré et m'a lancé un regard hostile.

J'ai tendu la main vers les œufs et les ai cassés un à un dans la jatte.

— Si votre mère le souhaite.

Miss Rose a haussé les épaules.

— Soit.

Et c'est ainsi que j'ai pris place au premier rang à l'église Saint Peter, tandis que l'orgue jouait les morceaux que j'avais choisis – Ada s'occupera de la musique, avait décrété Miss Rose –, et j'ai senti le souffle de l'assistance blanche sur ma nuque. J'ai prié pour que Mrs Cath pardonne à Dawn de ne pas être là.

Lindiwe est venue. Elle s'est assise au dernier rang avec Mrs Pumile – le pasteur de Saint Peter n'est pas partisan des lois sur la différence de couleur et il ne tolère pas que ses paroissiens les appliquent dans l'enceinte de son église. Lindiwe n'a rien d'élégant à se mettre et, avec sa robe tachée de ciment, elle avait une allure dépenaillée qui a attiré de nombreux regards. L'assistance connaissait déjà Mrs Pumile, qui était venue aux enterrements précédents. Elle avait son sac à main brillant et son chapeau des dimanches et a chanté les répons avec conviction.

— Ta maîtresse était une maîtresse adorable. Jamais désagréable. Pas comme certaines autres de ma connaissance, m'a-t-elle déclaré en reniflant avec mépris avant que j'entre dans l'église.

L'office des morts m'était familier à présent. Malgré tout, je me suis forcée à écouter chaque mot prononcé, chaque note jouée par l'orgue, et à regarder chacune des fleurs de la composition posée à côté de la chaire. Les roses préférées de Mrs Cath et des tiges de jasmin crémeux, une clé fragile en mineur, un pianissimo délicat... Tout cela m'était nécessaire pour contenir mes larmes.

— Nous avons traversé des temps d'épreuves, a entonné le pasteur, vêtu d'une aube impeccablement repassée. Notre ville a été partiellement détruite. Mais de la destruction peut renaître l'espoir.

Je ne voulais pas pleurer comme j'avais pleuré pour mon très cher Phil. A l'époque j'avais pleuré sur une vie encore à vivre, un amour encore à trouver – du moins le croyais-je. Mrs Cath, elle, avait derrière elle une vie longue et honorable. Ce qui méritait d'être célébré.

— Cathleen a vécu avec la foi. Toute son existence, elle a tenu bon, dans la joie comme dans la tragédie, et pour finir pendant la grande inondation.

J'ai senti que l'assistance hochait la tête avec approbation. Mrs Cath avait fait preuve d'un courage remarquable. Elle s'était aventurée pour venir en aide aux autres quand les eaux étaient à leur niveau le plus haut. Le pasteur avait raison de faire son éloge, et de mettre en lumière son héroïsme à cette occasion. Il était plus sage de proposer à l'assistance de méditer sur cet épisode que de rappeler la détermination qu'elle avait manifestée lors d'autres crises plus problématiques.

— Prions pour Cathleen, a-t-il dit en baissant la tête. Mère dévouée, amie chère et fidèle servante.

— Amen, a murmuré l'assistance.

— Donne la paix à Rosemary et à Helen, et accorde-leur Ta grâce éternelle.

— Amen.

Et à mon enfant, ai-je prié tout bas en serrant mes mains jointes sur mes genoux. A ma fille, belle et rebelle…

— Ainsi qu'à Ada et Dawn…

Ma tête s'est brusquement relevée.

— … que Cathleen a souhaité entendre nommer ici.

L'assistance s'est figée. Voilà, tout était dit, de façon scandaleusement publique. Ce qu'ils avaient refusé de voir pendant tant d'années : la façon dont Mrs Cath avait pardonné mon péché, dont elle nous avait accueillies, Dawn et moi, comme des membres de sa famille, sa détermination face à la loi.

Deux petites voix au fond ont dit *amen*.

J'ai senti le corps de Miss Rose se raidir dans son tailleur noir ajusté, alors même qu'elle était assise de l'autre côté de sa fille. Miss Rose devait être outrée. Cette fois-ci, il n'y aurait pas de Mrs Cath pour venir à mon secours. Cette fois-ci, assurément, Miss Rose ferait le nécessaire pour se débarrasser de moi. L'orgue a commencé à jouer un paisible *Panis Angelicum*. La tension s'est lentement dissipée, les bancs ont craqué. Dominant les accords en sourdine, les cris stridents des ibis bruns allant se poser pour l'après-midi ont retenti. Jadis, j'avais redouté qu'ils connaissent mon péché, jadis j'avais redouté qu'ils en transportent la nouvelle de l'autre côté du Groot Vis et la laissent tomber avec un cri de triomphe au-dessus de Cradock House, dévoilant ainsi ma honte…

A côté de moi, Helen tordait ses mains posées sur ses genoux.

J'ai regardé mes doigts. Ils n'étaient plus jeunes, ni aussi souples qu'autrefois ; et j'ai pensé à ceux de Mrs Cath, au plaisir qu'ils apportaient à tous ceux qui l'entendaient jouer. Des gammes dévalant le jardin jusque dans le *kaia*, des marches pour mon cher Phil, des mélodies ondoyantes de Debussy qui résonnaient encore dans la tête pendant des jours.

Je continuerai à jouer les nocturnes de Chopin qui ont été mon cadeau à Mrs Cath. Je jouerai dans le silence de Cradock House ceux que je n'ai pas encore joués. J'espère en avoir le temps avant que Miss Rose me jette dehors.

54

— Le notaire veut te voir.

Miss Rose a lissé sa robe rouge – pas de noir pour Miss Rose – et pris son sac à main. Elle a ajouté :

— Je me demande pourquoi. J'attends dans la voiture.

Je me suis dépêchée de passer ma jupe et ma blouse des dimanches, mes chaussures à talons et je me suis assise à l'arrière tandis que Miss Rose conduisait, à une vitesse qui doit être acceptable à Johannesburg, jusqu'à l'étude du notaire dans Adderley Street. J'avais le bras ankylosé après un après-midi à verser le thé, couper des gâteaux et faire une énorme vaisselle. Helen m'avait aidée pendant que Miss Rose tenait sa cour dans le salon et attendait d'être servie.

L'étude se trouvait au premier étage d'un immeuble donnant sur l'église hollandaise réformée de la place du marché, qui avait échappé à l'inondation.

— Bonjour, Miss Harrington. Je vous présente mes plus sincères condoléances.

Le notaire m'a aussi serré la main.

— Miss Mabuse. Je vous en prie, asseyez-vous, toutes les deux.

Il a pris place à sa table de travail. Sur le mur derrière lui, il y avait un cliché le représentant. Cela m'a rappelé le bureau du commissaire à la mairie. Bizarre comme des gens importants éprouvent le besoin de renforcer cette importance en affichant des photos d'eux-mêmes.

— Comme vous le savez, nous nous occupons des affaires légales de la famille depuis que Mr Harrington est arrivé d'Irlande il y a de nombreuses années. Il m'incombe de vous faire part du testament de Mrs Harrington, dans lequel elle vous fait l'une et l'autre légataires.

J'ai entendu Miss Rose retenir son souffle et j'ai perçu un regain de colère chez elle. En dehors d'instructions concernant la réception, elle ne m'avait pas adressé la parole depuis l'enterrement.

— Que voulez-vous dire, monsieur ?

Je me suis forcée à me concentrer. Je n'avais jamais entendu le mot « légataire » jusqu'à ce jour.

— Cela signifie, Miss Mabuse, a-t-il dit en me regardant par-dessus ses lunettes, que Mrs Harrington vous a laissé quelque chose en héritage.

L'héritage. Le mélange de la peau noire et de la peau blanche, qui donnera fatalement naissance à un enfant brun. Le mélange du sang des parents, qui fait passer certains traits d'une génération à l'autre, mais pas tous. L'héritage est une chose capricieuse. Il a rendu la couleur de Dawn inévitable, mais a refusé de transmettre à Miss Rose la chaleur humaine de sa mère.

— Combien ?

Les paroles de Miss Rose étaient abruptes. Pour elle, il s'agissait d'argent.

— Je vais d'abord vous donner une vue d'ensemble.

Le notaire a regardé les papiers sur son bureau.

— Miss Harrington, vous héritez de la totalité des liquidités de votre mère, hormis trois mille rands qui vont à Miss Mabuse, et cinq mille qui vont à sa fille Dawn.

J'ai regardé le notaire avec des yeux ronds. Ces sommes réunies étaient bien plus importantes que ce que j'avais sur mon livret à la banque ! Avec cet argent, Dawn pourrait se payer des cours particuliers pour finir ses études ! Avec cet argent, elle pourrait s'acheter une maison neuve en brique pour elle seule !

— Pour ce qui est des biens immobiliers, Miss Helen hérite de Cradock House et de son contenu, qui devront être administrés par fidéicommis jusqu'à ses vingt-cinq ans.

— Mais…

Miss Rose s'est levée à demi.

— Tout revenu locatif alimentera la part revenant à Miss Helen.

— Mais cette maison doit être vendue ! Helen n'en a pas l'usage.

Le notaire a levé la main.

— Un instant, je vous prie. Mrs Harrington a spécifié que Miss Mabuse peut continuer à occuper le *kaia* à Cradock House et, si nécessaire, agir comme intendante jusqu'aux vingt-cinq ans de votre fille, conformément aux arrangements financiers en cours.

— On ne peut donc pas vendre la maison maintenant ?

Miss Rose, perchée à l'extrémité de son siège, avait les mains si crispées sur les bras de celui-ci que ses articulations avaient blanchi.

— Je crains que non, a dit le notaire avec un mince sourire. Ce sera à Miss Helen d'en décider quand elle aura vingt-cinq ans. Elle pourra disposer de la maison comme elle l'entend à ce moment-là.

Il y a eu une pause. Confusément – car j'avais mal à la tête –, j'ai commencé à voir avec quelle habileté Mrs Cath avait pris ses dispositions vis-à-vis de ceux qu'elle laissait derrière elle. Sa décision de faire nommer par le pasteur Dawn et moi pendant l'office funèbre n'était pas qu'un acte d'amour, mais un défi durable à ceux qui auraient voulu nous chasser ; elle avait prestement retiré Cradock House des griffes de Rosemary et l'avait mise de côté pour Helen, sauvegardant ainsi son héritage. Enfin, elle m'avait donné la jouissance du *kaia* sous l'acacia maigre aussi longtemps que Helen resterait propriétaire de Cradock House.

— Je peux rester, ai-je murmuré sans le vouloir, c'est bien vrai, monsieur ?

— Oui, c'est vrai, a sèchement lancé Miss Rose. C'est pour arriver à ça que tu manœuvres depuis le début.

Ses mots ont percé l'air entre nous comme les balles que j'avais entendues siffler dans le township. Une série de craquements, un souffle d'air si vous étiez assez près. Phil les connaissait, ces bruits…

Le notaire a ôté ses lunettes et les a frottées sur sa cravate.

— Miss Harrington, il est déconseillé d'aborder un arrangement comme celui-ci sur un mode conflictuel.

Miss Rose a ouvert son sac d'un geste brusque, en a sorti un miroir de poche dans lequel elle a examiné rapidement son visage, avant de le remettre dans le sac. Elle a levé le menton.

— Ma mère a-t-elle changé son testament récemment ?

— Non, ces intentions étaient les siennes depuis des années.

— Alors, il n'y a rien à ajouter.

Elle m'a lancé un regard furieux.

— Vous avez toutes mes coordonnées bancaires. Et j'imagine que vous prendrez les dispositions nécessaires pour louer Cradock House.

Elle s'est levée. Je suis restée assise. Le notaire s'est levé lui aussi et lui a tendu la main.

— L'affaire sera traitée avec le plus grand soin. Et nous dresserons l'acte de fidéicommis au nom de votre fille. Vous allez l'informer, je présume ?

— Bien entendu. Tu viens, Ada ?

— Je rentrerai à pied. Je vous remercie, Miss Rose. J'ai besoin de comprendre ce que Mrs Cath attend de moi.

Miss Rose est sortie de la pièce, l'air dédaigneux. Le notaire m'a regardée un instant, puis a refermé la porte derrière Miss Rose.

— Je crois que vous êtes au service de la famille depuis de nombreuses années, Miss Mabuse.

— Je suis née à Cradock House, monsieur. J'y ai passé presque toute ma vie.

— Vous parlez très bien l'anglais. Voyons, a-t-il dit en posant ses mains à plat sur la table. Nous allons prendre notre temps. Dès que Miss Harrington et sa fille seront reparties à Johannesburg, nous commencerons l'inventaire de la maison.

Devant mon expression perplexe, il m'a donné quelques explications :

— Il nous faut dresser une liste de tous les meubles et biens de la maison, car à partir de maintenant tout appartient à Miss Helen. Vous comprenez, Miss Mabuse ?

— Oui. Rien de tout cela n'a jamais été à moi, monsieur. J'en prendrai soin pour Miss Helen.

— Très bien. Une fois l'inventaire terminé, nous nous mettrons en quête de locataires qui prendront la maison meublée. Vous resterez dans le *kaia*. Je crois que vous êtes professeur dans le township ?

— Oui, monsieur. J'enseigne le piano.

Il a hoché la tête.

— J'ai entendu dire que vous aviez beaucoup de talent.

— C'est Mrs Harrington qui m'a appris tout ce que je sais.

— Je vois. Il faudra aussi que vous nous donniez votre numéro de compte bancaire et divers renseignements sur votre identité – et les mêmes informations concernant votre fille – afin que nous puissions déposer les fonds sur vos comptes, conformément aux désirs de Mrs Harrington.

— Merci, monsieur. Je vais mettre tout cela par écrit.

Ma tête s'éclaircissait et je prenais conscience de choses à l'extérieur. Les frondes des palmiers de la place du marché, que l'inondation n'avait pas touchés, oscillaient devant la fenêtre.

— Il y a encore une chose mentionnée dans le testament, qui vous concerne exclusivement…

Il s'est arrêté, cherchant des mots plus simples.

— Personne d'autre n'a à le savoir.

J'ai attendu. Je ne voyais pas du tout ce qu'il voulait dire. Il a tendu la main vers une enveloppe et en a sorti le cahier rouge.

— C'est pour vous. Mrs Harrington souhaitait qu'il vous revienne.

J'ai pris le cahier avec des mains tremblantes. C'était le premier journal. Je l'ai porté à ma joue et j'ai senti le contact doux du velours. Le ruban en satin s'est échappé d'entre les pages. Je ne l'avais plus revu depuis des années. J'avais récemment lu le contenu de celui en cuir marron.

— Il y a une lettre qui va avec.

Il m'a tendu une feuille volante couverte de l'écriture familière de Mrs Cath, les déliés minces et les pleins plus lourds, les enjolivures qui accompagnaient la majuscule au début de chaque nouveau paragraphe.

Il s'est levé.

— Si vous avez besoin d'aide, nous sommes à votre disposition.

Il a hésité, puis a tendu la main. Peu de Blancs serrent la main d'une Noire.

— Votre fidélité a été justement récompensée, Miss Mabuse.

55

Ma chère Ada,

C'est la première fois que je t'écris officiellement, bien que nous ayons communiqué par l'intermédiaire de mes journaux intimes pendant de nombreuses années. J'ai essayé d'être honnête, mais il y a certaines choses que je n'ai jamais écrites, dont je n'ai jamais parlé, et qui doivent maintenant être consignées sur papier pour que tu les gardes toujours en mémoire.

Quand je suis arrivée en Afrique, j'ai eu la chance de jouir de l'amitié de ta mère. Mais c'est notre partage de toute une vie, à moi et à toi – fille, amie, confidente –, qui a été l'élément le plus marquant et le plus précieux de la mienne.

Tu étais aussi la bien-aimée de mon Phil chéri – je suis sûre que tu le sais, à présent. Je l'ai su avant que tu ne le comprennes toi-même. Tu étais si jeune, Ada. Et si belle…

J'ai regretté toute ma vie de ne pas avoir agi à temps pour vous aider à trouver un moyen de vivre ensemble, même si cela devait signifier que vous quittiez l'Afrique du Sud et tout ce que vous connaissiez jusqu'alors.

Je me demande si tu as conscience que la plupart des pays du monde considèrent aujourd'hui l'apartheid comme une faute morale… Cette idée prendra peut-être du temps pour arriver jusqu'à nous, mais un jour il y aura l'égalité. Cela ne s'est pas produit à temps pour Phil et toi, mais cela peut se produire à temps pour notre merveilleuse Dawn. Patience.

Et enfin, la musique.

Il n'y a pas de mots pour te dire ce que cela a signifié pour moi de te regarder et de t'écouter jouer. Je t'en prie, joue pour moi tous les jours. J'entendrai.

Cathleen

L'hiver suivant l'enterrement de Mrs Cath, Dawn est revenue à Cradock.

— Ma petite fille !

Je suis restée sans voix devant la belle jeune femme qui est descendue du train de Johannesburg, les cheveux raides et beaucoup plus clairs que lorsqu'elle était partie, les pieds sanglés dans des chaussures à hauts talons dont Miss Rose aurait été fière, vêtue d'une robe qui n'était qu'un tourbillon de taches d'animaux. Les hommes qui descendaient du train n'avaient d'yeux que pour elle. Je l'ai dévisagée avec des yeux ronds, car ses cheveux étaient de la couleur de ceux de Phil, une masse claire qui lui retombait sur le front quand il m'avait regardée dans le jardin, près de la corde à linge sur laquelle j'étendais la lessive…

— Maman !

Dawn s'est penchée pour me serrer contre elle et j'ai senti ses larmes sur ma joue.

— Tu as très bonne mine, maman ! a-t-elle menti pour être gentille. Je suis désolée de ne pas être venue depuis si longtemps. J'ai essayé de venir pour Mrs Cath…

— Je sais.

J'ai passé mon bras sous le sien et essayé de reprendre mon souffle.

— Elle aurait compris.

Le Groot Vis était bas le jour où Dawn est arrivée : un étroit filet aux reflets métalliques entre les rochers. Nulle part à Johannesburg, m'a-t-elle dit gaiement, il n'y avait de rivière capable de rivaliser avec la nôtre : paresseuse un jour et tumultueuse le lendemain. Sa bonne humeur était contagieuse, elle souriait aux inconnus. Elle a ôté ses chaussures et les a portées à la main. Les hommes se retournaient pour la regarder ou sifflaient en passant en voiture.

Dawn est restée avec nous pendant une semaine lumineuse, une semaine partagée entre mon *kaia* et la maison de Lindiwe. Une semaine où elle a serré sur son cœur de vieux amis qui avaient survécu jusque-là, une semaine où elle a évité de montrer son visage exotique à la police. Une semaine où rien n'a été dit de l'endroit où elle habitait, où je n'ai pas su si elle avait un travail sérieux à Johannesburg. Une semaine consacrée au rire, à la tendresse et à la danse, où j'ai joué pour elle une fois encore. Gershwin, la *Rhapsody in blue*. Son corps s'enroulait et ondoyait au rythme du glissando initial comme l'eau autour d'un rocher…

— Et ton avenir ? Quand tu cesseras de danser ?

J'ai fini par la poser, cette question, dans la quiétude du *kaia* la veille de son départ, pendant que les branches de l'acacia raclaient le toit et qu'une chandelle projetait des ombres sur le mur. Dawn était allongée sur le lit acheté par Mrs Cath, vêtue de la robe de chambre qui pendait toujours derrière la porte, attendant son retour.

— Ne t'inquiète pas, maman, a-t-elle chuchoté dans la pénombre tremblotante de la pièce. Je gagne assez d'argent avec la danse. Et l'argent de Mrs Cath est en sécurité.

— Tu danses pour les Blancs ?

Elle s'est redressée, et dans ses yeux a brillé la lueur de défi familière.

— Je leur plais. Ils ne me considèrent pas comme une métisse !

J'aurais voulu lui dire : « Ah, ma petite fille ! Je me souviens de l'époque où tu allais courir avec tes amis noirs ici, à Cradock, où tu essayais d'être plus noire que tu ne l'étais pour te faire accepter. Je t'avais prévenue qu'un jour ils se retourneraient contre toi parce que tu étais différente. C'est la même chose avec les Blancs, même si tu es assez pâle pour rivaliser avec eux. Et je t'en supplie, n'essaie pas de faire ce que j'ai lu dans les journaux concernant certains métis aussi clairs de peau que toi. N'essaie pas de franchir la frontière, n'essaie pas de passer pour une Blanche. Ne fais pas le "pari blanc" : il te faudrait renoncer à ta famille noire et ne plus jamais nous revoir. Il te faudrait cultiver les bonnes grâces des Blancs en espérant qu'ils ne te dénoncent jamais à la police. Tu devrais vivre dans les faux-semblants à chaque minute de la journée. »

Mais ces mots-là, je ne peux pas les prononcer. Pourquoi ceux que nous aimons sont-ils aussi ceux à qui il est le plus difficile de poser des questions ? Est-ce parce que nous avons peur des réponses qu'ils pourraient nous faire ?

— Ne t'inquiète pas, maman.

Elle a quitté son lit d'un mouvement sinueux, le défi a cédé la place à la tendresse, et elle est venue s'allonger à côté de moi, comme elle le faisait enfant.

— Je ne crains rien. Jo'burg est très différent d'ici, mais j'y suis chez moi. Comme toi à Cradock House.

Je ne me rappelle pas combien d'hivers ont passé depuis la visite de Dawn. Pas plus que je ne me rappelle quand j'ai perdu mon travail. Ou plutôt, quand le nouveau directeur m'a dit qu'il n'y avait plus de budget pour un professeur de musique.

— Mais, monsieur, ai-je répondu en soutenant mon bras raide avec ma bonne main, je n'ai pas besoin d'être payée. Je peux continuer à enseigner si vous voulez de moi.

Il m'a regardée avec méfiance. C'est un nouveau venu. Mr Dumise est parti à la retraite, comme Veronica et Mildred, et même Sipho, qui adorait les chiffres. Il ne reste plus que Dina, avec ses turbans de plus en plus vifs, et sa colère intacte contre les Blancs.

« Un jour, il y aura un bilan, siffle-t-elle, et ce jour-là, ce jour-là… »

Dina et moi mises à part, le personnel de l'école se compose de nouveaux professeurs, qui feront ce qu'on leur dit. Les lois sur l'éducation bantoue régissent les programmes scolaires, des policiers patrouillent autour de l'école, des soldats veillent dans leur Casspir aux abords de la cité noire, et seuls les élèves ne reculent devant aucun danger.

« Libération ! hurlent-ils, face aux cieux qui les regardent. Libération d'abord, éducation après ! »

Peu m'importe de ne pas être payée, j'ai assez d'argent à la banque. En réalité, comme je ne fais pas officiellement partie du personnel enseignant, mes cours ne sont pas non plus officiels. Alors ils sont ouverts à tous ceux qui veulent y venir. Je n'ai qu'une seule règle : je refuse les chants politiques ou les chants de révolte. Non parce que je ne suis plus partisane de la lutte, mais parce que j'ai atteint mes limites.

Au premier cours de chaque nouveau trimestre, je domine le brouhaha en criant :

« J'ai déjà été arrêtée. Si je le suis encore une fois, je sais que je ne survivrai pas. »

Je montre alors successivement mon bras raide et ma main enflée en permanence.

« Mon emprisonnement m'a valu ce bras et cette main. Si vous voulez que je reste ici, à jouer pour vous, il faut me protéger de la police qui écoute à la porte. »

Ils acquiescent. Et une fois de plus, nous nous échappons grâce à toutes sortes de musiques. « Alléluia ! chantent-ils joyeusement, en écho au *Messie.* Alléluia ! Alléluia ! Allé-é-lu-ia ! »

« *Unforgettable,* gémissent-ils comme Nat King Cole, *that's what you are…*[1] »

J'espère que Mrs Cath entend cette musique, elle aussi.

Et quand je rentre chez moi en clopinant à la fin de la journée, les jeunes me raccompagnent à tour de rôle, pour s'assurer qu'il ne m'arrive rien. Je ne les laisse pas marcher à côté de moi, car la police me surveille toujours, malgré mon âge. Ils se mettent derrière moi, ou de l'autre côté de la rue.

Ce n'est pas juste la police qui est un danger, ce sont aussi les autres Noirs. Est arrivé à Lingelihle un objet nommé « collier », connu à Johannesburg depuis un certain temps déjà. Dawn m'en a parlé. Voilà un nouvel exemple de mot qui peut prendre un autre sens. Utilisé ainsi, le collier n'est plus un bijou à garder précieusement, mais un accessoire mortel : on passe la tête d'un traître dans un pneu et on

1. « Inoubliable, voilà ce que tu es… »

verse de l'essence dans la cavité de caoutchouc. Puis on lance une allumette, et le pneu et celui qui le porte s'enflamment. Voilà le nouveau genre de collier dont il s'agit. J'ai vu cette horreur de près. J'ai entendu les hurlements. J'ai arraché mon regard de la victime en flammes qui se tordait et j'ai regardé la fumée huileuse monter en spirales vers le *koppie* où l'on célébrait jadis le culte en plein air.

Où es-Tu, Dieu ?

Je m'adresse en pleurant aux rochers de grès qui nous regardent de haut, sans expression. Pourquoi permets-Tu à de telles choses de se produire ? Je n'ai jamais compris pourquoi Tu avais pris Phil si tôt, mais, sûrement, cette horreur n'est pas Ta volonté ? Quand décideras-Tu qui a raison et qui a tort dans cette guerre, et quand anéantiras-Tu le coupable ?

Plusieurs locataires se sont succédé à Cradock House depuis la mort de Mrs Cath. Gentils pour la plupart, ils m'ont laissée y venir pour jouer du piano et me servir de la cuisine. Certains ont été moins tolérants, et j'ai été obligée de m'acheter un réchaud à paraffine pour le *kaia*, tandis que le Zimmermann restait silencieux et inutilisé.

En même temps, le Karoo a connu l'inverse d'un boom : beaucoup de fermiers ont vendu leurs moutons et quitté le pays, pendant que la terre elle-même se desséchait, comme pour prouver que la Grande Inondation était exceptionnelle et que le Karoo est un désert en expansion, susceptible de devenir un jour un autre Sahara. Dina dit que c'est là le châtiment de Dieu le Père pour les péchés que continue à engendrer l'apartheid. Car Steve Biko est mort, Mandela en prison depuis vingt ans, et les Blancs ne cèdent toujours pas.

L'inverse d'un boom est une récession, et la récession est arrivée jusqu'à Cradock House. Dernièrement, il n'y a plus eu de locataires. J'essuie la poussière dans la maison et je joue du piano chaque jour pour Mrs Cath. Des morceaux joyeux, polonaises, marches, valses ; surtout des valses. La tendre valse de Brahms en *la* bémol, la *Valse brillante* de

Chopin, *L'Invitation à la valse* de Weber jaillissent du piano, emplissent les couloirs vides et accumulent accords et phrases jusqu'à ce que la maison soit repue. J'ai déjà connu le vide à Cradock House, et je ne veux pas qu'il revienne. Tout en jouant pour Mrs Cath, je garde Cradock House en vie pour Miss Helen.

Le notaire envoie quelqu'un tondre la pelouse. Des gens viennent visiter la maison, mais leur choix ne s'arrête pas sur elle. Il y a des villas plus modernes à louer dans des quartiers plus neufs de la ville, plus haut, au-delà de la place du marché, plus éloignés de la menace d'une autre Grande Inondation. La maison voisine est vide, elle aussi, et le *kaia* derrière la haie de plumbagos, silencieux. Mrs Pumile est finalement partie au Transkei. J'espère que l'homme qu'elle connaissait a été patient et l'attendait encore quand elle est arrivée.

Puis le notaire meurt et le nouveau responsable chargé de Cradock House l'oublie. Et m'oublie aussi. Un jour, je trouve les serrures de la maison changées, et ma clé de la porte de derrière ne l'ouvre plus. Je mets ma plus belle robe, mes chaussures à talons – avec lesquelles j'ai maintenant du mal à marcher – et je clopine jusqu'à l'étude qui donne sur l'église hollandaise réformée.

Je m'adresse à la dame de l'accueil.

— Bonjour, madame. Je suis légataire de Mrs Harrington, et j'entretiens Cradock House pour sa petite-fille, Miss Helen Harrington. Mais on a changé les serrures et je ne peux plus entrer.

J'attends sur un canapé en me tenant très droite. On me laisse m'asseoir sur le même siège que les clients blancs, ce qui est inhabituel.

Un jeune homme aux cheveux lissés en arrière vient se mettre devant moi.

— Que puis-je faire pour vous ?

Je répète mon histoire. Il s'assoit à côté de moi.

— Je suis tout à fait navré, dit-il en plissant son front jeune. Miss Harrington a quitté le pays, je crois. Nous ne parvenons pas à entrer en contact avec elle. Et sa mère est morte l'an passé. Aussi, pour des raisons de sécurité, avons-nous décidé de fermer la maison. Il n'y a plus de marché aujourd'hui pour ces vieilles demeures, de toute façon.

— Mais je suis censée en prendre soin jusqu'à ce que Miss Helen vous dise ce qu'elle veut en faire, monsieur. C'était spécifié dans le testament de Mrs Cath...

— Il n'y a rien à entretenir dans cette maison, répond catégoriquement le jeune homme. Et sans locataires, cela nous coûte de l'argent de la surveiller. Mieux vaut la fermer jusqu'à ce qu'une décision soit prise.

J'ai regardé par la fenêtre. Dans les jardins du Karoo, les aloès continuaient à dresser vers le ciel leur tête orange. Les bancs réservés aux Blancs étaient toujours là.

— C'est ma maison, ai-je dit.

Vous ne savez donc pas, mon jeune monsieur, que je coule dans la sève de l'abricotier ? Que la rampe se souvient de mes mains qui l'ont cirée, et que le piano me rend au centuple ce que j'ai pu lui donner un jour ?

Le jeune homme écarte les mains.

— Je crois que vous avez hérité de fonds de Mrs Harrington. Vous pourriez vous acheter votre propre maison à Lingelihle. Ce serait une bien meilleure solution.

J'ai déjà quitté Cradock House une fois, traversé le Groot Vis pour aller vers un avenir dans le township. Puis je suis revenue à Cradock House et à une vie divisée entre les deux endroits. Je l'apprécie, cette vie divisée. C'est la moitié à Cradock House qui me donne la force nécessaire pour la moitié au township. Mais cette fois-ci, selon toute probabilité, si je quitte Cradock House, ce sera pour ne plus revenir. Je serai aspirée pour de bon dans le bruit, la peur, la violence ordinaire, la lutte – il n'y aura pas moyen de m'échapper. Ils me posséderont, depuis le moment où j'irai chercher de l'eau dans l'aube du Karoo jusqu'à celui où j'essaierai de m'endormir malgré les clameurs de la nuit déchirée par les aboiements des chiens et les coups de feu.

J'ai quitté l'étude du notaire et suis revenue à pied jusqu'à la place du marché. Dundas Street somnolait dans la lumière déclinante du soleil de l'après-midi. Pauvre Miss Rose, partie elle aussi. Elle n'aimait pas Cradock House et ne voyait aucune raison de conserver cette maison. Je suis entrée par la grille de derrière, comme d'habitude, et me suis immobilisée à la porte de mon *kaia* en repensant à ce qu'avait dit le jeune homme. A l'autre bout du jardin, au-delà de l'abricotier, la maison se dressait, silencieuse et sombre. Pourtant, quand je suis à l'intérieur, j'entends Mrs Cath, Phil ou maman qui m'appellent ! Ils rient avec moi, Phil me fait enrager et j'entends les mains de maman qui pétrissent un pâton de pain dans la cuisine. D'ici, où je me tiens, je perçois seulement le bruissement des feuilles de l'arbre corail qui se frottent les unes aux autres dans le vent d'automne. Certaines ne vont pas tarder à tomber et à crisser sous mes pieds.

Il y a des choses que je sais, même si mon cerveau n'est plus aussi vif qu'autrefois. Ces connaissances, je les ai acquises à force de lectures, à force d'épreuves difficiles. J'ai empilé les choses que j'ai comprises – et celles qui me restent opaques –, telles les pierres d'une pyramide qui forme ma sagesse personnelle. Je sais par exemple qu'on ne peut pas casser un testament. Et je sais que j'ai compris correctement celui de Mrs Cath. J'ai le droit de rester dans le *kaia* jusqu'à ce que Helen vende la maison. Si cela se produit, je devrai partir. Mais d'ici là, personne ne peut me chasser. Une suggestion émise par un jeune homme aux cheveux lisses n'a pas force de loi.

J'ai aussi appris plusieurs détails pratiques : je pourrai continuer à tirer de l'eau à mon robinet. Si je n'en utilise qu'une petite quantité, elle sera inférieure à la limite pour laquelle un paiement serait exigé. Donc je pourrai continuer à me débrouiller dans le *kaia* sans avoir accès à la maison.

Je suis sortie dans le jardin et je suis passée lentement à côté de la corde à linge, du buisson luxuriant de grenadille qui donne les fruits de la passion, pour arriver devant la maison. L'herbe était haute et sèche, avec des têtes de graminées comme celles que je caressais quand j'allais me promener dans le veld avec Dawn. L'herbe ne pousse pas comme une pelouse, sauf si on la tond régulièrement. Elle préfère grandir vite, monter en graine et essayer de devenir plus haute que sa voisine.

Et il faut naturellement prendre en compte mon devoir.

Le devoir m'a piégée autrefois, et m'a conduite à une vie cernée par la honte ; mais cette fois, mon devoir est juste et honorable. J'ai promis à Mrs Cath de prendre soin de Cradock House jusqu'à ce que Helen n'en veuille plus. Même si je ne peux pas entrer dans la maison, je dois rester sur la propriété. Si je m'en vais, des intrus pourraient s'y installer. Je ne laisserai pas cela se produire. Je garderai Cradock House. Au prix de ma vie.

Je ne parle à personne de ma conversation avec le nouveau notaire. Et je commence à agir avec beaucoup de prudence. Bien que j'aie l'électricité dans mon *kaia*, je recommence à me servir de bougies pour éviter qu'il ne vienne aux oreilles du notaire que quelqu'un utilise le courant électrique dans les locaux. Si je ne peux rien faire concernant l'herbe, je peux utiliser mon sécateur pour empêcher les buissons de prendre un aspect négligé et je peux balayer de temps en temps le *stoep*, et peut-être même nettoyer les vitres à l'extérieur. Je veux que Cradock House reste assez bien tenue pour dissuader les intrus ou les cambrioleurs de s'en approcher, mais pas trop, pour ne pas attirer la curiosité du jeune notaire s'il vient à passer en voiture.

56

Chère maman,

Ici, c'est l'hiver. Il fait plus froid qu'à Cradock et ton manteau noir n'est pas assez chaud quand je rentre après avoir dansé, alors on m'a fait cadeau d'un nouveau manteau en laine ! Tu te souviens quand nous parlions de la laine de mouton du Karoo que nous ne pouvions pas nous permettre d'acheter ? Eh bien, maintenant, je sais pourquoi les Blancs aiment la laine. C'est chaud et ça ne se froisse pas. Maman, il faut que tu sortes de l'argent de la banque (je sais que tu en as assez) et que tu passes devant chez Anstey, le magasin de mode, pour voir s'ils ont en vitrine un manteau en laine et, si oui, tu l'achètes, maman ! Tu l'achètes ! S'ils voient que tu as l'argent, ils te le vendront, même si tu n'es pas blanche. A Johannesburg, ça se passe tout le temps comme ça.

En hiver, tout le monde tombe malade. Les braseros font tellement de fumée et l'air est tellement sec qu'on chope de mauvaises toux. Il y a aussi une autre maladie ici, quelque chose qui doit venir du travail dans les mines, car ce sont surtout les hommes qui en meurent.

Embrasse Lindiwe pour moi. Prends bien soin de toi, maman. Je reviendrai te voir un de ces jours. Ça doit bien faire cinq ans depuis la dernière fois ! Il faut que tu ailles consulter un médecin si ta tête te fait toujours souffrir.

Je t'embrasse très fort,

Dawn

Parfois, le soir, quand la palette du coucher du soleil se dilue et que les *koppies* ne sont plus que des ombres grises se détachant sur l'horizon, je me glisse hors du *kaia* pour aller sur le devant de la maison et m'asseoir sur le *stoep*, enveloppée dans le châle bleu de maman. Les chaises coquille ne sont plus là ; elles ont été rangées dans le garage après le départ des locataires, alors, je m'assois sur les lattes de bois, le dos appuyé contre la porte d'entrée.

Je guette le cri du hibou qui hululait dans l'arbre corail quand j'étais enfant ; il m'arrive de l'entendre encore. Je guette aussi les chauves-souris – sombres esprits de mes ancêtres – ainsi que les intrus possibles. Parfois, je crois entendre un bruit, mais c'est seulement le craquement du toit de métal quand il refroidit, ou le bruissement d'une souris dans les herbes hautes. Mais en général, je vais là-bas parce que la maison m'appelle. Elle a besoin de compagnie. Je plie mes doigts sur mes genoux et fais semblant de jouer du piano. Une *Fantaisie-Impromptu* en *do* dièse mineur. Les mains étirées au maximum, les notes bondissantes cédant la place à une mélodie sinueuse qui reste suspendue en l'air, attendant qu'on l'attrape…

Quand je ne suis pas sur la véranda, je fais quelque chose d'illégal.

La porte de la cuisine est en deux parties. Celle du bas est en bois, mais la partie supérieure se compose de petites vitres carrées prises dans un cadre. Je me sers de mes ciseaux pour détacher la matière collante qui maintient l'un des carreaux. J'ai choisi celui qui est le plus proche de la poignée de porte.

Chaque jour quand je rentre, je vérifie qu'il n'y a personne en vue, et à la nuit tombée je viens avec mes ciseaux gratter la colle. C'est plus facile quand la lune est là. Même alors, je dois veiller à ce que les ciseaux ne glissent pas et ne me coupent pas.

Je fais cela chaque soir.

Chaque soir, le sillon dans la colle se creuse.

Lindiwe dit qu'il y a un signe d'espoir. Un groupe de jeunes gens – éduqués par le révérend Calata – s'est constitué.

Ils disent qu'ils veulent améliorer la vie de ceux qui habitent le township. L'un d'entre eux est un brillant professeur nommé Matthew Goniwe. Je l'ai rencontré. L'autre est le petit-fils du révérend Calata. Matthew Goniwe essaie de me recruter ; il prend ma main enflée dans les siennes, me regarde avec ses yeux bienveillants et me dit que cette guerre est toujours la mienne. Il a raison, mais je sais que ma tête et mon corps ne sont plus à la hauteur d'une tâche pareille. Je peux seulement observer avec du recul et prier Dieu qu'ils réussissent à faire la révolution d'une façon différente, comme je l'ai tenté jadis. Chaque fois que je me trouve face à des efforts pacifiques comme ceux-ci, je souhaite que Jake arrive soudain au milieu d'eux et qu'il soit détourné de la violence. Mais Jake, comme Phil, a disparu à jamais de ma vie.

Comme mes élèves, qui disparaissent régulièrement.

Leurs parents, éperdus, se précipitent à la prison et attendent pendant des heures sur le trottoir, dans l'espoir d'apprendre quelque chose, de récolter une petite bribe d'information. Peut-être essaient-ils de parler aux possesseurs des mains noires qui apportent la nourriture dans les cellules et prennent les seaux hygiéniques. Parfois, cette attente des parents est récompensée, et leur enfant revient, mais la plupart du temps les enfants disparaissent vraiment. Nous nous accoutumons aux disparitions. Comme à la pratique des « colliers » : c'est horrible de s'y habituer. Je prie Dieu très souvent, mais Il ne m'entend plus. Je crois qu'Il nous a oubliés.

Lindiwe transfère sur moi ses inquiétudes pour Jake. Elle me dit que je ne devrais pas passer autant de temps seule, que je ne devrais pas parcourir de longues distances avec ma jambe faible et mon bras abîmé.

— Viens habiter chez moi, insiste-t-elle alors que nous buvons une tasse de thé en fin de journée, quand j'ai terminé mes cours officieux. Ça te facilitera les choses, tu auras beaucoup moins de trajet pour aller à l'école. Et on pourra lire ensemble.

— Je ne peux pas. Il faut que je m'occupe de Cradock House.

— Pas tous les jours !

— Si ! Tous les jours. Il y a des maisons qui sont cambriolées quand elles sont vides.

J'adore Lindiwe, mais je ne peux pas lui dire que la vraie raison pour laquelle je n'accepte pas sa proposition, c'est que la maison a besoin de ma compagnie et que je n'ai qu'une envie, après la violence d'une journée dans la cité noire et la disparition de certains de mes élèves les plus brillants, c'est de retrouver la tranquillité de mon *kaia*. Et je ne peux pas lui dire que j'ai moi-même l'intention d'entrer dans Cradock House par effraction.

J'ai parlé à Edward de mon projet pour Ada, mais il est réticent. Il semble peu disposé à envisager une éducation digne de ce nom... Je le soupçonne de croire que je me raccroche à des occupations nouvelles qui mettront du baume sur la douleur d'avoir perdu – il m'est à peine supportable d'écrire ces mots – notre bien-aimé Phil. C'est peut-être vrai, mais j'ai vu des gens moins talentueux qu'Ada réussir et faire de grandes choses. Ada mérite qu'on lui donne la chance d'essayer. J'ai été négligente à d'autres égards, mais je ne le serai pas cette fois-ci.

Une partie de moi-même veut l'envoyer tout de suite au Cap, où elle pourra être auditionnée et présentée comme candidate. Mais l'autre moitié veut la garder ici un peu plus longtemps, car nous avons besoin de sa jeunesse et de sa beauté pour contrebalancer les répercussions du deuil, et Cradock House a besoin d'être remplie par les sons sublimes qu'elle fait jaillir. Je dois aussi m'occuper de ma visite imminente à Rosemary, que je vais aller voir à Johannesburg pour essayer de l'orienter vers un avenir raisonnable. Cela peut prendre du temps.

Mais Ada a vingt ans, et si elle doit se construire un avenir de pianiste, ou même de professeur, il faut que ce soit maintenant. Dès que je rentrerai de Johannesburg, je mettrai ce projet en route.

Pas seulement pour la musique, mais aussi pour son cœur, dont je sais qu'il se rend compte seulement maintenant de ce qu'il a perdu.

57

La seule fois où j'ai eu besoin d'un téléphone, c'est quand j'ai essayé de joindre Dawn après la mort de Mrs Cath. Mais maintenant, je n'ai plus accès à Cradock House, et de toute façon le téléphone à l'intérieur a été coupé par l'intermédiaire du notaire. Ce qui signifie que même si je n'ai pas d'appels à donner, personne ne peut m'appeler.

J'ai donc été un jour arrachée à mes élèves.

— Miss Mabuse ! Miss Mabuse ! a crié le directeur de l'autre côté du couloir. On vous demande au téléphone.

Mon cœur s'est empli de terreur et j'ai fait signe à une de mes élèves de prendre ma place. J'ai haussé la voix pour être entendue du reste de la classe.

— Sophie, tu joueras l'accompagnement. Ecoutez Sophie. Elle joue mieux que moi à présent.

— Ada, a dit le directeur, les lèvres pincées, le téléphone n'est pas fait pour recevoir des appels privés.

— Certainement, monsieur. Ça ne se reproduira plus.

Dawn, a chuchoté mon cœur, Dawn…

Le directeur a désigné du doigt le combiné sur son bureau, puis il a refermé la porte derrière lui. Il lui a parlé, il sait déjà quelque chose que je ne sais pas…

— Allô ?

— Maman ? C'est toi, maman ?

— Oui, ma petite fille. Comment vas-tu ?

— Il ne me reste pas beaucoup d'argent pour téléphoner. Maman, je ne vais pas bien…

Elle a eu un accès de toux.

— Dawn ! Ma petite, rentre à la maison ! ai-je crié dans le téléphone. Je vais te soigner !

Sa voix s'est raffermie.

— Maman ! Je t'écrirai et je te dirai quand... Je voulais que tu saches...

— Aie confiance, ma petite fille. Tout va s'arranger. Dawn ? Dawn ?

Mais il n'y avait que la tonalité, un *do* appuyé de clé de *sol*, dans mon oreille.

Le petit carreau sur la porte de derrière est branlant. Depuis le temps que je gratte, la vitre s'est descellée. C'est à ce stade que je dois faire très attention.

J'ai choisi une nuit où il y avait du vent. C'était l'hiver et le Karoo se préparait à se couvrir de gelées. L'arbre corail craquait sous la tempête, l'abricotier bruissait et, debout devant la porte de la cuisine, j'ai regardé les alentours plongés dans le noir. Aucun son humain. Le *kaia* était obscur. Personne n'entendrait le raclement du verre ni sa chute. Malgré tout, je devais éviter qu'il ne se casse. J'ai besoin de le garder intact.

En utilisant mon bras valide, j'ai appuyé la pointe des ciseaux en exerçant une pression sur la rainure gauche. Le verre a bougé. J'ai fait la même chose à droite. Les deux côtés dégagés, la partie haute tenait encore, ainsi que la basse.

J'ai gratté à nouveau et j'ai senti le carreau commencer à céder. Il a pivoté légèrement et j'ai essayé de glisser un ongle afin de le tirer vers moi et d'empêcher qu'il ne tombe sur le sol de la cuisine. Puis j'ai attaqué l'autre côté. Petit à petit, je l'ai libéré du cadre. Après l'avoir ôté avec précaution, je me suis laissée tomber sur la marche du seuil, le carreau dans ma main tremblante. Malgré le froid, la sueur ruisselait sur mon front, me tombait dans les yeux. Aucun phare ressemblant aux yeux des animaux nocturnes ne m'a prise dans son faisceau aveuglant. Bientôt, je pourrais m'occuper de Cradock House comme elle le méritait. Elle avait besoin d'être époussetée et encaustiquée. Il fallait la garder propre pour Miss Helen. C'est pourquoi j'ai commis cet acte illégal. Et peut-être – si tout reste calme – j'emplirai de musique les couloirs sombres.

Au retour de Dawn, je pourrais la faire coucher dans notre ancienne chambre et l'y soigner. Je sais que Mrs Cath ou Helen n'y verraient pas d'objection. Il fera plus chaud dans la maison que dans le *kaia*. Elle se remettra vite. Mais je n'ai eu aucune lettre d'elle. Plusieurs semaines ont passé depuis son appel...

J'ai posé le carreau par terre avec précaution, passé la main dans le trou et j'ai tâtonné pour trouver le verrou. Il a fallu que je secoue la poignée, car le bois avait gonflé, mais au bout d'un moment la porte a cédé. Cradock House s'est ouverte à moi, sombre, avec une odeur de renfermé, mienne à nouveau.

Je n'y vais qu'à la nuit tombée.

Au début, j'avais peur de l'obscurité. Il me semblait que les fantômes qui torturaient Phil dans son sommeil m'entouraient. Je les sentais passer dans les courants d'air qui touchaient soudain ma joue ou soulevaient les rideaux, malgré les fenêtres fermées. Maman, Mrs Cath et Phil lui-même ne venaient plus comme ils le faisaient auparavant pendant la journée. Ils étaient silencieux, et leur pouvoir rassurant ne s'exerçait plus. La nuit appartenait aux esprits inquiets, aux mauvaises pensées, à la possibilité d'être découverte, et même aux hommes aux aguets, tapis dans l'ombre, quand j'étais revenue tant bien que mal de la prison... Chaque placard sortant des ténèbres, chaque craquement du toit me faisait sursauter, prise de panique.

Il m'a fallu plusieurs visites avant de comprendre que la maison n'était pas animée d'intentions mauvaises à mon égard. Il fallait seulement que j'en apprenne la nouvelle géographie. Les marches des escaliers jouaient à cache-cache avec moi : une marche supplémentaire me prenait au dépourvu en haut, ou une marche manquante me faisait trébucher en bas. Les meubles devant lesquels je passais le jour revêtaient la nuit une forme particulière que je devais réapprendre. La lumière qui entrait par la fenêtre du salon et l'éclairait un instant pour disparaître l'instant d'après ne venait pas du faisceau violent qui m'avait été pénible en prison, mais du passage naturel de la lune entre les nuages.

Lorsque j'ai commencé à épousseter et à encaustiquer, les formes que je redoutais sont redevenues celles que j'avais connues toute ma vie et dont j'avais pris soin. Elles sont redevenues des chaises, des tables et des balustres, et ont récompensé mon travail en exhalant l'odeur familière du savon et de l'huile de lin.

Et Dawn ne venait toujours pas.

Le télégramme est arrivé à l'école. J'ai déchiré avec des doigts tremblants l'enveloppe orange. Dina était à côté de moi, prête à me réconforter. Cela n'a pas été nécessaire.

— Regarde ! ai-je soufflé en lui tendant le mince bout de papier.

— « Arrivée Dawn train vendredi », a lu Dina.

Puis elle m'a jeté les bras autour du cou.

— Elle va bien, elle revient ! Oh, Ada !

Lindiwe est joyeuse, elle aussi. Elle sait combien je me languissais de nouvelles de ma fille. Je me suis obligée à aller tous les jours à l'école pour que le piano dissipe les craintes où j'étais de savoir Dawn seule, malade, incapable de m'appeler…

— Elle peut habiter chez moi, a dit Lindiwe, si c'est trop de travail pour toi.

Lindiwe sait que je suis diminuée ; que ma tête et mon corps ne parviennent pas toujours à fonctionner de façon coordonnée. Pourtant, je réussis toujours à jouer, et le piano, je ne sais comment, donne de la force à mes bras, à mes doigts.

J'ai pris sa main et l'ai pressée contre ma joue.

— Merci ! Mais il faut d'abord que je voie comment elle va.

Il y a bien des années, Mrs Cath est revenue à Cradock par le même train du matin. Le maître avait quitté la maison de bonne heure pour aller l'attendre. Moi aussi, je quitte la maison de bonne heure pour aller attendre Dawn. La gare n'est plus aussi animée, car maintenant les gens préfèrent aller en avion jusqu'à Port Elizabeth, puis prendre une voiture pour arriver à Cradock. Maintenant, les trains ont l'air réservés aux pauvres.

Personne d'autre n'est là sur le quai à attendre le train de Johannesburg via De Aar. Je me rappelle la dernière visite de Dawn, sa marche triomphale sur le pont, ses chaussures à la main, et les yeux de tous les passants fixés sur elle. Peut-être sera-t-elle affaiblie ; je dois m'y préparer. Peut-être a-t-elle contracté une maladie qui ne se développe que là où il y a de l'or dans le sol ; alors, ce mal disparaîtra une fois qu'elle sera loin de cet environnement malsain.

J'ai entendu siffler le train quand il a contourné la colline. Bientôt ! Bientôt elle sera ici ! Et peut-être ne repartira-t-elle plus jamais.

Le préposé aux billets s'est penché pour regarder par sa porte. Des nuages de poussière se sont élevés à l'approche du train et se sont dissous dans la lumière transparente du Karoo. Sur les poutres du toit, les pigeons se sont dispersés comme s'ils s'attendaient à de la vapeur et des explosions ; mais de nos jours, les locomotives fonctionnent à l'électricité, aussi n'y a-t-il eu qu'un soupir et un sursaut quand les compartiments sont arrivés et se sont arrêtés sous la voûte de la gare. Un homme et une femme sont descendus et se sont éloignés à pas rapides. A l'autre bout du convoi, le chef de train a sauté sur le quai, s'est étiré, puis a commencé à décharger des paquets du wagon de marchandises. Le préposé aux billets est allé jusqu'à la locomotive et est resté à bavarder avec le conducteur. Aucune autre porte de compartiment ne s'est ouverte.

Peut-être était-elle dans le train d'après ?

Alors, le chef de train s'est avancé, un morceau de papier a la main.

— Vous attendez quelqu'un ?

— Oui, ai-je dit en m'éclaircissant la voix. Ma fille Dawn. Elle a été malade...

Il m'a regardée.

— Venez par ici.

Il est parti vers l'extrémité du quai. Non, ai-je pensé en ralentissant. Ce n'est pas possible. Pas comme maman…

Je me suis arrêtée.

— Il va bien, m'a-t-il dit. Venez.

Il ?

Je l'ai suivi d'un pas mal assuré. Au milieu des cartons était assis un petit garçon. Un écriteau pendait à son cou, accroché par une ficelle. Il avait la peau très claire. Il portait une culotte courte dépenaillée et une chemise trop grande pour lui mais propre. Une de ses mains était repliée sur ses genoux, l'autre étreignait la poignée d'une valise en carton. La valise de maman. Ma valise. Celle de Dawn.

Après avoir plongé la main dans sa poche, le chef de train en a sorti une enveloppe qu'il m'a tendue.

— Tenez. On m'a donné cette lettre pour vous. On m'a demandé de veiller sur le *klonkie*. On m'a dit que vous le prendriez, mais il m'a l'air blanc, a-t-il précisé en haussant les épaules. Je vais chercher le reste.

Il s'est détourné et est remonté dans le wagon de marchandises.

J'ai regardé l'enfant avec attention.

Puis je me suis approchée et agenouillée devant lui. Il a eu un léger recul.

— Tu t'appelles comment, petit ?

Il m'a regardée avec des yeux aussi bleus que le ciel du matin ; ses cheveux blonds lui retombaient sur le front.

— Thebo, a-t-il chuchoté.

— Où est ta maman, Thebo ?

Ses yeux se sont emplis de larmes. Il s'est retourné vers le wagon et a tendu la main qui ne tenait pas sa valise.

— Là.

Le chef de train faisait descendre sur le quai un cercueil tout simple en bois sombre. Le petit garçon s'est dressé sur ses jambes maigrichonnes, a abandonné sa valise pour courir vers le cercueil et a essayé de passer ses bras autour

— Signez là, a dit le chef de train. Le transport a été payé à Johannesburg.

58

Nous avons enterré Dawn de l'autre côté de la rivière, près de la gare, dans le petit cimetière des métis. Lindiwe a assisté à la cérémonie, ainsi que Dina, Mr Dumise, et quelques amis qui se souvenaient encore de Dawn. Mes élèves ont chanté en chœur *You'll never walk alone*[1] dans l'air tremblant. La mélodie a monté et est allée balayer les collines. Grâce à l'argent hérité de Mrs Cath, j'ai pu payer une stèle et la faire mettre sur sa tombe avec son nom, ses dates et les mots : *A notre Dawn bien-aimée.*

Je crois qu'elle est heureuse dans ce cimetière, car il n'est pas clos, mais ouvert sur le veld du Karoo. Des buissons bas et des herbes folles dorées l'entourent. Elle est sous le regard des collines et le Groot Vis lui murmure sa chanson. Les trains à destination de lieux plus captivants passent à côté de l'endroit où elle repose.

Thebo et moi allons souvent là-bas.

Je lui montre les damans, ces petits mammifères qui ressemblent à des peluches, qui se chauffent au soleil sur les rochers alentour. Il suit les fourmis luisantes sur de minuscules sentiers. Je lui désigne un acacia maigre, comme celui qui ombrage notre *kaia*. Il rit quand les herbes lui chatouillent les jambes pendant qu'il court.

Thebo est un enfant heureux à présent. Et il m'a apporté du bonheur. Je ne lui pose pas de questions sur sa vie à

1. « Tu ne marcheras jamais seul ». Chanson culte dans les pays anglo-saxons. Ecrite par Rodgers et Hammerstein pour leur comédie musicale *Carousel* (1945), elle a été reprise par de nombreux interprètes, et chantée lors de manifestations publiques et d'événements importants.

Jo'burg. Je ne suis pas sûre de vouloir en savoir davantage. Peut-être m'en parlera-t-il un jour, mais peut-être aussi cela s'effacera-t-il de son esprit, et cela vaudra mieux. Assurément, il est plus blanc que Dawn ne l'a jamais été. Sa blancheur me met mal à l'aise, tout comme la possibilité qu'il ait un père blanc, bien que Dawn lui ait donné un nom africain. Je me souviens des paroles de Mrs Pumile : « Evite de trop montrer l'enfant... »

Il n'était pas question de son père dans la lettre que le chef de train m'a donnée.

Maman chérie,

Voici Thebo. C'est mon enfant adoré, il a trois ans. Je vais mourir, ma maladie est incurable. J'ai l'intention de donner cette lettre à une amie. Elle te la fera parvenir. Ne pleure pas sur moi, maman. Je n'avais d'autre désir dans la vie que danser, mais Thebo est la partie la plus importante de moi. Je te demande de la prendre et de l'aimer pour moi.

Dawn

L'écriture est pointue et incertaine. Je n'ai eu aucune nouvelle des amis de Dawn à Jo'burg.

J'ai acheté un produit étrange au bazar Rogers, que j'ai utilisé pour remettre en place le carreau de la porte de la cuisine et le recoller légèrement, de sorte que si quelqu'un examine la maison, il ne verra pas que l'on a touché à la porte. Et je peux enlever la vitre à ma guise.

Maintenant, nous prenons le risque de pénétrer dans Cradock House de jour. C'est possible car le jardin a poussé et, grâce aux buissons plus hauts que notre tête, nous sommes à l'abri des regards – Mrs Cath serait horrifiée. Non seulement ils nous cachent, mais étouffent aussi le bruit du piano, dont je joue chaque jour.

— Encore ! crie Thebo en entendant la *Marche militaire*. Apprends-moi, mamie !

C'est ainsi que nous commençons.

Avec le livre dans lequel sont dessinées et nommées les touches du piano, il apprend une note à la fois. Puis il les assemble, les notes formant des phrases, les phrases se combinant pour faire une mélodie que l'on a envie de chanter et de rechanter.

— C'est magique, mamie ! s'écrie-t-il en sautillant sur le tabouret du piano.

C'est exactement comme apprendre à lire. Les lettres forment des mots et les mots s'agencent en phrases. Un jour, je lui montrerai comment ces ensembles de mots et de notes peuvent prendre des significations très éloignées de leur sens individuel.

Bientôt, il joue des airs simples : *La Danse des Gnomes, Viens au bois verdoyant*. Mes mains noires et gonflées encadrent ses mains légères, ses pieds ne touchent pas terre, son front tendre est plissé par la concentration.

Maintenant, j'enseigne une journée par semaine à l'école. Et ce jour-là, Lindiwe fait le trajet de sa maison de Lingelihle jusqu'à Dundas Street pour s'occuper de Thebo dans le *kaia*.

— On va explorer le jardin, dit Lindiwe. On va chercher des escargots.

Je suis vigilante avec Thebo. Je suis les conseils de Mrs Pumile, ce que je n'avais pas fait pour Dawn, et j'évite de le montrer. Je le tiens à l'écart du township. Je ne le sors pas si j'entends des sirènes, des slogans, ou si je vois de la fumée.

Ces temps derniers, il y en a eu beaucoup à cause de quatre jeunes gens du township – on les appelle maintenant les Quatre de Cradock – qui, après avoir créé de nouvelles organisations civiques pour défendre leurs frères noirs, ont été tués. Plus sauvagement, semble-t-il, qu'en réponse à un simple délit de vol. Cette nouvelle me coupe le souffle et je serre Thebo contre moi, car je connaissais Matthew Goniwe, leur chef.

Johannesburg a eu ses martyrs de Sharpeville ; maintenant, nous avons les nôtres. Le Cradock blanc se détourne, refuse de voir, mais le Cradock noir est persuadé que ces hommes ont été assassinés. Nos jeunes rebelles provoquent les forces de sécurité qui entourent Lingelihle. Il suffira d'une provocation supplémentaire, d'une pierre de plus qui atteindra son but, et les soldats blancs ajusteront leur tir. Les balles qui nous frôlaient la tête entreront dans la chair.

Amandla ! hurlent-ils, tandis que leurs pieds frappent le sol et font monter des nuages de poussière. *Amandla ngawetu !*

Eux aussi sont prêts à mourir.

Les détonations et les cris qui m'accompagnent tandis que je rentre furtivement chez moi ne sont plus un simple « Bach du Township ». Je garde les doigts refermés sur mon rayon de bicyclette aiguisé – bien que mon bras soit trop faible pour l'utiliser comme Lindiwe me l'a appris : l'enfoncer et remonter vers le cœur. Pour éviter les ennuis, j'apprends que mieux vaut rester à l'écart des jeunes, même de ceux qui veulent me protéger, et marcher parmi les vieux. Les vieux n'ont en général pas de pierres dans les poches. Les vieux sont plus rarement la cible des soldats.

Au bout de quelques jours, le *Midland News* signale que les corps des quatre hommes ont été retrouvés dans des dunes près de la mer, à l'extérieur de Port Elizabeth, non loin de la gare où, après l'enterrement de maman, j'avais attendu toute la nuit le train qui devait me ramener à Cradock. D'immenses foules vibrantes assistent aux obsèques des Quatre. Un évêque blanc prêche, et son visage et ses propos sont filmés par les caméras venues d'outre-mer pour rendre compte de ce qui se passe dans notre misérable monde poussiéreux. Les drapeaux vert, noir et jaune de l'ANC flottent au vent vif du Karoo, et des slogans de l'ANC montent vers le ciel, bien que le parti ait été mis hors la loi. Pendant ce temps, les policiers forment un cordon à l'extérieur du township, prêts à se servir de leur gaz lacrymogène, de leurs fusils et de leurs matraques. Ils ne souhaitent pas que les caméras se tournent vers eux. Quand les caméras repartent, ainsi que l'évêque et d'autres dignitaires, la police et les soldats prennent leur place. L'attention du monde, comme le faisceau d'une puissante lampe torche, se détourne de Cradock. Certains espéraient que son éclairage apporterait un bénéfice durable, mais ça n'a pas été le cas. Cradock a retrouvé son statut de petite ville du Karoo, connue surtout pour sa poussière, ses collines rocheuses et sa rivière brune – et aussi, brièvement, pour la sauvagerie avec laquelle on y traite la différence de peau.

Après les assassinats, j'ai songé à renoncer à l'enseignement, mais Dina et Lindiwe m'en ont dissuadée.

— Si les enfants font l'effort de venir à l'école, c'est pour la musique, a déclaré Dina d'un ton déterminé. Pas pour mes cours ni ceux de qui que ce soit, mais pour la musique.

— Ils ont besoin de toi, a ajouté Lindiwe.

Et elles ont raison. Les jeunes n'ont plus beaucoup l'occasion de s'amuser. S'ils font l'effort de venir, ils ont besoin de leur évasion musicale. Mais je n'emmène pas Thebo avec moi, comme je le faisais pour Dawn, en passant par le Groot Vis. C'est trop dangereux. Je ne veux pas prendre le risque. Il est trop blanc. La blancheur, même chez un enfant, peut mettre le feu aux poudres.

Je fais un testament. L'argent ira à Thebo, pour lui permettre d'aller dans une école privée acceptant les Noirs – ou la couleur dans laquelle on le rangera. Les saisons passent. Ma tête me fait souffrir. Les souvenirs que je me rappelais aussi clairement que lorsque les événements venaient de se produire remontent maintenant à contrecœur à ma mémoire, avec des contours flous, comme la place du marché que l'on apercevait à travers un nuage de poussière au temps des charrettes à chevaux, avant les routes goudronnées. Pendant que je me bats pour me cramponner au passé, certains disent qu'il y a maintenant un espoir pour l'avenir. Je ne l'ai pas encore perçu, cet élan neuf que j'ai connu deux fois dans ma vie – mais d'autres sont convaincus qu'il est là. Fragile, aussi facile à flétrir que des fleurs d'abricotier sous une gelée tardive, mais finalement là.

Peut-être Mrs Cath se trompait-elle. Peut-être l'apartheid disparaîtra-t-il du pays de mon vivant ?

Quand Thebo dort dans le lit de sa mère, je relis le journal rouge, et le marron que j'ai vu dans la chambre de Mrs Cath lorsqu'elle est morte. Je l'ai retrouvé récemment. Il avait été mis dans un tiroir de la coiffeuse, par Miss Rose peut-être.

Helen a beaucoup grandi !

Je suis ravie de constater qu'elle est capable de prendre des décisions personnelles, malgré les vues tranchées de sa mère. Une fois encore, j'avais espéré que Rosemary se serait adoucie, mais ce n'est pas la peine de rêver.

Je suis infiniment lasse à présent. C'est Ada qui a fait venir Rosemary et Helen, j'en suis persuadée. Comment pourrai-je jamais dire à Ada ce qu'elle représente pour moi ? Je sais qu'elle ne s'est jamais débarrassée de la honte qu'elle éprouve depuis l'affaire avec Edward, et j'aimerais trouver le moyen de lui dire que cela n'a jamais été sa faute. Mais hélas, je ne pense pas que, venant de moi, elle le croie. C'est pourquoi j'ai choisi un autre moyen, public, celui-là, à condition que le pasteur fasse ce que je demande.

Il faut que je me repose, comme je viens de le leur dire. D'abord, un nuage de mon parfum favori, puis une nuit de sommeil en pensant que je vais revoir mon adorable petite-fille demain. Si seulement Dawn était là aussi...

59

Une clé a tourné dans la serrure. Les gonds ont grincé. La porte n'a pas été ouverte depuis un certain temps. J'ai saisi Thebo et l'ai soulevé avec mon bras valide. Puis j'ai clopiné vers la cuisine. Mais la porte a eu beau s'ouvrir avec lenteur, je ne suis pas allée assez vite : je n'arriverai pas à sortir à temps, on me découvrira et on me jettera dehors...

— Qui est là ?

Une voix de femme. Des pas hésitants.

Je me suis immobilisée. Le sang cognait dans ma tête me faisant mal aux yeux.

— Il y a quelqu'un ?

J'ai reposé Thebo, ai mis un doigt sur mes lèvres pour qu'il garde le silence. J'ai rebroussé chemin et suis allée regarder par la fente de la porte. Une jeune femme était debout, des clés à la main. Elle avait des cheveux dorés, et était un peu plus jeune que Dawn ne l'aurait été. Je me suis dit que je l'avais déjà vue quelque part, mais le martèlement dans ma tête me privait de toute mémoire. J'ai fait un pas pour quitter l'abri de la porte.

— Ada ?

Elle s'est avancée, et un sourire timide est apparu sur son visage.

— Ada ?

— Miss Helen ! ai-je dit, suffoquée. Oh, Miss Helen, vous voilà revenue !

J'ai senti le plancher basculer, j'ai tendu la main vers une chaise et me suis assise lourdement. Je n'allais quand même pas tomber à la renverse comme je l'avais déjà fait... Quand donc ?

Elle a promené le regard autour d'elle, a vu le piano ouvert avec sa partition en équilibre, les meubles cirés, l'intérieur bien en ordre par opposition à l'extérieur de la maison. J'ai senti que quelqu'un arrivait en courant.

— Bonjour, a dit Thebo. Tu joues du piano, toi aussi ?

— Non, a répondu Helen en s'accroupissant pour se mettre à sa hauteur. En tout cas, pas comme Ada.

— Tu as des cheveux comme moi, a dit le petit garçon en tendant la main pour toucher les mèches blondes de Helen. Tu connaissais ma maman ? Elle s'appelait Dawn, mais elle est au ciel maintenant.

— Oui, a répondu Helen d'une voix douce, me jetant un coup d'œil rapide tout en caressant le bras de l'enfant. Je l'ai connue. Elle dansait merveilleusement bien. Elle dansait pour moi quand j'avais à peu près ton âge.

Ça a commencé comme ça. Le nouvel espoir dont on parlait. Le nouveau projet de Dieu le Père. Il ne pouvait pas ramener Jake, ni Steve Biko, ni les Quatre de Cradock, mais malgré tout il a surgi dans le pays, qu'il a débarrassé des lois sur la différence de couleur et des gens qui veillaient à leur application. Il a arraché pour de bon les écriteaux sur les bancs des jardins du Karoo. Il a commencé à apporter les lignes électriques et téléphoniques dans les townships. Il a donné à Lindiwe la lumière électrique. Il a permis aux gens de différentes couleurs – comme Phil et moi – de s'aimer et de se marier. Il a ouvert la cellule de Mandela dans sa prison et l'a amené au soleil, clignant des yeux. Il a changé ma conviction que la différence de peau continuerait à compter tant que les hommes auraient des yeux pour voir la différence entre le noir et le blanc. Ce nouvel espoir s'est même avéré plus fort que cela.

Il a mis fin à la guerre.

Il a mis fin à ma guerre. Il a banni les ennemis aux aguets, il a guéri les blessures intérieures, il a adouci la honte que j'ai portée avec moi toute ma vie.

Et il a rouvert Cradock House.

Il a ramené Helen ici, a dompté le jardin à l'abandon, a rallumé le poêle dans la buanderie ; il a donné à Thebo une chambre à lui, il m'a fait retrouver avec bonheur l'ancienne chambre que je partageais avec maman. Il m'a accueillie à bras ouverts chez moi.

Helen va rester. Une fois qu'elle aura fini de restaurer Cradock House, elle a l'intention de s'attaquer à quelques-unes des vieilles maisons avoisinantes. C'est cela, son talent. Elle a aussi décidé de devenir la tutrice de Thebo, pour qu'il ait une famille une fois que je ne serai plus là. Elle l'a inscrit à l'école qui n'avait pas voulu de moi autrefois, et où j'ai donné un concert par la suite, où Dawn a dansé avec ivresse au fond de la salle, après le dernier rang. L'école où enseignait Mrs Cath. Ils l'ont accepté sans poser de questions.

Quant à moi, ma plus grande joie, c'est d'apprendre à mon petit-fils à jouer du piano. Curieusement, ma tête est encore assez bonne pour ça, et mes doigts abîmés évoluent avec familiarité sur le clavier. Nous nous asseyons devant le vieux Zimmermann, la musique jaillit de nos quatre mains. Un peu de classique : la sonate *Au clair de lune*, dont il joue la mélodie tandis que j'exécute la partie difficile, un peu de jazz, puis parfois de la pop africaine, comme la chanson favorite de sa mère, *Qongqothwane*, « Le Chant du clic ».

Dawn est ici avec nous. Je la vois, les cheveux au vent, un éclair de jambes fuselées, les mains qui claquent au-dessus de sa tête. A moins que ce ne soit Thebo qui frappe dans les siennes.

Puis, le soir, quand la lumière violette entre par la fenêtre et que les insectes se taisent dans la haie de plumbagos, je joue du Debussy. Des mélodies qui se promènent dans votre tête le lendemain – et le surlendemain, révélant leur sens avec lenteur.

Je vois Phil. Il vient se mettre à côté du piano, me touche l'épaule et me sourit avec ses yeux aussi clairs que les premières lueurs de l'aube sur le Karoo. Mrs Cath entre aussi dans la pièce. Ou peut-être y est-elle depuis le début ? Je sais ce qu'elle va demander.

— Un peu de Chopin ? Le *Prélude de la goutte d'eau* ? S'il te plaît, Ada.

Remerciements

Nombreux sont ceux qui ont aidé à la création de ce livre, mais certains méritent d'être cités plus particulièrement. J'ai une dette envers Michael Tetelman, qui m'a permis d'avoir accès à sa remarquable thèse sur la Politique noire à Cradock entre les années 1948 et 1985. Son texte m'a fourni l'essentiel de l'arrière-plan à l'histoire d'Ada.

C'est le personnel de la bibliothèque Cory, à la Rhodes University, Grahamstown, qui m'a aidée à trouver la thèse de Michael, ainsi qu'une multitude d'autres documents historiques. Je les remercie de leur générosité et du temps qu'ils m'ont consacré.

Sandra et Michael Antrobus m'ont donné des conseils, des références précieuses et l'hospitalité sur les lieux mêmes, à Cradock, ce dont je leur suis profondément reconnaissante. Merci aussi à Duncan Ferguson, l'archiviste de Cradock, qui a répondu à mes questions et m'a permis de consulter ses photographies et sa vaste collection de souvenirs.

Je souhaite exprimer en particulier ma gratitude à mon agent, Judith Murdoch, et à mon éditrice, Imogen Taylor, qui m'ont aidée à mettre le manuscrit au point et m'ont prodigué conseils judicieux et encouragements tout au long du processus de publication.

Enfin, ma plus sincère gratitude va à ma famille dont la patience et le soutien ne se sont jamais démentis.

FSC
www.fsc.org
MIXTE
Issu de sources responsables
FSC® C003309

Composé par Nord Compo Multimédia
7, rue de Fives, 59650 Villeneuve-d'Ascq

Cet ouvrage a été imprimé en France par

CPI
FIRMIN-DIDOT

à Mesnil-sur-l'Estrée (Eure)
en avril 2013

N° d'impression : 116311
Dépôt légal : mai 2013